RAQUEL VILLAAMIL

HASTA EL AMANECER

montena

Papel certificado por el Forest Stewardship Council®

MIXTO
Papel | Apoyando la silvicultura responsable
FSC® C117695

Penguin Random House Grupo Editorial

Primera edición: febrero de 2026

Travessera de Gràcia, 47-49. 08021 Barcelona
Imágenes de los interiores: iStock

Printed in Spain – Impreso en España

ISBN: 979 13-87724-03-0
Depósito legal: B-21.479-2025

Compuesto en Compaginem Llibres, S. L.
Impreso en Liberdúplex
Sant Llorenç d'Hortons (Barcelona)

GT 2 4 0 3 0

Para mi padre, por las sesiones de cine
acompañados de Béla Lugosi
y Christopher Lee

Si seres tan hermosos eran desdichados, no era de extrañar que yo, criatura imperfecta y solitaria, también lo fuera.

Mary Shelley, *Frankenstein*

Todos los acontecimientos que tuvieron lugar en mi viaje desde Inglaterra hasta Estados Unidos, durante catorce días a bordo del buque Great Britain, merecen ser relatados.

Sin embargo, en este momento, con la pluma en la mano y una hoja en blanco delante, no me veo capaz de narrar aquellos sucesos sin que mi alma amenace con quebrarse de nuevo. Aún siento con intensidad cada segundo que pasé en el barco. Descubrí un mundo nuevo fuera de las páginas de los libros, conocí la bondad del ser humano, pero también sus peores defectos. Y, por encima de todo, lo encontré a él.

Los últimos retazos de cordura que todavía poseo me ruegan que no escriba lo sucedido. ¿Quién en su sano juicio se atrevería a creerme si incluso yo misma cuestiono lo vivido? Pero mis recuerdos, candentes como ascuas, necesitan hacerse oír. Solamente os pido, entonces, que lo que vais a leer se mantenga en secreto. Dejad la mente abierta, el corazón a la escucha y la razón encerrada con un candado, y mi historia será solo eso…, una historia.

Y comienza así.

PRIMERA PARTE

Sarah Wright

Cheshire (Inglaterra), 1845

No sé en qué momento decidí que escapar era mi única opción. Siempre me ha parecido que huir es de cobardes y que, por el contrario, enfrentar las situaciones, por desagradables que estas se nos antojen, demuestra valentía y arrojo. Pero, muy a mi pesar, en algún momento entre el invierno y aquel caluroso julio de 1845, me uní al grupo de los pusilánimes, temerosos y cobardes, y hui de mi hogar.

Mi vida podría considerarse que rozaba la perfección. Con dieciocho años recién cumplidos gozaba de una existencia acomodada, con cualquier necesidad cubierta, acceso a una buena educación y a unas amistades interesantes. En el tintero quedaban la ausencia de mis padres, un hermano de carácter peculiar y una sensación abrumadora de soledad.

Pertenecía a Mottram Hall por nacimiento, pero me sentía desubicada en aquella gigantesca casa de campo en el condado de Cheshire. La mansión había sido construida en 1750 por el abuelo William como regalo para mi padre, siguiendo los cánones de la época: ladrillo anaranjado, revestimientos beis y un tejado de pizarra coronado por nueve enormes chimeneas, en una finca de doscientos setenta acres con cuidados jardines, varios lagos y frondosos bosques. Sin embargo, pese a la belleza del lugar, no quedaba nada entre aquellas paredes que me hiciera sentir en mi hogar. Mi madre había muerto cinco años atrás de unas extrañas fiebres y mi padre… apenas resistió unos meses más.

Si hubiera una historia de amor perfecta en un libro, a la altura de las que narraba Jane Austen en sus novelas, sería la suya, aunque, eso sí, con un trágico final digno de Shakespeare.

En ese momento, mi hermano Frederick se convirtió en el cabeza de familia y se dedicó a administrar Mottram Hall desde el desconocimiento que da la temprana edad y el engreimiento que seguramente había heredado del bisabuelo Laurence, un individuo intratable. Según me relató mi madre años atrás, la bisabuela Margaret, harta del carácter excéntrico de su esposo, de su apego excesivo a las apuestas arriesgadas y de su afición irrefrenable al alcohol y a cualquier otra mujer, lo había abandonado a su suerte y se había escapado en barco al Nuevo Mundo. Su partida dejó a la familia envuelta durante varios años en pérfidas habladurías y la convirtió en la comidilla de todas las reuniones sociales de la época.

Pasados los años del escándalo, mi hermano se descubría como un auténtico sucesor del bisabuelo, con una personalidad áspera, arisca y con cierto punto de maldad.

Hasta aquel invierno, Frederick no me prodigaba más atención que algún «buenos días» si resultaba estrictamente necesario y había algún testigo involucrado. Sin embargo, después de enero y a punto de cumplir los dieciocho años, comenzó a entrometerse en mi vida, indicándome de forma categórica a qué fiestas debía o no asistir y con quiénes debía o no tratar.

En esos momentos me di cuenta de tres cuestiones trascendentales: primero, mi hermano quería encontrarme esposo; segundo, mi opinión no tenía ninguna validez para él, y tercero, tenía tanto gusto en hombres como en escoger pantalones; es decir, desastroso.

Así que en un periodo muy breve me encontré con un tal lord Clinton pidiendo mi mano y a mi hermano otorgándole su bendición.

Lord Clinton era un hombre de barriga prominente, mostacho portentoso, pobladas patillas y de edad de la que diré, con intención de no resultar grosera, que rozaba la ancianidad y que seguramente Dios no le había llamado a su lado aún porque estaba demasiado ocupado en otros menesteres. Jamás he creído que mereciera la suerte de unión que tuvieron mis padres, pero la decepción fue inmensa al conocer a lord Clinton y a su mostacho. Si había un caballero más alejado de mi ideal de futuro esposo, definitivamente era él.

La tarde que me visitó oficialmente, a principios de la primavera, juro con solemnidad que intenté, con todo mi ánimo, otorgarle una oportunidad. Había bajado de su carruaje malhumorado, sofocado por el intenso calor y abanicándose con su sombrero, ni se percató de la belleza de nuestro jardín, ni me dirigió más atención que un rápido saludo con un movimiento de su cabeza. Además de su avanzada edad, lord Clinton no profesaba ningún interés por la lectura o la música, ni siquiera por la historia o los grandes viajes. Se me agotaron los temas de conversación antes siquiera de haber apurado la primera taza de té, y puedo asegurar que soy una experta en temas interesantes y siempre llevo muchos preparados. Lord Clinton únicamente parecía fascinado por las piezas de caza de mi hermano, cabezas de hermosos animales que tuvieron la mala suerte de encontrarse con el temible Frederick, y por el enorme retrato del desalmado bisabuelo Laurence. Algo que no presagiaba nada bueno.

Observándole deambular apático por la encantadora sala del té, me enojó darme cuenta de que aquel era el futuro al que estaba destinada. Un futuro que se escapaba de mis manos sin que yo pudiera oponerme o resistirme. Mis decisiones o pensamientos no le importaban a nadie. Simplemente, yo no era nadie.

En cuanto lord Clinton se marchó de Mottram Hall tan malhumorado y acalorado como había llegado, solicité una conversación privada con Frederick, la cual debía pedirse con más de un día de antelación, como si la reunión en vez de con mi hermano fuera con la misma reina Victoria.

—Me vas a decir que lord Clinton no te agrada —dijo él nada más oírme entrar en su despacho, sin mirarme. Tenía un rostro agraciado de nariz recta, ojos avellana y frente despejada que se veía oscurecido por su tono duro de voz y sus gestos arrogantes.

—Frederick, no puedo casarme con él.

—¿Eso debería importarme? —me lanzó brusco, levantando por primera vez la vista y enfrentándose a mi mirada—. Lees demasiada basura, siempre lo he pensado, pero nunca nadie ha osado detenerte. Ahora idealizas el matrimonio y piensas que encontrarás el amor de tu vida. Eso es una vulgar patraña. Mírate, siendo generoso, ni siquiera eres la mitad de guapa que cualquier muchacha de la zona, tu cintura es ancha, tu risa estridente y tienes demasiada verborrea. ¿Quién va a escogerte como esposa si no es por obligación? Mi deber como hermano es cuidar de ti y de tu futuro. Lord Clinton te proporcionará una vida acomodada y una buena posición social.

—¿Crees que es eso solo lo que ansío?

—Debería bastarte. Eso sí, tienes que proporcionarle un heredero cuanto antes.

—Una auténtica declaración de amor —mascullé contrariada.

—No seas egoísta, Sarah. Eres una carga para la familia y estás alcanzando una edad que no te hace apetecible para ningún soltero decente. Solamente busco tu bienestar.

—Nuestros padres nos dejaron en una posición por la que dudo que yo llegue a ser una carga en algún momento. —Alcé la vista hacia el sencillo cuadro que, tras Frederick, mostraba a mis padres. Los echaba tanto en falta que el sentimiento me abrasaba por dentro.

—Los idealizas demasiado.

—Puede entonces que su dinero haya caído en unas manos poco coherentes.

—Cuida esa lengua, hermana. No tienes derecho a nada. Yo decido aquí, esta es mi casa, y tú, una invitada, así que te casarás con lord Clinton y no dejarás más en ridículo a esta familia.

Después se levantó y se marchó del despacho con un violento portazo. Aquella fue la penúltima vez que nos dirigimos la palabra.

La temporada

Mientras otros decidían mi futuro, la temporada de eventos sociales había comenzado en el condado. Los bailes y banquetes se entremezclaban con cacerías y acontecimientos deportivos durante los cuales se mostraban las mejores galas, las más bellas residencias, y se urdían acuerdos matrimoniales. Hasta entonces siempre me había parecido una época de diversión y de encuentro con amigos y familia que el invierno había mantenido enclaustrados a millas de distancia.

Aquel año, sin embargo, la temporada no se me mostraba como una distracción, sino como el preludio de una nueva vida. Pronto llegaría a aquellas celebraciones del brazo de un marido que no deseaba y no podría participar en todas las cosas con las que tanto disfrutaba: los bailes, las conversaciones interesantes, las risas.

Aún gozaba de una amiga soltera, lady Maria Watson, ya que las restantes habían sufrido una especie de enfermedad contagiosa en los últimos meses que había derivado en una sucesión eterna de bodas. Debía sentirme feliz por ellas, llevaban preparándose para aquel momento toda su vida y sus esposos habían resultado galantes y atentos. Iguales, sin duda, a mi terrible lord Clinton.

—Sarah… —Maria llamó mi atención por encima del sonido de la música que llenaba el salón principal de Iscoyd Park, la preciosa mansión georgiana que la familia Godsal poseía desde un siglo atrás y donde mi hermano solía acudir a las cacerías—. Estás muy callada. ¿Te preocupa algo?

Intenté esbozar una sonrisa que más debió de parecer una mueca, ya que el rostro delicado de mi amiga, con sus llamativos ojos azul turquesa y su diminuta nariz, se tornó grave.

—¿Crees que nuestras amigas serán felices en sus matrimonios? —pregunté deslizando la mirada por los bailarines que danzaban por la sala, engalanada con llamativos adornos florales.

—¿Por qué no iban a serlo? Tienen unas casas preciosas y Emma está esperando un bebé.

—No las veo sonreír igual que antes.

—Ahora deben demostrar que saben comportarse en sociedad. —Maria soltó una risita que ocultó tras su mano enguantada—. No como otras.

—¿Me estás acusando de falta de educación? —Reí, fingiéndome escandalizada.

—¡Por supuesto! Llevas años esquivando las buenas conductas.

—Ese es el motivo por el que pensaba que había alejado a todos los pretendientes de la zona, pero según Frederick soy desagradable a la vista.

—Tu hermano no posee el gusto ni la agudeza visual entre sus talentos.

—No, tampoco la cordura. Me va a casar con lord Clinton.

—¿El viejo gordo? —Maria alzó las cejas con asombro.

—¡Lady Watson! —exclamé, divertida—. ¿Qué forma es esa de hablar de mi futuro esposo?

—¡Dios mío, Sarah! ¡Ese hombre es realmente repulsivo! —Se giró hacia todos los lados con cautela mientras los bucles dorados de su recogido volaban a su alrededor, y después añadió en voz baja—: No deseo contrariarte, pero... lord Clinton ha pedido la mano de al menos tres jóvenes en lo que va de año y solo ha obtenido negativas.

—Pues el cielo ha respondido a sus plegarias.

—No puedes casarte con ese hombre. ¡Podría ser tu padre! ¡No! ¡Tu abuelo! Y su aliento... Tuve la insatisfacción de bailar con él la pasada temporada y las dos palabras que intercambiamos fueron acompañadas de un olor pestilente. Ahora entiendo de qué falleció su mujer.

Me eché a reír de tal forma que varios invitados me observaron con desagrado. Tomé aire para serenarme, no quería darle la razón a mi hermano con respecto a mi comportamiento.

Jane Austen había narrado en sus novelas, treinta años atrás, escenarios similares al que me rodeaba. El mundo había evolucionado en ese tiempo; sin embargo, las mujeres seguíamos atrapadas en la misma red, sin posibilidad de decisión.

—Quizá estoy idealizando mi futuro —murmuré alicaída—. Tal como dice Frederick.

—Chisss… —Maria siseó mientras me pellizcaba el brazo tratando de llamar mi atención. El señor Shaw se acercaba en nuestra dirección—. Aquí viene tu posible escapatoria: joven, instruido y un buen bailarín.

—Maria, no me busca a mí. Lleva mirándote con cierta discreción, aunque no la suficiente, toda la noche.

—Tonterías. Tú posees Mottram Hall y él tiene ganas de ascender socialmente. Su familia sufrió unas pérdidas económicas bastante acusadas por unos malos negocios en América.

El señor Shaw era un hombre ciertamente apuesto, disponía de una sonrisa franca, un cabello rubio ensortijado y un porte elegante. Nos saludó con una inclinación de cabeza y acto seguido se dirigió hacia mi amiga.

—Lady Watson, me haría muy feliz si me reservara uno de los próximos bailes.

—Por supuesto —contesté yo por Maria, que se había quedado repentinamente muda—, estará encantada. La polca es su preferida.

—Perfecto, gracias. ¿Y usted no baila, lady Wright?

—Aún nadie se ha atrevido a pedírmelo —respondí con sinceridad. Conocía a Patrick Shaw desde niños, ya que era un buen amigo de mi hermano. Hasta que este, en uno de sus súbitos arrebatos, decidió reemplazar a sus amistades por otras más provechosas.

—Puede que las noticias de su probable compromiso hayan desmoralizado a sus pretendientes —dijo él con su voz suave y elegante.

—Oh, vaya... Ya es de dominio público.

—Este condado es pequeño —añadió el señor Shaw—. Tanto las buenas como las malas nuevas se propagan con facilidad.

—Y como caballero, ¿qué opinión le merece mi futuro esposo? —expuse ante la expresión de pavor de mi amiga. Maria jamás hacía más preguntas de las habituales a un hombre, y siempre dentro de la prudencia y la discreción.

—Desde luego que es un caballero respetable y..., bueno... —El señor Shaw parecía tan preocupado en la búsqueda de un adjetivo afable que sentí lástima por él.

—Agradezco sus palabras, señor Shaw —atajé con una sonrisa—. Ahora le dejo con lady Watson. Es una buena bailarina, así que no dude en pedirle algún baile más antes de que se le adelanten los jóvenes que se encuentran junto a la orquesta.

—Por supuesto, por supuesto. —El señor Shaw lanzó una mirada de evaluación a sus posibles contrincantes y se acercó un paso más a mi amiga—. Lady Watson, no es una polca lo que viene a continuación, pero concédame este baile con urgencia.

Maria, recompuesta por fin de la situación, asintió con un gesto amable en sus labios y un brillo especial en sus ojos que aseguraban demasiadas promesas.

Me despedí rápidamente de ambos y desaparecí entre la multitud en busca de algún lugar solitario. Un lugar, si lo había, en el que nadie supiera mucho más de mi porvenir que yo misma.

Apenas dos meses después del baile en Iscoyd Park, lady Maria Watson y el señor Shaw se desposaban en la catedral de Chester ante un centenar de nobles invitados. El padre de Maria, el barón Watson, tuvo la gentileza de regalar a la nueva pareja una finca de cincuenta acres cerca de Liverpool, que por desgracia alejaba a mi amiga lo suficiente como para no poder visitarla con la asiduidad a la que estaba acostumbrada.

Mis días continuaron solitarios, con algún evento social, las eternas clases de piano y la inmensa biblioteca de mi padre en la que siempre hallaba refugio. En aquel tiempo, lord Clinton me visitó en varias ocasiones, en todas me encontré casualmente indispuesta y no pude recibirlo. Si mi hermano no pensaba tomarme en consideración, yo podría utilizar cualquier recurso en mi mano para alejar de mi vista a lord Clinton, a sus intenciones y a su mostacho el mayor tiempo posible.

Sin embargo, la tenacidad era la mejor (y única) cualidad de mi pretendiente, así que comenzó a asistir a las fiestas a las que no solía acudir y me encontré en la tesitura de bailar con él las mínimas veces para no resultar grosera.

—Espero que se encuentre mejor, Sarah —me dijo con sus evidentes problemas bucales revoloteando a nuestro alrededor mientras bailábamos un vals. Una pieza en la que manteníamos una cercanía demasiado indecorosa.

—Sí, gracias —contesté educada pese a que no recordaba cuándo le había permitido llamarme por mi nombre de pila.

—Me preocupa que estas enfermedades le provoquen esterilidad. Su hermano sabe que necesito un heredero con urgencia.

El comentario consiguió que diera un traspié y estuviera a punto de chocar con la pareja de bailarines de mi derecha.

—Siempre me han dicho que los hijos llegan cuando Dios lo decide, señor —contesté sobreponiéndome a la irritación que me habían causado sus palabras.

—Soy un hombre experimentado, Sarah. Sé que sus caderas anchas son el mejor indicio de la fertilidad.

—Entiendo, entonces, que he tenido el honor de que se fijara en mí gracias a mis medidas. —Había perdido el control de los pasos del baile y el desastre resultaba más que evidente.

—A mi edad no puedo andarme con rodeos.

—Si me disculpa, señor, sufro una nueva indisposición. —Me marché rápidamente, obteniendo miradas y cuchicheos de espanto. Frederick, por desgracia, volvía a tener razón.

El final de la primavera convertía Mottram Hall en un bello cuadro de hermosos y llamativos colores. Los jardines, famosos por su esplendor, eran una parada obligatoria para todo aquel viajero que pasara por el condado. Mis padres habían comenzado la tradición de abrir las puertas de la mansión para los visitantes que así lo desearan y, pese a la reticencia de Frederick, aún de vez en cuando algún viajero se asomaba a disfrutar de la visión de los arbustos en flor, de los estanques llenos de peces anaranjados y de los ciervos que paseaban tranquilos entre los bosques de abedules.

Si se daba la ocasión, me ofrecía como acompañante y relataba todos los pormenores de la construcción de la casa, explicaba cuadros de batallas navales o de tristes naturalezas muertas y me inventaba, por qué no, algún fantasma dolorido que recorría las habitaciones en busca de su amada.

—Señorita Sarah —Louisa, que me perseguía donde fuera como si aún tuviera dos años, reprimió una risa cuando cerramos las puertas tras un matrimonio de viajeros. Era una mujer pelirroja, menuda y fuerte, de risa contagiosa e incontables pecas—, debería escribir historias en vez de leerlas.

—Casi todos los libros de la biblioteca tienen como autor a un hombre. ¿Qué posibilidades abriga una mujer de publicar y ser leída? —Louisa asintió ante tal evidencia—. Jane Austen, Mary Shelley y muchas otras han tenido que recurrir a los seudónimos o al anonimato para ser tomadas en cuenta.

—Pues póngase entonces un nombre de hombre, de esos que parecen acaudalados y atractivos solo con pronunciarlos.

Nos reímos un buen rato mientras tratábamos de dar con alguno.

—¡Querida hermana! —La voz de Frederick en un tono que no era el usual hizo que tanto Louisa como yo nos volviéramos hacia él sorprendidas. Caminaba con aire despreocupado, con sus pantalones de rayas importados de Londres y que creía que estilizaban su figura—. Supongo que estarás de acuerdo conmigo en que ya es hora de organizar un banquete aquí.

—Si no recuerdo mal, los prohibiste hace unos cuantos años.

—Pobrecilla Sarah —dijo de forma melosa y con algo parecido a un gesto cariñoso en mi mejilla—, eso no es posible. Puede que tu memoria comience a fallar, como le ocurría a nuestra madre con las fiebres. Sabes perfectamente que disfruto de ese tipo de velada.

—Quieres que me encargue de la organización, ¿verdad?

—¿No es esa la misión preferida de las mujeres? —Soltó una carcajada—. Intenta recordar: cincuenta personas, tres platos y postre. Algo de música sencilla y pocos adornos florales, no quiero que esto parezca la selva amazónica. La última semana de junio sería perfecta.

—Bien —asentí, y aquella sí que fue la última vez que hablé con mi hermano.

Organizar un banquete o un baile requería de unos nervios templados, grandes dosis de paciencia y un cerebro calculador. Cualquier error en su ejecución podría considerarse como una vergüenza, y tampoco podía faltar de nada, ni jabón en los tocadores ni una buena temperatura en la sala de baile, entre miles de cosas más. Cada detalle era primordial y la vida social del anfitrión dependía de ellos.

Las invitaciones se enviaron dos semanas antes por mensajero y enseguida llegaron las confirmaciones de asistencia. Ninguno de mis amigos o familiares se encontraba en el selecto grupo de invitados escogido por mi hermano, solo un nombre me era de sobra conocido: lord Clinton.

Cuando llegó el día, aún tenía muchas tareas pendientes: terminar de decorar, repasar la cubertería, inspeccionar la comida, perseguir a los jardineros para que podaran los cincuenta setos de la entrada y aparecer ante los invitados bella y fresca como si acabara de levantarme en ese momento de la cama.

Con esa misión, Louisa me escogió un precioso vestido de seda verde, apretó mi corsé hasta privarme auténticamente de la respiración y colocó el armazón de la crinolina a mi alrededor como, si en vez de una mujer, yo fuera una inmensa lámpara de araña.

Pese a mis esfuerzos, no fue una fiesta divertida. Frederick monopolizó las conversaciones para demostrar su amplia sabiduría, su éxito en los negocios y su escueto dominio del lenguaje. El menú resultó al menos delicioso y vi caras de aprobación y palabras de halago. Entonces, cuando los invitados parecían comenzar a disfrutar de la velada, mi hermano se levantó de la mesa con su larga copa en la mano (la cual llevaba rellenando y vaciando toda la noche) y la hizo sonar con la ayuda de una cucharilla.

—Amigos —dijo endulzando el tono y sonriendo ampliamente hasta casi rozar las orejas con las comisuras de sus labios carnosos—, os he invitado esta noche para haceros partícipes de las buenas nuevas.

Sus ojos se clavaron en mí y entonces me di cuenta de la trampa y de lo estúpida que había sido al caer en ella.

—Mi hermana, lady Sarah —continuó con una mueca triunfal—, contraerá matrimonio con lord Joseph Clinton el próximo 2 de agosto. Y, por supuesto, estáis todos invitados al deseado enlace.

Me quedé sin aire y el frío invadió mis extremidades hasta arraigar en mi corazón. Ya no quedaba tiempo para treguas, ni triquiñuelas para aplazar al destino. Contraería matrimonio en menos de cuatro semanas y no había nada que pudiera hacer para evitarlo.

La huida

Los días pasaban con una cruel rapidez. Mi hermano se marchó de cacería para evitar, con toda seguridad, encontrarse conmigo. Era listo y ruin como el bisabuelo.

La temporada social continuaba, pero decliné cada una de las invitaciones a bailes. ¿Cómo iba a poder sonreír en público cuando lo único que quería hacer era llorar? Traté de concentrarme en que aquel era mi papel en la sociedad: casarme, tener hijos, cuidar de mi hogar, pero, pese a que los niños me cautivaban, no podía considerarlos motivo suficiente para casarme con alguien que solo me deseaba como proveedora de un heredero y que, además, aborrecía leer.

Nada me unía con lord Clinton más que una obligación contra la que resultaba imposible luchar.

Paseaba por los pasillos de Mottram Hall cabizbaja, a ratos enojada, a ratos abatida. Aquello, pese a su normalidad, no podía ser justo. No, no iba a permitirlo.

Me detuve delante del único retrato que permanecía en aquella casa de mi bisabuela Margaret. Estaba escondido en la biblioteca, por lo que Frederick, que nunca pisaba aquella estancia, no se había percatado de su existencia.

Observé la similitud de sus rasgos con los míos: ojos marrones, demasiado oscuros para considerarlos interesantes, como repetía mi hermano; cabello castaño, demasiado apagado para brillar con un día de sol, y un cuerpo de curvas pronunciadas que ni el corsé conseguía domar. La tristeza también se reflejaba en su mirada, honda, arraigada. Parecía un reflejo de mi propio espejo.

Margaret había tenido la osadía de tomar un barco hacia lo que entonces eran las colonias de Norteamérica, sin nadie que la esperara al otro lado del océano, sin familia ni amigos. Sola, decidida, fuerte.

Su imagen me infundía coraje. Ahora Estados Unidos no era un lugar tan salvaje y desconocido como generaciones atrás. La guerra de Independencia era ya un lejano recuerdo y las hostilidades contra los británicos habían cesado. Numerosos inmigrantes cruzaban el Atlántico para empezar una nueva vida.

Yo podría ser una de ellos.

La idea consiguió que me flaquearan las piernas y mis rodillas perdieran fuerza, y tuve que tomar asiento en el lustroso suelo de madera. Yo no era tan valiente como mi bisabuela, jamás había cometido una fechoría o me había alejado sola y sin consentimiento más allá de los límites de Mottram Hall. Fuera de los muros de la finca, no podría valerme por mí misma, jamás había tenido que hacerlo.

Inspiré profundo para serenarme. ¿De qué otras opciones disponía? Tenía familiares desperdigados por todo el país que dudaba que pudieran acogerme. Frederick sería incansable y perseverante a la hora de dar conmigo y recuperarme; no podía permitirse un nuevo escándalo. Aquello le desacreditaría para siempre.

Por un segundo sentí lástima por él. Si huía, atraería la desdicha sobre Mottram Hall, mas no podía permitir que mi vida estuviera regida por Frederick. Quería tener la oportunidad de ser feliz o de, al menos, intentarlo.

Si huía, jamás podría regresar a mi hogar, estaría sola ahí fuera, pero la idea de pronto me resultó menos agobiante y desoladora que ceder a un futuro con lord Clinton.

Sabía lo que tenía que hacer, estaba segura. Me levanté del suelo con la vista fija en mi bisabuela y juraría que, por un segundo, la vi sonreír.

Preparar una huida es más sencillo que organizar un baile de sociedad. Ya me había enfrentado a la posibilidad del fracaso con anterioridad y no me asustaba. Solo debía ser meticulosa hasta la extenuación.

Escribí una carta a mi amiga Maria Watson para solicitar una visita. El joven matrimonio acababa de regresar de su viaje de luna de miel y a nadie le extrañaría que quisiera saludarla.

Maria me contestó enseguida rogándome para que la visitara lo antes posible y mi hermano, notificado por Louisa, no puso ningún impedimento para que pasara unos días en casa de los nuevos señores Shaw antes de mi boda. Preparé una pequeña maleta con ropa sencilla y mudas, nada extraordinario para una visita casual. Después hice lo difícil, buscar dinero.

Sabía que teníamos una caja fuerte en el despacho de Frederick donde se guardaban escrituras y documentos importantes, seguramente también dinero, pero desconocía dónde se encontraba la llave. Repasé cada uno de los cajones y solo en uno hallé algunos chelines sueltos y treinta libras dentro de un sobre.

Realmente desconocía cuánto podría costar un billete para América, solo estaba habituada a pequeñas compras de pocos chelines para vestidos, guantes o alguna alhaja. Había escuchado que Louisa recibía un salario como sirvienta de veinte libras al año, por lo que treinta deberían de constituir un botín suficiente para mi huida.

Volví a mi dormitorio antes de que Frederick regresara de su cacería y me vestí rápidamente. Los nervios habían comenzado a aflorar y no podía cometer un error por su culpa. Repasé mentalmente todos los pasos y bajé las amplias escaleras de mármol de la mansión.

El coche de caballos que había solicitado ya se encontraba junto a la entrada. Louisa me acompañó cargando la maleta y la subió al carruaje.

En cuanto se volvió hacia mí, no pude evitar estrecharla entre mis brazos. Durante toda mi vida había estado a mi lado, casi como una hermana mayor, casi como una madre.

—Señorita Sarah —dijo aturdida—, cuidaré de usted cuando se case con lord Clinton. No pienso dejarla sola.

—Lo sé, Louisa. Solo me gustaría decirte que… —podría confiarle a Louisa cualquier secreto, incluso mi vida, pero no podía involucrarla en mi decisión. Su trabajo podría depender de ello— te voy a echar de menos.

—¡Qué cosas tiene! Solamente serán un par de días. Salude a lady Maria de mi parte y deséele toda la felicidad.

Asentí repetidamente con un grueso nudo en la garganta. Mi visión comenzó a enturbiarse y tuve que reprimir las ganas de echarme a llorar. Dirigí una última mirada a Mottram Hall, a su imponente fachada, a sus altas chimeneas, a los perfectos setos en flor. Allí atesoraba dieciocho años de recuerdos, muchos tan felices que me acompañarían de por vida.

Tomé asiento en el carruaje y dirigí mi atención al frente. Ya no había vuelta atrás, jamás regresaría. Inspiré hondo mientras la silueta de mi hogar desaparecía de mi vista.

Tardamos casi una jornada en llegar a la propiedad que los nuevos señores Shaw tenían a las afueras de Liverpool. Era una preciosa casa de tres plantas de estilo neoclásico con un amplio patio de caballerizas, un gran jardín con setos formando un laberinto y varios edificios para los establos. Desde luego que no era la lujosa mansión que el padre de Maria, el barón Watson, poseía en Chester, pero para el señor Patrick Shaw, cuya fábrica familiar de perdigones de plomo había sufrido serias adversidades en sus exportaciones a Estados Unidos, suponía un buen ascenso social.

Maria estaba en la puerta esperándome con nerviosismo, me dio un abrazo antes incluso de que apoyara los dos pies en el suelo de la entrada y estuvo a punto de hacerme perder el equilibrio.

—¡Sarah! ¡Cuánto te he echado en falta!

—Incluso disfrutando de un mes de luna de miel con el apuesto señor Shaw, ¿me has echado de menos? —Sonreí—. Me lo tienes que contar todo.

Ella asintió feliz, estaba preciosa con su cabello rubio suelto sobre los hombros y su silueta estilizada en un sencillo vestido de flores. Todo lo contrario a mí.

Aquellas últimas horas de la tarde las pasamos entre risas, tazas de té, bizcochos y numerosas anécdotas de nuestro pasado en común.

—Quédate una semana —me dijo antes de que nos fuéramos a acostar—, ¡qué digo! Quédate un mes. Te necesito a mi lado. Patrick no regresará de Londres hasta dentro de varios días.

—Ojalá pudiera, pero el 2 de agosto será mi enlace con lord Clinton.

La lámpara de aceite tembló en su mano. La tenue luz bailó por la antesala de los dormitorios, formando extrañas sombras sobre los muebles.

—No puedo permitirlo —apuntó solemne—. Tenemos que evitarlo.

—Mañana… —dudé antes de hablar. En ningún momento había considerado hacer partícipe a Maria de mi descabellado plan. En ese momento, con la tenacidad de sus ojos sobre los míos, vacilé en mis convicciones—, mañana hablamos, Maria.

No podía dormir. En mi cabeza se agolpaban mil dudas y temores. Me mantuve despierta tratando de leer, con la escasa luz de la lámpara, un viejo volumen de *La tragedia de Macbeth*. En esta ocasión Shakespeare no conseguía abstraerme pese a las brujas, maleficios y guerras que llenaban el argumento.

Me levanté de la cómoda cama y tomé asiento junto a la ventana. La luna llena dibujaba los establos, al otro lado del patio, otorgándoles un aspecto tétrico. Desde allí podía ver las altas copas de un bosque cercano, tras el cual comenzaba la ciudad de Liverpool.

En ese momento, una sombra pasó rauda bajo la ventana y desapareció tras la puerta de una de las cuadras. Me quedé paralizada, sorprendida por la irrupción, dudando de mi propia visión. Solo había sido capaz de distinguir una capa oscura y un rápido movimiento, más parecido al de un halcón que al de un ser humano.

Me incorporé presa de la curiosidad. ¿Mis temores comenzaban a provocarme alucinaciones? Debía constatarlo.

Tomé la lámpara, cubrí mis hombros con una toquilla y, descalza, salí al pasillo. El dormitorio de Maria se encontraba al otro lado del vestíbulo, el de su esposo a su izquierda, y suponía que los del servicio estarían en la planta baja. El silencio reinaba en toda la casa, pero bajé las escaleras con sigilo. No quería tener que dar explicaciones de mis excursiones nocturnas.

Llegué al patio. A aquellas horas, pese a encontrarnos en julio, hacía frío y caía una fina lluvia, y comencé a echar en falta las zapatillas y algo más de abrigo. Avancé decidida hacia los establos, aún no tenía más emociones conocidas rondando que la de la curiosidad. Jamás había estado en peligro, jamás había sentido alguna amenaza o miedo, más allá de tener como esposo a lord Clinton.

Abrí la vieja puerta de la cuadra, que chirrió súbitamente. Otro movimiento al fondo me puso en alerta. El establo disponía de varias dependencias independientes para los caballos. Maria sentía predilección por aquellos animales y se había traído de su antiguo hogar más de una decena de ellos. Reconocí a varios enormes purasangres negros y a un Suffolk Punch color canela, que se encontraba extremadamente nervioso.

Avancé hacia él con la intención de sosegarlo y entonces distinguí un bulto oculto detrás de los fardos de paja.

—¿Hola? —dije de pronto nerviosa—. Espero que no esté intentando robar algún caballo. El señor Shaw tiene un carácter difícil y más de un fusil, no le aconsejo enojarle. Si, por el contrario, solo ha venido a guarecerse durante la noche, muéstrese y podré traerle, si así lo desea, algo de comer.

El bulto se mantuvo inmóvil y me aproximé. El Suffolk Punch desplazó a un lado su cuerpo robusto y fuerte, de caballo de tiro, dejándome paso, y me encontré a una escasa distancia de los fardos y del tímido visitante.

Me agaché junto a la paja. El extraño desprendía aroma a tierra, a rancia humedad que destacaba por encima del olor de los caballos. Una de sus manos, pálida, de largos dedos, aferraba la capa para mantenerse oculto. En su pulgar portaba un sello de oro con la efigie de un dragón.

Apoyé la lámpara a un lado y, estirando el brazo, aparté la tela que lo cubría. A la vista quedó un rostro joven, masculino, de pómulos demacrados, cabello negro revuelto e intimidantes ojos azules.

Reaccionó a la claridad como si fuera la mismísima luz solar, y retrocedió hasta topar con la pared con auténtica desesperación. Su cuerpo se agitaba tembloroso, parecía tener frío. Atenué la intensidad de la lámpara.

—Tranquilo —dije—. ¿Está bien?

El joven apartó con reticencia la capa. Su rostro se ocultaba entre las sombras, enterrado por mechones de su largo cabello oscuro. Sus facciones eran elegantes, marcadas, y presentaba una boca atractiva con algunas heridas en sus labios. Había visto hombres apuestos, el condado de Cheshire se podía enorgullecer de la calidad física de sus habitantes masculinos; sin embargo, jamás había visto una belleza similar, perturbadora, salvaje. Jamás me había quedado absorta ante un rostro, jamás hasta esa vez.

Me di cuenta demasiado tarde de que llevábamos un rato excesivo observándonos en silencio, a una distancia escueta y en una situación que rozaba lo peculiar.

Retrocedí, recobrándome de mi osadía, e inspiré hondo un aire que parecía haber repelido durante todo aquel tiempo.

—Quizá será mejor que no salga de su escondite —añadí con el corazón palpitando rápido—. Voy a traerle algo caliente de comer y una buena manta.

Salí del establo más nerviosa que cuando había entrado persiguiendo a una posible alucinación. Recordé el frío y la lluvia, que en ese momento descargaba todo su poder, en cuanto regresé al patio. Corrí hacia la casa y me colé tiritando. Tardé un rato en apaciguarme y recobrar el calor, entonces me dirigí a la cocina y rebusqué hasta dar con la sopa que habíamos cenado. No disponía de ninguna noción culinaria, pero sabía cómo encender un fogón para calentar la comida.

Después subí a mi dormitorio, me puse las zapatillas y cogí una manta, almacenada en el armario entre sábanas que olían a lavanda.

Con el cargamento de sopa y abrigo, entré de nuevo en el establo. Los caballos resoplaron disgustados, hartos de ver perturbado su descanso esa noche. Por un momento no encontré al intruso y sentí cierta desilusión, pensando que el objetivo de mi labor de beneficencia se había esfumado. Sin embargo, el joven seguía allí. Se incorporó ligeramente y apoyó la espalda en la pared. Tiritaba bajo aquella capa húmeda con la que se cubría.

Le tendí la manta, que aceptó con desconfianza, y se lanzó con auténtica avidez al tazón de sopa humeante que le ofrecía. Comía llevado por la urgencia, con desesperación. Lucía unas ojeras acusadas y un corte en la sien, y vi que los nudillos de sus manos estaban amoratados y que tenía algunas uñas rotas.

Tomé asiento en el fardo de paja mientras el joven se acababa la sopa, intentando disimular mi interés por él. Jamás había visto a alguien tan mugriento y apaleado. ¿Sería uno de esos malhechores de los que hablaba la gente? ¿Un ladrón? ¿Habría robado el sello de oro que llevaba en su pulgar? Desconocía completamente el mundo de los delincuentes, pero estaba familiarizada con el de las joyas, y aquella era de las valiosas.

Encogió la mano viendo que yo no cesaba de observarla y la ocultó bajo la manta. El tazón, a su lado, se hallaba vacío.

—Soy Sarah —me presenté—. ¿Cuál es su nombre?

Me observó con la manta cubriéndolo hasta la nariz. Había temor, pero también curiosidad, en aquella mirada turquesa.

—Caleb —susurró con dificultad.

—¿Ha robado ese anillo, Caleb?

Negó despacio con la cabeza. Cada movimiento parecía sobrellevar un gran esfuerzo, gotas de sudor perlaban su frente, y me pregunté si padecería algún tipo de infección. No era buena idea, más bien pésima, compartir espacio con alguien enfermo cuando pensaba realizar un largo viaje.

—¿Se encuentra mal?

Asintió y, poco a poco, deslizó la manta hasta apoyarla en el suelo. Llevaba puesta una chaqueta vieja, descosida, y debajo una camisa sucia. En el costado, una mancha oscura se extendía por la tela. Tardé en comprender que aquello era sangre… Él se desabotonó la camisa y me enseñó el alcance de su herida.

Su piel pálida como la luna mostraba magulladuras y heridas, algunas ya cicatrizadas. A la derecha del vientre, de musculatura bien definida, vi un corte abierto que él mismo había tratado de proteger o curar con un trapo, que ya estaba completamente empapado.

—¡Dios mío! —exclamé sin saber bien qué hacer—. ¿Qué le ha sucedido?

Me levanté aturdida, pero me esforcé en centrarme en lo que tenía que hacer. Llené un cubo con agua del abrevadero y me despojé de mi toquilla. Con cuidado, separé el trapo sucio de su piel y limpié la herida con agua. Pese a la abundancia de sangre, el corte no parecía demasiado profundo.

—¿Le han disparado? —pregunté. Había leído que en esos casos se debía extraer la metralla para que la herida pudiera curarse.

—No —masculló con los dientes apretados por el dolor, mientras yo continuaba tratando de limpiar el corte con las peores dotes de enfermera posibles—. Un cuchillo.

—Bien. —¿Bien?—. Mejor. De todas formas, mi primo William se abrió la frente al caerse de un árbol centenario que hay en mi jardín y tuvieron que coserle la brecha —dije, dándome cuenta de que mi verborrea, de la que tanto se quejaba mi hermano, era un mal que me dominaba cuando estaba nerviosa o preocupada—. Quizá debería…, deberíamos hacer lo mismo.

—Sanará —murmuró él espaciando cada sílaba—. Solo… necesito… descansar.

Parecía realmente exhausto, apenas podía moverse. Utilicé mi toquilla para cubrir la herida y evitar que continuara sangrando, y la até con un nudo alrededor de la cintura. Después lo ayudé a tumbarse y lo tapé con la manta. Cerró despacio los ojos, como si no se atreviera a perder la consciencia, pero el cansancio al final pudo con él.

Resoplé agotada y me dejé caer en la paja a su lado. ¿Quién era aquel hombre? ¿Algún tipo de señal divina para que no escapara? Dios era desde luego muy imaginativo.

Miré mis manos manchadas de sangre y me las lavé. Pese a la lástima que sentía por el joven y el desconcierto que me producía su mirada azul, debía continuar con mi plan de huida. Nada ni nadie podían detenerme.

Great Britain

Me desperté cuando Maria entró en mi habitación con sus pasos rápidos y firmes y descorrió las cortinas de las ventanas.

—A levantarse, holgazana. ¡Es casi mediodía!

Me incorporé súbitamente tratando de ubicarme y de reconocer como pesadilla lo que había sucedido de madrugada.

—Podríamos dar un paseo a caballo por la finca —dijo mi amiga sentándose en el borde de la cama—. Mi padre me ha regalado un nuevo purasangre, debes verlo.

—¡No, no, a caballo, no! —dije rápidamente, recordando al muchacho de las cuadras y consiguiendo que Maria se echara a reír—. Mejor un paseo… Necesito estirar las piernas.

—Vale, pues una buena caminata hasta el río, pero antes debes desayunar. Voy a decirle a Lucy que te suba algo de comer. —Me palmeó la pierna con cariño—. ¡Estoy tan feliz de tenerte aquí!

—Yo también —contesté con sinceridad—. ¿Qué tal la luna de miel? ¿Y Patrick…, es decir, el señor Shaw?

—París es extraordinario, una bellísima ciudad. No sé por qué los ingleses nos empeñamos en mantener trifulcas con los franceses ¡si tienen una comida magnífica y unas telas sublimes! —Parecía entusiasmada—. Patrick me compró tres vestidos. Te los tengo que enseñar.

—Me alegro de que tu esposo tenga buen gusto, pero no me has contestado. ¿El señor Shaw se porta bien contigo? ¿Es el matrimonio como habías pensado?

—Patrick es un buen hombre —sopesó sus palabras, pensativa—. Creo que se siente abrumado por la presión que ejerce mi padre sobre él y porque la fábrica que posee su familia no va demasiado bien. No lo sé con certeza, los hombres son poco dados a compartir sus pesares. Y por lo demás... Bueno, la noche de bodas quizá no fue como había imaginado... —Sus mejillas se sonrojaron hasta adquirir la tonalidad de un tomate.

—Mi imaginación es escasa y no encuentro un solo libro que me otorgue un indicio de qué hay más allá del simple cortejo, así que ni siquiera sé qué esperar. ¿Qué sucede exactamente?

—¡Sarah! —exclamó nerviosa—. ¡Es algo íntimo!

—No puedes dejarme con la incógnita, Maria —me quejé—. Sabes que yo te hubiera informado con todo lujo de detalles.

—Hay que quitarse la ropa —soltó de sopetón, para acto seguido taparse la boca con la mano avergonzada.

—¿Para qué?

—Para que pueda tocarte y..., bueno, después te tumbas y... es doloroso. Algo raro. No sabría explicarlo bien, pero mi madre dice que nuestros encuentros mejorarán con el tiempo.

—¿No resulta recomendable entonces?

—¿Recomendable? —Maria soltó una carcajada—. No lo sé. Supongo que no.

Resoplé levantándome el mechón castaño que tapaba mi visión.

—No quiero imaginarme una noche de bodas con lord Clinton si con un esposo atractivo como el tuyo no resulta recomendable.

El rostro dulce de Maria se tornó grave, preocupado.

—Tienes un plan, ¿verdad, Sarah? —dijo tomándome de la mano y acariciando mis dedos—. Tú, menos que nadie, puedes casarte con él. Eres lista, risueña y divertida. Ese hombre acabará con esa parte de ti, y me matará comprobarlo.

—Frederick no cree que pueda optar a algo mejor.

—Tu hermano es mezquino. —Clavó sus ojos claros en los míos. Estaba segura de que sabía leer mi mente—. ¿Qué vas a hacer? Cuéntamelo.

—Voy a escapar, Maria. Siento haber utilizado tu amabilidad como excusa, pero eres mi primer paso hacia la libertad.

—Y me alegra escucharlo. Si pudiera retenerte y detener esa boda, lo haría.

—Lo sé. —Apreté sus manos entre las mías—. Lo que no quiero es obligarte a guardar el secreto. Voy a tomar un barco hacia América, es el único lugar en el que Frederick no podrá buscarme.

—¿América? ¡No volveré a verte! —Maria parecía aturdida, triste—. Sin embargo, creo que tienes razón. Tu hermano revolverá Inglaterra en tu búsqueda. ¡Será un auténtico escándalo!

—¿Crees que me comporto de forma egoísta? ¿Hago bien?

—Solo Frederick sufrirá las consecuencias de las habladurías, y créeme cuando te digo que esas situaciones son más benévolas con los hombres. Saldrá adelante sin problemas. —Mi amiga se levantó de la cama con un súbito entusiasmo—. ¿En qué te ayudo?

—Pensaba tomar uno de los barcos que salen del puerto de Liverpool mañana, pero ha surgido un… imprevisto —Me miró como si ya nada pudiera sorprenderla—. ¿Me puedes prestar algo de ropa de Patrick?

Entramos en los establos de la mano. Los caballos parecieron darse cuenta de la presencia de su dueña y se revolvieron complacidos hasta que Maria se detuvo a acariciarlos.

Señalé el fondo de la cuadra y nos acercamos con sigilo. El sol de la tarde se filtraba débil a través de las pequeñas ventanas de la edificación, marcando el suelo lleno de forraje con su luz.

El muchacho se había refugiado en una esquina y había construido una especie de escondite con varios fardos de paja. La chaqueta y su capa reposaban a un lado.

—Caleb —dije con suavidad—, esta es mi amiga, la señora Shaw. Traemos comida y algo de ropa.

Maria se mantuvo a mi espalda, nerviosa, agarrándome de la cintura.

—Debe de tratarse de un borracho —susurró en mi oído—. Ten cuidado.

Caleb se incorporó turbado y nos dirigió una mirada llena de desconfianza.

—¿Comida? —preguntó únicamente.

Le tendí un plato con una buena ración de asado y un trozo de pan. Arrastrando a Maria, que seguía anclada a mi espalda, conseguí acercarle también un poco de agua.

—Gracias —dijo en un murmullo, y empezó a devorar los alimentos con ansiedad.

—¿Qué hace en mis establos, señor…? —indagó Maria, viendo que el muchacho no tenía más anhelo que la comida.

Caleb dejó el plato a un lado, se limpió la boca con el dorso de la mano y levantó su intensa mirada hacia Maria. La sostuvo durante unos segundos, como si estuviera sopesando su respuesta.

—Caleb Hay —murmuró él al fin. Su voz era profunda, un poco ronca—. Siento las molestias. Me encontraba desfallecido, pero partiré sin dilación hacia Liverpool.

—¿Y qué planea hacer en la ciudad, señor Hay? —continuó Maria envalentonada.

—Embarcarme hacia América.

Permanecimos en silencio, meditando sorprendidas la información.

—Asombroso —añadió mi amiga, tan atónita como yo misma—. ¿Tiene algún motivo importante para un viaje así?

—No lo llevaría a cabo si no fuera crucial —contestó con sequedad.

Maria tiró de mí hacia la puerta sin discreción y me sacó de los establos. Allí fuera, con el sol brillando sobre su cabello rubio, anduvo de un lado a otro recapacitando.

—No, no, Sarah. Te conozco. No me digas lo que vas a decir.

—Debo ir con el señor Hay —apunté al fin, apoyando las manos en sus hombros y mirándola fijamente—. Es el destino.

—¡Oh, no! ¿Desde cuándo crees en esas cosas?

—Desde que un joven mugriento, con la intención de viajar a América, se coló entre tus purasangres. ¿No resulta una casualidad increíble?

—Tanto Liverpool como Bristol forman los dos únicos puertos de los que zarpan todos los barcos con destino a Nueva York o a Boston. No hay nada extraño en eso.

—Dime que no has pensado que la providencia tiene unas formas retorcidas de mostrarse.

—Tienes razón, lo he pensado —cedió nerviosa—. Pero no conocemos a ese joven. Podría tratarse de un peligroso malhechor.

—Un malhechor bien instruido, puesto que utiliza la palabra «dilación» con absoluta tranquilidad. —Intenté esbozar una sonrisa despreocupada—. Únicamente compartiré el carruaje con él hasta el puerto. Llamaré menos la atención con un hombre a mi lado.

—Eso no es un hombre, por más mirada encantadora que tenga, es un desconocido. —Resoplé y ella se rio—. ¿Por qué me das tantos disgustos? ¡Primero lo de lord Clinton y ahora esto! Vale, te otorgo mi bendición, pero tendremos que conseguir que ese joven harapiento luzca decente si ha de acompañarte.

El puerto de Liverpool se encontraba en el paso del río Mersey por la ciudad y estaba formado por bulliciosos muelles con numerosos veleros y barcazas. Enormes edificaciones de ladrillo de tres o cuatro alturas, la cúpula del ayuntamiento y la picuda torre de la iglesia de Saint Paul completaban un escenario abarrotado de carros, caballos y trabajadores. El vocerío y el ruido, en aquel nublado 25 de julio, nos envolvieron en cuanto nuestro carruaje se detuvo.

Maria había insistido en que yo fuera delante con el cochero y que nuestro «invitado» fuese en el interior, ataviado con un traje de Patrick, que le quedaba excesivamente corto, y la capa oscura que ya poseía y que desentonaba con la buena temperatura del verano. Su cabello negro, sorprendentemente largo, lo había escondido bajo un sombrero. En su mugrienta chaqueta, había encontrado una llave y un cuaderno que a todas luces podría ser un diario. Antes de deshacernos de la prenda, mi incorrecta curiosidad me había obligado a guardar ambos objetos a buen recaudo en mi maleta, en busca del momento propicio para devolvérselos a su propietario.

La despedida con mi amiga había estado cargada de lágrimas, de deseos y de miedos. Jamás volveríamos a vernos, y aquella realidad resultaba más dolorosa que cualquier infortunio con el que pudiera toparme por el camino. O eso pensaba en aquel momento.

Mi aventura, la trascendental, comenzaba allí, en el puerto de Liverpool, junto al pequeño edificio de venta de billetes. Me apeé del carruaje y tras recoger mi maleta y una bolsa con algunos víveres que me había preparado Maria, me adentré en la penumbra de la única sala que formaba la construcción. Había varios bancos alargados de madera donde esperaban familias con sus equipajes. Algunos niños dormían sobre las piernas de sus madres, otros jugaban llenando de vida el austero lugar. Me situé en una larga cola para acceder al mostrador de venta.

—¿Qué quiere, señora? —Un hombre de larga barba y espeso bigote me hablaba mientras yo me fijaba en las personas que me rodeaban: familias, parejas, hombres de negocios en regios trajes oscuros, pero ni una mujer sola.

—Deseaba comprar un billete para el primer barco que parta hacia América. —Me acerqué ante la atenta mirada del hombre. Me había puesto un vestido sencillo, como los que llevaba Louisa; nada que me hiciera destacar.

—El SS Great Britain zarpa a mediodía hacia Nueva York —dijo observándome sin reparos—. No obstante, en este viaje inaugural no hay disponible una segunda clase.

—¿Y la primera?

Me revisó de nuevo.

—¿Tiene suficiente dinero?

—Por supuesto. —Treinta libras y doce chelines llenaban mi bolso.

—Bien. —Comprobó un listado con una media sonrisa indeterminada—. Hay un camarote doble. Veintiséis guineas por persona, cincuenta y dos en total

—¿Guineas? —me extrañé. En pocas ocasiones había visto aquellas monedas de oro cuyo valor era superior al de la libra—. ¿Ese es el precio solo de la ida?

—Sí, señora —contestó el hombre, hastiado, casi a voz en grito—. La tercera clase son quince libras por persona. ¿Le parece más apropiado para su bolsillo?

Asentí avergonzada y le tendí el dinero.

—Necesito sus nombres y la firma de su marido.

—No viajo con mi marido —murmuré, y me volví a mirar la fila de viajeros que crecía detrás de mí, nerviosos porque me demorara tanto en la compra del billete.

—Señora, como comprenderá, no puedo venderle un billete si no va acompañada por…

—Su hermano.

Un hombre se había apoyado a mi lado en el mostrador. Su voz era ronca; alto, hasta casi sacar una cabeza a los presentes, y cubierto con una capa oscura. Allí de pie, no mantenía ningún parecido con el joven malherido que había encontrado en el establo.

—Apunte —le indicó con cierto menosprecio—: Caleb… Addison y mi hermana, la señorita Sarah Addison.

—Bien, señor Addison. Firme aquí. —El vendedor le tendió una lista de pasajeros donde había escrito nuestros supuestos nombres—. El camarote de tercera tiene capacidad para cuatro pasajeros, pero, por la hora que es y las plazas que quedan, puede que se libren de tener compañía. Buen viaje.

Me separé del mostrador, sintiéndome humillada. Cada vez que pensaba que la vida de las mujeres era como la de unos títeres en las manos de los hombres, sucedía algo que reforzaba más esa idea. No podía viajar sola porque ¡no podía comprar un mísero billete por mi cuenta! ¡Y no podía escoger marido, ni futuro! Si nadie pensaba que pudiera hacerlo, ¿por qué quería intentarlo? Pero allí estaba, desafiando a un mundo que no parecía fabricado para mí.

Caleb dio un traspié a mi lado. Si no hubiera tenido los reflejos de sujetarlo, se habría desplomado en el suelo. Se apoyó en mis hombros, como si no dispusiera de fuerzas para sostenerse en pie, y conseguí llegar a uno de los bancos para que tomara asiento.

Me agaché delante. No tenía buen aspecto. Su rostro lucía macilento y el sudor resbalaba por su frente. Además, respiraba entrecortadamente. Llevó su mano al costado, visiblemente dolorido.

—¿Tiene algo de comer? —murmuró despacio, con esfuerzo.

Maria me había preparado un buen surtido de alimentos. Saqué de la bolsa lo primero que encontré: pan y un trozo de queso. Caleb los consumió rápidamente, pero no me pidió más.

—¿Le duele la herida? —pregunté.

—Estoy mejor —susurró, levantando la vista y fijándola unos segundos en la mía. Tenía unos ojos preciosos, enmarcados con densas pestañas oscuras y dotados de una mirada diferente, indescifrable—. Deberíamos dirigirnos al barco.

Los viajeros salían por una puerta al fondo de la sala y los seguimos, pausadamente, hacia el exterior. Allí no pude evitar detenerme obnubilada, sin palabras que lograran expresar mi sorpresa.

Jamás había visto nada igual. Un gigantesco barco emergía en aquel muelle abarrotado de gente. El casco, negro como el carbón, presentaba filigranas doradas; los altos mástiles enarbolaban infinidad de banderas, destacando en cada extremo las de Estados Unidos y Gran Bretaña.

El ruido resultaba ensordecedor, la gente se agolpaba por todas partes luciendo sus mejores galas: sombreros de copa, vestidos de todos los colores, sombrillas…

Caleb tiró de mí hacia el barco y empezó a abrirse paso como pudo entre la multitud. Los comentarios a nuestro alrededor sobre la reciente visita de la reina Victoria, el lujoso interior del navío y su inmenso tamaño me sugerían que me encontraba ante un evento único.

Conseguimos llegar hasta la pasarela de embarque, que, con una pendiente demasiado acusada para las escasas fuerzas de mi acompañante, llevaba hasta la primera cubierta del barco. Un miembro de la tripulación buscó nuestro nombre en la lista y acto seguido nos indicó unas escaleras que descendían hacia las profundidades.

—Camarote cincuenta y seis —nos informó, áspero.

La gente elegantemente vestida de, con seguridad, la primera clase siguió en la cubierta, despidiéndose con la mano de sus seres queridos, que los saludaban con entusiasmo desde el muelle.

Bajamos tres plantas, siguiendo a otros pasajeros en nuestras mismas circunstancias, y nos encontramos con un pasillo estrecho y alargado. Había puertas numeradas a ambos lados y las parejas y familias comenzaban a ocupar sus camarotes.

El camarote cincuenta y seis se encontraba en el extremo izquierdo del corredor. Las voces y los ruidos rebotaban en las paredes haciendo que la algarabía resultara insoportable, por lo que agradecí entrar en nuestro habitáculo y cerrar la puerta. La sensación de opresión no mejoró allí, puesto que se trataba de una pequeña estancia, con dos literas a ambos lados y un diminuto lavabo enfrente. No había ventanas ni apenas espacio para movernos o colocar nuestras escasas pertenencias.

Falta de aire, apoyé la espalda en una de las paredes recubiertas de madera oscura. Me sentía agobiada por tener que compartir el minúsculo camarote con un desconocido.

—Gracias —dijo de repente, tomando asiento en la cama inferior de la litera—, no tenía ninguna intención de comprar un billete. Pensaba viajar de polizón. Ahora le debo quince libras y mi agradecimiento.

—No me iban a dejar embarcar sola, así que el favor ha sido mutuo.

—En mi opinión, si queremos hacernos pasar por hermanos, deberíamos abandonar los formalismos, ¿no le parece…, Sarah?

Un escalofrío recorrió mi espalda al escucharle pronunciar mi nombre, como si una ráfaga de aire gélido hubiera atravesado la pared.

—Sí, lo entiendo —añadí incómoda—, pero mi esperanza reside en que sobren plazas y podamos utilizar diferentes camarotes.

—Por supuesto, si encuentro uno libre, me mudaré rápidamente. —Asintió Caleb, ante mi alivio.

De pronto, como si fuera algo usual, Caleb se deshizo de la chaqueta de Patrick y comenzó a desabotonarse la camisa.

Reaccioné tarde. Para cuando me di la vuelta y enfoqué mi mirada en la pared, ya había podido memorizar cada línea de su torso, tan parecido al de las estatuas griegas que decoraban los jardines de Mottram Hall.

—No creo que esto sea apropiado… —me quejé, molesta.

—Tengo que cambiarme el vendaje —explicó, y podría jurar, sin mirarlo, que sonreía—. Aún no he encontrado la forma de hacerlo vestido.

—Muy gracioso, señor Hay. Pero, si vamos a compartir este espacio, tendremos que establecer unas normas de conducta.

—No desnudarse, esa la primera.

Me giré hacia él con los brazos en jarras y cierta incomodidad. Se estaba limpiando la herida en el pequeño lavabo, y sin duda le dolía.

—¿Se está burlando de mí?

—No era mi intención —dijo con los dientes apretados mientras intentaba colocarse con desacierto una nueva venda, afianzándola alrededor de la cintura—. No estoy acostumbrado a las relaciones sociales y he debido de perder las buenas costumbres.

—¿Necesita ayuda? —pregunté obligada por su torpeza.

—Por favor —claudicó, alzando las manos por encima de su cabeza y permitiéndome maniobrar con el vendaje.

Hay momentos puntuales en los que adviertes que lo que estás sintiendo, lo que notan tus sentidos, sucede por primera vez, que jamás has percibido nada igual. Y aquel fue uno de esos momentos. Cerca de su cuerpo, con mis brazos rodeando su cintura, respirando el mismo aire a pocos centímetros de distancia, se había creado una atmósfera extraña, absorbente. No conseguía entender por qué mi corazón había comenzado una carrera frenética y mi estómago se había contraído. ¿Podía estar sufriendo algún tipo de indisposición?

Disimulé como si fuera una enfermera experimentada y, con mi mejor gesto de calma y aplomo, anudé el vendaje y retrocedí un paso sin ser capaz de encarar su mirada.

—Resulta increíble comprobar lo bien que cicatriza, señor Hay.

—Caleb. Recuerda que soy tu hermano.

—Sí, eso. —Me limpié las manos en la falda, con un gesto nervioso, y miré a mi alrededor sin saber qué hacer—. Voy a dar una vuelta.

Y, sin esperar respuesta, abrí la puerta y salí del camarote completamente desconcertada.

Primer día de viaje

El pasillo de tercera clase era un hervidero de críos corriendo, maletas y voces. Costaba avanzar mientras curioseaba las puertas abiertas de algunos camarotes, muy similares al mío, y sorteaba a niños pequeños, bultos y hasta lo que parecía una jaula con gallinas.

Tras la escalera, había una habitación alargada, modestamente decorada, con mesas y bancos junto a las paredes pintadas de blanco, denominada con grandes dosis de imaginación «sala general». Gracias a varios ojos de buey, poseía iluminación natural.

Continué avanzando hasta encontrar el comedor, donde las largas mesas oscuras se encontraban preparadas para la cena, con vasos y cubiertos, y rodeadas de sencillas sillas de madera. Las paredes presentaban carteles de la compañía naviera e información del buque. «El SS Great Britain, propiedad de la compañía naviera Great Western Steamship —leí—, realiza el trayecto entre Liverpool y Nueva York con una velocidad media de nueve nudos. Es el primer trasatlántico con un doble casco hecho de hierro y el más grande del mundo».

Había un cuadro de la botadura del barco y, junto a él, un reportaje del periódico *Bristol Mirror* que se hacía eco de la magnitud del evento y de la excepcional presencia del príncipe Alberto.

Hasta entonces no me había percatado, pese a todo el bullicio exterior y la gran expectación, de que aquel era el viaje inaugural del Great

Britain. No pude evitar que ese hecho me causara cierta preocupación ya que, unos años atrás, el Great Western, de la misma naviera, había sufrido un gran incendio en la sala de máquinas en su primer viaje.

De pronto, el barco silbó con un prolongado y ronco pitido. Di un salto en el sitio sobresaltada y enseguida noté que estábamos moviéndonos. Fuera, la gente debía de haber estallado en aplausos y vítores, pero allí dentro solo escuchaba el grave ronroneo de la sala de máquinas y los quejidos del armazón.

Salí del comedor rogando para que aquel viaje no conllevara ninguna desdicha. Pero trece días después, a solo uno de nuestra llegada a Nueva York, supe que mis oraciones habían sido ignoradas.

Regresé sobre mis pasos y fui deteniéndome en cada camarote para comprobar si en alguno de ellos había una plaza libre, pero el infortunio estaba empeñado en darme disgustos: todos estaban completos. Así que, mientras llegaba a mi camarote, me hice a la idea de que los siguientes días lo compartiría con un extraño.

Abrí la puerta con cierto nerviosismo y constaté, para mi sorpresa, que la cabina estaba vacía. Aproveché para lavarme rápidamente y cambiarme de ropa, después coloqué mis pertenecías en una balda situada junto a la entrada y saqué el único libro que me había traído: *Frankenstein*, de Mary Shelley. Una primera edición de tapas grises, fechada en 1818, que mi padre me había regalado cuando cumplí doce años, bajo la promesa de que no lo leería hasta los dieciséis y que únicamente cumplí hasta los catorce. Él estaba seguro de que algún día aquella primera edición valdría un millón de libras, así que, pese a la incredulidad que me provocaban sus palabras, lo guardé como si fuera un tesoro. Ahora era, junto con una gargantilla de perlas de mi madre, uno de los dos únicos recuerdos que me acompañaban en el viaje.

El sonido de una campanilla me hizo levantar la vista del libro un buen tiempo después. Asomé la cabeza por la puerta y vi que la gente se dirigía hacia las escaleras.

Una familia con una niña de unos quince años y otra que no llegaría a los diez salió del camarote de enfrente. La mujer, de ensortijados rizos pelirrojos y vivos ojos verdes, me dirigió una rápida sonrisa.

—Discúlpeme —la detuve—, ¿qué sucede?

—Podemos subir a la cubierta a tomar el aire —dijo con un acento cerrado, difícil de entender—. Los ricos pueden hacerlo a cualquier hora del día, pero nosotros solo dos veces.

Revisé el pasillo tratando de hallar a Caleb.

—Vente con nosotros —me dijo—. Ya nos encontrará tu marido.

—Es mi hermano —expliqué, siguiéndolos—, y no tengo ni idea de dónde se ha metido.

—Hazme caso, los hombres solo están en dos sitios: o en la taberna o cagando. —Soltó una carcajada y, pese a la palabra malsonante, no pude evitar reírme—. Yo soy Amelia y este es mi marido, Edwin. Las crías se llaman Fanny y Jane.

—Yo soy Sarah... Addison —dije estrechando la mano que me ofrecía como saludo—. Encantada de conoceros.

—Debes de ser institutriz, ¿verdad? —me preguntó—. Se te ve muy educada.

Sonreí por toda respuesta y subimos tres plantas hasta llegar a la cubierta exterior. El viento salino me golpeó el rostro nada más cruzar la puerta. Una bocanada densa de aire llenó mis pulmones y gotitas de agua mojaron mi rostro. Avancé hacia la barandilla, impresionada por la imagen del enorme barco atravesando el océano, los altos mástiles con las velas desplegadas, el mar rompiendo contra el casco, el sol deslizándose hacia el horizonte.

Me agarré a la barandilla con fuerza, contemplando la inmensidad del Atlántico, sobrecogida por su fuerza y envergadura.

—Me siento minúscula —dije pensando que era Amelia la persona que se encontraba a mi lado.

—Suele pasar —me contestó una voz grave, amable. Me giré sorprendida y me encontré ante un hombre de cabello oscuro, densas patillas y uniforme azul marino—. Capitán James Hosken, señorita... —saludó con una inclinación de cabeza y una fugaz sonrisa.

—Sarah Addison, capitán. Encantada de conocerle.

—¿Su primer viaje?

—¡Cielos, sí! ¿Se puede uno acostumbrar a semejante magnífico escenario, capitán?

—Adoro el mar, señorita Addison. Entré en la Marina Real con nueve años recién cumplidos y a los once ya era guardiamarina. He pasado casi veinte años surcando todos los mares durante las guerras napoleónicas y hace poco dejé la Marina para comandar barcos mercantes. Se puede decir que jamás podré cansarme de ver el mar.

—Estamos en las mejores manos, desde luego.

—¿Viaja con su familia?

—Solo con mi hermano. —Sentí una súbita necesidad de relatarle la verdad, porque aquel hombre inspiraba confianza y tranquilidad, pero la lógica me detuvo—. Se encuentra indispuesto en el camarote.

—Los mareos son muy comunes. No se preocupe, señorita Addison, estoy seguro de que su hermano pronto se acostumbrará al movimiento del barco. Ahora, si me disculpa, aunque siento abandonarla, debo saludar al resto del pasaje. —Tras una nueva inclinación de cabeza, el capitán Hosken continuó caminando entre la muchedumbre con una afable sonrisa en el rostro.

La cubierta reservada para los viajeros de la tercera clase no era excesivamente grande para la cantidad de personas que había allí, y se hallaba en la parte posterior del barco, en el castillo de popa. Tomé asiento en uno de los escasos bancos de madera que quedaban disponibles, junto a una pareja de edad avanzada, y curioseé en busca de Caleb. Sin embargo, en todo el tiempo que estuvimos allí, hasta que de nuevo sonó la campanilla para que accediéramos al interior, no pude encontrarlo.

Desde la cubierta nos dirigimos directamente al comedor. El ruido dentro de la sala resultaba atronador: voces y gritos se mezclaban con el repiqueteo de la cubertería y la vajilla. Había hombres sirviendo la comida, pero vestían con ropa corriente, por lo que me resultaba imposible saber si eran miembros de la tripulación o eran pasajeros, como yo.

Me senté junto a la familia de Amelia, guardando una silla vacía a mi lado. En las largas mesas cabían hasta diez o doce personas, y en la nuestra había también varios muchachos que, desde el momento en que tomé asiento, no cesaron de mirarme y de comentar entre ellos. El descaro de sus miradas me resultaba desagradable y, aunque trataba de mantener una conversación con Amelia, no podía evitar sentirme incómoda.

—Debes tener cuidado —me dijo ella, de pronto seria—, intenta no ir sola por ahí. Una mujer joven y soltera es un plato muy apetecible tanto para los pasajeros de tercera como para los de primera. No hay distinción.

—Yo no soy… apetecible —me defendí ruborizada.

—Todas lo somos. —Me guiñó un ojo—. Advertida quedas.

Después de cenar una gelatinosa crema verde y una ración de carne de aspecto indefinido, me levanté a la vez que la familia de Amelia y nos dirigimos a los camarotes. Tenía prisa por alejarme de los muchachos del comedor y de las sensaciones perturbadoras que me provocaban.

—Discúlpame la tardanza. —Encontrarnos a Caleb al final del pasillo me reconfortó inexplicablemente y, mientras se presentaba a nuestros vecinos de camarote, noté que respiraba tranquila.

—Sarah ha llamado la atención del capitán —soltó Amelia entre risas y dándome un codazo en las costillas—. Hemos salido a tomar el aire a la cubierta y el hombre se ha parado a hablar con ella en cuanto la ha visto.

—Solo estaba siendo amable con los pasajeros —me defendí con las mejillas acaloradas.

—Lo raro habría sido que no se hubiera fijado en ti —dijo Caleb con naturalidad—. Sería totalmente ciego e idiota en ese caso. Dos cualidades que espero que no tenga nuestro capitán.

Me sonrojé aún más. Aunque sabía que Caleb solo estaba interpretando su papel de hermano cariñoso, no estaba acostumbrada a los halagos.

—Bonitas palabras, señor Addison. —Fanny, la hija mayor de Amelia, con sus largas trenzas pelirrojas y los mismos ojos verdes de su madre, esbozó una sonrisa tímida a mi acompañante—. ¿Está casado? ¿Desea una esposa?

—¡Fanny! —la increpó Amelia—. Te he dicho mil veces que no seas tan directa.

—Tengo quince años, madre. ¡No puedo estar perdiendo el tiempo con estrategias amorosas!

—Esta dichosa niña va a convertirme en abuela antes de lo esperado. —Amelia empujó a su hija dentro del camarote con un gesto cómico de paciencia y se despidió de nosotros con la mano.

Los gritos se continuaron escuchando durante un buen rato, incluso con la puerta ya cerrada, y Caleb y yo intercambiamos una sonrisa divertida.

—Estamos de suerte —dijo él, apoyando la espalda en la pared, como si el cuerpo le pesara. Mechones de su cabello oscuro tapaban parte de su rostro, lo que hacía que pareciera aún más enigmático—. En el primer día de viaje recibo una propuesta de matrimonio de una cría y tú, pronto, la de un capitán. Me parece que salgo perdiendo.

—Fanny tiene unos ojos preciosos —dije riéndome—, y me parece que posee más experiencia con el género masculino de lo que yo llegaré a tener jamás.

Me observó en silencio mientras repasaba cada detalle de mi rostro con su mirada. Una mirada como aquella no debía prolongarse tanto tiempo. Era absolutamente inadecuado.

—¿Dónde has pasado la tarde? ¿Recorriendo el barco? —pregunté intentando desviar su atención.

—He encontrado un nuevo alojamiento. No tiene el lujo de la tercera clase, pero servirá. He dormido en lugares infinitamente peores.

—Te lo agradezco —dije complacida—, aunque... siento que tenga que ser así.

—No tiene importancia. —Se echó a un lado para permitirme abrir la puerta del camarote. Su aspecto no era bueno: las ojeras bien definidas, amoratadas; sus labios secos, azulados—. No me he ido muy lejos. Estoy justo a la vuelta de la esquina. En el almacén.

—No has cenado —comenté preocupada—. ¿No tenías hambre?

—El bullicio me desagrada. Luego haré una incursión nocturna en la cocina.

Asentí, y, cuando iba a cerrar la puerta, el miedo a quedarme allí sola o un temor aún indefinido me hicieron detener su marcha.

—Avísame cuando vayas. Si no te importa, me gustaría acompañarte. —Busqué una excusa fiable—. Me arrepiento de no haber probado el postre.

Desconozco cómo era en el resto de las cubiertas, pero en la de la tercera clase el vocerío no descansaba hasta pasada la medianoche. Esperé leyendo *Frankenstein* como si no me supiera la novela de memoria, deteniéndome en pasajes que me sobrecogían y releyéndolos de nuevo:

> Una desapacible noche de noviembre contemplé el final de mis esfuerzos. Con una ansiedad rayana en la agonía, coloqué a mi alrededor los instrumentos que me iban a permitir infundir un hálito de vida a la cosa inerte que yacía a mis pies. Era ya la una de la madrugada; la lluvia golpeaba las ventanas sombríamente, y la vela casi se había consumido, cuando, a la mortecina luz de la llama, vi cómo la criatura abría sus ojos amarillentos y apagados. Respiró profundamente y un movimiento compulsivo sacudió su cuerpo.

Llamaron a la puerta en ese instante y, asustada, me incorporé rápidamente y me golpeé la cabeza contra la cama superior de la litera. Gemí dolorida y abrí mientras me frotaba la frente.

Ahí estaba Caleb, sumido en la penumbra del pasillo. Apoyado en la jamba y con la cercanía del techo sobre su cabeza, parecía aún más alto de lo que recordaba. Sin embargo, su aspecto había empeorado y, pese a que hizo un amago de sonrisa, no consiguió engañarme.

—Sé dónde está la cocina —susurró, y comenzó a andar.

Lo seguí en la perturbadora calma del barco. Lejos, en otras plantas más arriba, se escuchaban diferentes sonidos no identificables, además de pasos, puertas que se cerraban y el perpetuo ronroneo de la maquinaria que nos impulsaba. En algún sitio, parte de la tripulación hacía largos turnos de trabajo, cargando las calderas de carbón o vigilando su funcionamiento.

Pasamos la sala general y, al llegar al comedor, Caleb se escabulló tras una puerta de hojas batientes que daba a la cocina. Era una habitación reducida, algo desordenada e iluminada por dos ojos de buey. Preparar comida para tantos pasajeros no podía ser una misión fácil, y menos aún en la estrechez de aquel lugar.

—La cocina de la primera clase no tiene nada que ver con esta —me susurró Caleb casi al oído—, pero sorprendentemente había un marinero polaco robando algo de alimento. Tadeusz, se llama.

—¿Te has colado allí arriba?

—He inspeccionado todo el barco. Si una cualidad tengo es la curiosidad. ¿Tú no?

—Puede. Seguí a una extraña sombra hasta un establo en mitad de la noche.

—Fue una decisión muy arriesgada, señorita Addison —comentó mientras abría los armarios con cierta desesperación—. ¿Nunca te dijeron que no hablaras con extraños?

—Jamás me había encontrado a uno. —Revisé las ollas de los fogones. Estaban vacías—. ¿Por qué escogiste «Addison» como nuestro apellido?

—Había una Sarah Addison en aquella sala de espera, lo ponía en su maleta. Aguardaba un barco para Australia.

—¿Australia? —No podía imaginar un lugar más lejano y desconocido—. Allí seguro que jamás me encontrarían.

Caleb detuvo su labor investigadora y tomó asiento en la encimera, a mi lado.

—¿Puedo preguntar de qué huyes?

—Huyo de mi futuro marido.

Su semblante serio hasta el momento se tornó asombrado. Parecía estar haciendo esfuerzos para no reírse.

—Te podrá parecer algo frugal —añadí, molesta—, pero que te obliguen a casarte con un hombre por el que no sientes ni el más mínimo afecto y que podría ser tu padre no es muy agradable.

—¿No puedes negarte simplemente?

—No sé de dónde procedes, aunque por tu acento me arriesgaría a aventurar que de algún lugar de Escocia, pero en mi tierra no tengo esa opción. Mi hermano concertó mi matrimonio con lord Clinton porque ya he cumplido los dieciocho, porque él es el cabeza de familia y porque además soy una carga. Pocas justificaciones más son necesarias.

—Me parece una tontería —apuntó.

—Ya que mi excusa resulta tan pobre, ¿cuál es la tuya, Caleb? ¿Por qué escapas? —inquirí, disgustada.

—Ojalá huyera de un matrimonio concertado. —Sus ojos brillantes de diversión se posaron sobre mi frente, donde momentos antes me había golpeado contra la litera. Extendió su mano y sus dedos separaron un mechón de mi cara. Sus yemas rozaron mi piel, un segundo quizá, pero el calor de su contacto se extendió por mi cuerpo a una velocidad inverosímil. Nuestras miradas se encontraron, la suya se tornó sombría—. Tienes una herida.

—¿Y? ¿Quieres que me queje por otra tontería más? —Que a alguien le pareciera divertido el futuro que trataba de evitar aumentaba mi rabia y, por desgracia, me hacía preguntarme si no había sido una cobarde al no enfrentarme a mi hermano.

—Vuelvo al almacén —dijo Caleb saliendo apresuradamente de la cocina, y, antes de que yo pudiera articular palabra, había desaparecido por completo. Ni siquiera fui capaz de escuchar sus pasos al alejarse.

Evitando pensar en nada, continué la búsqueda hasta que hallé una despensa fría donde se almacenaban los restos de la cena. Llené una cazuela con sobras y me marché de allí, desandando el camino en silencio.

El almacén era una amplia sala llena de muebles y baúles apilados en la más absoluta oscuridad. No portaba ninguna lámpara, así que me mantuve en el umbral de la puerta, con la cazuela en una mano y cierto enojo en todo el cuerpo.

—Te he traído comida —dije a la nada.

—¿Puedes dejarla ahí? —La voz de Caleb era débil y, pese a mi enfado, no pude evitar preocuparme.

—¿Estás bien?

—Déjala ahí, por favor. —Aquello fue más bien una orden—. Y vete.

Hice lo que me pedía y, aún más resentida, me marché a mi camarote.

Segundo día

El llanto de un bebé me despertó y me di cuenta de que me había quedado dormida con el libro de *Frankenstein* reposando sobre mi tripa y aún vestida.

Había tardado horas en conciliar el sueño. Estaba en un lugar nuevo, rodeada de extraños y camino a lo desconocido. Nada que me permitiera dormir sin ningún tipo de preocupación. Además, todavía tenía la idea latente de que huir había sido un error de cobarde, solo por un pequeño intercambio de frases con mi peculiar acompañante.

De todas formas, ya no había vuelta atrás. Aquel era el camino que había escogido libremente.

Acudí a desayunar con la familia de Amelia. Fanny, a mi lado, no cesó en hacerme preguntas sobre Caleb, a las que tuve que responder con un uso abusivo de mi imaginación.

—¿Verdad que habla muy bien? Parece el hijo de un conde —me dijo mientras tomaba su tazón de leche—. Y es muy fuerte. Me fijé en sus brazos, y son iguales que los del herrero de mi pueblo.

—¡Fanny! Come y calla. —Amelia elevó la mirada al techo provocándome una sonrisa—. Sarah, cuando nos dejen subir a la cubierta, si el capitán se acerca de nuevo, tendrás que darme la razón. Tengo una gran experiencia como casamentera.

—Dudo que el capitán Hosken busque en mí algo más que conversación. No soy ni de lejos el tipo de mujer que atraiga a un caballero así.

—¿Eso quién te lo ha dicho? Ni lo pienso yo, ni tu hermano. Alguna razón tendremos.

—Mi otro hermano, Frederick, no me tenía en demasiada estima. Siendo sincera, diré que trató de casarme con un caballero bastante anciano. Por eso estoy aquí, en este barco, huyendo de él.

Amelia me observó sorprendida y apoyó su mano sobre la que yo tenía en la mesa.

—Has sido muy valiente, niña. Cuando lleguemos a Nueva York, nosotros tomaremos un tren hacia el oeste y luego una diligencia hasta Arkansas, donde vive la familia de mi cuñado. Él nos ha contado en sus cartas que es un lugar apacible en el que se vive bien, salvo por alguna escaramuza aislada con los mexicanos. Si te apetece, podrías acompañarnos. Estoy segura de que serás una buena influencia para Fanny.

—Te lo agradezco mucho —dije con sinceridad, emocionada. Solo conocía a Amelia desde hacía un día y ya me ofrecía la posibilidad de continuar la travesía con ellos—. Jamás pensé que encontraría gente tan amable en este viaje.

—Debemos ayudarnos entre nosotros —explicó como si fuera normal un ofrecimiento similar—, los de ahí arriba jamás lo harán.

Me llevé algo de pan y dos manzanas envueltos en una servilleta del comedor y me dirigí al almacén. A esas horas, había cierta luz filtrándose a través de una minúscula ventana y pude ver que aquel era un lugar enorme atiborrado de bártulos y mobiliario de reemplazo.

—Desayuno —anuncié nada más entrar, fijándome en un baúl abierto lleno de lujosa ropa de cama.

—Déjalo ahí —me ordenó de nuevo Caleb en un murmullo.

—No soy tu criada —contesté resuelta, siguiendo la dirección de su voz—. Si quieres comer, más vale que te acerques.

Llegué hasta la pared final del almacén, que formaba una ligera curva. Caleb había dispuesto un colchón y unas sábanas en el suelo y se encontraba sentado, abrazándose las rodillas y con su largo cabello cubriéndole el rostro.

Deposité el desayuno en su improvisada cama y me agaché a su lado.

—Necesito que me muestres tu herida, creo que se ha infectado —dije—. Tienes un aspecto horrible.

—¿No sabe mentir, señorita Addison? —susurró él con sorna—. No es de buena educación humillar a los demás.

—Quítate la camisa —exigí intentando no pensar en lo que realmente decía.

—Regla número uno de convivencia: no desnudarse.

—Ya no convivimos, solo somos vecinos, así que... —Junté mis manos en una especie de súplica—. Por favor, has empeorado y necesito saber por qué.

Caleb se desabotonó la camisa con aparente debilidad. Fijé mi mirada únicamente en su costado, evitando el resto de su cuerpo como si fuera un pecado mortal, y, para mi sorpresa, ya no había ninguna herida abierta.

Estiré la mano incrédula y rocé con mis dedos el lugar donde un día antes se encontraba aquel horrible corte. Caleb dio un respingo y se apartó.

—¿Te he hecho daño? —dije desconcertada.

—No, no me ha dolido. —Se cubrió con la camisa rápidamente y dirigió su mirada hacia otro lado, apretando sus labios. Parecía molesto, incómodo—. Te dije que sanaría pronto.

—Solo te queda una fina línea como cicatriz —apunté—. No soy tan buena enfermera... Eso ha sido un milagro.

—No es la primera vez que me ocurre, tranquila.

—¿De qué son las otras cicatrices? —pregunté con curiosidad—. ¿Has estado en batalla?

Caleb inspiró profundamente y volvió a centrar su atención en mí. Le costaba mantener mi mirada, por lo que la dirigió hacia el suelo.

—Los últimos cinco años los he pasado junto a mi tío James en las Tierras Altas de Escocia. De una forma un poco brutal, quería hacer de mí un guerrero, así que me entrenaba duramente. Algunas veces sufría castigos físicos por mis insubordinaciones. Conseguí acostumbrarme con el tiempo, pero cuando llegué allí, con quince años, la adaptación resultó muy difícil. No era el entorno familiar al que estaba acostumbrado, añoraba a mis hermanos, mi vida tranquila, incluso echaba de menos las clases de piano. Imagínate.

—Eso es horrible —comenté sobrecogida—. ¿Lo sabían tus padres?

—Ellos me enviaron con él a sabiendas de lo que sucedería. —Sonrió con amargura—. Las últimas palabras de mi padre antes de mi partida fueron que no regresara, que ya no era su hijo. —Negó con la cabeza a algún pensamiento silencioso—. Es una larguísima historia que no merece ser contada.

—Lo siento mucho… —musité apenada.

—No todo es malo. —Apoyó la cabeza en la pared y esbozó una sonrisa. Su voz se tornó distendida—: Cinco años viviendo en soledad con mi tío me sirvieron para aprenderme de memoria todos los libros de su biblioteca, incluyendo atlas geográficos, enciclopedias en francés y tratados de anatomía. ¿Sabes lo desagradables que son los gráficos de una disección humana? Pues soy capaz de dibujártelos aquí mismo, con todos sus nombres en latín.

—Eres una gran fuente de saber —reí—, lo que siempre he ansiado en un hombre.

—¿Se trata de algún tipo de proposición, hermanita?

Me tapé la cara, notándola en ebullición. ¿Por qué era siempre tan desafortunada en mis comentarios?

—Mi futuro marido aborrecía leer —contesté nerviosa desde el cobijo que me daban mis manos—, y yo no concibo un mundo sin libros. No quería dar a entender nada, ¡lo juro!

—¡Lo sé! —Me separó las manos de la cara y las sujetó entre las suyas—. Perdona mi ocurrencia. Como has podido comprobar, no tengo dotes sociales.

—Y yo hablo sin pensar.

—Creo entonces quc será un viaje divertido.

Ambos nos dimos cuenta de que nuestras manos permanecían unidas y las apartamos apresuradamente.

—¿Por qué te marchaste ayer tan rápido de la cocina? —pregunté frotando mis palmas, intentando eliminar la sensación de haberlas mantenido junto a las de Caleb—. ¿Dije algo inapropiado?

—Tenías un pequeño corte en la frente —aclaró, torciendo el gesto—. Sé que no es explicación suficiente para una reacción tan absurda, pero no tolero demasiado bien la visión de la sangre.

—Oh, entiendo. Mi hermano Frederick incluso se desmaya. Un día aplastó una cucaracha y tuvo que venir el médico a reanimarlo. Fue un momento bastante… gracioso.

Esbozó una sonrisa. Una sonrisa preciosa. Separé la mirada en cuanto escuché la campanita que avisaba de la posibilidad de subir a la cubierta exterior.

—Acompáñame afuera —pedí—. Hace un día precioso.

—Puede que más tarde. Me tomaré tu desayuno tranquilamente y permitiré que el galante capitán tenga la oportunidad de conversar un poco más contigo.

—Eso no va a suceder —dije, levantándome del suelo y sacudiéndome el polvo de la falda.

—Espero que no. No me apetece pelearme por tu atención con nada menos que un capitán.

Sabía que bromeaba, pero sus palabras me animaron. Pese a los años horribles que había vivido, Caleb era capaz de frivolizar. Me despedí con una teatral reverencia y me marché rápidamente en busca de Amelia y de su familia.

Para disgusto de Amelia, el capitán Hosken no apareció por la cubierta, así que simplemente disfrutamos de un rato al aire libre jugando a las cartas y charlando de cualquier tema mientras los hombres, en un grupo cada vez más grande, se quejaban de los pocos avances del movimiento obrero y de los pasos que habría que dar para solucionar las carestías de los trabajadores.

Hasta ese momento, yo desconocía muchos de los problemas que sufría la clase obrera. En algunas reuniones sociales había escuchado a hurtadillas retazos de conversaciones sobre quejas y huelgas, pero la realidad era más dura y difícil. Las tasas de mortalidad de los trabajadores eran cuatro veces mayores en Liverpool que en cualquier zona rural y los salarios eran ínfimos para una jornada laboral de doce horas y un entorno de vida muy poco saludable.

Al menos, en aquellos hombres vi esperanza. Dejaban atrás situaciones muy complicadas y habían empleado todos sus ahorros en un arriesgado viaje que esperaban que cambiaría su futuro. Ojalá fuera así, se lo habían ganado con creces.

La campanilla volvió a sonar y los grupos se disgregaron para bajar por las escaleras hacia el comedor. Me rezagué observando el mar, con pocas ganas de alejarlo de mi vista. En aquellos momentos, en otra zona separada de la cubierta, surgieron más pasajeros vistiendo bonitos vestidos y luciendo joyas. Allí estaba la primera clase del Great Britain, con otras preocupaciones y diversiones. Echaba de menos la vida acomodada y que las dudas radicaran en qué vestido llevaría para una fiesta o a quién debía saludar, no en qué haría para subsistir; sin embargo, de alguna forma ya no me sentía parte de esa gente.

Un hombre me observaba desde aquella cubierta sin ningún tipo de disimulo. Llevaba un elegante traje a cuadros y un sombrero que debía sujetar con sus manos enguantadas para que no lo volara el viento. Su persistente mirada me produjo un mal presentimiento, y, cuando me sonrió mientras se relamía los labios despacio, bajé la vista al suelo y desaparecí por las escaleras rápidamente.

Enseguida encontré al resto del pasaje formando una cola para entrar en el comedor. Mi hambre había desaparecido con la visión del hombre de la cubierta de la primera clase, pero me forcé a seguir a la gente.

La hija menor de Amelia, Jane, una cría inquieta de cabello muy corto —ella misma se lo había rapado en un descuido de su madre—, correteaba a mi alrededor con otras niñas. No eran los mismos juegos con los que me divertía con mis amigas de pequeña, pero no distaban tanto. Jane era muy rápida, pero también demasiado atrevida. En un momento, para evitar que una amiga la capturase, trepó a la barandilla de la escalera con la agilidad de un mono.

Di un grito cuando sus zapatos resbalaron por el pasamanos y eché a correr hacia ella. La niña se golpeó la cabeza, pero consiguió sujetarse con pericia para evitar caer. Aun así, sus pies quedaron suspendidos sobre el hueco de la escalera. Cuando llegué hasta ella, a punto de agarrar su pequeña mano, sus dedos se deslizaron de los barrotes y… cayó al vacío.

Me lancé escaleras abajo. Para entonces una multitud se había congregado alrededor del hueco y Amelia corría detrás de mí. Cuando llegamos al nivel más bajo del barco con el corazón desacompasado y el horror dibujado en los rostros a la espera de lo peor, encontramos a la niña en los brazos de Caleb.

Amelia se desplomó de rodillas en el suelo, sollozando de alegría, de miedo… Jane había comenzado a gimotear al darse cuenta de lo sucedido mientras miraba a su madre llorar. El golpe en la cabeza le había producido una buena contusión que sangraba profusamente.

Me acerqué a Caleb con el pulso acelerado por el susto. Él depositó a la niña en el suelo, despacio, como si temiera romperla. Dio un paso atrás con el pánico dibujado en el rostro, su mirada se encontraba fija en la herida, sus manos manchadas en la sangre.

—Tranquilo… —dije al llegar a su lado. Tomé a la niña de la mano y la aparté de él—. Jane está bien.

—No puedo —murmuró Caleb nervioso, respirando rápidamente—. Tenéis que marcharos. Ya.

Asentí. Estaba fuera de sí. Parecía ansioso por escapar, pero seguía inmóvil en el sitio. Con Amelia y Jane abrazadas, subimos las escaleras apresuradamente mientras el regocijo se extendía por la cubierta de la tercera clase y los aplausos se dejaban oír.

Después de pasar por la sala de curas, Jane se recuperó rápidamente. Yo apenas pude almorzar pensando en lo sucedido. ¿Qué hacía Caleb en la zona de las calderas cuando la niña se precipitó al vacío? Fue un auténtico milagro; sin embargo, él parecía aterrado. Mantenía su expresión grabada en mi mente, sin lograr darle un sentido coherente.

Enseguida me levanté de la mesa y me marché del comedor en dirección al almacén. Los pasillos estaban vacíos, todo el mundo degustaba aún el pollo algo seco y los guisantes duros del segundo plato.

El cielo debía de haberse nublado porque el almacén se encontraba en penumbra. Estaba a punto de llamar a Caleb cuando, de improviso, alguien me tapó la boca y tiró de mí hacia atrás, fuera de la sala.

—Chisss, hay alguien dentro —susurró, rozando con los labios mi oreja.

Un escalofrío me recorrió de arriba abajo.

Asentí con la cabeza y liberó la presión sobre mi boca, pero una mano aún se mantenía agarrando mi cintura. En el dedo pulgar, un anillo con la imagen de un dragón.

Tener a Caleb pegado a mi espalda, notando cada parte de su cuerpo y con su respiración acariciando mi mejilla, resultó abrumador. Mi corazón latía desacompasado, nervioso. Mi respiración se había paralizado, un calor incómodo se extendió por mi cuerpo hasta detenerse donde su mano sostenía mi cintura.

Estábamos escondidos en un quiebro del pasillo, ocultos por las sombras, en absoluto silencio mientras escuchaba ajetreo procedente del almacén y dos voces diferentes charlando.

—Tenemos que avisar de que hay un polizón a bordo —decía una de ellas.

—Bien, recoge las mantas que han solicitado en el camarote diez y yo subo a informar.

—Siempre se cuela alguien, es increíble, aunque no me extraña con los precios que están alcanzando los billetes.

Los dos hombres salieron del almacén ataviados con uniformes de miembros de la tripulación. Cerraron la puerta con llave y, sin percatarse de nuestra presencia, se dirigieron hacia las escaleras.

Caleb se separó de mí despacio, atento a cualquier sonido.

—Siento haberte asustado —dijo—. No sabía qué querían esos hombres.

—Estoy bien —sonreí más tranquila—, ¡no pensaba que los viajes en barco fueran tan accidentados! Te has quedado sin tu preciosa suite, así que, mientras no encuentras otro alojamiento, deberías regresar al camarote.

—He estado antes en él, lavándome —dijo, mirándose las manos—. No conseguía quitarme la sangre de la niña de las uñas.

—¿Te das cuenta de que seguramente le has salvado la vida? Amelia quiere darte las gracias y Fanny un beso. Ten cuidado. —Levantó su mirada hacia mí con cierto brillo en los ojos—. ¿Qué hacías en la sala de máquinas?

—Escuché un grito y fui a ayudar.

—¿Desde aquí? ¿Te encontrabas en el almacén? ¿Cómo pudiste llegar tan rápido?

—No me acuerdo de dónde estaba, qué más da. La niña se encuentra bien, eso es lo importante. —Echó a andar hacia el camarote, evasivo—. ¿Te importa si descanso un rato en la litera?

Negué con la cabeza y lo acompañé hasta nuestra cabina.

Una vez allí, se quitó la chaqueta y se tumbó en la cama, dándome la espalda. Observé lo grande que era. Le sobresalían los pies del colchón… Me di cuenta en ese momento de que teniéndolo en la habitación, y al estar los dos solos, estaba eludiendo varias normas de educación y decoro. ¿Y cuántas veces lo había rozado en solo dos días? No se necesitaba mucho más en Cheshire, incluso algo menos, para que hubiera tenido que desposarme para evitar un escándalo.

Curiosamente, la idea no me resultó tan aterradora como cuando pensaba en estar casada con lord Clinton. Resoplé tratando de recobrar la cordura y repasé con la mirada la pequeña estancia. El lavabo estaba húmedo y la toalla tenía manchas de sangre, la de Jane. Recordé la expresión de Caleb con la niña en brazos e intenté borrarla de mi mente.

Con sigilo saqué de mi maleta el librillo que habíamos encontrado entre los viejos ropajes de Caleb. Era pequeño, de apenas un palmo, y las páginas, muchas sueltas y rotas, estaban amarradas con una cuerda descolorida.

Inspiré hondo y levanté la cubierta. Era un diario.

Curiosear en los pensamientos de otra persona era una vileza. Mi cabeza no cesaba en gritármelo. Sin embargo, mis ojos, ajenos a la decencia y al honor, se detuvieron en la primera hoja que se mostraba entera y legible, y que, vestida por una caligrafía esmerada, decía así:

7 de marzo de 1840

Ayer cumplí quince años y no hice nada especial más que remolonear en la cama, con pocas ganas de levantarme y comprobar lo viejo que me hacía ese día. Fui un idiota.

Ayer debí abrazar a mis hermanas con más fuerza, ayer debí saborear un buen desayuno y disfrutar de la belleza del jardín. Ayer debí deleitarme de mi vida, plácida, feliz. Me había despertado sintiéndome mayor, preparado para el mundo, ahora solo noto angustia e incertidumbre.

Anoche me dormí hecho un ovillo, en el que será mi hogar durante mucho tiempo: una casona vieja y ruinosa, en un paraje inhóspito, abandonado de la mano de Dios. El frío se cuela por la estrecha ventana de mi nueva habitación. Tiene gruesos barrotes y me pregunto quién en su sano juicio querría lanzarse desde esta altura, si no es para perecer en el intento. La cama reposa directamente sobre el suelo, ya que las patas se han vencido. Hay una palangana para el aseo y un agujero en el suelo que, asumo por el olor, es una letrina. Pese a estas incomodidades, también dispongo de un escritorio, plumas y numerosos libros para entretenerme.

Sin embargo, mientras escribo estas líneas, la conversación que mantuve con mi tío en cuanto pisé la casa no cesa en repetirse en mi cabeza: «Eres sangre de mi sangre, Caleb y, como tal, te aguardan sucesos magníficos para los que debes de estar preparado. Te enseñaré a luchar, a navegar, a defenderte en cualquier lugar. Después, si te mantienes con vida, haré de ti algo aún mayor. Algo a lo que no puede ponérsele nombre».

No quiero saber qué significan sus promesas. Solo rezo para que sus palabras constituyan los desvaríos de un perturbado. Mi madre solía decir que algunas personas están hechas de oscuridad, y que su aura de maldad es perceptible antes incluso de que entren en una habitación.

Sin apenas conocerlo, sé que James es de ese tipo de personas, está hecho de tinieblas y crueldad.

Y mucho me temo que, de alguna forma, yo acabe sucumbiendo a ellas.

Tercer día

Era de madrugada cuando me desperté. Estaba hambrienta, puesto que me había saltado la cena, y me sentía desubicada. Solo pude leer un par de páginas del diario, no logré continuar la lectura porque me sentí invadida por la misma sensación de angustia y desasosiego que dominaba a Caleb cuando escribió aquello. Era deshonesto indagar en sus pensamientos de aquel modo. Debía devolverle el diario, pero la curiosidad por saber más sobre los sucesos que narraba me frenaba.

Levanté la vista. Caleb continuaba durmiendo. Soñaba y temblaba agitado.

Me incorporé mareada y tomé asiento a su lado. Apoyé mi mano en su brazo para tranquilizarlo, como hacía mi madre cuando yo tenía pesadillas.

—Es solo un sueño —susurré.

—Thomas —gimió él con sus párpados apretados—, no lo hagas. Tú no eres así. No lo hagas.

Entonces gritó y abrió los ojos, tan oscuros como la noche. Lo observé paralizada, su mano agarraba la mía con fuerza, su rostro no parecía reconocerme, su mirada resultaba fría, ausente.

—Soy yo —murmuré en un intento de mantener la calma—, Sarah. Has tenido una pesadilla.

Se incorporó sin soltarme, sacudiendo la cabeza, eliminando lo que fuera que vagaba por su mente.

—Sarah... —dijo de pronto extrañado y posó su atención en su mano que aferraba la mía con dureza. Me soltó rápidamente—. ¿Estás bien? ¿Te he hecho daño?

—¡Claro que no! —exclamé para restarle importancia—. He intentado despertarte de un mal sueño y creo que no ha sido una buena idea.

—Las pesadillas me acompañarán hasta el fin de mis días. —Apoyó los pies en el suelo y se frotó la frente—. Ojalá pudiera descansar una noche sin ellas.

—Mi madre decía que desaparecen cuando te das cuenta de que son miedos sin sentido.

—¿Y si son recuerdos? —preguntó con angustia—. Estoy condenado a revivirlos.

Lo observé desconcertada. Sus ojos volvían a adquirir un intenso color azul.

—¿Quién es Thomas? —pregunté.

—Thomas es... —rectificó con dolor—, era mi hermano. Nosotros... éramos siete en total. William, el primogénito; luego Ida; los gemelos, Thomas y Daniel; y las más pequeñas, Alice y Agnes. Te conté que mis padres me habían enviado a casa de mi tío en las Tierras Altas, lo que omití fue que primero, un año antes, ya habían tenido que marcharse los gemelos. Entonces apenas contaban con quince años.

»Recuerdo perfectamente el día en el que nuestro tío apareció para llevárselos. Jamás había oído mencionar su nombre, James Hay, aunque quería que se le conociera como lord Daems, y me extrañó sobremanera, puesto que se suponía que era el hermano mayor de mi padre. Pero, dado que los secretos y problemas familiares se sucedían con asiduidad, no le di demasiada importancia. Según él, había sido malherido en la batalla de Quatre Bras, al enfrentarse a las tropas francesas de Napoleón y, tras veinticinco años dado por muerto, se presentó en nuestra casa con aquella extraña solicitud: llevarse a mis hermanos.

—¿Ellos sufrieron lo mismo que tú?

—Sí. Eran demasiado jóvenes para soportarlo, no estaban preparados. —Me miró con una intensidad abrumadora, con sufrimiento, tanto que yo misma comencé a sentirlo—. Ambos… han muerto. Sarah, no pude salvarlos. Lo intenté, debes creerme.

—Por supuesto que te creo. He visto de lo que eres capaz. ¿Por eso huiste?

—Fui un cobarde —musitó—. Tenía que haberme enfrentado a mi tío, pero sabía que, si lo hacía, me vencería. Ahora pienso que debí haberlo intentado. Hay cosas mucho peores que la muerte.

Negué con la cabeza despacio.

—Debías escapar y ¿sabes por qué? Porque yo te necesitaba para subir a este barco.

Esbozó una sonrisa. El tormento desapareció de su rostro, de pronto parecía más joven.

—Así que soy el culpable de que lord Clinton se quede sin esposa. ¿Debo sentirme mejor por ello?

—Desde luego. De una forma simbólica, has salvado mi vida.

—Estabas sentenciada a morir de aburrimiento, eso es verdad.

—También le olía mal el aliento, sudaba en exceso y solo me deseaba para proporcionarle un heredero.

—Sin conocerlo ya lo aborrezco, pero no puedo culparlo por desearte. Tiene los mismos sentimientos que cualquier varón de este barco. Incluido el capitán Hosken.

—¿Cualquier varón?

—¿Crees que alguno podría ser inmune a ti?

Mis mejillas habían comenzado a colorearse, la conversación se escapaba del esquema al que estaba acostumbrada.

—¿Podemos hablar de algo menos… indecoroso?

—Eres tú quien ha cambiado de tema.

—Solo quería animarte.

—Pues lo has conseguido. —Se levantó de un salto—. ¿Vamos a cenar? Estoy empezando a encontrar apetitoso hasta ese libro que tienes en la cama.

—*Frankenstein* es de todo menos apetitoso.

—«¡Maldito creador! ¿Por qué me hiciste vivir? —recitó Caleb ante mi sorpresa—. ¿Por qué no perdí en aquel momento la llama de la existencia que tan imprudentemente encendiste?».

—¿También lo has leído? —exclamé impresionada—. ¿A que es maravilloso? Bueno, sé que es una historia inverosímil: un doctor obsesionado por descubrir la misteriosa alma del hombre, un experimento aterrador al que consigue darle vida…, pero no puedo leerla sin sentirla como real. Me ahogan los mismos sentimientos del monstruo. ¿Te parece extraño?

—No, te entiendo muy bien. —Abrió la puerta con cuidado y me indicó silencio—. Sígueme. Hoy, señorita, visitaremos la primera clase.

El pasillo estaba en silencio, aunque a veces este se rompía por el llanto aislado de algún bebé o unos fuertes ronquidos. Subimos las escaleras despacio, con cuidado. Cada clase del barco y su correspondiente cubierta disponían de accesos independientes, por lo que primero debíamos salir al exterior y tomar otras escaleras.

Fuera, era noche cerrada. Las estrellas brillaban con intensidad en un firmamento carente de nubosidad. Me detuve y me quedé abstraída mirando todas aquellas constelaciones de las que desconocía muchos nombres. Caleb entrelazó su mano con la mía para hacerme avanzar y conducirme hasta una escalerilla que separaba las dos zonas de paseo diferenciadas.

Lo seguí consciente de que aquella brecha de intimidad no me importaba en absoluto, incluso me agradaba. Encontramos las recargadas escaleras que conducían a la planta de la primera clase. Eran amplias y estaban enmoquetadas en rojo. Las paredes de tablones oscuros de madera con estatuas doradas y bellos candelabros diferían de las nuestras.

El sonido de pasos cerca de nosotros hizo que nos escondiéramos tras un banco de descanso. Un marinero pasó por nuestro lado mientras se encendía una pipa y salía al exterior.

En cuanto se alejó, continuamos avanzando por un ornamentado pasillo donde los camarotes se encontraban espaciados entre ellos. Al fondo, un gran salón con magníficos ventanales que daban a la oscuridad de la noche; a la izquierda, una doble puerta batiente por la que se accedía a una extensa cocina. Vi los restos de un suculento pastel sobre la encimera y casi galopé hacia él para probar un pedacito.

—Dios mío, cómo echaba de menos el azúcar —murmuré con los dedos recubiertos en nata, disfrutando del sabor extremadamente dulce de la tarta.

Caleb se había detenido junto a la puerta y me observaba con una sonrisa enigmática.

—Me miras con envidia, lo sé —dije con una risita—. Te mueres de ganas de probar un poco.

Se mantuvo en un breve silencio, sin apartar su mirada de mi rostro.

—Me lees el pensamiento —murmuró de pronto, más cortante de lo que esperaba, para acto seguido dirigir su atención hacia otro lado—. Primero voy a buscar algo más nutritivo.

Comenzó a abrir los armarios hasta localizar una despensa con embutido. Dándome la espalda, y sin ni siquiera utilizar un cuchillo, engulló varias ristras de salchichas y una hogaza de pan entera.

En cuanto su ansia por la comida disminuyó, me limpié las manos y me acerqué a él.

—Juraría que ya no tienes sitio en el estómago para el postre.

—Mi tío era bastante severo con mi alimentación —explicó aparentemente abochornado—. Algunos días, si había cometido algún error, ni siquiera tenía derecho a comida. Según él, debía aprender a controlar mi cuerpo. El hambre, la sed, lo mismo que el odio o la ira, son solo sensaciones. Domina una y podrás enfrentarte a todas.

»Yo siento que he fracasado. Mi… hambre resulta cada vez más incontrolable.

—Recorriste una larga distancia hasta llegar a Liverpool, herido, sucio, muy sucio —dije, intentando aliviarlo de la única manera que sabía, consiguiendo que sonriera—, y cansado. Lo raro hubiera sido que no necesitaras hincharte de comida hasta acabar redondo como un queso.

Su rostro se relajó de inmediato y sus labios se curvaron ligeramente.

—Aún me quedan unos cuantos atracones hasta parecer un queso —dijo cerrando los armarios.

—Sí, por ahora más bien pareces un junco. —De repente, me vino a la cabeza una secuencia de malévolas imágenes de su cuerpo y sentí ganas de apretujármela para detener aquello. Para mi desesperación, no pude contener la verborrea que espoleaban siempre mis nervios y añadí—: Fuerte pero delgado.

Caleb soltó una sonora carcajada, seguramente más divertido por mi evidente sonrojo que por mis tontas palabras.

—Ciertamente, te necesito a mi lado, Sarah. Siempre sabes cómo halagarme. —Abrió la puerta de la cocina y nos dirigimos a la escalinata. Nuestra conversación pasó a convertirse en susurros.

—¿Entiendes ahora las dificultades de mi hermano para encontrarme esposo? Tengo pocos atributos de los que presumir. Puede que incluso, y siendo benévola, ninguno.

—A mí se me ocurren demasiados —murmuró cerca de mi oreja, cediéndome el paso a la cubierta exterior—. Muchos no deberían decirse en voz alta en presencia de una dama.

—No veo a ninguna cerca. —Fingí ojear a derecha e izquierda y negué con la cabeza—. Así que desembuche, escocés.

—Mis labios están sellados, no pienso convertirte en una engreída.

Una parte de mí ansiaba escuchar sus pensamientos, otra no quería desilusionarse. Sin embargo, era de poco gusto insistir, así que me mantuve en silencio con la vista puesta en la tenue claridad que se comenzaba a formar en el horizonte.

—Está amaneciendo —susurré, hechizada por aquella visión, y tomé asiento en uno de los bancos de madera.

—Deberíamos entrar —apremió él, inquieto—. Pueden sorprendernos en cualquier momento. Se supone que está prohibido colarse en la primera clase.

—Ven, siéntate —pedí dando unos golpecitos en el banco—. Nunca he visto un amanecer sobre el mar.

Rezongando, tomó asiento y apoyó su brazo en el respaldo, tras de mí. Resultaba extraño comprobar lo confiada que me sentía a su lado. Apenas lo conocía, pero no imaginaba a nadie mejor con quien compartir aquel rato, mientras el sol brotaba despacio del horizonte, iluminando poco a poco el cielo y el agua a su paso. Las estrellas empezaron a desaparecer, la oscuridad se convirtió en un abanico de tonos pasteles a medida que la perfecta esfera solar ascendía.

—¿Has contemplado alguna vez una imagen tan preciosa? —pregunté embelesada por la estampa.

—Oh, sí —murmuró a la vez que la luz barría la cubierta del Great Britain—. Pasé muchos meses aprendiendo a navegar como parte del entrenamiento al que me sometía mi tío.

—¿Te llegó a gustar o más bien lo hacías porque no tenías otra opción?

—En un principio, lo segundo. Nadie me quería en aquella embarcación ni estaban dispuestos a ponerme las cosas fáciles. Navegábamos permanentemente y apenas descansaba cuatro horas durante la noche en mi coy, uno de los catres colgantes que se disponían a lo ancho de la cubierta. Aprendí a orientarme, a leer cartas de navegación y a utilizar todos los aparejos posibles. Fregué cubiertas y bodegas, reparé velas y mástiles, y, después, cuando ya era bastante capaz de todo, pude por fin coger el timón.

»Ahí empecé a disfrutar realmente de lo que hacía. Las lecciones de navegación quedaron en manos de un curioso personaje, musculoso y pelirrojo, llamado Ebenezer. De él me extrañaron dos cosas: por un lado, apenas hablaba con sus compañeros, incluso tras varios tragos de alcohol, y, por otro, jamás se reía de mí. Y he de decir, en mi contra, que cometí tantos errores durante aquellos días en la mar que, de haber tenido fuerzas suficientes, hasta yo me hubiera mofado de mí mismo. —Arrugó la nariz, rejuveneciendo su expresión—. Por la noche escuchaba las conversaciones que la tripulación mantenía alrededor de un par de botellas de alcohol. Contaban historias como las que Daniel se inventaba para mí y mis hermanos cuando éramos pequeños o narraban sucesos acaecidos en las guerras o en alta mar. Siempre había risas, palabras en gaélico y numerosas menciones al género femenino. Solo uno de los guardias estaba casado, el resto decía gozar de la soltería con diferentes mujeres, cuyos cuerpos describían detalladamente con gestos y palabras. —Me guiñó un ojo, divertido—. Yo me tumbaba en el coy, con la vista puesta en las estrellas y mecido por la propia marea, y me sentía parte de sus historias. Olvidaba mis aflicciones y me imaginaba luchando en guerras o conociendo bellas jóvenes. Después era más sencillo conciliar el sueño. Todos aquellos amaneceres y ocasos hicieron que el interminable tiempo en alta mar valiera la pena. Daba igual lo que estuviera haciendo, siempre me detenía a contemplarlos.

—Te convertiste en un auténtico marinero y, sin embargo, ahora quieres huir de una imagen tan increíble.

—Estamos absolutamente solos a una escasa distancia —murmuró ronco—, mi pulgar roza tu espalda, mi rodilla, la tuya. Pueden surgir malentendidos.

—Lo dudo. Para todo el mundo somos hermanos.

—Pero no lo somos. —Me observó impaciente, temeroso. Los rayos de un tímido sol alcanzaron su cuerpo, jugaron con su ropa, perfilaron su atractivo rostro hasta hacer chispear el iris de sus ojos—. No me conoces, no sabes de lo que soy capaz. No deberías estar conmigo a solas.

Reparó en la luz que recorría sus manos, destellando en los rubíes de su anillo. Giró la muñeca expectante, comprobando cómo el sol danzaba por la piel de su antebrazo. Parecía disfrutar del momento, perdido en sus pensamientos hasta que, de pronto, se levantó de improviso. Tardé en distinguir unas voces procedentes de algún lugar del barco.

—Vámonos —siseó, y nos dirigimos con premura hacia las escaleras que se internaban en la tercera clase.

No hablamos en ningún momento. Cuando llegamos al camarote, se tumbó en su litera y no tardó en dormirse. En breve regresarían los ruidos a aquella cubierta y sería la hora del desayuno.

Aproveché que estaba dormido para asearme y cambiarme de ropa. También lavé mis mudas con el jabón de lavanda que Maria había puesto en mi equipaje y las colgué en la barandilla de la cama superior para que se secaran. Ahora el camarote olía de una forma deliciosa que hizo que añorara las tardes en el jardín de Mottram Hall rodeada por el aroma de las flores.

Saqué el librillo que hacía las veces de diario y lo apoyé en mi regazo. ¿Por qué tenía tantas ganas de devolvérselo a su propietario como de continuar leyéndolo sin descanso? Me prometí solo una página más y lo abrí con rapidez.

8 de marzo de 1840

Estoy encerrado en esta habitación desde que ayer cometí la imprudencia de aventurarme por los terrenos de la finca.

No fue una buena idea.

Esta mansión en mal estado está rodeada por campos que se extienden más allá del bosque. La tierra no está cultivada y tampoco parece servir de alimento al ganado, por lo que desconozco cómo se obtendrá la comida. La ausencia de pueblos o ciudades cercanas me indica que estamos aislados en mitad de la nada.

A mediodía llegué al otro extremo de los terrenos, en el arranque de las montañas. Solo había zarzas y arbustos, así que me costó avanzar entre las cortas y espinosas ramas con las que me enredaba a cada paso. Entonces vi un camino oculto entre la maleza. En algún momento fue con seguridad un acceso posterior a la vivienda para carros de provisiones o como entrada del servicio.

Avancé mientras el camino comenzaba a descender ligeramente. Entonces, tras una curva, me encontré delante de un pasadizo techado que parecía dirigirse hacia el sótano de la casa. No me detuve, pero poco a poco comencé a no distinguir lo que se encontraba a unos pasos por delante de mí. Mi vista se fue acostumbrando a la oscuridad, y, de vez en cuando, se filtraba algo de claridad entre las piedras de las paredes que me mostraba un túnel angosto. Solo oía el repiqueteo del agua en algún lugar y notaba unos sutiles movimientos sobre mi cabeza, que atribuí a murciélagos.

Nervioso, con el corazón agitado y con ganas de salir de allí, mantuve mi paso y llegué a un patio amplio, donde antaño debieron aparcar o detenerse los carruajes. El techo, parcialmente derrumbado, dejaba que la luz escasa del exterior se colara difusamente. Frente a mí, dos grandes accesos con arcos de medio punto comunicaban con la casa.

Me acerqué silencioso. Una reja de gruesos barrotes impedía el paso y el interior se me mostraba en la más profunda de las penumbras. Me apoyé en la reja hasta casi meter la cabeza entre los hierros. Apenas distinguía un suelo adoquinado y una estancia alargada y austera. Mi respiración agitada parecía reverberar entre aquellas paredes, como el eco.

Entonces, al tragar saliva y dejar de inspirar un instante, advertí otro sonido, extraño y agonizante, que procedía del interior.

Había alguien más.

Retrocedí un paso, alejándome de la reja. Un ruido más allá, un ligero golpeteo. Mi corazón se encontraba desbocado. Aquello no parecía un sótano, sino una mazmorra. Mis oídos, atentos al peligro, me devolvieron un jadeo rápido, intermitente. Igual al de un animal.

Avancé hacia los barrotes, prudente, nervioso. Aquel gemido se hizo más patente, y me llegaba acompañado de un temblor, de arañazos y de roces, y juraría que también de un susurro. Me acerqué aún más. Necesitaba ver, necesitaba saber qué se escondía en aquella oscuridad.

Una mano sujetó mi hombro y estuve a punto de caerme al suelo del susto. Un hombre se encontraba a mi lado. Tenía el rostro *arrugado y sucio, llevaba el pelo largo y grasiento peinado hacia atrás y vestía un uniforme negro y verde, similar al de los caballeros que me habían escoltado cuando me forzaron a abandonar mi hogar. Tras él, otro hombre portaba un fusil.*

No pude seguir investigando porque me empujaron con brusquedad para que regresara al pasadizo.

Volvimos a la casa rápidamente bajo la advertencia, o más bien amenaza, de que no se me ocurriera aventurarme de nuevo fuera de aquellos muros.

Anoche solo me dieron un tazón de sopa espesa y un trozo de pan para cenar. Después me encerraron en mi dormitorio.

Los sonidos del sótano retumban en mi cabeza, alentando mi imaginación. ¿Qué se esconde allí abajo? ¿Podrían ser mis hermanos? El temor por lo que puedan estar sufriendo me atraviesa hasta dejarme sin aire.

Debo encontrar la forma de regresar.

Elevé el rostro hacia Caleb estremecida. Dormitaba desfallecido, ajeno a mi deshonrosa afición por escarbar en sus pensamientos. Su rostro continuaba demacrado y su cabello oscuro despeinado no hacía más que acentuar su palidez. Me acerqué sigilosa hasta situarme a su lado y tomé asiento en el borde del colchón, con la respiración contenida e intentando no rozarlo. Tenía razón, no lo conocía de nada, pero estaba segura —tanto como puede estarlo una mosca antes de ser apresada por un pájaro— de que jamás me haría daño.

Caleb gimió algo frunciendo el ceño y estiró su brazo, que quedó apoyado en mi pierna. Como tenía las mangas de la camisa remangadas hasta los codos, pude apreciar arañazos antiguos que en algún momento debieron de ser heridas. El anillo del intimidante dragón que llevaba en su dedo me recordó a las joyas con las que el rey Guillermo IV, antecesor de la reina Victoria, fue representado en sus retratos.

Me fijé en su antebrazo. Momentos antes, en la cubierta exterior, había visto cómo el sol se había deslizado por su piel en una caricia delicada, y, ahora, toda aquella zona estaba enrojecida e irritada, como si se hubiera abrasado con una antorcha.

La campana sonó anunciando el desayuno. Me levanté dudando si despertar a Caleb o permitirle descansar. Opté por la segunda opción, pues parecía exhausto, y me marché del camarote, confusa y extrañada.

Pasé el día con Amelia y su familia, conociendo a otros pasajeros y disfrutando del sol en el exterior. En el Great Britain viajaban numerosos bebés, algunos de pocos días. Tom era uno de ellos y, por su carácter sociable y poco dado al llanto, se había convertido en nuestro preferido.

—Cuando veo a un crío así, me dan ganas de tener otro —me dijo Amelia con el bebé en brazos mientras le dedicaba sonrisas y carantoñas—. Aunque, con mis treinta y dos años, ya soy demasiado vieja. ¿Y tú, Sarah? ¿Quieres niños?

—Claro que sí, pero primero tendré que encontrar un buen marido y después que Dios quiera bendecirnos con algún hijo. —Reí—. Demasiados golpes de fortuna consecutivos.

—Sí, el buen marido es lo difícil. Me centraría únicamente en unas características básicas: trabajador y abstemio o, al menos, trabajador. No hay nada peor que un holgazán.

—¿Cómo te diste cuenta de que Edwin era el amor de tu vida?

Soltó tal carcajada que el pequeño Tom se la quedó mirando boquiabierto.

—¿El amor de mi vida? Edwin es un buen hombre, desde luego, pero yo no tenía tiempo para esperar al amor ni nada que se le pareciese. Me casé con el primero que me lo pidió para escapar de la casa de mis padres. Eso sí, en la cama nos lo pasamos muy bien. Algo que no es común, por lo que me doy por satisfecha.

—¿A qué te refieres con la cama? —pregunté intrigada—. ¿Jugáis en ella juntos?

Me miró como si acabara de aparecer Napoleón en la misma cubierta del barco y nos fuera a declarar la guerra.

—Vale —dijo serenándose—. Nadie te ha contado qué sucede en un matrimonio, o incluso fuera de él.

—Mi amiga Maria me relató ciertos hechos un tanto extraños. No estoy muy segura de si sabe con certeza qué le sucedió en la luna de miel.

Amelia rio hasta casi caerse del banco.

—Te recomiendo una cosa —me susurró tapándole las pequeñas orejitas al bebé para que no escuchara lo que me iba a relatar—. Cualquier noche acércate por el camarote cuarenta. Lo ocupa una pareja recién casada que tiene la peculiar costumbre de no cerrar la puerta. Cada día que pasamos en el barco, el público nocturno aumenta. Será una visita muy instructiva para ti.

Asentí sin entender. Amelia daba unos consejos de lo más extravagantes.

Después de la cena fuimos a la sala general, donde varios pasajeros, con sus instrumentos musicales, acordeones, flautas y guitarras, habían conseguido coordinarse para tocar unas cuantas melodías muy animadas. La gente, en medio de la sala, comenzó a bailar danzas que jamás había presenciado, llenas de gritos y saltos, y sin ningún orden o alineación. Se reían y hablaban al mismo tiempo, y aquel galimatías resultaba simplemente perfecto. La bebida, fuerte y amarga, pasaba de mano en mano.

—Hacía más de cinco años que no asistía a un baile. —Caleb apareció a mi lado mientras yo aplaudía divertida—. ¿Tanto han cambiado? ¿Ya no existen las polcas, los valses o las polonesas?

—Claro que sí, pero te puedo asegurar que esto es más entretenido. No hay código de vestimenta, ni ningún patrón establecido, ¡incluso las mujeres bailan juntas! —Sonreí feliz—. Fanny estaba rodeada de tantos admiradores que su madre ha decidido encerrarla en el dormitorio. Acaban de marcharse.

—Lo sé, me las he encontrado en el pasillo. Amelia me ha rogado encarecidamente que viniera a acompañarte. Le preocupan ciertos tipos y sus intenciones. —Caleb parecía intimidado por el gentío. Retrocedió sutilmente hasta apoyarse en una columna.

—¿Te apetece bailar? —solté de repente.

Me miró como si estuviera trastornada.

—Lo siento —contestó rápidamente para acto seguido esbozar una sonrisa—. Tengo el carnet de baile completo. Dos condesas y una baronesa apuntadas.

—¡No bromees! ¡Será divertido! —Hice una inclinación educada de cabeza y le tendí la mano—. Puedo llevarte a rastras a la pista.

Resopló incómodo y, tras unos segundos con la mirada puesta en la muchedumbre, accedió a tomar mi mano.

—Jamás se me dio bien la contradanza ni la cuadrilla, te lo advierto.

Avanzamos hasta la improvisada pista y allí me sujetó de la cintura con firmeza. Notaba sus dedos largos en mi piel, como si apenas llevara ropa, y su mirada retadora, desafiante, fija en mí. Comenzamos a movernos siguiendo al gentío, saltando, imitándolos, riendo. Dimos decenas de vueltas, hicimos intercambio de pareja, charlamos y bromeamos. Bebimos para combatir el calor de la sala, y noté que las risas fueron aumentando debido al alcohol, mientras continuábamos bailando.

Sin embargo, en un determinado momento la fiesta se detuvo. El exceso de ruido produjo numerosas quejas provenientes de otras cubiertas, así que la dirección del barco ordenó que termináramos el baile, y, cuando la música cesó, la gente comenzó a dirigirse a sus camarotes.

—Eres un buen bailarín, señor Addison —dije agarrada del brazo de Caleb y con las piernas temblorosas por la bebida—. Me cuesta creer que lleves cinco años sin bailar.

—Los bailes que organizaban mis padres me parecían una estupidez. Me negaba a bajar al salón, pero me escondía a curiosear desde lejos a las parejas junto a las pequeñas Alice y Agnes. Desconocía que eran el mejor método para encontrar un esposo para mi hermana Ida, mostrar en sociedad a William, el primogénito, o conocer a gente nueva. Después, cuando viví con mi tío, eché en falta todo aquello. ¿Sabes una cosa? —Dio un traspié y a punto estuvo de estamparse contra la puerta—. En aquella horrible casa había un inmenso salón de baile y de vez en cuando iba e imaginaba que estaba en una fiesta, llena de gente, de color y música. Y allí, yo solo, me ponía a bailar lo que recordaba antes de que el tiempo me borrara cualquier recuerdo feliz pasado. Me imaginaba danzando con magníficas bailarinas que, sin embargo, nunca tenían rostro. Lo curioso es que ahora, cuando he recordado aquello, me he dado cuenta de que cada una de las mujeres elegantes y bellas con las que me imaginaba bailando... —se detuvo de sopetón y choqué contra él— se parecían a ti.

—Eso se debe al alcohol —dije con una risilla tonta imparable—, produce pesadillas.

—¡Ey! Intentaba decirte algo bonito —se quejó apoyando su brazo sobre mis hombros—. Deberías salir de mi mente cuanto antes, señorita. Comienza a ser molesto. ¿Qué hacemos ahora? ¿Buscamos tarta en la cocina?

—¡Espera! Tengo una idea. —Salté emocionada, tirando de él hacia el corredor—. Vamos a echar una ojeada al camarote cuarenta. Amelia dice que es muy instructivo.

Por el pasillo íbamos chocando con parejas que regresaban a sus dormitorios, a las que les deseábamos buenas noches con alegre camaradería. Seguimos caminando mientras enunciaba con suficiencia y un perfecto acento francés los números que se mostraban en las puertas, hasta que Caleb comenzó a hacerlo en alemán hundiéndome en la miseria del fracasado.

A pocos pasos del camarote cuarenta, pudimos corroborar la presencia de media docena de curiosos delante de la puerta entornada, tal y como me había comentado Amelia. Un extraño ruido quejumbroso procedía del interior, unos jadeos animales, un lamento de dolor... Caleb se detuvo, pero yo continué avanzando entre los pasajeros, indiscreta, hasta situarme delante de la abertura de la puerta, preocupada por lo que podría estar sucediendo dentro.

Pero poco pude ver —la espalda de un hombre desnudo, una mujer gimiendo bajo él, rodeándole la cintura con sus piernas desnudas...— porque, de un tirón, Caleb me apartó de allí.

—¡La está matando! —grité mientras Caleb continuaba arrastrándome por el pasillo hacia nuestro camarote—. Deberíamos avisar a la tripulación.

—Eso no era ningún asesinato —musitó él con las mejillas encendidas—. A ver, ¿nunca has presenciado algo similar? ¿Tu hermano no tiene esposa? —Negué tantas veces con la cabeza que comenzó a desesperarse, buscando alguna palabra correcta—. ¿No poseíais animales en vuestra casa?

—Sí, muchos. Trofeos horribles de caza.

—¿Y algo vivo? —Abrió la puerta de nuestro camarote y me introdujo dentro—. Mira, yo sé poco más que tú, solo lo que he oído de otros hombres y lo que he contemplado en la naturaleza. Pero puedo asegurarte que la pareja del camarote cuarenta está perfectamente.

—¿Lo prometes? —pregunté con la visión tan borrosa que solo alcancé a agarrarme al poste de la litera para evitar caerme. Me quité los zapatos y las medias y me peleé con el vestido hasta conseguir arrancármelo por la cabeza y lanzarlo a una esquina. Luego gateé hasta la cama y caí de bruces sobre la almohada. Tras eso, solo recuerdo a alguien cubriéndome con la sábana y diciéndome: «Cada una de las mujeres elegantes y bellas con las que me imaginaba bailando se parecían a ti».

Y me hundí en un agradable sueño.

Cuarto día

El amanecer de aquel nuevo día en el Great Britain no fue demasiado agradable. Mi estómago parecía hecho de gelatina y temblaba ante cualquier movimiento del barco con dolor y ardor a partes iguales. La cabeza, a punto de reventar, me punzaba como un puñal. Pero, sobre todas las molestias físicas, lo que acabó de envolverme en el bochorno más absoluto fue mi aspecto. Vestía únicamente la ropa interior. Sí, la fina, semitransparente e indecorosa camisola.

Me tapé con la sábana hasta los ojos, decidida a morir de vergüenza allí mismo, sin salir de la cama. Para mi desgracia, recordaba haberme quitado la ropa como si me encontrara sola en la habitación, olvidándome de que Caleb también estaba allí.

Si se dignaba a dirigirme la palabra después de haberme desnudado delante de él, haber bebido como una vulgar mujerzuela y asistido a un momento obsceno en un camarote privado, tendría suerte. ¿Por qué recordaba con tanta nitidez cada momento? ¿No sería mejor para mi conciencia que el alcohol hubiera afectado a mi memoria?

Cuando pude vencer la timidez y echar un vistazo alrededor, comprobé que Caleb seguía durmiendo en su litera. Me incorporé mareada, con una losa de mármol por cabeza y con el estómago revuelto. Intentando no hacer ruido, me aseé y me vestí, y, antes de abandonar el camarote, extraje el diario de mi maleta.

Los pasajeros estaban en el comedor degustando el almuerzo. El olor me provocó náuseas, por lo que decidí subir las escaleras para poder tomar un poco de aire fresco, pese a que no era la hora del paseo.

En la cubierta exterior no había nadie. Un viento enérgico y un fuerte oleaje desplazaban el Great Britain a su antojo, salpicándome de agua salada y obligándome a que tomara asiento en uno de los bancos para no acabar rodando por el suelo.

El aire resultó sanador y, pese al movimiento feroz de la embarcación, mi estómago comenzó a estabilizarse. Pocas veces había bebido algo más que una copa de vino dulce, así que no estaba acostumbrada a las infernales secuelas del alcohol.

Paseé con cuidado para no resbalarme o caerme, agarrándome a cualquier objeto que veía. El cielo estaba encapotado y el Atlántico rugía con furia. Cuando me cansé de rondar por la zona, busqué un banco recóndito donde dudaba que la tripulación pudiera encontrarme. Allí decidí quedarme el resto de la tarde, con el diario abierto por la página siguiente, el aire refrescando mi rostro y mi vientre al fin tranquilo.

Invierno de 1840

Los días y los meses en este lugar se hacen eternos. He perdido la cuenta de lo que llevo aquí encerrado, hace tiempo que dejé de contar.

Mis jornadas se resumen en entrenamiento físico, estudio y una única ración de comida que apenas logra saciar el hambre que me consume. Durante el verano adelgacé tanto que mi ropa colgaba holgada de mi figura. Sin embargo, avanzado el otoño, después de cada entrenamiento, mi ración de comida ha ido aumentando, así que, poco a poco, he vuelto a recuperar mi cuerpo y he comenzado a fortalecerlo. Sigo pasando hambre, pero esta resulta más llevadera.

Además de la espada, me han iniciado en el uso del sable, de la bayoneta, la pistola de chispa y de percusión y el mosquetón. Mi puntería, hace unos meses, era cuando menos catastrófica y me he ganado por ello varios escarmientos.

Un castigo en esta casa no es igual que en mi hogar. La primera vez que mi tiro acabó injustamente contra la pared del establo, el hombre que se hace llamar Moses me propinó un golpe con la culata del arma en el estómago. Me quedé sin aire, de rodillas en el suelo embarrado, boqueando como un pez. Acto seguido, me agarró del cuello y lo apretó con fuerza hasta que el mundo a mi alrededor comenzó a desdibujarse.

Entonces me soltó y, con su aliento agrio pegado a mi oído, me amenazó con repetir el escarmiento como volviera a fallar.

Por la noche no hubo más cena que un pedazo de pan, y me acosté en mi cama con un hambre atroz, dolor en todo el cuerpo y las manos de aquel hombre marcadas en mi garganta.

Ahora mi puntería ha mejorado gracias a los correctivos que me aplican, y ya me permiten emplear el fusil. Pronto hará un año de mi llegada a esta casa y, lamentablemente, lo único que perdura a mi lado son mis dos simpáticos instructores, Moses e Isaac, que poseen tantas ganas de enseñarme como yo de acatar sus órdenes, y el tutor arisco que controla mis estudios.

Siento la presencia constante de mi tío vigilando mis entrenamientos o en mi dormitorio cuando leo o me sumo en el sueño por puro agotamiento.

Las preguntas sobre el paradero de mis hermanos gemelos se van acumulando mientras adquiero más conocimiento y envergadura. Los espejos de la sala de música me muestran a un muchacho torpe y refinado moldeándose a golpes. Mi rostro tiene un color blanquecino en el que destacan los ojos azules de la familia Hay, y el cabello oscuro heredado de mi madre ya alcanza la mitad de mi espalda.

Echo de menos a mis hermanos, a mi madre, las camas blandas y el olor del jabón. Añoro el gusto del estofado y el tacto de la ropa limpia, el sol del verano y las risas, pero he aprendido a esconder los recuerdos en algún lugar de mi cabeza al que solo acudo en contadas ocasiones. El resto del tiempo he de permanecer fuerte. Jamás volveré a mi hogar, no merece la pena seguir deseándolo.

Dejé de leer sobresaltada cuando salieron a su cubierta los viajeros de la primera clase y empecé a oír los gritos de sorpresa de las damas, al notar cómo las ráfagas de viento hinchaban repentinamente sus vestidos, y a ver alguna divertida caída y varios sombreros voladores que se perdían para siempre en el océano.

Conté cuarenta y seis pasajeros, entre ellos el desagradable hombre del pantalón a cuadros, mirada ansiosa y gesto lascivo que había visto la primera vez y que se entretenía observando al resto de las mujeres con una expresión que, sin saber por qué, me parecía repulsiva. Lo acompañaba otro hombre enjuto de bigote fino, con el que se reía de ciertas apreciaciones sobre las señoras que esperaba no tener el gusto de escuchar.

Me fijé también en un caballero elegantemente vestido que, huidizo, había tomado asiento en un banco cercano a mi escondite y se había puesto a leer un grueso tomo, ajeno a lo que ocurría a su alrededor. Rondaría los cuarenta años y tenía el cabello entrecano, una barba poblada muy cuidada y unos despiertos ojos oscuros, clavados en las páginas del libro.

La curiosidad del lector no conoce límites, doy fe, por eso me acerqué sigilosa con la simple intención de enterarme del título de tan interesante obra.

—Increíble —susurré en voz alta, cuando descubrí las palabras *Frankenstein o el moderno Prometeo* escritas en dorado en la cubierta.

El caballero levantó la mirada, sorprendido, y se encontró conmigo. Estábamos en dos niveles diferentes, él desde el superior solo tuvo que alargar un poco el cuello para descubrirme en mi escondrijo.

—Buenas tardes, señorita —dijo con un agradable acento americano—. ¿La ofendo si le pregunto de qué se esconde?

—Digamos que he hecho caso omiso de los horarios estipulados para las salidas a cubierta de la tercera clase. Así que, en cierto sentido, estoy cometiendo una infracción.

—Ha arriesgado su refugio por un libro. Eso no es una infracción, sino una muestra de valor. Debería recibir una condecoración al coraje. ¿Puedo conocer su nombre?

—Sarah… Addison, señor.

—George W. Lee —dijo, saludándome con una leve inclinación de cabeza, y añadió—: doctor, profesor en Harvard y, por supuesto, ávido lector.

—Pensaba que *Frankenstein* no era una obra demasiado popular y en los últimos días ya he encontrado a dos caballeros que la conocen.

—Puedo sorprenderla aún más, señorita Addison. —Se acercó y me tendió el libro, abierto por la primera página, entre los barrotes de la barandilla que separaba las dos cubiertas. Allí había escrita una dedicatoria y su firma:

«Para el doctor Lee, por su paciencia infinita; para George,
por su amistad sincera. Con todo mi afecto,
Mary Shelley».

—¡Mary Shelley! —Abrí la boca con desmesura en una especie de gritito—. ¿La conoce?

—Sí, tengo el placer de conocerla desde hace muchos años. Es mi amiga y también mi paciente, por lo que no puedo relatar demasiadas cosas. He pasado unos días con ella y con su hijo Percy en Inglaterra. ¿Ha leído alguna otra de sus obras?

—Las ideas progresistas de la señora Shelley no son muy del agrado de mi hermano Frederick, por lo que solo poseo una primera edición de *Frankenstein*, regalo de mi padre, que Frederick desconoce que se encuentra en mi poder. Si le soy sincera, me encantaría descubrir el resto de sus novelas.

El doctor Lee sonrió ampliamente.

—Venga esta noche, después de la cena, al camarote diez —dijo apresuradamente al comprobar que unos hombres se le acercaban—. No la conozco lo suficiente, señorita Addison, pero juraría que le va a sorprender sobremanera lo que tengo que enseñarle.

—Doctor Lee, sin querer parecer grosera, estoy aprendiendo a no fiarme demasiado de las intenciones del género masculino.

—No puedo estar más de acuerdo. Venga con su familia. —Se levantó con rapidez para taparme de la visión de los otros caballeros y comenzó una charla formal con ellos sobre el temporal y las grandes posibilidades de un naufragio.

Cuando el peligro pasó, me escabullí hacia las escaleras y las bajé con calma. Mi ansia por relatarle a Caleb lo que acababa de pasarme en la cubierta exterior se veía frenada por la vergüenza que sentía al recordar lo que había hecho la noche anterior. Con suerte, algo de lo que yo no solía disponer, él no recordaría demasiado de lo ocurrido.

—¿Dónde has estado? —me preguntó en cuanto abrí la puerta y asomé despacio la cabeza.

—Fuera —contesté aparentemente despreocupada—. Necesitaba tomar el aire, me encontraba muy mareada.

—Debimos de beber veneno anoche —murmuró frotándose la frente. Caleb tenía el pelo revuelto, las ojeras amoratadas y la tez aún más pálida de lo habitual. Su semblante era serio, puede que taciturno—. Apenas recuerdo nada.

Respiré hondamente, más tranquila.

—¿Ni siquiera el baile? ¡Fue de lo más divertido! —exclamé alegre, pero su expresión no varió—. ¿Te encuentras mal?

—Me siento un poco débil —murmuró—. Nada que no arregle algo de comida. ¿Podrías traerme un plato cuando terminéis de cenar?

—¿No te apetece venir al comedor?

—Ayer cometí la equivocación de acabar en una fiesta multitudinaria, no quiero volver a caer en ese error. No es… seguro.

—Tienes razón, el alcohol había sido destilado en el mismo infierno —dije consiguiendo que esbozara una sencilla sonrisa—. Te traeré algún supuesto manjar suculento, pero por la noche me acompañarás a la primera clase. He conocido a un hombre muy interesante.

Se dejó caer sobre el colchón con una mirada traviesa.

—Mucho tardaba en llegar este momento. ¿Necesitas mi bendición, hermanita?

—No, solo tu compañía. Mi instinto me dice que el caballero posee buenas intenciones; sin embargo, mi inexperiencia en la vida me preocupa. A ser posible, desearía cometer los mínimos fallos posibles.

—Dicen que la juventud está hecha para equivocarse y la madurez para arrepentirse.

—¿Crees que algún día nos arrepentiremos de habernos embarcado en el Great Britain? —Me senté en la cama y le eché una ojeada disimulada que coincidió con la suya en el mismo momento.

—Yo, jamás —contestó sin dudar, con su mirada retenida en la mía—. Lamento muchos hechos pasados, pero no la providencia que me ha traído hasta aquí.

—Tú has escapado de una situación muy cruel —resultaba imposible no rememorar los recuerdos de su diario—, pero yo… ¿realmente será mejor la vida que me espera en Estados Unidos? En Inglaterra tendría un esposo, un hogar y ninguna preocupación.

—Un marido al que no amarías y con el que tendrías que compartir… cada segundo. —Parecía asqueado—. No puedo imaginarte en manos de alguien así.

—Pensaba que te parecía una tontería huir de un matrimonio concertado.

—Sí, me lo parece —aseveró encendido—. Tu única salida no puede ser escapar. Creo que tendrías que poder negarte sin más a casarte con alguien que te repugna. Deberías poder escoger a quien tú quieras como esposo o incluso optar por no casarte jamás, sin que nadie te juzgara por ello. No entiendo por qué tu hermano ha de ser el cabeza de familia y que tú, que, con absoluta seguridad, eres cien veces más inteligente que él, no puedas disponer de tu propio patrimonio y administrarlo como quieras.

—Agradezco tu opinión, que desde luego es de lo más... sorprendente. Quizá dentro de un siglo nuestros descendientes puedan llegar a vivir en un mundo donde las mujeres sean dueñas de sus vidas... ¿Te imaginas qué avances experimentaría la humanidad si eso sucediera? Sin embargo, por el momento, las cosas están muy lejos de algo así.

—Sé que no ha debido de ser fácil tomar tu decisión, por lo que admiro tu coraje. —Sus ojos de un azul como el del Atlántico seguían sin separarse aún de mí—. Y estoy seguro de que en Nueva York, o donde sea que decidas establecerte, encontrarás la felicidad.

—¡Ojalá tengas razón! Trato de no pensar en mi llegada para no asustarme. Eso sí, mis deseos para el Nuevo Mundo son simples: una librería cercana y una habitación desde la que pueda ver un jardín. ¿Cuáles son los tuyos, Caleb?

—Si te soy sincero..., solo deseo llegar con vida al final del viaje.

Sus facciones trataron de mostrarse apacibles, pero en su voz se revelaba amargura.

—¿Qué te sucede? Hay algo que no me cuentas. ¿Estás... enfermo? —musité despacio.

—Ve a cenar, Sarah —añadió abriendo el libro de *Frankenstein* y mostrando un gran desinterés en continuar la conversación—. Luego veremos a tu caballero de la primera clase.

7 de marzo de 1841

Ayer cumplí dieciséis años.

Lo había olvidado; fue James quien me recordó la fecha durante una opípara cena a la que no estoy acostumbrado. Con su voz serena y ronca, me felicitó por mis avances y por estar convirtiéndome en un buen soldado.

Brindé por obligación y probé el vino dulzón que me ofrecía mientras me preguntaba por mis progresos. Le enumeré mis avances en los idiomas, el estudio y el combate. Sin embargo, no debí de contestar lo esperado porque negó con la cabeza. De forma pausada, elogió aspectos de los que yo mismo no era consciente: mi fortaleza física y mental pese a la falta de sueño, al castigo corporal y al confinamiento; mi control sobre el hambre y la sed, y mi resistencia ante la adversidad.

Aproveché la oportunidad para atreverme a preguntar por mis hermanos, pero su respuesta fue esquiva. Aunque confirmó que se encuentran con vida, reveló que han enfermado de un extraño mal a causa de su debilidad. Eso le ha demostrado el camino que debe seguir conmigo, el cuidado que ha de prodigarme: entrenarme para adquirir fortaleza, prepararme para sobrellevar la enfermedad.

Estas revelaciones no dejan de sumirme en la preocupación y en la desesperanza. Desconozco qué he de hacer a continuación.

Después de la cena y antes de regresar al camarote, no logré controlar las ganas de leer otra hoja del diario. No debí haberlo hecho. Tras la lectura, mi mente era un hervidero de dudas y angustia. En un segundo, me encontraba en el barco, notando el ronroneo del motor bajo mis pies y el crujido del armazón, y, en el siguiente, me sentía envuelta en las sombras de aquella mansión desolada.

Tardé un rato en conseguir centrarme y abrir la puerta de la habitación. No escondí el diario, ya no quería hacerlo, y se lo tendí a su propietario.

—Pensé que lo había perdido —dijo Caleb tranquilo, cerrando el volumen de *Frankenstein* y depositándolo en la mesilla de noche.

—Lo tenías en tu chaqueta y yo… —¿Había alguna excusa decente para un acto similar?

—Tú quisiste conocer mejor a tu futuro compañero de viaje. Lo entiendo. Yo hubiera hecho lo mismo de encontrarte en mi establo, herida, sucia y con pinta de malhechora. —Esbozó una sonrisa torcida y rehusó con un gesto de la cabeza el diario—. Quédatelo, no hay nada en él que quiera revivir. Y ahora, señorita Addison, tenemos una cita a la que acudir.

A aquellas horas, en los lujosos pasillos de la cubierta superior se escuchaba una agradable música y el rumor de conversaciones lejanas. Caleb y yo nos escabullimos por la moqueta granate, atentos a cualquier sonido y preparados para escondernos en algún recodo, si era necesario.

—Camarote diez —susurré señalando la puerta.

—Dudo que ese caballero desee mi presencia —murmuró Caleb frunciendo ligeramente el ceño—. Si en algún momento quieres que os deje solos, dímelo.

—¿Por qué iba a querer eso? Únicamente vengo a ver sus libros.

—Si nos ajustamos a lo que sé de ti, el caballero lector tiene más opciones contigo que el capitán de este barco —comentó con el rostro tirante. Si no fuera porque comenzaba a conocerlo, hubiera dicho que estaba celoso.

—No me simplifiques de esa forma, Caleb —contesté molesta—. Ni busco pareja ni la quiero.

—Tienes razón, lo siento. —Su mirada buscó la mía, intensa, atrayente—. Puede que...

La puerta se abrió en ese instante y nos volvimos rápidamente hacia el hombre que acaba de aparecer en el umbral. Vestía un llamativo batín azul a juego con las zapatillas, y, por su cabello húmedo, deduje que acababa de disfrutar de un relajante baño.

—Entren, por favor —dijo señalando el interior—. ¿Les puedo ofrecer algo de beber?

Pasamos al camarote contemplando con estupor sus magníficas dimensiones. Las paredes pintadas en tonos verdes mostraban dos grandes ventanales, varios cuadros y una chimenea apagada. El mobiliario era sencillo pero elegante: una mesa redonda en el centro con un jarrón lleno de flores, un sofá de mullidos cojines, un escritorio lleno de extraños artilugios y una oscura estantería con varios volúmenes. El dormitorio se encontraba en otra estancia, separado por una puerta entreabierta.

—No, gracias —contesté antes de parecer descortés—. Perdone mi asombro, pero este camarote es…

—Escueto para veintiséis guineas, lo sé. La naviera White Star Line ofrece mejores camarotes, pero tarda dos largos días más en llegar a América. Espero que esta loca carrera por obtener la «Banda Azul», esa absurda condecoración que premia al barco más veloz del Atlántico, consiga que algún día alcancemos la costa americana en menos de una semana. Créanme: es una tortura aguantar las conversaciones de los pasajeros más de siete días. —Se giró hacia Caleb y lo observó con severo detenimiento antes de ofrecerle su mano—. Discúlpeme, no me he presentado. Doctor George W. Lee.

—No se preocupe —contestó Caleb estrechando su mano con firmeza—. Caleb Addison.

—¿Se encuentran en su luna de miel? —preguntó el doctor mientras se dirigía a la mesa y rellenaba unas copas de licor.

—Somos hermanos —aclaré, aceptando la copa que me ofrecía.

La mirada del doctor Lee pasó de uno al otro con escepticismo.

—Díganme al menos que de diferente madre, por favor.

—No es muy cortés lo que presume —replicó Caleb dando un sorbo a su bebida.

—Siento mis formas, creo que los americanos pecamos de directos. No obstante, como médico no puedo pasar por alto las escasas similitudes físicas que ustedes poseen y, por supuesto, los diferentes acentos. Juraría que me hallo ante un escocés y una inglesa.

—Rogamos su discreción, doctor Lee —apuntó Caleb, tranquilo—. Viajamos juntos porque el destino, y no otro interés, así lo ha dispuesto.

—No quiera el cielo que me interponga en ningún destino, no se preocupen por mí. Dos camarotes más allá viajan un tío y una sobrina que únicamente se parecen en el blanco de los ojos. También hay dos amigas íntimas que comparten camarote y silenciosas caricias bajo el mantel de la mesa del comedor. La mayoría de la población tiene secretos, yo no soy quién para desvelarlos.

—Es usted muy perspicaz, doctor —dije dándole un sorbo al dulce licor.

—Mi trabajo consiste en fijarme en anomalías. —Sus ojos no se apartaban del deambular de Caleb por la estancia—. La combinación de cabello negro e iris azules del señor Addison es sumamente rara; la probabilidad de encontrar estos dos rasgos en un mismo sujeto es muy baja... Supongo que sus hermanos también comparten esta peculiaridad, ¿me equivoco, señor?

—Los siete hermanos tenemos el mismo aspecto —contestó Caleb.

—Una familia hermosa, entonces. —El doctor Lee esbozó una sonrisa pícara y se acercó a la librería. Había varios volúmenes apilados de cualquier forma. Me tendió tres—. Lo prometido es deuda, señorita Addison. Estos son los nuevos libros que Mary me ha dedicado: *El último hombre*, *Valperga* y *Lodore*. Le recomiendo el primero. He de decir, con vergüenza, que el tomo pertenece a una edición ilegal realizada en Norteamérica en 1833. En Europa se paralizó su publicación debido al mal recibimiento de la crítica. Trata de un mundo futuro, a finales del siglo veintiuno, que ha sido arrasado por una plaga.

Caleb se detuvo y fijó su atención en el doctor.

—¿Qué tipo de plaga?

—La señora Shelley no da detalles, solo habla de que es una enfermedad extremadamente virulenta. Se basó en unas profecías catastrofistas encontradas cerca de Nápoles que hablan de que llegará una epidemia que se convertirá en pandemia y devastará al género humano, dejando solo con vida a un hombre.

—¿Se inspiró en los *Libros sibilinos*? —preguntó Caleb.

El doctor Lee asintió con asombro.

—Conocí a un hombre que profesaba gran interés por esas y otras predicciones. Durante demasiado tiempo lo consideré un loco.

—Como hombre de ciencia no puedo dar valor a unas profecías —añadió el doctor, aparentemente fascinado por mi compañero—, pero sí a las plagas que relata. El mundo ha sufrido las más demoledoras epidemias: la peste negra, la viruela... No parece descabellado pensar que alguna de ellas pueda llevar a la sociedad hasta casi la extinción.

—Parte del poder de una enfermedad consiste en el miedo —murmuró Caleb—. ¿No es así, doctor?

—Desde luego, señor Addison. —El caballero se atusó la barba, pensativo, y tomó asiento en una de las sillas—. ¿De qué parte de Escocia me ha dicho que es usted?

—No se lo he dicho —respondió Caleb tajante, y se sentó frente a él, en el sofá.

—Perdone de nuevo mi curiosidad, pero quizá puede que le suenen unos acontecimientos algo extraños que se están dando en las Tierras Altas. Yo no soy un experto en virología, sin embargo, un colega de Londres me ha hablado de una enfermedad mortal que ha comenzado a extenderse unos kilómetros al norte de Inverness. Aún son pocos los casos documentados, aunque los habitantes se encuentran asustados. Como usted bien ha expuesto, el poder de una enfermedad es el miedo.

El silencio se estableció en el camarote. El doctor Lee mantenía un interés mal disimulado en Caleb, y este dirigía el suyo hacia la oscuridad que mostraba una de las ventanas.

—Espero no sufrir de pesadillas. *Frankenstein* me robó más de una noche de sueño —comenté tamborileando sobre la cubierta de *El último hombre* y dirigiéndome hacia la puerta—. Gracias por el libro, doctor Lee. Se lo devolveré lo antes posible.

Los dos hombres se levantaron rápidamente y me siguieron. Caleb se despidió del doctor con una ligera inclinación de la cabeza y abandonó primero el camarote.

—No tenga prisa en devolvérmelo, señorita Addison —me dijo el doctor Lee tomando mi mano entre las suyas. En un movimiento casi fugaz rozó con sus labios mis nudillos—, pero venga a verme cuando desee. Me encantará conversar de literatura con usted.

Miré hacia el pasillo. Caleb me esperaba en el arranque de las escaleras, taciturno, hundido en sus pensamientos. Dudaba que pudiera escucharme desde allí.

—¿Puedo hacerle una pregunta, doctor? —Sus ojos chispearon de interés mientras asentía—. ¿Sabe cómo se manifiesta la enfermedad de la que ha hablado antes, la que se expande por las Tierras Altas de Escocia?

—Por ahora se trata únicamente de rumores —dijo él bajando la voz—, hay pocos casos confirmados, pero lo normal es que se hayan ocultado muchos más. Los habitantes de regiones tan remotas no suelen disponer de médicos ni de interés por compartir sus problemas. Con respecto a los síntomas, mi compañero hablaba de palidez, fiebres altas, alucinaciones y brotes de agresividad. Los contagiados fallecían en horas, algunos en días.

—¿Sabe cómo se transmite?

—Bueno, sí… Puede ser… Eso es lo que me resulta más extraño. —Se frotó la barba con la mano, reflexivo—. Según mi colega, los pacientes presentaban… mordeduras.

—¿Qué animales pueden ser los responsables de algo así? —pregunté alarmada.

—Hasta que una enfermedad no se estudia con numerosas pruebas y análisis, únicamente hablamos de suposiciones que no tienen un fundamento racional. Es mejor que se marche a descansar, señorita Addison. Si no le importa, voy a meterme en la cama. Me espera una fatigosa mañana de conversaciones insustanciales y alguna partida aburrida de bridge. Buenas noches, señorita.

—No me ha contestado, doctor. ¿Qué fiera puede transmitir una enfermedad así?

El doctor tragó saliva. Parecía dudar entre si cerrarme la puerta o contestarme, algo a lo que parecía reacio.

—Mi colega no estaba seguro de que fueran mordiscos de animales salvajes… —murmuró—. Cree que eran marcas de dientes… humanos.

Quinto día

De regreso a nuestro camarote, Caleb y yo apenas hablamos. Parecía esquivo, pensativo, y no quise importunarle. Su aspecto seguía empeorando. Bajo sus llamativos ojos lucía unas oscuras ojeras. Sus labios estaban pálidos, agrietados, y en su tez macilenta se marcaban las venas azuladas.

Se tumbó en su litera en cuanto entramos en nuestra cabina y me dio la espalda. No tardó en quedarse dormido, exhausto.

Aproveché ese momento para asearme y cambiarme. Después intenté conciliar el sueño, pero extraños pensamientos pululaban por mi mente, así que resultó ser una misión difícil.

Tuve pesadillas turbulentas donde un monstruo hecho de pedazos humanos se alimentaba de niños y me desperté de cada una jadeante, ahogando el grito. Luego dejé de intentar dormir y comencé a leer *El último hombre*. A las pocas páginas me maldije por no haber traído algún libro de Jane Austen que calmara mis ánimos en lugar de acrecentar mis miedos.

Las palabras del doctor Lee sobre la enfermedad de las Tierras Altas no cesaban de repetirse en mi cabeza. Palidez, fiebres, alucinaciones…, mordeduras humanas. Me levanté de la cama y me acerqué a la de Caleb tan sigilosa que hasta mi propia respiración se ralentizó hasta casi desaparecer.

Me senté en el borde del colchón con cuidado, Caleb continuaba dándome la espalda en un sueño agitado. Su cuerpo temblaba ligeramente. Despacio apoyé mi mano en su frente y comprobé que ardía de fiebre; después, nerviosa, con el aliento estancado en mis pulmones, aparté los mechones de su largo cabello oscuro que tapaban su rostro.

Incluso dormido, con sus ojos marinos cerrados, me atraía de una forma tan intensa que nublaba mi pensamiento. Agité la cabeza para desechar cualquier idea y aparté un último mechón que cubría su cuello.

Entonces las vi. Apenas perceptibles, como una vieja cicatriz, tenía las marcas de una mordedura.

Caleb se giró sobresaltándome. Sus ojos, como pozos oscuros, fijos en mí, fríos, ausentes. Me sujetó de la garganta repentinamente, sin que pudiera resistirme, y me atrajo hacia él. Nuestros rostros quedaron tan cerca que su nariz rozaba mi mejilla. Su respiración jadeante cosquilleaba en mi oído mientras mi corazón palpitaba con fuerza, a punto de saltar de mi pecho.

—Caleb... —susurré e intenté añadir algo más, pero tiró de mí hasta tumbarme en el colchón. Su cuerpo en un movimiento rápido aplastó el mío, su rostro se hundió en mi cuello e inspiró.

Quise separarlo, empujarlo, pero atrapó mis manos con solo una de las suyas y las alzó por encima de mi cabeza, sosteniéndolas con fuerza contra el colchón.

—Soy Sarah —murmuré, y entonces él levantó la mirada y se encontró con la mía. La oscuridad de sus iris se suavizó, el color azul irrumpió en ellos, lo mismo que el horror y el miedo.

Retrocedió rápidamente, golpeándose con los tablones de la cama superior, y se apartó asustado. Me incorporé despacio con la sensación intacta de su cuerpo sobre el mío y una escasez acuciante de aire.

—¿Qué he hecho? —preguntó nervioso, con el rostro desencajado, mientras me examinaba de arriba abajo.

—Nada, nada... —contesté acalorada. No era cierto, sentía que habían pasado tantas cosas que me resultaba imposible resumirlas con palabras—. He vuelto a despertarte en mal momento.

—¿Estás bien? —Su mirada se deslizó involuntariamente hacia mi cuello y me llevé la mano a la garganta, en la que aún sentía la presión de su mano—. ¿Te he hecho daño?

Me levanté de la cama con las piernas temblorosas y él también se irguió. Seguía nervioso, bajo su camisa arrugada su pecho se elevaba y descendía incansable.

—¿Te preocupa haberme... mordido? —Las palabras brotaron solas, sin meditarlas. Negué con la cabeza mientras apartaba mi cabello despeinado del cuello y se lo mostraba—. Como puedes ver, estoy bien.

Caleb parecía perplejo, indefenso: su rostro contraído, su frente perlada en sudor, sus labios apretados formando una sola línea. Retrocedió hasta que su espalda tocó la puerta y entonces se dejó caer hasta quedar sentado en el suelo. Temblando abrazó sus rodillas, estrechándolas contra su pecho y por un momento creí que se echaría a llorar.

Pese a la turbación, avancé hacia él y me agaché a su lado.

—¿Qué te sucede, Caleb? —pregunté buscando su mirada—. Tienes la enfermedad que mencionaba el doctor, ¿verdad?

—No lo sé —gimió—. ¡No sé qué demonios me sucede!

—¿Fue tu tío el que te contagió?

Asintió con la cabeza, perdido, sofocado.

—¿Cuánto hace de eso?

—Un mes quizá. He perdido la cuenta. —Tomó mi mano entre las suyas y la apretó—. No puedo hacerte daño, me moriría si lo hiciera.

—¿Alguna vez has pensado en... dañarme? ¿Has querido hacerlo?

—¡No! —gritó—. Lucho todos los días por controlar lo que sea que bulle dentro de mí, pero el hambre..., la sed resultan indomables. No puedo soportar el dolor que me causan, lo que me hacen sentir..., lo que me hacen desear.

—¿Y... qué es? —No quería escuchar la respuesta, mas debía hacer la pregunta—. ¿Qué es lo que tanto deseas, Caleb?

Torció el gesto mientras movía la cabeza de un lado a otro. Inspiró profundamente intentando serenarse.

—No lo diré. No quiero escuchármelo decir...

Cerró los ojos y soltó mi mano despacio. Me senté a su lado con la vista fija en su perfil, tan agraciado como salvaje.

—¿Sabes una cosa? —dijo de pronto—. Cuando me encuentro mal, recuerdo un momento de noches atrás. Llegué a un establo herido y hambriento y apareciste tú. Con tu trenza castaña cayendo sobre tu hombro, descalza, cubierta solo con una fina capa de tela, que perfilaba perfectamente cada una de tus curvas. Jamás había visto nada más bello en la vida.

—Estabas herido y deshidratado, dos buenos motivos médicos para sufrir espejismos —comenté tratando de parecer despreocupada.

Sus labios esbozaron una sonrisa.

—No aceptas ni un halago.

—No me los creo y menos viniendo de alguien que se siente en deuda conmigo. —Me puse en pie y le tendí la mano—. Y que, además, tiene un terrible despertar.

—Siento lo que haya sucedido —se disculpó aceptando mi ayuda para levantarse—. No recuerdo más que un sueño angustioso y después... hallarme... sobre ti.

Su mirada se enredó en la mía durante un tiempo demasiado prolongado que no fui capaz de romper.

—Bueno, dejémoslo en el olvido —conseguí decir al fin—. ¿Me acompañarás a desayunar?

—Prefiero quedarme. Aprovecharé para asearme y leer.

Por un segundo, mi mente maliciosa visualizó a Caleb bañándose. Resoplé incómoda y me agaché para ponerme los zapatos. La imagen se resistía a desaparecer de mi cabeza.

—Te traeré algo de comer —añadí, tratando de disimular el calor que ascendía por mis mejillas—. Pero luego subiré a la cubierta a tomar el aire. ¿No te parece que la temperatura en esta planta es excesiva?

Y, antes de que pudiera meter la pata más, me marché rápidamente del camarote.

Después de desayunar junto a la familia de Amelia y antes de subir a la cubierta exterior, me escabullí hacia mi camarote con un plato de huevos revueltos y salchichas.

La habitación estaba vacía. *Frankenstein* abierto sobre la cama, la camisa de Caleb lavada y extendida en nuestro improvisado tendedero hecho con una cuerda entre las camas. Su olor llenaba la estancia.

Debía hallar la forma de apaciguar los nuevos sentimientos que mi compañero de viaje despertaba en mí. Inspiré hondo y dejé el plato del desayuno en la diminuta mesita de noche junto al diario. Me había prometido no volver a inmiscuirme en los pensamientos de Caleb, incluso pese a su beneplácito, pero jurándome que solo sería una página más, me hallé tomando asiento en la cama y abriendo el diario:

Invierno de 1842

Las primeras semanas en esta mansión tras tanto tiempo en el mar, aprendiendo a navegar, han resultado difíciles. Echo de menos la libertad del barco. El enclaustramiento me provoca dolores de cabeza y mareos.

He retomado mis estudios, la lectura y el entrenamiento. Aprobé los exámenes y fui capaz de mantener mi primera conversación íntegra en alemán. Moses e Isaac prosiguen con su instrucción, acompañada de castigos y golpes por mi aparente ineficacia.

Ayer, durante un ejercicio de combate cuerpo a cuerpo, Moses se precipitó en una zanja llena de estiércol y, como no pude contener la risa, acto seguido me ataron a una vieja columna de piedra y me asestaron latigazos en la espalda hasta que el dolor me hizo perder el conocimiento. Ahora apenas puedo moverme y, menos aún, tumbarme.

Los días son solo sucesiones de momentos desagradables. Me pregunto si merezco algo diferente.

La siguiente hoja solo la conformaban unas pocas frases de trazos descuidados. No había fechas:

> *En algún momento he debido de cumplir diecisiete años y, después, dieciocho y diecinueve. Poco queda del muchacho que llegó a esta casa con quince. Jamás sonrío, no tengo motivos. Mi cuerpo es ahora el de un hombre, con una estatura imponente y una enorme fortaleza física, la piel pálida y el cabello negro que cae hasta mitad de mi espalda.*
>
> *He perdido cualquier esperanza por nada y llevo a cabo mis tareas sin meditar. Ya no recuerdo mi vida anterior, no la echo de menos, simplemente quiero sobrevivir.*

Cuando salí a la cubierta exterior, huyendo de las emociones angustiosas que me provocaba el diario, me recibió un día soleado. Los niños jugaban alborotadores y los mayores charlaban o fumaban mientras el Great Britain atravesaba el océano con aparente facilidad.

A nuestra izquierda, en la zona de paseo de la primera clase, algunos hombres tomaban el aire con sus elegantes vestimentas y altos sombreros. Entre ellos, distinguí al caballero del traje a cuadros. Estaba mirando a un grupo de niñas de nuestra cubierta y lo que parecía expresar su semblante me produjo asco. ¿Lo estaría juzgando injustamente por mis suspicacias? No sabía nada de él.

Entonces unos gritos me hicieron girarme. La gente comenzó a congregarse alrededor de la madre del pequeño Tom, quien se movía con el bebé en brazos llorando desesperada.

—¿Qué sucede? —le pregunté a Amelia.

—El niño tiene mucha fiebre y sufre convulsiones. —Agitó la cabeza con lástima, sus ojos verdes tristes—. He visto esto antes. Dudo que pase de hoy.

—¡No puede ser! Ayer estaba perfectamente.

Observé a la madre desesperada. Necesitábamos un médico y yo conocía a uno.

—Ahora vengo.

Corrí hacia la zona de la primera clase y me encaramé a la barandilla que hacía de separación, hasta pasar al otro lado. Los pasajeros de esa zona me miraron perplejos, dudando si acercarse o escapar hacia otro lado.

—¿Saben dónde se encuentra el doctor Lee? —pregunté, agitada, a voz en grito. Algunos miembros de la tripulación se acercaron rápidamente, preparados para llevarme de nuevo a la zona que me correspondía—. Por favor, un niño se está muriendo. ¿Dónde puedo encontrar al doctor?

—Yo la acompañaré. —El caballero del traje a cuadros me sujetó sutilmente del codo y me indicó una puerta.

Lo seguí hacia las escaleras, nerviosa. A la derecha comenzaban los camarotes, a la izquierda una gran sala donde los elegantes pasajeros conversaban sosegados y jugaban a las cartas. Enseguida distinguí al doctor y nos encaminamos en su dirección.

—Doctor Lee, una joven le busca. —La voz del señor de traje a cuadros era áspera y tenía un deje desagradable. Mantuvo su mano alrededor de mi brazo hasta que el doctor se levantó de la mesa y me miró con preocupación.

—Señorita Addison —dijo expectante—, ¿en qué la puedo ayudar?

—Hay un niño con convulsiones —contesté atropelladamente—, solo tiene unos meses. Creen que va a morir.

—No soy pediatra, pero haré lo que esté en mi mano. Déjeme que busque mi maletín. —Se alejó hacia el pasillo corriendo.

A mi alrededor se había creado cierta expectación. Damas y caballeros me contemplaban con curiosidad. Mi imagen era la de una pasajera de la tercera clase, perdida y asustada, despeinada y vestida con ropa demasiado sencilla. Nadie me ofreció un vaso de agua o una silla, solo era un divertimento más del día. Sobre todo, cuando la tripulación intentó echarme.

—Señorita —dijo uno de los marineros, molesto, apretando los dientes para controlar su tono—, tiene que regresar a su zona. Ahora mismo.

—Perdonen, señores. —El doctor Lee apareció portando un gran maletín de piel oscura—. La señorita Addison es una amiga y me ha venido a informar de un problema en otra cubierta. Debo ayudarla inmediatamente.

Nos alejamos sin más impedimentos hacia el exterior. El doctor no tardó en hacerse cargo de la situación y en dispersar a los curiosos. Mientras examinaba al bebé en el camarote de su familia, su rostro no auguraba nada bueno. La frente, surcada por unas pronunciadas líneas de expresión, y sus ojos, oscuros y sombríos, evidenciaban su preocupación.

En aquel viaje inaugural del Great Britain, en aquellos catorce días, fallecieron tres pasajeros. Gracias al doctor George W. Lee, ninguno de ellos fue el pequeño Tom.

—He de disculparme por la conversación del otro día. —El doctor Lee aceptó un vaso de agua y tomó asiento en la sala general de la tercera clase, en aquel momento vacía, ya que los pasajeros habían ido a cenar al comedor—. Debí de asustarla con tanta disertación sobre enfermedades y plagas. Solo hablé de suposiciones e hipótesis sin verificar. Nada por lo que me deba tomar muy en serio.

—Fui yo la que quise saber, doctor. —Lo observé, satisfecha. Parecía agotado tras pelear todo el día por la vida del bebé; sin embargo, se preocupaba por mis pensamientos—. Ahora solo puedo darle las gracias por su inestimable ayuda. Ha salvado a Tom.

—El niño no se encuentra fuera de peligro. Lo visitaré por la mañana para ver cómo ha pasado la noche, solo espero que mi tratamiento surta efecto. Hace siglos que dejé la medicina para dedicarme a la investigación y a la docencia.

—El mundo ha perdido a un gran médico, señor.

—No permitiré que una jovencita como usted malgaste el tiempo en adularme. —Sonrió achinando sus ojos oscuros y se secó el sudor de la frente con un pañuelo—. Reserve sus atenciones para su… ¿hermano? ¿Dónde está el atractivo señor Addison?

—Lo desconozco. En otra vida debió de ser explorador. Domina el barco mejor que el capitán Hosken.

El doctor Lee soltó una carcajada comedida.

—Pregúntele entonces si sabe qué ha sucedido con algunos animales. Según escuché decir al cocinero, han desaparecido una oveja y dos gallinas. Y otra cosa curiosa: o este es el barco más limpio del mundo (cosa que dudo), o las ratas han decidido abandonarnos.

—Desconocía que hubiera animales en el barco.

—En la bodega suelen cargar ganado para usarlo como alimento durante la travesía. Solo alguna vaca o alguna oveja. Pero esta vez también había dos caballos propiedad de uno de los pasajeros: lord Bradshaw. —El doctor se puso en pie estirándose la ropa—. Seguramente algún marinero ha decidido darse un festín. Nada de lo que preocuparse.

Tomó mi mano entre las suyas y se la acercó a los labios, dispuesto a despedirse. Su gesto se detuvo en el aire, al comprobar quién se encontraba también en la sala.

—Buenas tardes, doctor Lee. —Caleb aparentaba incomodidad, enfado. Su mirada sombría nos recorría analizando la situación con la que acababa de toparse—. Espero no llegar en mal momento.

—El doctor ha salvado la vida del pequeño Tom, ha sido una gran proeza —dije separando mi mano de las del hombre—. Deberías haberlo visto, la madre del bebé abrazó tan fuerte al doctor que tuvimos que separarla entre dos. Ella y su marido están muy felices, ha sido un milagro.

—Le felicito, doctor. —Caleb avanzó hasta situarse a mi lado, durante un escaso momento sus dedos rozaron los míos intencionadamente. Gesto que no pasó desapercibido a nuestro acompañante—. Tenemos suerte de disponer de un héroe entre nosotros.

Su tono molesto y desagradable no casaba con el hombre con el que compartía camarote. Lo miré interrogativa y él dirigió entonces su mirada hacia la ventana.

—Bueno, mi cometido ha finalizado. —El doctor Lee hizo una rápida inclinación de cabeza—. Regresaré por la mañana. Que tengan una buena noche —dijo, y se marchó de la sala cargando su pesado y mágico maletín de piel.

—¿Qué demonios te sucede? —solté en cuanto el doctor hubo desaparecido—. ¡Ha estado horas curando a Tom!

—Muy bien —mascullló nervioso. Tenía la mandíbula tensa y los labios apretados—. Te mereces a un tipo así.

—¿Crees que siento algo por el doctor Lee? ¿Es eso? —No podía entenderlo—. ¡Dios santo, Caleb! Te comportas como un crío malhumorado.

—Es la segunda vez que te besa y, por si no lo habías notado por culpa del nerviosismo, os encontrabais completamente a solas.

—¡Era un educado gesto de despedida! —exclamé enfadada—. No pienso sentirme mal por algo así. Llevo cinco días conviviendo contigo y eso no me convierte en una persona indecente. ¿Qué habrá pensado el doctor de mí al ver que me rozabas la mano en su presencia dando a entender que existe algún tipo de intimidad entre nosotros? Más vale que no se repita, no soy la posesión de nadie.

Fingía no sentirse intimidado por mis palabras, pero cada vez parecía más derrotado. Tomó asiento y apoyó la frente en sus palmas. Su cabello oscuro y largo le caía por la espalda inclinada.

—No sé qué es lo que me sucede —murmuró con los ojos cerrados, frotándose la cabeza—, pero, cuando vi que sujetaba tu mano…, me hubiera gustado… estrangularlo.

—Maravilloso. —Me dejé caer a su lado bufando—. Duermo junto a un criminal.

Caleb me miró perplejo y después comenzó a reírse; primero suavemente y, a continuación, a carcajadas. Su risa, pese a mi disgusto, precipitó la mía, y pronto no pude parar. Acabamos riendo a carcajadas, con lágrimas en los ojos, retorciéndonos sobre los bancos de la sala, sin poder controlarnos.

Enseguida comenzaron a llegar los pasajeros que habían terminado de cenar y conseguimos aparentar tranquilidad.

—Ven, hay algo muy sorprendente en la primera clase que quiero enseñarte. —Caleb salió rápidamente de la sala y lo seguí a la carrera, sorteando a otros viajeros y subiendo las escaleras hacia la cubierta exterior—. Pero será mejor que esperemos hasta pasada la medianoche, cuando todos se encuentren en sus camarotes.

La noche se presentaba nubosa, aunque algunas estrellas desafiantes conseguían brillar con gran fuerza.

—Esa es Vega —señaló Caleb viendo mi interés—, y allí abajo, cerca del horizonte, están Venus y Marte.

—¿Los planetas? ¡Increíble! —Me apoyé en la barandilla sorprendida—. ¿Por qué sabes tantas cosas?

—Porque durante cinco años no tuve otro divertimento que leer.

—Yo perdí el tiempo en bailes y reuniones sociales. —Inspiré el aire salino, con la vista clavada en el pequeño punto anaranjado que era Marte—. No puedo sentir envidia de tu vida en las Tierras Altas, pero ojalá me hubiera preocupado más por instruirme.

—Ojalá te hubiera conocido en una de esas fiestas.

—¡Cielos, no! Mis amigas eran tan hermosas que te hubieras quedado encandilado por cualquiera de ellas en un instante y no hubiésemos compartido ni una triste polca.

—Me menosprecia, señorita Addison. —Curvó sus bonitos labios en una sonrisa pícara y tomó asiento en uno de los bancos—. Mis gustos son más refinados. Valoro la pasión por la lectura, la música y los viajes. Siempre imaginé a una amiga como esposa, alguien con quien compartir confidencias, risas y… caricias.

Me senté, contenta de que la oscuridad ocultara el súbito enrojecimiento de mis mejillas. ¿No podía pasar un momento con Caleb sin que mi rostro amenazara con incendiarse?

—He leído algunas páginas de tu diario… —murmuré.

—Lo he supuesto. Nadie pasea un libro de un lado a otro sin motivo —contestó imperturbable, con la mirada perdida en el firmamento y su cabello volando con la brisa—. Deprimente, ¿verdad?

—Sobrecogedor, más bien. —Apoyé la mano en su brazo y su atención se dirigió hacia nuestro punto de contacto, no simuló molestarle—. He debido de parecerte una idiota con mis preocupaciones. Mi vida era insignificante en comparación a la que te has visto obligado a vivir tú.

—Que no te engañen mis palabras. No todos los días eran nefastos. —Hizo una mueca, intentando restar importancia—. Siempre tendemos a relatar o lo muy bueno o lo desdichado. Si contáramos las situaciones cotidianas, sería una narración terriblemente aburrida.

—De todas formas, y aunque resulte poco correcto meterse con el árbol genealógico familiar, odio a tu tío con toda mi alma.

Soltó una risotada que intenté rápidamente acallar cubriéndole la boca con la mano. Noté sus labios en mi palma y la separé despacio, fingiendo una despreocupación que no sentía.

Sus iris chispearon divertidos, pero no dijo nada. Nos mantuvimos en silencio, atentos al firmamento estrellado mientras esperábamos la medianoche.

Sexto día

La primera clase dormitaba pasada la medianoche.

En la sala de recreo, donde horas antes había encontrado jugando al bridge al doctor Lee, quedaban algunos restos de ceniza y tabaco y el olor del perfume caro en el ambiente. Cruzamos la habitación sin detenernos. A la izquierda, atisbé un comedor con una gran mesa alargada, a la derecha otro pasillo que se internaba en la oscuridad y por el que Caleb empezó a avanzar. Era evidente que no era la primera vez que lo hacía.

—Jamás había visto algo así —susurró indicándome una puerta al final del mismo, donde se detuvo—. ¿Qué te parece?

Asomé la cabeza a la habitación. La imagen me sorprendió. En la estancia había una luz tenue, proyectada por una única lámpara encendida. El suelo era de azulejos de un color añil y las paredes, de varias tonalidades azules, enmarcaban cuatro ventanales abiertos a la noche. En medio, una bañera rectangular humeante.

—¡Dios mío! —dije pasando al interior—. ¡Es una piscina! En el balneario de Bath había varias de diferentes tamaños. Cada una curaba algún tipo de enfermedad.

—Esta tarde estaba plagada de lustrosos caballeros en paños menores. Algo digno de presenciar, aunque mejor con el estómago vacío. —Se agachó hasta introducir la mano en el agua—. Está templada.

—¿Sabes que los antiguos romanos ya disfrutaban de las aguas de la ciudad de Bath, en lo que ellos llamaban termas? *Salus per aquam*, decían.

—«La salud a través del agua» —tradujo él con facilidad, absorto en la piscina—. Deberíamos hacer caso a los romanos, al fin y al cabo, establecieron un magnífico imperio, y darnos un baño.

—¡Oh, no! —Di un paso atrás, avergonzada—. No tengo ropa apropiada.

—Dime que no te apetece probar esta bañera y te dejaré tranquila, pero mi cuerpo, que lleva aseándose a trozos durante meses, necesita bañarse con urgencia. —Se descalzó conforme hablaba y comenzó a desabotonarse la camisa.

—¡Un momento! —exclamé nerviosa, más alto de lo que debería, y sin siquiera haberlo meditado—. Yo también necesito un baño en condiciones, así que podríamos compartir espacio si estipulamos ciertas restricciones.

—No pensaba quitarme más que la camisa.

—Todo un detalle por tu parte —dije, tensa como la cuerda de un arco y con mi indomable imaginación volando a su antojo—. Y pido que cada uno nos mantengamos en uno de los extremos de la piscina.

—Me parece sensato. Por mi parte, añadiré una nueva cláusula: ojos cerrados hasta que nos encontremos dentro del agua.

—Ya veo, quieres que me tropiece y me ahogue.

—Más bien buscaba ahorrarte tentaciones —comentó dándose la vuelta y encaminándose hacia el extremo más alejado de la piscina.

—Eres un auténtico engreído —mascullé teatralmente escandalizada, y me dirigí, con fingida calma, a mi lado de la piscina, procurando que mi mirada vagara por cualquier zona de la sala, menos por donde se encontraba mi compañero de viaje—. Mi mayor tentación son los bizcochos de chocolate y, que yo sepa, no hay ninguno por aquí.

Caleb soltó una carcajada que consiguió atraer mi atención. Se encontraba dentro del agua dándome la espalda, con la vista clavada en la pared. Observé sus hombros desnudos y su cabello oscuro flotando a su alrededor. Y, entonces, pudo más mi curiosidad que los normas de buen comportamiento que llevaba grabadas a fuego, porque comencé a desabrocharme la falda.

—Ni se te ocurra girarte —murmuré, tratando de que mi voz sonara amenazadora.

—Pues date prisa, no soy un ejemplo de contención.

Me deshice de la chaqueta y la camisa y me metí en la piscina vestida solo con mi camisola. La sensación del agua tibia sobre mi piel fue embriagadora. Podría haber ronroneado como un gato si no fuera porque la situación era ciertamente tensa. Por un lado, no quería llamar la atención de los pasajeros de primera clase y menos aún de la tripulación, ya que no creía que les gustara encontrarnos allí, en remojo, y, por otro, tenía un ejército de voces gritonas en mi cabeza recordándome que aquello no era en absoluto decente.

Me lavé la cara con energía intentando acallar a mi conciencia y, cuando dirigí la mirada al frente, con el agua empapando mis pestañas, me di cuenta de que Caleb se había girado hacia mí y venía en mi dirección.

—Yo nací junto a unos enormes acantilados. El mar del Norte rompía contra ellos con todo su poderío, bello, indómito —explicó tranquilo, abstraído en sus recuerdos. Se sumergió y brotó del agua a un par de brazadas de donde yo me encontraba—. Me gustaba tanto como lo temía. Sabía que si me precipitaba al mar perecería estrellado contra las rocas o muerto de frío en el agua, y eso me provocaba pesadillas recurrentes en las que me ahogaba… Resulta imposible luchar contra el poder del fuerte oleaje.

—¿Es eso lo que sueñas? ¿Que te ahogas?

Negó despacio con la cabeza mientras recorría el último tramo que nos separaba. Apoyó la espalda en la pared de la piscina y dirigió su mirada hacia el techo, donde se proyectaba el movimiento sinuoso del agua en la suave claridad de la sala.

—Ahora solo me martirizan los recuerdos —dijo—. Llegan en forma de elaboradas pesadillas, donde creo, después de lo que ha sucedido contigo, que pierdo completamente el control de mí mismo.

—Otros lo llaman mal despertar.

Sonrió como solo él sabía hacerlo, de una forma sincera que achinaba sus ojos y rejuvenecía su rostro. Un rostro que me costaba dejar de mirar.

—Deberíamos salir —urgí, presa de la incomodidad—. ¡Imagínate si nos encontraran aquí! Sería un escándalo. Nos convertiríamos en el tema de conversación de la gente de primera clase durante el resto del viaje.

—¿Nunca te has portado mal, Sarah? —inquirió observándome de reojo—. Apostaría a que no.

—Frederick opina que me río de manera molesta y que hablo más de la cuenta. Aparte de estas dos cosas observadas por mi querido hermano, creo que siempre he tratado de comportarme de forma honesta y educada.

—Hasta que has mandado todo al garete y huido de un temible matrimonio.

—¿Sabes? Lo había olvidado —dije haciendo que girara su cabeza hacia mí. Sus ojos azules parecían translúcidos con el reflejo del agua—. Desde que llegué aquí tengo la sensación de que mi vida anterior forma parte de un sueño. Esta es ahora mi realidad.

—Espero que no te estés arrepintiendo de haber tomado esa decisión.

—No, no me arrepiento. Es sin duda lo más loco y valiente que he hecho y que haré jamás. Ahora solo espero que en Estados Unidos sean amables conmigo y me sienta bien acogida. —Me di cuenta de que seguía mirándolo y dirigí la atención al techo—. ¿A qué te dedicarás allí, Caleb? Te veo como traductor de alemán o como profesor de historia.

—No te rías, pero me gustaría trabajar en una herrería. Tuve un gran maestro en el arte de la forja y aprendí a apreciarla. Se llamaba Angus. Tenía unos brazos velludos que semejaban troncos de árboles. Resultaba fascinante observarle soldar las barras de acero y hierro a golpes de martillo sobre el yunque. Pasé muchas tardes sudando junto al calor de la fragua.

—De ahí esos fuertes brazos de herrero. Fanny también me lo comentó… —dije, y de inmediato me di cuenta de lo poco apropiado que era mi comentario.

—¿Te has fijado en mis brazos? —Caleb no solo no perdía la ocasión de abochornarme, sino que disfrutaba con ello.

—¡Cómo no! No dudas en desnudarte siempre que tienes la oportunidad. Y, además, ¿en qué momento he dado a entender que los brazos de un herrero me parezcan atractivos? Tengo la sensación de que alguien de esta sala está muy pagado de sí mismo.

—Ni por asomo. —Sonrió de medio lado, dulcificando un rostro realmente hermoso—. Mi cara parece la de un esqueleto y estoy tan pálido que podría confundírseme con un tarro de leche. Sin embargo, tú…

—Yo soy testaruda, pesada, parlanchina y desordenada.

—Te olvidas de que eres inteligente y divertida.

—¿Es que te has propuesto sonrojarme cada vez que hablamos? —Reí, intentando parecer enojada.

—Si quisiera sonrojarte —murmuró—, bastaría con contarte lo que imagino cuando me miras así.

Estaba tan cerca que notaba su respiración rozando mis mejillas. Mechones de su melena oscura cubrían parte de su rostro, tornándolo aún más enigmático. Con un gesto natural, espontáneo, acerqué mi mano y separé su cabello. Mis dedos rozaron su piel y, pese al calor que emanaba del agua, sentí un frío cosquilleo.

Caleb me miró sin decir nada, prudente, serio. Atrás quedaban las risas. El silencio se había instaurado entre nosotros como si de pronto no tuviéramos nada que decirnos, o quizá demasiadas cosas.

Su mirada se deslizó hacia mi boca e instintivamente separé los labios para respirar un aire que parecía haberse vuelto denso. Mi corazón galopaba sin control.

Caleb se aproximó aún más e inspiré profundamente intentando calmarme. Lo mejor sería levantarme con dignidad, dedicarle una sonrisa tranquila y marcharme, pero algo me mantenía quieta. Si existiera la magia, diría que en ese momento me encontraba bajo un hechizo malvado que me impedía razonar o moverme.

Los ojos de Caleb regresaron a los míos. Podría jurar que estaban temerosos y aquel hecho me fascinó.

Fue a decir algo y rogué para que no lo hiciera. Sus palabras evaporarían el embrujo que nos envolvía y regresaríamos a una realidad en la que aquel acercamiento resultaba indebido y terminantemente prohibido. Sus labios se entreabrieron para hablar, no pude evitar mirárselos y sentir demasiadas cosas a la vez. Era la oportunidad de irme o, también, de avanzar hacia él. Y eso fue lo que hice, porque en un segundo no quedaba más separación entre nuestros cuerpos que la delgada y húmeda barrera de mi ropa pegada a la piel.

Mi nariz rozó la suya y su boca, despacio, muy lentamente, descendió sobre la mía. Nuestros labios se encontraron con suavidad, dejándome sin aire, atrapada en ese instante.

Un ruido fuerte en el pasillo consiguió separarnos. Alguien se acercaba, y aquel era el peor lugar y momento del mundo para ser encontrados. Rápidamente, salimos del agua y resbalando por las baldosas mojadas, recogimos la ropa, sin intercambiar ni una sola palabra, ni una sola mirada.

Nos escondimos tras la puerta en silencio, pegados a la pared, mientras mi respiración agitada parecía resuelta a señalar nuestra ubicación. ¿Estaba ahogada por el inminente encuentro o por el… beso? Porque aquello había sido un beso, ¿verdad? Caleb me había besado y yo… Yo me moría por repetirlo.

—Chisss… —me chistó Caleb, como si hubiera podido escuchar todo lo que yo rumiaba en silencio.

Entonces, mientras seguía preguntándome si realmente había hablado sin darme cuenta, un par de caballeros entraron en la habitación. Su andar era vacilante, tarareaban una canción con una botella en la mano y, pensando que estaban solos, comenzaron a desnudarse entre risas y palabras sin sentido.

Cerré los ojos para ahorrarme la visión de unas enormes nalgas flácidas y bamboleantes, pero entonces Caleb me tomó de la mano y tiró de mí fuera de la sala, sin que ninguno de esos dos hombres se diera cuenta de nada.

Una vez en el exterior, echamos a correr, empapados. Él sin camisa, y yo solo con mi camisola mojada, que se me adhería a mis piernas como una segunda piel y me impedía seguir su paso rápido. Salimos a la cubierta exterior donde un viento gélido terminó de espabilarme y continuamos trotando hasta alcanzar las escaleras que nos conducían a la zona de la tercera clase.

En ese momento me permití detenerme y tomar aire apoyando las manos en mis rodillas y jadeando por el esfuerzo, por la tensión, por lo que fuera que bullía con vida en mi interior. Sonreí sintiéndome a salvo, enérgica..., diferente, y entonces me atreví a levantar la vista hacia Caleb.

Él apoyaba su espalda en la pared del pasillo, su pecho subía y bajaba extenuado, y, cuando su mirada se enroscó en la mía, solo encontré duda, temor. ¿O quizá era arrepentimiento?

—Lo siento —murmuró pasándose las manos por el cabello oscuro, nervioso—. Me he comportado como un imbécil. Espero que puedas perdonar ese impulso... ¡Maldita sea, Sarah! ¿Por qué me... tocaste?

—¿Ahora es mi culpa?

—Sí... ¡No! —Frunció el ceño mientras se ponía la camisa, alterado. Una vez que se hubo abrochado todos los botones, tomó aire más sereno—. ¿Me puedes perdonar y hacer como si lo de la piscina nunca hubiera ocurrido?

—¿Quieres decir que no volverá a pasar algo así entre nosotros nunca más?

Mi pregunta lo perturbó. Me observó inquieto, mordiéndose el labio inferior.

—No debería —contestó finalmente como si fuera una obviedad—. Me he sobrepasado y te he asustado. ¡Tu pulso se ha acelerado hasta casi dejarme sordo!

—No más que el tuyo.

—Si mi corazón iba rápido, no se debía al miedo, te lo puedo asegurar.

—Ya somos dos. —Levanté el mentón para mirarlo con resolución—. Y no pienso olvidar un segundo de lo que ha pasado, señor Hay. Más bien, puede que incluso me recree en el recuerdo. Y ahora, si me disculpas…, voy a cambiarme de ropa. No tengo la intención de perecer en este viaje y menos aún por un simple resfriado.

Cuando pasé por su lado, me agarró del brazo y me acercó hacia él hasta enfrentar nuestros rostros como en un recuerdo de lo sucedido momentos antes. Entonces, muy lentamente, fue dibujando una sonrisa ladeada en su rostro mientras recorría mi cara con su mirada.

En el instante en el que, incómoda, pretendía quejarme por la sujeción, acercó su boca a la mía y sentí sus labios cálidos contra los míos. Mi corazón se desbocó y el estómago pareció llenarse de cientos de mariposas alocadas. Cerré los ojos, aturdida, y, cuando los abrí, él se había marchado.

No pude dormir, para qué negarlo. Mi lista de emociones intensas y sucesos novedosos era realmente breve, así que aquel momento se colocó con facilidad en el primer puesto de la misma. Y nada podría hacerlo descender jamás. Iba a resultar imposible.

Di tantas vueltas en la cama que terminé cayéndome del escueto colchón y precipitándome contra el suelo. Para entonces, el revuelo que se formaba en aquella cubierta al amanecer comenzaba a iniciarse, indicándome que pronto servirían el desayuno y que Caleb llevaba horas en algún lugar desconocido.

Me aseé y me vestí intentando enfocar mi mente en algo que no me recordara a mi compañero de viaje. ¿Por qué sentía la irrefrenable necesidad de verlo? Pensé que, si pudiera retroceder en el tiempo, no me metería en la piscina. Eso es lo que hubiera hecho una mujer decente y sabia.

Resoplando, salí del camarote, dispuesta a no pensar más en algo que duró un breve segundo. Comprobaría el estado del pequeño Tom y agradecería al doctor Lee su ayuda, conversaría con Amelia y su familia y leería alguno de mis nuevos libros. Suficiente para llenar un nuevo día en el Great Britain.

Eran pasadas las diez de la noche cuando comencé a preocuparme en serio. Hasta esa hora había atiborrado mi día de pocos pensamientos y mucha palabrería. Tanta que, en un momento determinado, Amelia me preguntó cuánto alcohol había ingerido.

Tom estaba bien y el doctor Lee consideró que se encontraba ya fuera de peligro. El hombre no era consciente y ni siquiera le dio importancia al hecho de que había realizado un milagro. Los médicos deberían estar mejor valorados y recibir más reconocimientos que los duques, los barones... o los obispos. La idea arrancó una sonrisa al doctor Lee. Según él, a su madre le haría muy feliz ver que el nombre de su hijo aparecía precedido del tratamiento de «lord». Después me preguntó por Caleb y no supe qué decirle.

Recorrí la estrecha habitación golpeándome sin querer contra las literas. Por inercia me senté en la cama y abrí el diario de Caleb. Después de la última página que había leído, había varias rotas y otras ilegibles, con manifiestas marcas de humedad. En la siguiente, la escritura había recuperado sus trazos serenos y estilizados.

Verano de 1844

Ayudar a Angus en la herrería resulta más fatigoso que entablar combate con Moses o Isaac, pero agradezco pasar tiempo con él en la fragua. No es demasiado comunicativo, mas resulta un gran maestro.

En este tiempo, he urdido un plan, y Angus, pese a su reticencia, ha sido una parte importante en él. Me ha fabricado una llave.

Me ha enseñado el arte de obtener una copia de cualquier cerradura con moldes de cerámica fría y, gracias a ello, ahora poseo la de mi dormitorio.

Si algo he aprendido aquí ha sido a domar mi paciencia. Llevo cuatro años haciéndolo. Esperaré hasta que llegue el momento oportuno para escapar de la casa y encontrar a mis hermanos.

Otoño de 1844

Puede que la espera haya llegado a su fin.

Esta mañana estaban organizando los preparativos para un viaje. El carruaje negro de James se encontraba estacionado en el patio y los guardias trasladaban dos baúles pesados hasta el coche. Entre ellos, distinguí a Ebenezer, con su gran envergadura y su característica mata de pelo rojizo. Lo saludé contento de volver a verlo y él me echó una ojeada minuciosa. Apenas coincidimos dos o tres veces al año, cuando mi tío se ausenta, y en todas ellas me observa siempre circunspecto, esperando un cambio en mí que no acaba de llegar. Tras una breve inspección, pareció satisfecho y torció el gesto en una especie de sonrisa. Bromeó sobre la longitud de mi cabello, comparándolo con el de una dama, e intercambiamos comentarios jocosos sobre mis guardias. Sin embargo, se puso serio al informarme de que lord Daems tenía una recepción en Bélgica y permanecería al menos dos días en el continente. Además, añadió que la finca quedaría custodiada únicamente por Isaac, Dennis y Nathaniel.

La partida de Ebenezer me entristece. Se ha convertido en un amigo. Sin embargo, por fin tengo ante mí la oportunidad de buscar a mis hermanos.

Debía encontrar a Caleb.

Los sonidos comenzaron a menguar en mi cubierta, así que me puse la ajada chaqueta sobre los hombros y salí al pasillo. Poca gente quedaba en aquella planta y, debido a la mala mar, a nadie le apetecía divertirse en la sala general. La mejor forma de sobrellevar el mareo era durmiendo, todos lo habíamos aprendido durante aquellos días de viaje.

Caminé rápida hacia las escaleras y no dudé al descenderlas. Solo había estado en el nivel inferior cuando la pequeña Jane se precipitó al vacío y acabó en los brazos de Caleb.

Recordé su gesto de horror al ver la sangre que brotaba de la herida de la niña y cómo la había empujado hacia mí, nervioso, asustado. ¿Qué sabía de él? Había estado los últimos cinco años viviendo como prisionero de su tío, alejado de la sociedad. ¿Y las cicatrices que cubrían su cuerpo? ¿Qué monstruo era capaz de hacerle aquello a un crío?

Me detuve a escuchar. El ruido de la maquinaria del barco era ensordecedor allí abajo. Me fui en dirección contraria, con la idea de hallar el lugar donde guardaban los animales a los que había hecho alusión el doctor Lee. Y quizá localizar allí a Caleb. ¿Era una idea tan disparatada? ¿Por qué fue el primer lugar en el que supuse que podría encontrarlo?

Tras cruzar un pasillo, me topé con una doble puerta abierta. El olor a cuadra fue patente incluso antes de que traspasara la entrada y me colara en una especie de almacén reconvertido en establo. Allí el techo era ligeramente más alto y no había ventanas. Solo estaba iluminado por una pequeña lámpara de aceite que mostraba a duras penas aquel lugar. Había dos vacas que me miraron con cierto interés, los purasangre adormilados del caballero que había nombrado el doctor Lee y varias gallinas de las que seguramente obteníamos los huevos de algún que otro desayuno.

Me acerqué a su pequeño corral, consistente en una simple malla. El viaje para aquellas aves era mucho peor que para los que íbamos en tercera clase.

Un susurro captó mi atención. Por un momento me vi en las cuadras de mi amiga Maria, buscando a una extraña sombra que se había colado en la finca de noche.

—¿Caleb? —pregunté con un hilillo de voz.

Hasta ese instante no me había preocupado que no fuera mi compañero el que se encontrara allí. ¿Y si había alguien más?

El sonido de algo al arrastrarse. El lastimero mugido de una vaca. Un pequeño animal de cola larga moviéndose junto a la pared. Una rata. Mi corazón bombeaba con fuerza contra mis costillas.

—No te acerques, Sarah. —La voz resonó en el almacén proveniente de cualquier lado—. Márchate.

—Estoy preocupada por ti —murmuré a la nada—. Temía que hubieras encontrado en el suicidio una forma de aliviar los remordimientos por haberme besado.

Sabía que sonreía en algún lugar, podía notarlo. Como también podía percibir su angustia y distinguir el olor de la sangre.

—¿Fue un beso? —Oí su voz más cerca, y me giré hacia el lugar de donde procedía. Una esquina perdida en la oscuridad.

—Eso creo, pero algo desviado de la mejilla y a kilómetros de mis manos. Lo que significa que o tienes mala puntería o ansiabas transgredir las normas que guían el comportamiento de un caballero.

—Mi puntería es excelente —musitó—. Ahora, márchate, por favor. No quiero que me veas así.

Avancé un paso hacia él, en el más absoluto de los silencios.

—Aléjate —añadió tenso—. No lo diré de nuevo.

—Últimamente no suelo hacer caso a las órdenes que me dan; deberías saberlo.

Caminé un trecho. Una lámpara colgaba en la pared apagada. La así y despacio giré la ruedecilla para iluminar mi alrededor

—Sarah… ¡Maldita sea! ¡Vete! —Caleb reculó hasta la pared, golpeándose con unas cajas y haciéndolas caer de forma estrepitosa. Los caballos relincharon molestos, su respiración se tornó ahogada. La lámpara tembló en mi mano, pero no me detuve.

Pasé por encima de lo que creí que eran retales de ropa y que resultaron ser patas amputadas de animales, una cabeza de rata, manchas de sangre en el suelo. Ahogué una exclamación, sorprendida, asqueada.

Caleb estaba sentado delante, con el cabello cubriéndole el rostro, las manos sucias, la camisa salpicada de granate.

Me agaché a su altura y despacio aparté algunos mechones de su cara. Me miró indefenso, arrepentido. Las comisuras de sus labios estaban manchadas de sangre, sus mejillas se veían más saludables, menos pronunciadas.

—Soy un error de la naturaleza —susurró separándose de mi mano—, un monstruo.

Lo observé en silencio, desconcertada, y eché un vistazo de nuevo a los restos de animales.

—No lo eres —dije al fin, sosegada—. Solo necesitas alimentarte de una forma diferente. Una forma que parece darte más energía que los huevos revueltos o el caldo de pollo.

—¿Y no es horrible? No deberías estar aquí conmigo. Debería darte asco.

—¿Desde cuándo llevas... alimentándote así?

—La primera vez fue en la casa de mi tío, una noche antes de escapar. Una rata pasó por la celda donde me había encerrado y... tenía mucha hambre, tanta que la necesidad de comer nubló mi cabeza... —Escuchar la palabra «celda» me produjo más repulsión que la que podría sentir rodeada de aquellos despojos—. Luego en el barco... encontré los establos. Haga lo que haga, siempre regreso porque lo único que me llena, lo único que consigue calmar mi hambre y apaciguarme, es... —señaló su alrededor— esto. ¿No te parece horrible?

—No haces mal a nadie —le aseguré, comenzando a limpiarle las manos con mi chaqueta—. Parece que has eliminado tú solo la plaga que amenaza cualquier barco: las ratas. A este paso puede que encuentres trabajo en todos los transatlánticos.

—No bromees —se quejó cerrando los ojos, pero dejándome hacer.

—No puedo evitarlo —dije acercando una manga a sus labios y limpiando los restos de sangre—, no puedo evitar ser como soy, igual que te pasa a ti. Debemos convivir con ello y quitarle importancia. Eso sí, deberás lavarte la boca con jabón si quieres volver a acercarte a mí.

—¿Eso es lo único que te preocupa?

—Por el momento, sí, disto bastante de parecerme a una rata o a una gallina. Creo que, en términos culinarios, no soy tu tipo. Ahora quiero que te levantes y me acompañes al camarote. No sé cómo vamos a quitar esas manchas.

Me obedeció sin más, con la mente lejos de mí, perdida en algún lugar en el que seguramente sobrevivió cinco años de cualquier forma.

Al camarote llegó exhausto, perdido. Lo ayudé a quitarse la camisa y a recostarse en la cama. Entonces me miró, somnoliento.

—Te equivocas, Sarah. Sí que eres mi tipo —susurró—. Tanto que a veces me cuesta respirar cerca de ti sin perder el control.

Después cerró los ojos y se quedó dormido.

Séptimo día

Me desperté con el olor fresco de la lavanda endulzando el camarote.

Caleb había lavado la ropa del día anterior, incluida mi chaqueta, y la había colgado en nuestro improvisado tendedero. Únicamente vestía un pantalón, por lo que su cabello caía húmedo por su espalda desnuda.

Carraspeé para que se diera cuenta de que me había despertado y, en vez de ponerse la camisa, se giró hacia mí. Su cuerpo, pese a las cicatrices, o quizá aún más debido a ellas, era hermoso, fuerte, moldeado. Parecía la estatua de mármol de un dios griego.

—Perdóname —dijo acuclillándose a mi lado—, al final vas a tener razón en que tiendo a estar desprovisto de ropa en tu presencia.

—He llegado a la conclusión de que se trata de algún arraigado hábito escocés —murmuré separando la mirada de él y clavándola con disimulo en los tablones de la litera superior—. Os dejan sin ropa cuando sois unos críos para curtiros con el frío, y lo convertís en costumbre.

—Por eso los escoceses siempre han ganado en fortaleza a los ingleses. —Esbozó una sonrisa y, de pronto, tomó asiento en mi colchón—. Te necesito. Debo hablar con el doctor Lee y dudo mucho que quiera mantener una conversación conmigo, dado mi comportamiento maleducado del otro día.

—No creo que te retire la palabra por algo así. —El colchón era demasiado estrecho para los dos, pegué mi espalda a la pared sin que con eso consiguiera separarme de su contacto.

—De todas formas, ¿me acompañarás? Es urgente. —Tiró de mi sábana con cierto nerviosismo y yo peleé por dejarla en su sitio. Mi fina camisola no era un atuendo lo suficientemente decente—. Y también... ¿podrías cortarme el cabello? No he visto a un solo hombre en este barco que lo lleve tan largo como yo. —Me tendió una tijera—. Por favor.

Me incorporé con la sábana ciñendo mi cuerpo como una armadura medieval.

—¿De dónde la has sacado? —pregunté cogiéndola.

—De la enfermería. —Se giró. El pelo le llegaba hasta la mitad de la espalda—. Quiero parecer un caballero decente.

—No necesitas parecerte a nadie, así estás... bien. —Mi manejo del vocabulario cada vez resultaba más aterrador. Inspiré aire y tomé uno de los largos mechones entre los dedos, rozando su espalda. Sus músculos se tensaron durante un segundo—. ¿Por dónde corto?

—Por los hombros —murmuró grave, rígido.

Apoyé despacio la mano a la altura de sus costillas mientras con la tijera en la derecha comenzaba a cortarle el pelo. Su espalda se revolvió bajo mi contacto.

—No te muevas —susurré notando su incomodidad—, o te haré daño.

Su piel desprendía una tibieza y una fuerza que solo podría denominarse como magnetismo. Deslicé la palma por su columna, pasando sobre viejas heridas y magulladuras.

—Date prisa —gruñó inquieto.

—Cualquiera diría que te pone más nervioso una mujer armada con una tijera que un guerrero con un rifle.

—¡Por supuesto que me pones nervioso! Me pones... ¡Maldita sea! ¿No puedes terminar de una vez? —Se giró con las mejillas encendidas y me quitó la tijera de la mano en un movimiento rápido.

—Debe de ser más fácil esquilar ovejas que cortar el pelo a un escocés —dije divertida, observando su agitación mientras él se levantaba y se ponía la camisa bruscamente—. Por cierto, deberías darme las gracias. Pese a los impedimentos, he hecho un gran trabajo.

Dejó de moverse por fin y resopló agotado.

—Tienes razón, gracias. Me he comportado como un… Puede que…, pero… es tu culpa.

—Si se trata de algún tipo de disculpa, es la peor de la historia. —Sonreí.

—Pues la próxima vez…

Se acercó hasta casi rozar su nariz con la mía. Mantuvo su mirada celeste, retadora, anclada en la mía, y añadió:

—No me vuelvas a tocar.

Lo empujé con ambas manos, consiguiendo separarlo lo suficiente para que pensar con claridad fuera de nuevo sencillo.

—Me parece bien, testarudo. —Reí—. Hay un manco en el barco que tiene un brazo de madera tan pesado como un mástil. Seguro que le encantará ser él quien te corte el cabello a la moda de Londres la próxima vez.

—Me parece una muy buena idea.

Le lancé la almohada con tan poco tino que solo le golpeé en el pecho. Soltó una carcajada y se cruzó de brazos con una sonrisa triunfal. Mi mirada perfiló el contorno de sus labios despacio, con esmero, hasta que me di cuenta de mi descaro.

—Muy bien —dije azorada—. Sal de la habitación para que pueda vestirme. Iremos a ver a tu doctor.

En la cubierta exterior amanecía. Los rayos del sol, muy suaves, se deslizaba por los húmedos tablones del suelo que unos marineros fregaban con empeño. Los dos jóvenes, delgados como ramas y de cabello similar al trigo, apenas apartaron la atención de su misión mientras desfilábamos raudos por la cubierta en dirección a la primera clase.

—Espera. —Caleb se detuvo de pronto, a medio camino, y se quedó mirando maravillado el horizonte, recreándose en el amanecer. Sus dedos buscaron mi muñeca, paralizando mi carrera—. ¿No es fascinante?

Dirigí mi atención hacia lo que había encandilado la suya. El cielo carente de nubes se convertía en un simple telón de fondo para la brillante esfera que aquella mañana de julio refulgía como nunca.

Caleb se giró hacia mí. Su mano continuaba alrededor de la mía y, distraído, dibujaba círculos en mi palma con su pulgar. Sonreí tímidamente. Notaba el calor de los rayos del sol ascendiendo por mi falda y, también, cómo aumentaba la calidez que emanaba su piel en contacto con la mía.

Sus ojos me observaron con una intensidad que no debería estar permitida, que debería ser juzgada como un delito grave y condenada a prisión. Su cabello, recién cortado por una inigualable peluquera, revoloteó por su mandíbula tensa y acarició sus pómulos.

Leí tantas cosas en aquella mirada que mi respiración se ralentizó hasta casi desaparecer. Había dolor, deseo, oscuridad y, por encima de todo, un sentimiento amplio, avasallador.

Las ganas de echar a correr y de huir de aquel momento se desataron dentro de mí, pero su mano seguía fija en mi muñeca, su pulgar en mi palma y su mirada clavada en la mía, atravesando capa a capa cualquier resistencia.

Me puse de puntillas sin pensar y…, de una forma que soy incapaz de recordar, lo besé.

Me separé rápida, confundida. En sus labios, una tenue sonrisa. Su mano abandonó la mía para sujetar mi cintura, la otra abarcó mi cuello para acercarme a él y su boca, dulce, cálida, suave, encontró la mía. Cerré los ojos sintiendo, probando…, olvidando dónde me encontraba. De repente, solo éramos él y yo y todo lo que me hacía sentir.

—¡Señor! ¡Señor! ¡Su brazo, señor!

Nos distanciamos confusos, observando al muchacho de la tripulación que nos gritaba, con la fregona en una mano y que con la otra hacía aspavientos señalando a Caleb.

—Dios mío —susurré. Los rayos de sol se prolongaban por la cubierta con mayor intensidad. Caleb llevaba la camisa remangada hasta los codos, solo uno de sus brazos recibía la luz solar directa y en aquel momento su piel se calcinaba como si se encontrase expuesta al mismo fuego.

Reaccioné arrastrándolo hacia la sombra. Caleb no parecía asustado, sino triste. Se quedó observando su brazo quemado con mirada extraviada.

—¿Avisar yo doctor? —El muchacho que nos había advertido intentaba acercarse, pero el otro, tan parecido a él que tan solo podría tratarse de su gemelo, tiraba de él hacia atrás, atemorizado, murmurando palabras en otro idioma.

—No te preocupes, Tadeusz. —Caleb agitó la cabeza con tranquilidad—. Justo íbamos nosotros a verlo.

—*To jeden z nich, Tadeusz, nie zbliżaj się* —le gritó su hermano, logrando al fin que el muchacho se alejara—. *To jeden z nich.*

Las últimas palabras las repitió despacio, retándome con la mirada. Caleb aferró mi mano y nos alejamos corriendo de la claridad para cobijarnos en la penumbra de las escaleras de la primera clase.

Llegamos al camarote número diez sorteando a algún marinero adormilado. El pasillo se mantenía en calma, los pasajeros dormitaban aún en sus habitaciones, ajenos al creciente amanecer.

Nos detuvimos ante la puerta. Caleb parecía indeciso, yo la aporreé sin miramientos hasta que el doctor Lee apareció en el umbral con el cabello revuelto, el batín azul a medio anudar y el ceño fruncido.

—¡Qué demonios...! —se contuvo al reconocernos y señaló el interior interesado—. Pasen.

Una vez dentro, nos observó con curiosidad hasta que reparó en el brazo de Caleb.

—No es por esto por lo que venimos —dijo él restándole importancia—, pero constituye una más de las irregularidades.

—¿Irregularidades? Eso parece una quemadura de segundo grado, señor Addison, puede incluso que de tercero. Algo muy grave. Deberíamos ver cuánto tejido se ha dañado para poder tratarla adecuadamente. —Me miró preocupado—. ¿Qué ha sucedido? ¿Ha habido algún incendio en el barco?

—El sol —dije simplemente, consciente de la incoherencia de mis palabras.

El doctor Lee retrocedió pensativo, atusándose la barba, hasta que sus piernas dieron con el sofá y decidió sentarse.

—¿Cuánto tiempo ha estado expuesto al sol?

—Unos segundos —contestó Caleb antes de que yo tuviera que encogerme de hombros por no saber la respuesta. ¿Solo había permanecido unos segundos entre sus brazos?

—Eso no sucede ni en el mismo Valle de la Muerte y le puedo asegurar que se alcanzan más de cincuenta grados. ¿Cómo ha podido afectarle de esta manera el sol débil de la mañana? —Me buscó de nuevo con la mirada—. Dígame que me están poniendo a prueba y que se trata de una simple mentirijilla para ver cuán listo soy.

—Doctor Lee —Caleb arrastró dos sillas hasta colocarlas delante del caballero y tomó asiento en una mientras me señalaba la otra—, necesito su discreción porque lo que voy a relatarle desafía toda lógica o..., al menos, la mía.

—El juramento hipocrático le protege, joven amigo. Soy doctor, quiera o no, y me debo a mis pacientes. ¿Qué le sucede que sea tan importante como para que entrar en combustión al amanecer quede relegado a un segundo plano?

—Mi... —Caleb me observó de reojo, de pronto cohibido—. Quizá no sea apropiado tratar estos temas delante de una dama.

—Como siempre, no veo ninguna —contesté sentándome a su lado y apoyando mi mano sobre la que él mantenía en su rodilla—, así que habla.

Entonces Caleb, sin pensárselo más, temiendo tal vez perder el valor para contarle al doctor lo que había ido a decirle, dirigió su mirada hacia él.

—Mi orina se ha tornado violeta.

—¿Desde cuándo? —El doctor Lee no parecía tan sorprendido como yo, solo intrigado.

—Desde hace dos días. Al principio, pensé que eran imaginaciones mías, pero la última vez el color era muy fuerte, casi morado. —Mantenía su atención en el médico—. Puede que se deba a mi alimentación, no es demasiado variada.

—¿Qué ha comido?

Carraspeé nerviosa y apreté su mano. Él entrelazó sus dedos con los míos. El gesto no le pasó desapercibido al doctor, cuyos labios se curvaron con sutileza.

—Carne —contestó Caleb—, únicamente.

—Esperaba que dijera moras. —El médico se frotó la frente durante unos segundos, después se levantó y caminó rápido hacia su biblioteca. Localizó un volumen grueso, desgastado, y regresó con él en la mano—. Este es el mejor tratado de medicina, señor Addison, y pocas enfermedades actuales no vienen reflejadas en él. Lo escribió Hipócrates nada menos que en el siglo…

—Quinto antes de Cristo —dijo Caleb, terminando la frase del doctor Lee—. ¿Cree que lo que me sucede ya ocurría en Grecia en aquella época?

—Eso quiero saber. —Abrió el libro por la mitad y comenzó a pasar sus páginas despacio, leyendo—. ¿Qué otros síntomas presenta? ¿Sueño? ¿Debilidad? Su piel es muy clara y ojerosa. Aunque su aspecto ha mejorado ligeramente con respecto a la primera vez que nos vimos.

—Seguramente es el corte de pelo —dijo Caleb, ofreciéndome una sonrisa.

—Eso también. —El doctor mantenía su atención en el tratado. Parecía haber averiguado algo en concreto y sus dedos comenzaron a pasar las páginas con rapidez—. Bueno, podría explicar…, pero…

Levantó la mirada del libro súbitamente.

—No.

—¿No? —pregunté extrañada—. ¿Qué ha encontrado, doctor?

El caballero empezó a andar por la habitación con el volumen en una mano mientras, con la otra, se acariciaba la barba, serio, meditabundo.

—Hipócrates escribió unas anotaciones sobre una enfermedad llamada *porfura*, «pigmento púrpura», en nuestro idioma —comenzó a explicar—. Si bien sus síntomas guardan cierta similitud con algunos de los que parece presentar el señor Addison, no tiene por qué tratarse del mismo mal.

—Por favor —rogó Caleb—, léanos qué dice Hipócrates.

—Deberíamos hacer un análisis de sangre y alguna otra prueba médica antes de aventurarnos con teorías de más de dos mil años de antigüedad. —El doctor Lee negaba con la cabeza mientras rebuscaba de forma caótica entre varias maletas que se amontonaban en una esquina.

Me levanté de la silla y me agaché a su altura, apoyando mi mano en su hombro para detener su frenética búsqueda.

—Díganos qué piensa que es... La medicina ha evolucionado... Seguro que ahora mismo hay curas para enfermedades que siglos atrás costaban miles de vidas.

Los ojos oscuros del doctor, enmarcados por unas densas pestañas, me observaron reflexivos, después se incorporó y abrió el libro.

—«Si la enfermedad ya tiene más de tres días —leyó despacio, sopesando cada palabra— y el rostro del paciente presenta nariz afilada, ojos hundidos, sienes deprimidas, orejas frías y la tez del rostro es pálida, hay que examinar los demás síntomas en todo el cuerpo y los ojos. Si acaso rehúye la luz o esta daña la piel...».

Izó la mirada encontrándose con la mía.

—Prosiga, por favor —apremié.

—«Si la luz daña la piel, son indicios malos y funestos. Si además los fluidos tienen *porfura* o pigmento púrpura, la piel es frágil y se producen heridas por ácidos como el ajo, la menta o la cebolla, indican que... —tomó aire sonoramente—, indican que el cuerpo está agonizando de un mal terrible para el que no se conoce cura».

Ahogué una exclamación, quería mantener la compostura, mostrarme fuerte, pero aquellas palabras confirmaban lo que ya contemplaba desde el principio. Me giré hacia Caleb. Inexplicablemente, no parecía afectado.

—Entiendo que debamos dar cierto crédito al llamado padre de la medicina —dijo calmado, con una sonrisa amarga—, pero no podemos olvidar que también consideraba que las enfermedades se desarrollaban a partir de pequeños pecados contra la naturaleza. Era otra época llena de misticismo, doctor Lee.

—Por supuesto, por supuesto… —El caballero regresó el libro a la estantería y acercó una maleta pequeña, de piel oscura y nueva, hasta la mesita central—. Soy un hombre de ciencia y solo creo en aquello que puedo comprobar. Así que, si no le importa, voy a extraerle un poco de sangre. Mi querida amiga, la señorita Shelley, tuvo a bien regalarme un nuevo microscopio. —En la maleta, embalado como si fuera una delicada pieza de cristal, había un extraño artilugio—. Es increíblemente sofisticado.

—¿Y para qué sirve? —pregunté.

—Es una herramienta que revela un mundo que escapa al ojo humano. —Caleb se había levantado para acercarse a la mesita y miraba con curiosidad el microscopio mientras sus dedos rozaban sutilmente los míos. Aquel sencillo gesto era capaz de reconfortarme, pero también de producirme escalofríos—. Funciona con lentes más potentes que las de las lupas.

—Eso es. Con él podré examinar la muestra de sangre que voy a tomar del señor Addison y echar por tierra el funesto veredicto de Hipócrates. —El doctor alzó las espesas cejas en un gesto esperanzador y sacó de su maletín un instrumento alargado en el que enroscó una especie de aguja—. Ahora, debería recostarse y dejarme ver el brazo que no parece un churrasco.

Caleb se tumbó en el sofá y el doctor Lee se inclinó sobre él, por lo que yo no podía distinguir bien lo que le estaba haciendo.

—¿Le va a doler? —pregunté dudando si acercarme o permanecer en la retaguardia como una cobarde.

—Es solo un pinchazo, señorita Addison. Gracias al doctor Francis Rynd y a su invento para inyectar líquidos bajo la piel de hace un año escaso, no haremos una sangría con su… amigo. Además —continuó hablando, volcado sobre Caleb—, alguien que es capaz de sufrir una quemadura como esta sin gritar de dolor es desde luego un superhombre.

Paseé por la habitación inquieta mientras el doctor vendaba el brazo de Caleb y procedía a manipular la sangre que había extraído con su artilugio, pasándola a pequeños frascos de cristal. Se frotó los ojos con empeño antes de inclinarse sobre el microscopio.

—Les puedo asegurar que ponerme a trabajar al amanecer, antes de degustar un café y un bizcocho, no lo he hecho jamás. Siéntanse privilegiados.

Tomé asiento junto a Caleb, que se incorporó tranquilo. No parecía siquiera un poco afectado.

—¿Por qué no me dijiste lo que te sucedía? —murmuré.

—¿Y preocuparte en vano? —Esbozó una sonrisa, sincera, preciosa—. Ya has visto demasiadas cosas desagradables mías para añadir una más.

—Te curarás —le ordené señalándolo con el dedo y apoyándoselo en el pecho—. Júrame que lo harás.

—Eso pretendo. Si no, no estaría poniéndome en manos de tu doctor. —Gruñí por lo bajo y él se rio—. Escúchame, Sarah —descendió el tono hasta casi un siseo—. Sé que estoy enfermo y que puede que no tenga cura, pero desde que estoy en este barco…, contigo, solo quiero permanecer el mayor tiempo posible a tu lado. Quiero curarme, de verdad. Es lo que más ansío en el mundo.

Acaricié su mano preocupada. Sus dedos se enredaron con los míos, ásperos, fuertes, en una silenciosa caricia.

—Señor Addison, señorita. Necesito que vean esto. —El doctor se irguió al llamarnos y se frotó el puente de la nariz, aparentemente cansado—. No sé si lo han escuchado alguna vez, pero en nuestra sangre hay varios tipos de células: los glóbulos rojos o eritrocitos, que dan el color a la sangre; los glóbulos blancos o leucocitos, que nos protegen de las infecciones, y las plaquetas, recientemente descubiertas, cuya función es coagular la sangre o cicatrizar las heridas. Ahora hagan el favor de observar la muestra.

Caleb se inclinó sobre el microscopio como había visto hacer al doctor, después me cedió el sitio. Cerré un ojo e intenté distinguir lo que aquel aparato me mostraba.

—Si es como nos está relatando —dije levantando la mirada—, ¿por qué la muestra de Caleb tiene un tono tan pálido, apenas rosáceo?

—Eso es, señorita Addison. —El doctor asintió categórico con la cabeza—. Lo que nos descubre este fantástico instrumento es que, de alguna forma inexplicable, los glóbulos rojos de nuestro joven amigo se destruyen.

—¿Por qué? —pregunté.

—Siento decir que no lo sé. Algún tipo de patógeno desconocido. —Se giró hacia Caleb mientras se mesaba la barba. Parecía nervioso—. ¿Tiene hambre?

—¿Ahora? —Caleb lo observó desconcertado, con una mueca de diversión.

—Me refiero a si tiene hambre todo el tiempo. —El doctor avanzó hacia él, haciéndole retroceder—. ¿Tiene ganas de comer con asiduidad?

Caleb me miró de reojo. Seguramente se preguntaba cuánto podía revelar a alguien al que no conocía bien.

—Sí, tengo hambre y sed. Permanentemente.

—¿Desde cuándo? —El doctor continuaba insaciable. Angustiado por la curiosidad.

—Poco más de un mes. Sin embargo, últimamente, el ansia se está volviendo irrefrenable.

—¿Qué sucedió hace un mes, señor Addison? Debe contármelo. Usted ya sabe que todo esto, las irregularidades que bien ha dicho, surgen de ese momento en particular. ¿Estoy equivocado?

—No lo sé, doctor. —Caleb negó con la cabeza, frotándose el brazo que el sol había quemado—. Lo único que necesito es que me diga qué he de hacer para mantenerme con vida. Lo demás da igual.

—Poco más puedo hacer por usted mientras estemos en este barco. No tengo el material necesario ni soy el experto que necesitan. Cuando lleguemos a Estados Unidos, tendré acceso a un buen laboratorio y podré contactar con colegas especializados. Puede que entonces hallemos una cura. —Fijó, de pronto, su atención en el brazo de Caleb con escepticismo y, durante unos segundos, los tres dirigimos la mirada hacia el mismo sitio. Su piel, carbonizada y arrugada momentos antes, ahora solo estaba enrojecida—. ¿Qué… ha pasado… ahí?

—Le dije que no era importante —contestó Caleb encogiéndose de hombros.

No me sorprendí, no era la primera vez que comprobaba cómo se curaba de manera mágica; sin embargo, el doctor parecía a punto de un colapso. Se dejó caer en el sofá y cerró los ojos.

—No puedo ayudarles sin más información —murmuró vencido—. Solo puedo decir que, pese a que el señor Addison presenta nuevos síntomas, le veo mejorado con respecto a la vez anterior. Ya sé que es un horrible dictamen médico, pero intentaré buscar alguna explicación y les avisaré si descubro algo nuevo. Ahora… ¿me van a permitir que desayune?

Conseguimos llegar a la zona de la tercera clase sin contratiempos. Caleb llevaba un ritmo marcial desde que habíamos abandonado el camarote del doctor Lee. Sorteó el sol de la cubierta y trotó por las escaleras hasta llegar a nuestro camarote.

—Tengo las piernas más cortas que las tuyas —me quejé en cuanto logré alcanzarle—. ¿Por qué corres de esta forma?

—Pensaba que tu doctor me podría ayudar —masculló con la mirada perdida en el suelo—. Seguimos igual que antes, pero con más dudas.

—¿Y no crees que deberías haberle hablado de tu tío? ¿De lo que te hizo?

—¿Y qué le digo? —levantó la voz, furioso—. ¿Que mi tío, James Hay, el que supuestamente murió hace veinticinco años en una batalla, me ha traspasado una enfermedad endemoniada mediante un mordisco? ¿Quién podría creer algo así?

Lo empujé con suavidad dentro del camarote. El pasillo no era el mejor lugar para contar secretos.

—Si no le cuentas toda la historia, no habrá forma de que nos ayude. —Me senté en la cama y le hice un gesto para que me imitara. Se dejó caer en el colchón, ofuscado. Sus ojos, puestos en la litera de enfrente—. Deberías intentarlo. Igual te cree… o igual te manda al sanatorio mental.

Sus labios se curvaron ligeramente. Podía notar cómo se relajaba poco a poco. Debía de resultar horrible sentirse enfermo y no conseguir encontrar alivio.

—Lo pensaré —cedió.

—Hazme caso, soy más sabia que tú

—Antes…, en la cubierta… —dijo de pronto—, me has besado. ¿Por qué?

Mis mejillas ardieron al instante.

—No puedo proporcionarte una explicación lógica —contesté con rapidez.

—Te has encontrado con la peor versión de mí mismo, puedo jurártelo, y, sin embargo, tú…

—Desde que te conozco no me funciona bien la cabeza —zanjé—. No hay que darle más vueltas.

—¿Y te… gustó? —Sonrió de medio lado, casi avergonzado—. El beso, me refiero.

—Esa pregunta está prohibida con toda seguridad en cualquier sociedad civilizada.

—¿Ah, sí? En Escocia no somos muy dados a las prohibiciones. —Sus ojos persiguieron los míos hasta enredarlos.

Inspiré profundamente. Estaba perdida.

Desconozco quién de los dos se acercó antes, yo juraría que no me moví, pero de pronto la litera había mermado y Caleb se encontraba demasiado próximo.

—Tu corazón late muy rápido —dijo con unas finas arrugas cruzando su frente—, por eso no sé si lo que sientes por mí es miedo…

—¿Debería temerte? —murmuré, sin poder dejar de mirarlo.

Negó despacio con la cabeza mientras se mordía el labio inferior, pensativo, acariciando con sus dedos los míos. Mi atención se dirigió a su boca, tan atrayente como indebida, y por desgracia se dio cuenta. Sus comisuras se curvaron, infames, y lo odié terriblemente por ello.

—¿Qué deseas, Sarah? —Mi nombre sonó demasiado bien en su voz, casi como una caricia.

—No me lo preguntes —susurré. El aire volvía a encontrarse demasiado denso, viciado, y no era por la opresión de un corsé. No tenía ninguna excusa. Separé mi mirada de la suya para tratar de serenarme, observé el suelo, el pequeño lavabo, lo que fuera que se escondía en una esquina y de lo que no me había dado cuenta hasta ese momento…

Caleb tomó mi barbilla entre sus dedos y giró mi rostro hacia él. Su roce quemaba y, a la vez, despertaba mil sensaciones por todo mi cuerpo, todas desconocidas. Mi corazón se saltó varios latidos.

—Quieres que te bese —dijo clavando sus iris en mí—, y lo haré. Pero debo prevenirte de que me resulta muy difícil detenerme. Sabes muy… bien. Creo que no he probado nada mejor en mi vida.

Inspiré de nuevo, decidida a apartarme.

—No has comido entonces unas buenas *crêpes* Suzette —musité.

—No me gusta lo francés —protestó divertido—. Les tengo cierta tirria.

—Pero sus dulces son envidiables: coloridos *gâteaux*, tiernos *bavarois*…

—¿Vas a hablar de comida mucho más tiempo?

—Empezaste tú —me defendí—. Yo solo continúo la conversación… por ser cortés.

Sonrió ampliamente, dulcificando su rostro, convirtiéndolo en algo mucho más apetecible que cualquier postre francés.

—Me lo temía —dijo antes de enredar su mano en mi cabello y precipitarse sobre mi boca.

Me besó como si realmente fuera mejor que una *crêpe* Suzette, que un *bavarois*, incluso que el pudín de Navidad. Me besó como si fuera una auténtica necesidad.

Me vi incapaz de detenerlo; no podía, no quería. Abarqué con mis manos su rostro para no perder el equilibrio y respondí a aquella invasión como mi cuerpo pedía, acercándome aún más.

Su pulgar acarició mi mandíbula y trazó espirales por mi cuello, su palma cubrió mi garganta y sus dedos se fijaron a mi piel. Se separó y buscó mi mirada. Sus labios entreabiertos, faltos del mismo aire que los míos.

—¿Qué es todo esto? ¿Qué nos sucede? —pregunté en un susurro.

—No lo sé, pero estaría besándote hasta el fin de los días.

Sonreí, sintiendo su mano aún en mi garganta. Apoyé la mano en su pecho, notando su latido, tan desacompasado como el mío. Cuando levanté la mirada, me encontré con la suya, hambrienta, oscura.

—Te he hecho daño —dijo rozando mi labio con su pulgar. Aquel gesto desencadenó un cosquilleo por todo mi cuerpo y unas ganas acuciantes de sentirle de nuevo—. Tienes una herida.

—Ahora mismo no me preocupa en absoluto.

—A mí sí. —Se alejó de mí, dejándome de pronto vacía, helada, y me tendió un pañuelo—. Toma.

Me limpié el labio, una gota diminuta de sangre manchó la tela. Caleb se levantó de la cama y evitó mirarme.

—Mantenlo presionado —dijo incómodo—, si no, no detendrás la sangre.

—Ya está, doctor. —Le tendí el pañuelo y él retrocedió como si se tratase de ácido. Recordé su aversión a la sangre, pero su reacción en ese momento por una simple gota me pareció desproporcionada.

—No, no lo está. —Apretó los labios, como si estuviera tratando de no respirar—. Necesito salir... Voy a... Necesito comer.

No me dio tiempo ni a asentir antes de que abriera la puerta y saliera del camarote apresurado, como si se le fuera la vida en ello.

Octavo día

Caleb desapareció durante un día entero. No fui a buscarlo a las cuadras, quizá porque sabía que podría encontrarlo allí.

Pasé la tarde con Amelia y su familia, persiguiendo a Jane y a sus amigas por la cubierta, escuchando las aventuras amorosas de Fanny y charlando con otras pasajeras. Después me senté en un banco y me dispuse a escribir mientras contemplaba a toda aquella gente bulliciosa y llena de contrastes. Quería relatar lo que allí sucedía. Pronto se hizo de noche, regresé al camarote y de nuevo lo hallé vacío.

Por la mañana nada había cambiado. Cuando me desperté, comprobé que la cama de Caleb estaba fría y comencé a preocuparme. Mis ojos se deslizaron hacia el diario. Quizá podía hallar una explicación en él de lo que le sucedía a Caleb. Además, me había vuelto adicta a los pensamientos que había transcrito en esas páginas.

Otoño de 1844

Anoche escuché el relincho de los caballos. Me asomé a la ventana de mi dormitorio y distinguí el carruaje de mi tío en movimiento. Lo seguían cabalgando una docena de hombres, algunos completamente desconocidos para mí.

No era sensato poner en marcha mi plan entonces. James podría regresar por cualquier motivo. Debía resistir mis ganas y esperar un poco más. De todas formas, me paseé por la habitación inquieto y probé la llave del herrero de nuevo en la cerradura. Como las cincuenta veces anteriores, funcionó y la puerta se abrió con un chasquido metálico.

Atranqué, escondí la llave en mi bota y tomé el grueso volumen de historia antigua que descansaba en el escritorio. Me tumbé en mi incómoda cama y abrí el libro por Mesopotamia. La mejor forma de conciliar el sueño.

Lo he encontrado, aún no puedo describirlo con palabras. Necesito aire, necesito respirar.

Ayer entrené con Isaac hasta que se dio por vencido y le pregunté a mi tutor algunas dudas que me generaban unos problemas de física. El profesor parecía abrumado por mi interés, dado que yo llevaba un año bastante desmotivado, y contestó a mis preguntas diligentemente.

Una vez que se marchó, antes de que el fiel criado me trajera mi espantosa cena, me dirigí a la sala de música. Me senté al piano y golpeé las teclas. Mi don para la música sigue siendo nulo, pero al menos he conseguido afinar el instrumento.

Me imaginé cómo sonaría aquel piano bajo los dedos de mi madre y, con la melodía en mi cabeza, y unos nervios que no sabía cómo calmar, me puse a danzar por la sala, acompañado de una pareja imaginaria y bellísima.

Tan pronto como escuché el tintineo del plato en la mesa, corrí hacia el salón. Había sopa, un muslo de pollo y una manzana. Todo un festín.

Lo terminé despacio, con fingida calma. Llevé los platos a la cocina y los lavé lentamente. Desde la ventana, podía ver el patio en la oscuridad de la noche, en absoluta soledad. No había luz alguna en las edificaciones que rodeaban la casa.

Subí a mi cuarto y me tumbé en la cama a esperar. Al rato escuché que atrancaban mi puerta. Ya estaba encerrado. Miré al techo con una sonrisa y conté hasta mil.

Debía de ser medianoche cuando, usando la llave de Angus, salí de mi dormitorio. Bajé las escaleras, silencioso, como debían hacer los fantasmas. Me encontraba muy alterado, con los nervios a flor de piel, atento a cada ruido.

Salí al patio. Estaba desierto: las pequeñas casas cercanas, en mutismo. Anduve pegado al muro de la fachada con el corazón obturando mi garganta. No llevaba ni una mísera lámpara, pero mi temor a ser descubierto rayaba en lo demencial.

Rodeé la casa y avancé por el castigado jardín trasero, escondiéndome entre los arbustos y matorrales que crecían en cualquier dirección. El cielo, permanentemente encapotado, se abrió mostrando una luminosa luna llena y el paisaje a mi alrededor se hizo, de pronto, tan claro que me eché al suelo para evitar ser detectado. Las zarzas arañaron mis brazos con saña, pero preferí avanzar reptando hasta que alcancé el camino secundario que conducía al sótano.

Había estado allí el primer día que llegué a la mansión, más de cuatro años atrás. No lo recordaba tan angosto, sobre todo cuando se convirtió en una galería y la luz de la luna quedó a mis espaldas, como un vago recuerdo.

Sobre mi cabeza revoloteaba algún murciélago que únicamente percibía por el sonido, lo demás era oscuridad absoluta. Con los brazos por delante, tanteando, alcancé el viejo patio. Unos rayos de luna más tenues atravesaban el techo agrietado y pintaban el lugar de un gris tétrico. De nuevo me encontraba con los dos arcos de medio punto cruzados por gruesos barrotes, y de nuevo lo hacía con el corazón encogido y mis latidos precipitados en una carrera.

Hablé al vacío en un murmullo.

El silencio parecía más denso que momentos antes. Me encontraba alerta y creo que lo que fuera que habitaba en aquel sótano también lo estaba.

Me agarré a los barrotes y busqué en la oscuridad, tratando de acostumbrar la vista, de distinguir entre aquel amasijo negro, y entonces noté un movimiento, rápido, extraño.

Nunca me he encontrado con un animal salvaje, más allá de zorros, conejos o ardillas, pero tuve la sensación de que me hallaba delante de uno, de un depredador.

Susurré el nombre de mis hermanos y, entonces, un ruido al final de la oscura estancia, un siseo y unas palabras:

—Vete, Caleb.

Me estremecí, aquella voz no pertenecía a mi imaginación. Comencé a gritar que los sacaría de allí, pero una voz balbuceante me pidió que corriera, que huyera.

Agité los barrotes con fuerza como si hubiera alguna forma de arrancarlos. Gruñí, enfadado, frustrado, al ver que no podía romperlos.

Un estruendo provocó que me detuviera. Mi vista, ya acostumbrada a la oscuridad, podía apreciar contornos, siluetas, y vi que algo se aproximaba desde el fondo de la sala. Más bien, se arrastraba... Pero, fuera lo que fuese, no había en aquello el menor rastro de humanidad.

Di un paso atrás, helado. La luna llena debió de mostrarse de nuevo entre las nubes porque un débil haz de su luz iluminó la reja y la zona próxima. Ahogué una exclamación.

Siempre me había costado diferenciar físicamente a Daniel y a Thomas. Los más allegados podíamos reconocerlos por una sutil discrepancia en el color azul de sus ojos: los de Daniel eran ligeramente más oscuros. Pero ¿a quién tenía ahora frente a mí? ¿A quién me enfrentaba?

Ese ser me observaba desde la negrura absoluta de sus ojos. Su rostro demacrado, de pómulos afilados y labios convertidos en una fina línea pálida. Por cabello, unas greñas ralas, adheridas al cráneo. Las uñas curvadas y largas en unas manos huesudas, y un cuerpo delgado, desnudo, en el que se intuían las costillas y una prominente espina dorsal.

Entonces susurró mi nombre con dolor. Su mirada oscura no mostraba emoción alguna, pero su voz revelaba mucho pesar.

Estaba asustado, pero volví a acercarme. Él negó con la cabeza en un gesto cansado, la luna mantenía sobre él su luz macilenta y distinguí unos dientes puntiagudos y largos.

Le pregunté qué le había sucedido, pero solo me respondió que escapara. Yo, sin embargo, seguí buscando respuestas, desesperado. ¿Dónde estaba nuestro hermano? ¿Qué había sucedido con él?

—Daniel... no pudo con esto.

Me rompí por dentro, despacio, en cristales punzantes que arrasaron mi interior con un dolor agudo.

¿Había muerto? No podía imaginarme un mundo sin Daniel, sin sus historias y desvaríos, sin sus bromas. Thomas, adivinando mi pregunta, asintió despacio con la cabeza. Sí, Daniel había muerto.

De pronto se quedó mirando mi brazo. La manga estaba hecha trizas por mi encontronazo con las zarzas, y la sangre, aún fresca, manchaba la tela y mi piel. Thomas inspiró hondo y sus colmillos parecieron aún más alargados. Comenzó a incorporarse, a acercarse:

—Márchate.

Busqué una puerta en aquella celda. Podía tomar un molde y hacer una llave. Podía sacar a mi hermano de allí. Sin embargo, cuando me giré hacia él, me encontré con su rostro deformado, aplastado contra los barrotes, y su boca a una distancia nimia de mi brazo, supurando saliva.

Grité pidiendo que me mostrara una puerta, una posible salida, y él retrocedió y se sentó en el suelo hecho un ovillo. Su mirada se dirigió involuntariamente hacia la derecha y avancé en aquella dirección, buscando una forma de salir de aquel lugar. Bordeé la verja hasta el final del patio, y allí, entre la maleza que había convertido en su hogar los viejos muros de piedra, distinguí un candado.

Había guardado en mi bolsillo un pedazo de porcelana fría para hacer un molde y lo busqué con dedos temblorosos. Es una masa blanca similar a la arcilla que no se endurece al aire y que ya había utilizado en mi dormitorio con acierto.

Mientras tomaba las medidas e introducía la pasta en el orificio de la cerradura, no dejé de vigilar a Thomas. Se mantenía quieto en el mismo sitio, su piel blanca destacaba en la oscuridad de la celda, su respiración agitada reverberaba en las paredes y el olor que desprendía resultaba nauseabundo.

Entre jadeos, comenzó a hablar con dificultad, como si estuviera sumido en un sueño del que despertaba a medias, víctima de una pesadilla.

Me contó que estaba enfermo y que lo que fuera que lo consumía había matado ya a Daniel. Sabía que le quedaba poco en este mundo y apenas recordaba cómo llegó a aquella casa y qué había sucedido. Me explicó que Daniel había enfermado con rapidez, que había sufrido fiebres y dolores por todo el cuerpo. Que perdió tanto peso que parecía un cadáver, y una mañana desapareció.

James encolerizó y obligó a Thomas a beber vino. Tras aquello, él también enfermó. Apenas podía dominar los espasmos que sacudían su cuerpo, el frío congelaba sus entrañas y no podía respirar ni hablar porque estaba muy débil. Tenía mucha hambre y sed, y no conseguía calmarlas con nada. Pasaron numerosos meses, incontables, en los que perdió la noción del día y de la noche, en los que respirar se convirtió en una misión imposible para él, y después, en algún momento, supo que había llegado su hora. Ni siquiera peleó para mantener los ojos abiertos, no podía. Tampoco quería.

Sin embargo, de alguna forma, despertó. Y, cuando lo hizo, tuvo muy claro que el Thomas de antes había desaparecido, había muerto. Se dio cuenta de que había revivido en aquella forma inhumana, monstruosa. Sus necesidades cambiaron, se volvieron salvajes, feroces, y fue entonces cuando lo encerraron en ese lugar. Un lugar que compartió con lo que quedaba de Daniel hasta que este exhaló su último suspiro.

Thomas lanzó un aullido lastimero en ese momento de su narración.

El dolor me atravesó como un punzón ardiente y me doblé apoyando mis manos sobre las rodillas, intentando respirar. Tragué saliva y, despacio, me aproximé a los barrotes y le prometí que regresaría a por él. Pero él negó con la cabeza y, mirándome con sus ojos oscuros como dos tizones, me dijo:

—Me quedan días, Caleb, y tú aún puedes escapar de James. No quiero salir de aquí. Ahí fuera soy un peligro.

No le contesté y me dirigí hacia la galería para emprender el camino de vuelta a la casa. Debía llegar antes de que alguien notara mi ausencia. Conforme andaba, el pesar por la pérdida de Daniel se acrecentaba hasta dejarme sin aire, aunque ese dolor se diluía por la alegría de, al menos, haber encontrado a Thomas. Sin embargo, temía por su estado y no podía contener mi ira al ser *consciente de que no sabía cómo podía ayudarlo. Con las lágrimas resbalando por mis mejillas, sintiéndome agonizar, eché a correr lo más rápido que pude.*

El diario resbaló de mis manos hasta caer al suelo. Me di cuenta de que estaba llorando. Por Caleb, por Thomas, por Daniel. Podía imaginarme a aquellos tres niños indefensos, sumidos en la barbarie, agonizando. Me dolía el pecho. ¿Cómo es que podía haber personas tan despiadadas en este mundo?

Me forcé a vestirme y a salir del camarote con la pena aún anclada en mi interior. Había perdido las ganas de desayunar, pero acudí al comedor con el resto de los viajeros, intentando no pensar más en el diario. En la cubierta exterior nos esperaba un día precioso, salpicado de pequeñas nubes algodonosas. Me senté a escribir. No tenía más que unas pocas hojas y, sin darme cuenta, ya las había llenado con mis pensamientos sobre el viaje, sobre la vida en el barco, sobre la gente que me rodeaba…

Miré hacia la derecha. Muchos pasajeros de la primera clase también estaban en la cubierta, disfrutando de aquella buena mañana.

Me di cuenta de que el caballero del traje a cuadros me observaba porque noté que un escalofrío recorría mi espalda antes siquiera de verlo. Sus ojos fijos en mí y su sonrisa retorcida y maliciosa eran sumamente desagradables.

Giré la cabeza hacia otro lado, aunque sabía que seguía mirándome, y distinguí al doctor Lee. Mantenía una conversación con una bella dama de vestido granate y sombrilla a juego. En cuanto me vio, se excusó ante la mujer y vino a mi encuentro.

—¿Cómo se encuentra el muchacho? —me preguntó desde la separación obligada que mantenían las dos zonas de la cubierta exterior—. Estoy preocupado. Sé que me comporté de una forma poco prudente, pero… ¡resulta tan asombroso lo que le sucede que no puedo hacer otra cosa que preguntar y preguntar! ¿Cómo está su brazo?

—Dudo que le moleste demasiado. —Miré a ambos lados para comprobar que nadie estaba lo suficientemente cerca como para poder escucharnos—. Doctor Lee, le corresponde a Caleb contarle lo sucedido, y creo que, si al final se decide a confiar en usted, es sumamente importante que lo escuche y también… que le crea.

—¿Por qué no iba a creerle?

—Porque sería comprensible que no lo hiciera. Ha visto lo rápido que sanó su brazo y seguro que ya tiene una teoría médica al respecto, pero le diré que, cuando yo lo conocí, hace poco más de una semana, le habían acuchillado en el abdomen y se estaba desangrando, y de esa herida solo queda un rasguño.

—Hay gente con buenas cualidades para la cicatrización…

—Cualidades extraordinarias, más bien.

—Convénzalo para que venga a hablar conmigo —me pidió—. Si de algo puedo jactarme es de tener una mente liberal y abierta. Escucharé a su amigo sin reservas. Lo juro.

—Me gustaría hacerlo, pero no sé nada de él desde ayer. Es terriblemente duro y resistente; sin embargo, le aterroriza la sangre y…

Me observó interesado.

—¿En qué sentido lo dice? ¿Sufrió un desmayo? Cuando le saqué una muestra, no pareció molestarse.

—No, fue al ver la mía. Una gota nada más. También le sucedió algo parecido cuando Jane se cayó por el hueco de las escaleras o cuando me hice una brecha en la frente. Actúa como si no pudiera soportar su visión. Sus pupilas se amplían de forma que apenas se vislumbra el color azul de su iris y se queda rígido, asustado.

—Pupilas sobredilatadas… —dijo el doctor absorto, hablando consigo mismo—, rigidez, sudoración… ¿Hiperventilación, quizá? ¿Taquicardia? —Me miró como si algo comenzara a encajar—. Esos síntomas que describe no se deben al temor, señorita Addison, sino a la apetencia. Permítame que me explique. —Tomó asiento en un banco al otro lado de la barandilla que nos separaba y yo hice lo mismo en un escalón—. Según vimos el otro día, los glóbulos rojos de su amigo se destruyen, sea cual sea la causa. Debido a esto…, su cuerpo intenta obtener de alguna forma lo que comienza a faltarle. En otras palabras, el señor Addison siente un deseo irrefrenable de beber sangre.

—Imposible. —Negué con la cabeza repetidamente—. Eso no es lo que yo he visto.

—Siento llevarle la contraria, señorita. Los síntomas son demasiado claros. Cualquier animal responde así, de la misma forma que su amigo, en presencia de… una presa.

Tragué saliva. El corazón golpeaba en mis sienes mientras los recuerdos de los animales descuartizados de las cuadras acudían a mi mente.

—He de dejarle, doctor —musité angustiada—. Debo encontrarlo.

—No puedo permitir que vaya sola. Desconocemos cómo está evolucionando su enfermedad y puede ser peligroso… Déjeme que la acompañe.

El doctor Lee, sin esperar mi respuesta, saltó la barandilla como un jovenzuelo y se situó en mi lado de la cubierta. Algunos pasajeros lo observaron sin disimulo.

—Ya que está dispuesto a dar que hablar a la tripulación, no voy a ser yo quien se lo impida. —Lo tomé del brazo y nos alejamos rápidos hacia las escaleras.

Desconozco cómo sería viajar en los antiguos barcos, aquellos grandes veleros que alcanzaban velocidades superiores a los veinte nudos gracias a la fuerza del viento en sus numerosas velas, pero en el Great Britain, con sus dos motores de vapor, los almacenes llenos de carbón y la enorme hélice que impulsaba el barco, el ruido y el calor resultaban opresivos en la cubierta inferior.

—Es realmente colosal —dijo el doctor observando su alrededor con entusiasmo—. Me prometieron en Liverpool que se trataba del barco más grande del mundo. Voy a tener que creerles.

Me interné en los estrechos pasillos de tabiques metálicos y sonidos graves, seguida por el doctor. Realmente agradecía su compañía, yo también temía lo que pudiera haberle sucedido a Caleb y, como siempre que somos víctimas del desconocimiento, mi imaginación magnificaba cualquier posibilidad.

Llegamos al almacén.

Los caballos nos recibieron con relinchos que resonaron en la sala de techo alto y paredes desnudas.

—¿Caleb? —Tomé la lámpara de aceite que colgaba de un gancho para alumbrar mi alrededor.

No hubo respuesta.

Avanzamos a pasos lentos, casi pegados, atentos a las extrañas sombras que la luz creaba en las esquinas. Un poco más adelante comencé a encontrar restos. Pequeños animales diseccionados que ensuciaban el suelo.

Y entonces lo vi.

Yacía bocabajo, inmóvil, con la ropa y el cabello manchados. Su respiración parecía inexistente, sus ojos estaban cerrados.

Caí de rodillas a su lado, con un nudo en la garganta, e intenté darle la vuelta, nerviosa. El doctor le tomó el pulso mientras negaba con la cabeza y mi mente se volvía loca conjeturando las peores hipótesis. ¿Por qué le había dejado solo? ¿Por qué no había tenido el valor de buscarlo antes? Las lágrimas de impotencia y culpabilidad comenzaron a llenarme los ojos.

—Está vivo, pero muy débil. —El doctor esbozó una sonrisa tranquilizadora—. Ayúdeme. Lo llevaremos a mi camarote.

Entre los dos arrastramos a Caleb por las escaleras. Sus brazos lánguidos, por encima de nuestros hombros; sus pies inertes; el olor férrico de la sangre invadiéndolo todo.

Antes de alcanzar la cubierta de la tercera clase, el doctor señaló un pasillo que finalizaba en una puerta cerrada. Con dificultad, sacó una llave del bolsillo y me la tendió para que la abriera.

—Es una escalera de servicio que comunica con la primera clase —dijo cargando él solo con Caleb—. Me la dio el capitán Hosken para que pudiera atender al pasaje sin molestar demasiado. No debió de sentar bien que me ocupara del pequeño Tom.

Subimos las dos plantas con esfuerzo y, una vez en el pasillo de los camarotes, el doctor atrancó la puerta con la llave y me la dio.

—Es mejor que la guarde usted, aún quedan varios días de viaje en los que no creo que pueda librarme de sus visitas intempestivas. Así, al menos, no los pillarán deambulando por ahí.

—¿Se pondrá bien Caleb? —pregunté tomando aire mientras buscaba la mirada del doctor—. Una vez me dijo que su único sueño era llegar al final del viaje vivo. ¿Se está muriendo?

—Espero que no. Vamos a dejarlo en la cama —dijo entrando en el camarote y yendo hacia el dormitorio—. Ya encontraré la forma de explicar por qué tengo las sábanas llenas de sangre. —Tumbamos a Caleb con sumo cuidado sobre la cama—. Muchas veces pienso que, en esta cubierta, si matara a algún tripulante por diversión, culparían al pobre muerto. Es la terrible suerte de los ricos.

El doctor Lee fue a por su maletín mientras yo tomaba asiento en el borde del colchón y aferraba la mano de Caleb entre las mías.

—No respira —susurré.

—Sí lo hace —me tranquilizó el médico acercándose con sus instrumentos. Se colocó en las orejas los dos extremos superiores del estetoscopio, que ya le había visto utilizar con Tom, y desabrochó la camisa sucia de Caleb, para poder apoyar la punta esférica del aparato en su pecho—. Su corazón late tan despacio y con tan poca fuerza que parece que va a detenerse en cualquier momento.

Me miró mesándose la barba, gesto que realizaba cuando necesitaba pensar.

—Ha estado alimentándose de animales vivos todo este tiempo, ¿verdad? —me preguntó sin ningún rastro acusatorio o de extrañeza en su voz.

—Al principio del viaje tomaba sopa, embutido o lo que fuera que se hubiera preparado en la cocina. Pero supongo que fue cambiando de gustos alimenticios. —Acaricié la mano de Caleb con delicadeza—. Y esta nueva… dieta tampoco parece irle bien, ¿verdad?

—He hecho transfusiones a personas que habían tenido hemorragias severas. En el pasado se realizaban con sangre animal, pero no se obtenían buenos resultados, incluso se producía la muerte del paciente. —Cubrió el pecho de Caleb y guardó el estetoscopio en su maletín—. Si es como nos muestra la historia, si nuestra sangre no es compatible con la de los animales, puede que su cuerpo no obtenga lo que necesita: regenerar sus glóbulos rojos.

—Y… ¿no le podríamos hacer una transfusión, como esas que comenta, con sangre humana?

—Es arriesgado, señorita Addison. Ahora mismo, se baraja la idea de que los humanos podríamos poseer diferentes grupos sanguíneos, lo que explicaría el resultado trágico de muchas transfusiones. Estimo que nos aguarda al menos un siglo para que podamos descubrir cuáles son esos tipos y sus compatibilidades.

Mi cabeza no cesaba de dar vueltas a una idea y, por más que trataba de aplacarla con otros pensamientos, volvía a resurgir.

—Doctor Lee… —dije por fin, incapaz de mantenerme callada—, le parecerá una locura, pero creo que deberíamos probar a darle sangre de beber. Las transfusiones fracasan, ¿no? Quizá solo así su organismo pueda regularse como necesita.

Los ojos oscuros, inquisitivos, del médico vagabundearon por el camarote hasta detenerse en mí.

—Puede que tenga razón, señorita. Me extraeré una pequeña dosis y comprobaremos su efecto. —Abrió de nuevo su maletín en busca de aquello que llamaba jeringuilla.

—Prefiero que sea la mía, si no le importa.

Frunció el ceño pensativo, después esbozó una sonrisa afectuosa.

—Perfecto. Seguro que tiene un gusto más dulce que la mía. Recuéstese en el sofá, hasta el hombre más aguerrido ha sucumbido al desmayo por algo tan pequeño como una aguja.

—Creo que ya tiene suficiente con un viajero inconsciente. —Extendí mi brazo para que pudiera buscar mi vena y dirigí la vista hacia la ventana—. Si esto no funciona… —noté el pinchazo e inspiré hondo—, si esto no le hace mejorar…, ¿qué sucederá?

—No me gusta adelantar acontecimientos, mi querida amiga, pero mucho me temo que, si eso ocurriera, el joven Addison no lo tendría fácil… En cualquier momento, su corazón podría detenerse y ya no habría forma de ayudarlo.

Sabía que tenía razón. A Caleb solo le quedaba una brizna de vida. El doctor me palmeó el hombro y se levantó con su extraño artilugio lleno con mi sangre, después la vertió en una de sus copas de licor.

—Probemos su idea. —Se detuvo ante la cama y me tendió el vaso—. Creo que debería hacerlo usted.

Asentí nerviosa y tomé asiento junto a Caleb. Le incorporamos ligeramente con la ayuda de un par de almohadones. La copa temblaba en mi mano con el aspecto y el color de un buen vino. Despacio, muy despacio, la apoyé en sus labios.

Ni siquiera se movió, una pequeña cantidad de líquido se escapó por sus comisuras y manchó más aún las sábanas.

—Bebe —le murmuré al oído—. Por favor… Necesito que te pongas bien.

Volví a acercar la copa, esta vez Caleb entreabrió los labios, solo un poco, y alguna gota cayó en su boca, el resto se deslizó por su cuello.

Me volví frustrada hacia el doctor, que, con los brazos en jarras, observaba la escena con curiosidad, y entonces sentí que Caleb aferraba mi mano y, al volverme de nuevo hacia él, vi que bebía con avidez de la copa. La alegría de verlo despierto fue inmensa, pero no conseguía apaciguar las emociones contradictorias que me provocaba aquella extraña realidad que estábamos viviendo.

—Más —susurró en cuanto acabó de beber.

Negué con la cabeza y el rostro de Caleb se mostró contrariado, pero no replicó, simplemente apretó los labios y tensó la mandíbula.

—¿Por qué lo has hecho? —murmuró.

—¿A qué te refieres? —Tomé una toalla húmeda que me ofrecía el doctor y comencé a limpiarle la cara. Iba a resultar una ardua tarea—. Últimamente, he cometido demasiadas rarezas.

—A lo que me has dado de beber.

—Te ha salvado la vida.

—No deberías haberlo hecho. No merece la pena.

—Dejémonos de pesimismos —intercedió el doctor—. Señor Addison, gracias a su amiga, ha despertado del mundo de Morfeo, al que se había agarrado con uñas y dientes. Yo, en su lugar, estaría sumamente agradecido. —Comenzó a limpiar su instrumental médico con alcohol—. Ahora, debería darse un baño. Voy a pedir que lo preparen y después le tomaré una muestra de sangre para comprobar qué grado de efectividad ha tenido la idea de la señorita. Y si es la que creo, viendo los resultados óptimos (está despierto y de aparente mal humor), podremos darle un tratamiento para que conserve sus fuerzas hasta que lleguemos a Estados Unidos.

El doctor Lee desapareció del dormitorio aparentemente satisfecho. Lo seguí con la mirada hasta que cerró la puerta y después me giré hacia Caleb. Sus ojos claros destacaban con la oscuridad de sus pestañas, con la suciedad de su rostro. Parecía recuperado, casi perfecto. ¿Podía ser por aquel excepcional tratamiento? ¡Qué poco sabía del mundo y qué sucesos tan extraños dormitaban en él!

—Creí que habías muerto —dije señalando su pecho con el dedo de forma acusatoria—. En vez de sentirme triste por tu falta, te he odiado. Muchísimo.

Caleb esbozó una leve sonrisa que se apagó casi instantáneamente.

—No va a servir de nada, lo sabes, ¿verdad? —Levantó su mano con cansancio y atrapó la mía, apoyándosela sobre el corazón—. Al momento de comenzar a comer en el establo, me di cuenta de que esos animales no me estaban proporcionando lo que necesitaba. Durante estos días he querido cerrar los ojos a lo inevitable, pero ahora que he estado a punto de morir… No voy a mejorar, Sarah.

Negué con la cabeza repetidamente. No quería escucharlo, no quería creerlo.

—Aún no dispones del título de medicina —contesté enfadada—, por más tratados de anatomía que hayas memorizado. Así que tu opinión no me vale.

—Sarah —musitó agotado—, mis dos hermanos fallecieron por culpa de esta enfermedad. Yo, por más que haya fantaseado con lo contrario, no voy a ser diferente.

—No pienso escucharte. Llegaremos a Nueva York y nos perderemos por la ciudad. Luego me ayudarás a buscar una casa y también un trabajo. Y yo te acompañaré hasta dar con una herrería que acoja aprendices blancuzcos de brazos fuertes y mal despertar.

—Una casa que dé a un jardín y que tenga una librería cercana —susurró con sus ojos brillando, provocándome una sonrisa. Le aparté unos mechones de la frente y él torció el gesto—. Habíamos quedado en que no me tocarías.

—Fue una decisión tuya unilateral. Yo tengo voz propia.

—Eso es cierto. —Su mano acarició mi mejilla, dibujó mi pómulo y resbaló hacia mis labios. Contuve el aire como siempre que notaba su roce y me di cuenta de que él también lo hacía. Nos costaba respirar.

La puerta se abrió con sigilo y apareció el doctor Lee, sobresaltándonos.

—Están llenando la bañera —musitó haciendo gestos sobre la presencia de otras personas en la habitación contigua—. ¿Cómo va el paciente, aparte de congestionado por la presencia de una bella dama a un palmo de distancia? Necesito que se recupere, no que le suba la fiebre.

—Cansado —contestó el aludido con las mejillas ligeramente sonrosadas. Ninguno de los dos conseguíamos acostumbrarnos a la naturalidad con la que el doctor trataba cualquier tema—. Necesito bañarme, Dios bien lo sabe, pero no me veo siquiera capacitado de sostenerme sobre las piernas.

—Nosotros le ayudaremos. —El doctor entreabrió la puerta y echó una ojeada rápida al otro lado—. Ya está. Se han marchado. El servicio en este barco es tan bueno como su tamaño. Ahora, apóyese en la señorita Addison y en mí. Si hemos sido capaces de cargarle semimuerto escaleras arriba, avanzar unos metros no tendrá ninguna complicación.

Ayudamos a Caleb a incorporarse y a ponerse en pie. Las piernas le flaqueaban mientras atravesábamos la salita y nos dirigíamos hacia el cuarto de baño.

La pequeña estancia era fría y aséptica. Un lavabo rodeado de botes de cristal del doctor, un inodoro en la esquina y, en el medio, una tina grande llena de agua que emanaba un delicioso vapor.

—Bien, hemos llegado —anunció el doctor ayudando a Caleb a sentarse en una silla que había traído de la salita—. Los dejo solos.

Se dio la vuelta rápidamente y desapareció por la endeble puerta de separación. Lo seguí confundida.

—Yo no puedo bañarle —me quejé mientras el doctor procedía a servirse una copa de licor—. No es... ¡decente!

—Discúlpeme, señorita Addison, usted comparte su camarote. Ya queda poca decencia en eso. —Esbozó una sonrisa carente de malicia—. No es mi afán ponerla en un compromiso, pero yo no puedo llevar a cabo ese cometido. Lo siento mucho.

—Ya sé que le estamos robando un tiempo precioso y obligándole a llevar a cabo diligencias que no debería, pero usted es un... hombre y ¡encima médico! Seguro que puede desnudar a otro de su género sin escandalizarse.

—No, no puedo. —Se dejó caer en el sofá desanimado y me observó frunciendo el ceño, poco dispuesto a hablar—. No puedo ayudar al señor Addison porque... prefiero no hacerlo. —Apuró la copa hasta no dejar una gota y, viendo que yo no me movía del sitio, resopló—. Creo que podrá entenderme si le digo que mi interés por las damas, por más bellas que estas sean, es nulo en comparación con el que despiertan en mí los caballeros.

La confesión me dejó contrariada.

—¿No le gustan las mujeres? —pregunté tras unos segundos.

—No, y le juro que lo he intentado con toda mi alma. No sabe la de problemas que me hubiera evitado si hubiese sentido la más mínima atracción por el género femenino. Pero el ser humano es complicado y a mí me ha tocado nacer en una época arcaica. Estuve cortejando a una mujer durante meses, creyendo hacer lo correcto, y, cuando estábamos a un paso del altar, me di cuenta de que no solo yo sería infeliz, sino que la haría desdichada a ella, algo que no podía permitirme. Ahora, después de aquel revuelo, es una de mis mejores amigas. Le he comprado tres vestidos en una famosa modista de Londres, a ver si me perdona de una vez el tiempo que le hice perder.

—Pero entonces... jamás tendrá una familia —dije con pena—, y se verá obligado a acallar su interés constantemente.

—Entienda ahora que prefiera no recrearme la vista en su compañero. Usted sabe tan bien como yo que es realmente... apuesto. —Me señaló el baño con la mano—. Vaya allí y mire para otro lado o cierre los ojos, lo que sea... Seguro que ha llevado a cabo cometidos más horribles.

—Está bien —cedí a regañadientes, y entré en el cuarto de baño cerrando la puerta tras de mí.

Para mi sorpresa, Caleb se había metido solo en la bañera. Su ropa estaba desperdigada por la sala como si hubiera habido un vendaval y me dediqué a recogerla para evitar mirarlo.

—Dado el rifirrafe que teníais ahí fuera —dijo frotándose los brazos con jabón—, he optado por desnudarme yo solo. No sabía que un cadáver andante pudiera ser merecedor de tantas pasiones.

Me reí y tomé asiento en la silla, con cuidado de mantener mi atención lejos de la bañera.

—Eres un presuntuoso. Nadie se estaba peleando por tener el honor de bañarte, sino por todo lo contrario.

—Ya, sí. —Sumergió la mano en el agua y me salpicó—. Sé que me estás observando de reojo, así que, por favor, ¿podrías comprobar si queda alguna mancha visible?

Lo miré entornando los ojos, como si las pestañas fueran a darme un cobijo momentáneo. El agua le llegaba hasta un poco por encima de la cintura. Tenía las piernas dobladas para caber en la tina y podía ver sus rodillas y parte de sus muslos. Unas piernas bien formadas, fuertes y robustas.

—¿Dónde estás mirando? —protestó, sobresaltándome.

—Has dejado el agua tan turbia que más parece caldo de pollo —contesté, inevitablemente ruborizada, y subí despacio la vista hasta encontrarme con la suya. Aparentaba cansancio, pero sus ojos chispeaban de diversión—. Veamos, el cuello está sucio.

Tomé un paño del lavabo y, tras frotarlo con la pastilla de jabón, lo restregué por su nuca. Después repetí el proceso con sus orejas y la parte alta de la espalda, tratando de pensar en que lavaba cualquier cosa que no fuera humana, y menos aún a Caleb.

—Me preocupan tus futuros hijos —dijo él dejándose hacer, con una sonrisa burlona en los labios—, eres muy poco delicada a la hora del baño.

—Si te tratara con amabilidad, te quejarías lo mismo. —Mojé el paño y se lo dejé caer encima de la cabeza, con una risita—. Perfecto. Ya estás listo.

—Muy bien —me lanzó el paño torciendo el gesto—, pues acércame algo para secarme.

Le tendí una toalla, pero no fui lo suficientemente rápida para girarme antes de que se irguiera en la bañera y pude captar demasiada piel y demasiada anatomía desnuda.

—Avísame la próxima vez —me quejé enfadada por el descuido.

—¿Qué quieres que haga? ¿Secarme dentro de la tina? —carraspeó—. ¿Me ayudas a salir?

Puse los ojos en blanco y me di la vuelta. La toalla estaba anudada en su cadera, justo debajo del ombligo. Seguí, sin querer, cada marca y cicatriz de su abdomen y de su pecho hasta encararme con él.

—No digas nada —lo amenacé, viendo que abría la boca para hablar. Lo sostuve de la cintura y él apoyó un brazo sobre mis hombros. Tambaleantes, conseguimos llegar a la silla.

—Les dejo algo de ropa limpia aquí fuera —escuché decir al doctor Lee y, con la excusa, salí rápidamente a recogerla. Después se la pasé a Caleb y lo abandoné dentro del cuarto de baño, sin detenerme a pensar por qué me resultaba tan difícil separar los ojos de su cuerpo o no sentir escalofríos al tocarlo.

Tomé asiento en un sillón y el doctor me tendió una copa de licor.

—Se la ha ganado —dijo con una mueca—. Veamos ahora qué nos revela la sangre del señor Addison.

Noveno día

Me desperté pasada la madrugada cuando el ruido proveniente del pasillo me indicaba que era la única de la tercera clase que aún no se había levantado.

Estaba sola en mi camarote. Creímos conveniente que Caleb se quedara en el del doctor Lee, dado que se encontraba débil. Esperanzadores al menos fueron los resultados arrojados por la nueva muestra de sangre. Los glóbulos rojos, o como fuera que se llamaban en su versión más culta, se habían recuperado y, aunque se encontraban por debajo del nivel normal, era un dato que resultaba alentador.

Abrí el diario, en esta ocasión con el propósito de obtener información que pudiera servir al doctor Lee. Cualquier detalle sobre la enfermedad de Caleb podría ayudar en su cura. Hice de tripas corazón y reanudé la lectura.

Primavera de 1845

Tengo la llave con la que podría liberar a Thomas, pero no he tenido ocasión de usarla. Abandoné a mi hermano hace meses en esa celda, solo pido que no haya fallecido esperando mi regreso. Cada día que pasa se convierte en un auténtico martirio.

Me he mantenido inmóvil todo este tiempo intentando recuperarme de mis heridas. No he podido relatar mis desventuras antes, puesto que apenas podía sujetar una pluma en mi mano. Pero sucedieron así:

A finales de año, en una mañana lluviosa de entrenamiento con Isaac, dos guardias irrumpieron en el patio arrastrando consigo a un muchacho delgaducho y visiblemente maltratado, que soltaron a mis pies. No podría ser mucho mayor que yo y estaba en los huesos. Levantó su mirada hacia mí con odio, pero también con miedo, mucho miedo.

Isaac me explicó con aspereza que aquel muchacho había sido sorprendido robando nuestra harina. Así que se esperaba que yo, en ausencia de lord Daems, le aplicara el castigo que le correspondía: la muerte.

Los observé incrédulo. No era ninguna broma. En unos instantes sopesé mis alternativas. Tenía delante a tres guardias en alerta, que no perdían detalle de mis movimientos. Conocía los puntos flacos de Isaac, pero los otros dos, más anchos y fuertes que mi instructor, llevaban armas de fuego y muchas ganas de usarlas. Observé sus cuerpos rígidos, preparados para detener y aplastar cualquier tentativa de rebeldía por mi parte.

Negué firme con la cabeza. No pensaba, ni por asomo, llevar a cabo semejante acto de barbarie, pero Isaac me tendió una pequeña daga con una mueca de satisfacción:

—Córtele el cuello, señor, y no nos haga perder más tiempo.

Arrojé el arma al suelo y le sostuve la mirada con aplomo. Él soltó una carcajada mientras hacía una seña a uno de los guardias que retenían al muchacho. El tipo se situó a horcajadas sobre él, le asió la cabeza por el pelo y, mostrándome su cuello, se lo rajó de lado a lado.

Aparté la vista, pero no lo suficientemente rápido. Mi mente capturó más imágenes de las necesarias, el suelo a mis pies se tiñó de rojo. Sentí arcadas, pena, asco. Aquellos hombres representaban lo que más odiaba en el mundo. Sin siquiera meditarlo, me lancé sobre el guardia con aquel mísero cuchillo. El hombre cayó hacia atrás, sorprendido, mientras yo arremetía contra él, colérico, fuera de mí, con la única idea de hacerle sufrir..., de matarlo. Entonces un sonido conocido retumbó en el patio, seguido de un dolor sordo en mi hombro.

La daga voló de mi mano. Un segundo disparo me acertó en el abdomen y caí de bruces sobre uno de los inmensos charcos que se seguían formando por la lluvia. Los guardias me cercaron entre risas mientras sentía cómo el fuego consumía mi estómago y se extendía por todo mi cuerpo. Observé las viejas casitas que rodeaban la mansión, entre ellas estaba la herrería, allí esperaba mi llave, mi objetivo. Tan inalcanzable en ese momento que solo me dieron ganas de gritar.

El disparo de Isaac me destrozó el hombro, una costilla, y también me produjo una buena infección acompañada de fiebre alta, delirios y la sensación de que acabaría mi vida encerrado en aquella casa.

He pasado el invierno intentando recuperarme a fin de tener las fuerzas suficientes para bajar las empinadas escaleras de mi torre. El profesor continúa dándome clases en el dormitorio y también se encarga de proporcionarme comida y algún ungüento y medicina. Pese a su carácter seco y evasivo, se ha convertido en lo más cercano a un amigo. No sé su nombre ni ningún pormenor de su vida. Lo único que nos une es el gusto por los clásicos, los problemas de física y las ecuaciones matemáticas.

Para mi vigésimo cumpleaños, pude por fin salir de la casa y respirar el aire húmedo y frío del exterior. Mi costilla se resiente *bajo la eterna lluvia de las Tierras Altas, pero la sensación de volver a disponer de un cuerpo con el que moverme mitiga cualquier molestia.*

Ebenezer ha suplido a Isaac cuando iniciamos de nuevo los entrenamientos con Moses. Apenas tengo permitido intercambiar alguna palabra con mi amigo pelirrojo, pero presiento que a mi tío no le pareció bien que Isaac me disparara, así que no he vuelto a ver al guarda; tampoco lo echo en falta.

Con James de nuevo aquí y sin perspectivas de que vaya a salir de nuevo de viaje, la angustia por el estado de Thomas me impide dormir. Mis pensamientos cuando cierro los ojos esperando un descanso que no llega son variopintos. Últimamente, quizá porque ya he alcanzado la supuesta madurez de los veinte años, me pregunto que hubiera sucedido conmigo si no me hubieran alejado de mi hogar. ¿Estaría casado? ¿Habría encontrado a alguna joven interesada en mí?

Durante un segundo, los pensamientos de Caleb se entrelazaron con los míos. Si no me equivocaba, era 2 de agosto, la fecha en la que hubiera tenido que contraer matrimonio con lord Clinton. ¿Habría hecho bien al huir? El futuro me deparaba numerosas incertidumbres que en aquel matrimonio concertado no hubiera tenido que experimentar, dispondría de un hogar y de una vida resuelta. Pero ¡cuán diferente se presentaría mi historia y qué lejos quedaba ya todo eso de mí!

Me lavé y vestí, desechando aquel breve momento de reflexión, y acudí a desayunar con la familia de Amelia. Se mostraron preocupados por la continua convalecencia de mi hermano y también felices porque en cinco días alcanzaríamos la costa norteamericana.

—¿Sabes ya qué harás cuando lleguemos? —me preguntó Amelia, despertando los pensamientos que me habían atenazado por la mañana—. ¿Nos acompañarás a Arkansas?

—Te lo agradezco mucho, pero… —no lo había meditado realmente; sin embargo, sabía lo que diría a continuación— creo que me quedaré en Nueva York con Caleb. Es una ciudad grande, seguro que encontraremos trabajo.

—En Liverpool, los muchachos que venden los periódicos hablaban sobre los puestos vacantes en la unidad de bomberos —intercedió Edwin, el marido de Amelia—. Hace unas semanas se declaró un incendio en un almacén de velas y parece que se extendió y arrasó cuatrocientos edificios del Bajo Manhattan. Lo que ha llevado a que quieran incrementar el número de bomberos y también la mano de obra de construcción para arreglar el desastre. Coméntaselo a Caleb, podría interesarle.

—Con esos brazos tan fuertes, seguro que sí —añadió Fanny, recibiendo acto seguido un pescozón por parte de su madre.

—Gracias, Edwin —sonreí—, se lo diré.

Después del desayuno, y con cuidado de que nadie me viera, me colé por las escaleras de servicio que había utilizado el día anterior con el doctor Lee. Hube de esperar un rato antes de salir al pasillo de la primera clase porque oí a unas damas charlando animosas justo al lado de la puerta. Una vez que terminaron su conversación sobre la procedencia deshonesta del dinero de un pasajero, abandonaron la zona y pude ir al camarote número diez.

El doctor Lee me recibió en batín y tomándose un café.

—He dormido en el sofá —me dijo mostrando el desorden de la sala—, si es que a eso puede llamársele dormir. Hay tablas de acero más cómodas que ese espantoso mueble. Como apuntes positivos, su compañero está consciente y de buen humor. Parece que ha recuperado la energía y desde luego presenta mejor color. Lo que me gustaría saber es cuánto tiempo tardará la enfermedad en destruir los nuevos eritrocitos.

—Quizá no lo haga —apunté animada.

—Ojalá. Me encantaría echar por tierra las teorías de Hipócrates. Palabra.

Caleb apareció en el umbral de la puerta del dormitorio. Me regaló una sonrisa preciosa, de las que hacían aparecer mariposas atolondradas en mi estómago.

—No había descansado tan bien desde que abandoné la casa de mis padres —dijo cruzándose de brazos y mirando al doctor con sorna—. ¿Seguro que no quiere hacernos un cambio de camarote?

—Me alegro de su buen humor —contestó el doctor, sirviéndose otro café—, siento no disponer yo del mismo. En fin, ahora que nuestra relación es más estrecha, deberíamos quizá presentarnos como es debido. Señor Addison, aún no sé quién es usted en realidad ni lo que le sucedió hace un mes para acabar postrado en mi cama, bebiendo sangre como si fuera vino de Burdeos. ¿Tendré el honor en algún momento de escuchar la verdadera historia?

Caleb dejó de sonreír y tomó asiento a mi lado. Se revolvió el cabello con una mano, pensativo, despeinándolo.

—Me llamo Caleb John Hay —dijo al fin, observándome de reojo. El doctor Lee lo escuchaba con atención—. Hace cinco años, mis padres me enviaron a las Tierras Altas de Escocia, a la casa de un familiar. Durante ese tiempo creí que me instruía para ser algún tipo de guerrero. Me entrenó en la lucha y las armas, y también aprendí numerosas materias e idiomas. Un mes atrás me comentó que mi entrenamiento había concluido y, a la mañana siguiente, amanecí con estas marcas en el cuello. —Giró su cabeza para que el doctor pudiera verlas—. Escapé de aquella casa poco después. Lo demás ya lo sabe.

—Obviando que su historia tiene más lagunas que la misma Escocia, le agradezco que haya confiado en mí, señor… Hay. Me resulta más sencillo atar cabos cuando poseo información. —El doctor dejó la taza de café en la mesita y se acercó a inspeccionar las marcas de Caleb—. Supongo que piensa que esta mordedura tiene algo que ver con lo que comenté cuando nos conocimos: la extraña enfermedad de las Tierras Altas.

—No puede ser una coincidencia —apunté.

El médico se frotó la barba y volvió a inclinarse sobre Caleb.

—Mi colega apuntaba a mordiscos humanos, eso es cierto, pero, si observamos esta marca con cautela, no encaja con la dentadura de una persona normal. Mire, señorita Addison… ¿Ese sí es su nombre? Dígame que sí, por Dios.

Negué con la cabeza, acercándome a su lado.

—Sarah Wright, doctor Lee.

—Muy bien, señorita… Wright. —Me señaló las marcas de Caleb, apenas distinguibles a simple vista—. Los humanos tenemos cuatro incisivos superiores seguidos de los caninos, después vienen los molares. ¿Ve los caninos? Se distinguen fácilmente porque la forma de su corona es puntiaguda, con la función de desgarrar los alimentos. Sin embargo, lo que se aprecia con más claridad aquí, ¿qué es?

—Otros caninos —contesté sorprendida.

—Eso es, hay otro par y son los que produjeron el mayor daño. Los que se clavaron con profundidad en la garganta del señor Hay.

—¿Me está diciendo que lo que sea que me mordió no era humano? —preguntó Caleb, alejándose de nosotros, desconcertado.

—No, lo que digo es que simplemente tenía dos… ¿Cómo se les llama también? Sí, eso, tenía dos colmillos de más.

Durante aquel viaje, como ya comenté con anterioridad, fallecieron tres pasajeros. El doctor Lee tuvo que ausentarse por la urgencia que se presentó de repente y nosotros lo acompañamos para ayudarlo.

En cualquier trayecto por mar se solían presentar numerosas enfermedades, ya fuera por la escasa salubridad, los alimentos en mal estado o la falta de ventilación. Como aprendí en el Great Britain, la mortalidad por enfermedad en un barco era bastante superior a la causada por combates o naufragios. La más común, el escorbuto, solía darse en trayectos de varias semanas, cuando la alimentación de los marineros comenzaba a hacerse precaria. Pero había más, cuyos nombres memoricé aquellos días: disentería, sarna, tisis y neumonía.

Varios pasajeros presentaron disentería en el viaje, el quinto falleció ese noveno día a bordo. Tenía solo trece años, unos ojos azules preciosos y el pelo rubio rizado del color del trigo. El doctor Lee solo pudo acompañarlo en sus últimos momentos, comprobar que sus padres y hermanos no se hubieran contagiado y aconsejar una limpieza en profundidad del camarote.

Después acudimos a la enfermería, porque uno de los marineros había sufrido un accidente. El pasillo se encontraba abarrotado de otros miembros de la tripulación curiosos que complicaban nuestro avance. Nos detuvo el mismo marinero que había visto días atrás fregando en la cubierta, justo antes de que el sol quemara el brazo de Caleb.

—Señor, mi hermano estar dentro. Muy grave —le dijo a Caleb con su peculiar acento.

—No te preocupes, Tadeusz, el doctor Lee es un gran profesional. Está en buenas manos.

El muchacho asintió agradecido y nos hizo hueco para que pudiéramos llegar a la puerta.

—Lo conocí uno de los días en los que me colé en la cocina de la primera clase —me explicó Caleb, apoyando su mano en mi cintura como gesto protector ante la muchedumbre que nos rodeaba y que me seguía con la vista, incomodándome—. Él y su gemelo son de Polonia. Trabajaron también en el RMS Thames antes de que se hundiera.

—Tras una experiencia tan traumática, yo sería incapaz de navegar de nuevo.

—Puede que a algunas personas una experiencia así les quite el miedo a naufragar. Ya has sobrevivido a este mar una vez, ¿por qué no vas a hacerlo de nuevo? Aunque, sin una barca, poco se puede hacer. La temperatura del agua nos haría fallecer en minutos.

—Te agradezco los ánimos —comenté, provocándole la risa.

El doctor Lee consiguió acceder por fin a la enfermería y lo seguí. No estaba preparada para el espectáculo que nos encontramos. Lo único que sé es que di un paso atrás, sin apenas ser consciente de lo que hacía, para impedir que Caleb entrara.

El gemelo de Tadeusz yacía en una camilla con un corte severo en el muslo del que no cesaba de manar sangre. Allí había varias personas intentando contener la hemorragia, incluido un hombre enjuto con una barriga prominente que, por las órdenes que daba, era el médico del barco.

—¿Qué demonios…? —El doctor Lee irrumpió en la sala corriendo hacia el paciente—. ¿Qué ha sucedido?

—Un corte sin más —dijo el otro doctor sudando por el esfuerzo y embadurnado en color rojo—, pero no deja de sangrar. ¡Es como si fuera un cerdo!

—Ahórrese esas palabras. —El doctor Lee se inclinó sobre el muchacho para hablarle, pero el chico, medio desvanecido, solo parloteaba en polaco—. ¿Hay alguien de este barco que conozca a este hombre?

Su hermano Tadeusz estaba en el pasillo, debíamos encontrarlo. Me giré hacia Caleb, al que había olvidado momentáneamente, dada la situación. Estaba apoyado en la pared con la mirada clavada en el muchacho. Mis esfuerzos para evitarle la vista de la sangre de poco habían servido; él era más alto que yo, así que no le resultaba difícil distinguir al marinero herido.

—No puedo estar aquí —dijo tragando saliva, con el cuerpo rígido.

—Busca a Tadeusz. El doctor le necesita —le insté—. Por favor.

Parpadeó varias veces, bajó la mirada hacia mí, y asintió con la cabeza. Luego salió por la puerta.

—¡Por favor, señorita… Addison! —me llamó el doctor Lee señalando al paciente—. Tapone aquí. Voy a desinfectar el corte y proceder a cauterizarlo.

—Caleb ha ido a buscar al gemelo de este muchacho —le expliqué mientras apretaba con toda mi fuerza el paño que habían colocado sobre la herida. Sin embargo, parecía imposible detener la hemorragia. Mis manos comenzaron a empaparse de sangre.

El marinero perdió la consciencia justo cuando Tadeusz apareció a mi lado.

—Soy su hermano, señor —le dijo al doctor Lee con los ojos enrojecidos, nervioso.

—¿Es la primera vez que pierde tanta sangre o ya le ha sucedido con anterioridad?

—Cuando ser pequeños, casi morir por herida frente —contestó el gemelo.

—Tiene hemofilia —me dijo el doctor entonces como si yo tuviera que saber a qué se refería—. Vamos a cauterizarle el corte y después a coserle. Va a necesitar una transfusión urgente, y puede que se salve. ¿Me ayudará? El cirujano del barco parece un inepto proclive a las amputaciones.

Asentí, pero mi mirada regresó a Caleb. Sus pupilas dilatadas habían aniquilado el color azul de sus ojos y respiraba rápidamente.

—¡Tadeusz! —ordené al muchacho—. Aprieta aquí, lo más fuerte que puedas.

Lo abandoné en aquella misión y regresé junto a Caleb.

—Vete —le dije sujetándolo de la barbilla y forzándolo a mirarme.

Inspiró hondo y observó mis manos, completamente manchadas.

—Tengo que aguantar —murmuró—. Puedo hacerlo. Sé hacerlo.

—No, no tienes por qué. Ahora vas a hacerme caso, Caleb. Regresa al camarote. Por favor.

Se mantuvo paralizado durante un momento, después forzó un movimiento afirmativo con la cabeza y, sin volver ni un segundo la vista atrás, se marchó de la enfermería.

Era casi de noche cuando llegamos al camarote. El doctor Lee me ofreció, dado mi aspecto y el color de mi ropa, que me diera un baño antes de regresar a mi habitación, y se lo agradecí muchísimo.

Me resultó difícil eliminar todos los restos de lo sucedido en la enfermería. El pobre marinero sufría un grave problema de coagulación y, si no hubiera sido por la rápida intervención del doctor Lee, lo más seguro es que hubiera muerto desangrado. Sobre todo porque la intención del médico del barco era amputarle la pierna.

Salí de la bañera y me puse uno de los vestidos que el doctor Lee había comprado para regalar a su amiga y que, sin embargo, había insistido encarecidamente en que me quedara. Había escogido el menos ostentoso de los tres, pero, aun así, resultaba precioso. Era de terciopelo verde oscuro y se ajustaba a la cintura y al pecho hasta casi dejarme sin aire. En la parte trasera, un polisón otorgaba un gran volumen a la falda y evitaba que tropezara con los bajos del vestido.

—Debo decir, señorita Wright, que le queda estupendamente. Antes de vestirse así, ya desconfiaba yo, por sus modales y educación, que perteneciera a la cubierta en la que dormita, pero ahora… no me cabe duda alguna.

—La tercera clase está llena de gente amable y bondadosa. Los prejuicios muchas veces son infundados, doctor Lee.

—Tiene toda la razón. Me disculpo si he parecido un necio sin respeto. Simplemente me resulta curioso que tanto una joven de buena familia inglesa como el hijo del conde de Erroll viajen en esa cubierta.

—¿Un conde? —me sorprendí—. ¿Se refiere a Caleb?

—¡Quién si no! En este barco pocos más amigos tengo que ustedes dos. —Sonrió sirviéndose una copa y paseando hasta detenerse junto a la ventana—. En mi última visita a Londres para ver a la señora Shelley, conocí a un joven petulante llamado William Harry Hay que no cesaba de presumir de que él sería el futuro conde de Erroll. Como si ser heredero fuera un mérito y no una simple coincidencia físico-temporal. —Tomó asiento en el sofá y se quitó los zapatos—. Mucho me temo que aquel presuntuoso joven de ojos aguamarina y cabello oscuro como el carbón era el hermano mayor de nuestro amigo. Nunca he visto un parecido tan arrollador.

—Imagino que, si Caleb no nos ha hablado de su familia, es porque no se siente orgulloso de sus orígenes. No escogemos dónde nacemos, doctor. Dios nos deja en el primer lugar disponible, y a veces hay suerte con el resultado.

—No puedo estar más de acuerdo, señorita Wright. He de confesarle que su deliciosa forma de encarar el mundo me sirve de inspiración, y eso que yo ya llevo bastantes años más que usted sobre él. —Sonrió con sinceridad—. ¿Por qué no va a hacer compañía a nuestro peculiar amigo y comprueba su estado? Espero que lo ocurrido en la enfermería no nos suponga ningún otro susto.

—Le entregaré el vestido mañana sin falta —dije abriendo la puerta del camarote—. Que tenga una buena noche, doctor Lee.

—No me lo devuelva; es suyo, señorita. Creo que se diseñó para usted y no voy a ser yo quien impida que lo luzca. Buenas noches.

Me escabullí por las escaleras de servicio, rogando para no encontrarme con nadie. No podría explicar qué hacía con un vestido elegante como aquel paseando por la tercera clase; por suerte, a aquella hora solo había algún pasajero rezagado charlando en la sala general, pero la mayoría se encontraban ya durmiendo.

Llegué al camarote caminando veloz y entré sin llamar. Caleb levantó la mirada del libro que leía, sorprendido. Aparentaba tranquilidad, pese a todo lo sucedido en la enfermería, y respiré aliviada.

—¿Notas algo diferente en mí? —pregunté sonriendo de oreja a oreja y girando sobre mí misma para mostrarle el vestido. Sin duda, el doctor Lee tenía un gusto más refinado que cualquier noble inglés.

La mirada de Caleb se enturbió. Ni siquiera improvisó una sonrisa cortés. Su rostro se mostraba grave, con la línea de su mandíbula marcada, tirante.

—No te gusta —sentencié, dejando de moverme y apoyando las manos en las caderas.

Negó con la cabeza mientras se levantaba de la cama y avanzó hacia mí.

—Entiendo que tu criterio no sea exquisito —le piqué—, los escoceses no tienen fama de ello, pero deberías al menos fingir un poco… Podrías haberme dicho: «Sarah —imité su tono grave de voz—, estás agraciada, pero pareces un enorme reloj verde de arena». Y lo entendería. Yo también lo pienso.

—No pareces un reloj de arena. —Caleb se detuvo a un paso de distancia y levantó la mirada que parecía haber adherido al suelo. Sus ojos recorrieron mi vestido despacio, desde la falda al entramado de volantes que confluían en mi cintura y los bellos adornos que acababan en mi escote.

Inspiré hondo al notar su mirada sobre mi piel. Creía sentir su roce pese a la distancia que nos separaba.

—Bien —dije de pronto nerviosa—. ¿Cuál es el veredicto?

Y entonces, súbitamente, su boca aprisionó la mía, sin dulzura, hambrienta. Sus manos se cerraron alrededor de mi cuello para no dejarme ir. Mi espalda chocó contra la puerta. Mi corazón comenzó a latir desacompasado, mi respiración se redujo de forma alarmante. Pero no me importaba. Sentir a Caleb de aquella forma insaciable, intensa, me hacía olvidar dónde estábamos, solo quería más de él, quería que sus dedos rozaran mi cuello o se enredaran con mi cabello, más que su boca sobre la mía. Necesitaba más.

Se detuvo a inspirar intensamente con su mirada perdida en la mía. Respiraba de forma entrecortada. Sus labios, húmedos, enrojecidos; sus mejillas, encendidas, y los ojos, brillantes, febriles.

—Estás preciosa, Sarah —murmuró con voz ronca—. Me dejas sin aire, sin palabras. Consigues que mi mente vague demasiado lejos y... eso me mata.

—¿Y qué es lo que piensas? —pregunté, intentando recobrar el control de mis latidos.

Volvió a negar con la cabeza y me besó para acallarme. De nuevo me invadió aquella extraña necesidad, todo mi cuerpo reaccionaba a la cercanía de Caleb, tratando de adherirse a su cuerpo, de convertirnos en un solo ser.

Abracé su espalda con mis manos y lo atraje hacia mí hasta que no quedó aire entre nosotros. Gimió contra mis labios. Sus dedos se enroscaron en mi pelo, anclándome a él. Luego, despacio, se deslizaron por mi cuello hacia mis hombros, despertando cada trozo de piel visible. Sus manos bajaron por mi espalda, oprimiéndome contra él. Alcé los brazos y sujeté su rostro entre mis palmas y lo besé con las mismas ganas que él manifestaba.

El calor se adueñó de la habitación. Nos miramos sofocados, interrogantes. ¿Cómo se acallaba todo lo que bullía en mi interior? ¿Era posible calmarlo de algún modo?

Se pasó la lengua por los labios, nervioso, y me dirigió una mirada vacilante.

—Debería irme a tomar el aire.

Admiraba su sensatez, pero en aquel momento no quería dejarme llevar por ella. Inspiré profundamente, sin saber qué decir o hacer.

Su mirada turquesa se deslizó hacia mi escote, oprimido bajo aquel caluroso vestido, y dio un paso atrás, hacia la puerta.

—No te vayas —solté de improviso, sujetando su mano—. Por favor...

Entrelazó sus dedos con los míos y los observó con una tímida sonrisa.

—Sarah... —susurró—, estoy a un paso de cometer una locura. Así que déjame que me comporte como un caballero y me marche a perderme por el barco.

—¿Cuándo volverás? —pregunté sin entender.

—Cuando deje de pensar en arrancarte ese maldito vestido.

No quería decirlo, parecía sorprendido de que sus pensamientos hubieran fluido en forma de palabras; sin embargo, no se avergonzó, incluso aparentaba alivio. Elevó la mirada hasta encontrar la mía, retadora.

—Buenas noches, Sarah —dijo, y se marchó del camarote.

Décimo día

No pude dormir. ¡Cómo hacerlo! Así que me puse a escribir sobre el barco y sus ocupantes, intentando sosegar mis sentimientos.

En algún momento caí en un sueño liviano con la mirada puesta en el elegante vestido verde que en ese instante sobresalía de la litera superior, pero enseguida me desperté con el sonido de la puerta y unos pasos casi imaginarios al acercarse.

Entreabrí los ojos y vi a Caleb descalzándose. Su cabello húmedo salpicaba el suelo.

—¿De dónde vienes? —susurré, sorprendiéndolo.

—De la piscina. Ahora duérmete.

—No puedo. He escrito más de veinte páginas narrando la vida en este barco, pero no he logrado quitarte de mi cabeza.

—No digas eso, por favor… —murmuró—. Aún no ha amanecido y debes descansar. Y yo también, por cierto.

—¿Te podrías tumbar a mi lado? —pregunté sin pensar.

—La parte de que necesitamos descansar no la has escuchado, ¿verdad? —Rio.

—Por favor, creo que solo podré dormirme si estás conmigo. La sensación de frío desde que te fuiste es realmente molesta.

—Ya veo, solo me quieres para usarme como brasero y que caliente tus sábanas.

—Justamente.

—Está bien —gruñó tomando asiento en mi colchón—, pero más vale que te duermas a la mayor brevedad.

Retrocedí hasta que mi espalda rozó la pared para dejarle algo de espacio en ese colchón tan estrecho. Se tumbó de costado, sobre la sábana, con la cabeza apoyada en su brazo y su mirada puesta en mí.

—Fuiste muy valiente en la enfermería —musité—, aguantaste aquella terrible visión.

—Si hay alguien que merezca un halago, eres tú —susurró, y su aliento cálido me cosquilleó las mejillas—. Me has parecido sorprendente desde el día que te conocí. Cuando apareciste en el establo, con tu trenza cayendo sobre tu hombro, descalza y con la única cobertura de una fina capa de tela sobre tu cuerpo, pensé que jamás había visto nada más bello en mi vida, pero descubrirte en la enfermería intentando salvar la vida de aquel muchacho, pese a lo horrendo del momento, fue asombroso. Eres admirable, Sarah.

—Te equivocas —contesté, turbada por sus palabras—, no hay nada de admirable en tratar de hacer lo correcto. Además, cuando nos encontramos en la casa de Maria, estabas herido y deshidratado, dos buenos motivos médicos para sufrir espejismos y delirios.

Sonrió de aquella forma que me quitaba la respiración y que conseguía que solo centrara mi atención en sus labios.

—¿Y ahora? ¿También deliro?

—Ahora… estás confundido —repliqué, perdida en su mirada—. Crees que te salvé y que me debes algo.

—No, Sarah. Ahora, aunque no sea correcto decirlo…, estoy loco por ti —dijo de pronto enfadado—. Mi cuerpo arde cuando estoy contigo, como si me consumiera la fiebre. Apenas puedo respirar cuando te veo y, si no estás, solo ansío encontrarme contigo. ¡Por Dios, te has metido hasta en mis sueños! ¡Y no son sueños gentiles! Me estás volviendo completamente loco.

—¿Y si te dijera que me sucede lo mismo? —murmuré.

—¿Por qué? ¿Has visto lo que soy? ¿Lo que me sucede? Es imposible que tus sentimientos se parezcan a los míos.

Levanté la mano y le coloqué un mechón tras la oreja. Después acaricié su mejilla, el contorno de su mandíbula, su mentón. Caleb se mantuvo callado, con la respiración acelerada y sus labios entreabiertos.

Deslicé los dedos por su cuello y, cuando noté la marca de la mordedura bajo mis dedos, un suave temblor sacudió su cuerpo e inspiró hondo. Descendí la mano hasta colarla bajo la camisa desabotonada y la apoyé sobre su pecho, notando el fuerte y rápido latido de su corazón.

—No puedes hacer eso y salir indemne… —musitó ronco, sin moverse.

—¿Y esto? —Me acerqué hasta pegar mi cuerpo al suyo. Ahora solo nos separaba la sábana y mi fina camisola. Y entonces, cuando mi nariz rozó la suya, lo besé.

Lo besé con ganas, con el anhelo que despertaba en mí y que no conseguía apagar de ninguna forma. Caleb se separó hasta incorporarse en el colchón. Su mirada era grave.

—Es mejor que regrese a mi cama.

—No —repuse firme, pero mi insolencia se debilitó rápidamente y mis siguientes palabras fueron solo un susurro—. Te necesito.

Su rostro se transformó. Lo que leí en sus ojos me erizó la piel.

—¿Me necesitas? —preguntó con una mueca ladina, disfrutando de mi turbación.

Asentí, varias veces, echando por suelo cualquier decoro y reserva. Y él se volcó sobre mi boca, estrechando mi cuerpo contra el suyo, acariciando mi piel. Sus labios descendieron hacia mi cuello mientras mi corazón galopaba frenético. El calor volvió a consumirme, quemándome por dentro. Me libré de la sábana y Caleb me observó jadeante. Estaba nerviosa, muy muy nerviosa, pero ansiaba descubrir a dónde nos dirigía cada uno de nuestros movimientos. Él tampoco parecía tranquilo, se mordió el labio inferior y tomó aire. Después, con un movimiento rápido, se quitó la camisa por la cabeza…, mejor dicho, se la arrancó, golpeándose los brazos con la cama de arriba y haciéndome reír.

Tenía un cuerpo fuerte, pálido, en el que se marcaban los músculos de un trabajador tenaz. En su abdomen se cruzaban todas aquellas cicatrices, marcas de lucha, de dolor. Extendí la mano sin darme cuenta para tocarlas. Su piel era suave y firme, las heridas rugosas. Dio un respingo contenido.

—¿Te duele? —musité mirándolo.

Por toda respuesta, se inclinó sobre mí y me besó. Me besó el cuello y los hombros mientras me quitaba la camisola, deslizándola por mi cuerpo sin que apenas me diera cuenta, hasta que sentí que parte del calor que me angustiaba había desaparecido.

Estaba desnuda debajo de él. Se separó para mirarme, y lo hizo de una forma tan pausada que comencé a preocuparme e intenté alcanzar la ropa para ponérmela de nuevo, avergonzada.

Detuvo mi intento con una sonrisa y se aproximó. Acarició mi cuerpo despacio, erizándome la piel. Se deshizo de sus tirantes y trató de quitarse el pantalón en el estrecho espacio en el que nos encontrábamos. Blasfemó entre dientes, nervioso.

Nos observamos en silencio un segundo, sobrecogidos por lo que nuestros cuerpos eran capaces de generar estando juntos. Una tensión mágica que se extendía por toda mi piel y que me hacía querer sentirlo aún más cerca.

Me besó, hundiendo las manos en mi cabello, pegándome a él… Y de todo lo que sucedió aquella madrugada solo puedo decir, sin demasiada vergüenza, que disfruté de cada segundo, de cada susurro y caricia, como si ya no fueran a volver a repetirse.

Me desperté en mi litera con el cuerpo de Caleb pegado a mi espalda, envolviéndome, protegiéndome. Su respiración me cosquilleaba el cuello y su mano derecha descansaba sobre mi muslo.

Los recuerdos se agolpaban en mi mente somnolienta estimulando nuevas sensaciones. Traté de girarme hacia él, pero corría la suerte de que acabara tirándole por sorpresa del estrecho colchón, así que me mantuve quieta, saboreando el momento.

¿Qué había ocurrido entre nosotros unas horas antes? ¿Era lo que sucedía en la intimidad de un matrimonio? Ni hablar. Si así fuera, la gente casada sonreiría más, y yo, desde luego, había conocido a muy pocas parejas que parecieran felices de estar juntas.

Mi estómago rugió de hambre, y, aunque me hubiera quedado durante milenios junto a Caleb, decidí levantarme. Me solté despacio de su sujeción y gateé por el colchón hasta alcanzar los pies de la cama.

Observé su cabello revuelto, con algunos mechones cayéndole en la cara, sus facciones relajadas, su perfecta anatomía... Rogué para que no se despertara. ¿Qué le diría? ¿De qué hablaríamos? ¿Cómo explicar todo lo que había experimentado y lo que, en ese momento, sentía?

En absoluto silencio, sin apenas respirar, me lavé y vestí. Después salí del camarote, rápida, como una vulgar ladrona que no quiere ser descubierta.

Cuando regresé a la habitación después de haber desayunado como si no hubiera probado bocado en meses, me detuve unos segundos en la puerta, con la frente apoyada en la madera, nerviosa por volver a verlo. En aquel viaje me dominaban emociones ante las que, muchas veces, me sentía indefensa.

Giré el pomo y asomé la cabeza despacio.

Caleb estaba allí, vestido y ordenando el camarote. Se volvió rápidamente hacia mí con una expresión tensa y los ojos claros recorriéndome de arriba abajo, preocupados.

—Hola —dije entrando.

—Hola —contestó dando un pequeño paso hacia mí. Una tenue sonrisa en sus labios.

Nos observábamos con incertidumbre, con cierta tensión. Desde luego que aquel era uno de los momentos más espinosos a los que me había enfrentado.

—¿Estás bien? —se adelantó a preguntar.

—Sí —contesté con una asombrosa facilidad de palabra.

—Cuando me he despertado, no estabas y, bueno…, había una mancha en la sábana y… pensé que… te había hecho daño… Más del que suponía… —Hablaba rápidamente, sin detenerse a respirar—. Y… eso.

—Estoy muy bien. —Sonreí y me acerqué hasta notar aquel magnetismo que desprendía y del que me era tan difícil escapar—. ¿Vamos a estar mucho tiempo comportándonos de una forma tan rara?

Pareció relajarse, sus facciones se destensaron y levantó las manos, abarcando con ellas mi rostro.

—Me hubiera gustado despertarte —murmuró curvando sus labios, mirándome con intensidad—. Lo de anoche… fue increíble.

Asentí con una sonrisa tímida. El calor de su cercanía comenzaba a invadir todo el espacio a nuestro alrededor y, de nuevo, las ganas de envolverme con su cuerpo, de adherirme a él, se multiplicaron.

Me besó. Lentamente. Haciéndome disfrutar de aquella sensación, pero también provocándome una ebullición interna sofocante.

De pronto, Caleb dio un paso atrás, más bien un traspié, y se sujetó al poste de la litera. Había palidecido.

Alarmada, lo sujeté de la cintura y lo ayudé a sentarse en la cama de abajo. Me agaché a su altura y él intentó sonreírme. Unas gotas de sudor perlaban su frente, aunque tenía las manos heladas.

—¿Desde cuándo no comes nada? —pregunté, acercándome hasta apoyar la oreja en su pecho. Su latido era constante, pero muy liviano.

—Se me pasará —musitó, abrazándome contra él y evitando que pudiera separarme.

—Contéstame, por favor —pedí aprisionada entre sus brazos.

—Lo último que tomé fue aquella copa de contenido poco convencional en el camarote del doctor Lee.

—¡¿Hace dos días?!

—No he sentido hambre desde entonces, ni siquiera sed. —Su voz se fue haciendo cada vez más débil. Me soltó y se dejó caer hacia atrás en el colchón—. No te preocupes…, se me pasará.

—Vayamos a ver al doctor —le insté, nerviosa, tirando de su brazo—. Necesitas… algo. Acompáñame, por favor.

Sin embargo, ya no me escuchaba. Sus ojos abiertos se clavaron en el techo de la litera, absortos, perdidos, y empezó a susurrar palabras sin sentido. Lo agité con fuerza. Debía llevarlo al camarote del doctor, pero era imposible en su estado. Tampoco me atrevía a dejarlo solo e ir a buscar al médico.

Traté de escuchar de nuevo el latido de su corazón, pero este había desaparecido. No, no, no... Tenía que hacer algo y rápido, el tiempo se me escapaba de las manos. Pero ¿cómo podía ayudarlo? ¿Qué podía hacer yo?

Me quedé mirando las tijeras. Estaban debajo del lavamanos desde el intento fallido de corte de cabello. Las cogí con una idea en mi mente, una idea quizá precaria, la única que alcanzaba a imaginar.

Me volví hacia Caleb y, sin pensarlo demasiado, me hice un corte en la palma de la mano con toda la fuerza de la que me vi capaz. El dolor se extendió por todo mi brazo y empezó a brotar sangre espesa de la herida. En ese momento, Caleb se volvió hacia mí.

Sus facciones se tensaron, sus pupilas se dilataron rápidamente hasta sepultar su precioso color azul y su respiración se aceleró.

Me acerqué apresurada, no podía perder tiempo pensando lo que era o no correcto. Me senté en el colchón, a su lado, y apoyé mi palma en sus labios. Caleb negó con la cabeza repetidamente, espantado, intentando alejarse de mí; sin embargo, estaba débil y su cuerpo no le respondió.

Se dio por vencido cuando notó la primera gota en su boca. Cerró los ojos y vi con tristeza cómo una lágrima se deslizaba por su mejilla.

—Bebe, Caleb —le susurré al oído—. Te necesito.

El dolor de la herida se atenuó cuando noté la presión de su lengua en mi palma. Caleb me asió la mano con las suyas enérgicamente, la apretó contra su boca y, primero con suavidad y después con ansia, empezó a beber de mí.

Cuando sentí el filo de sus dientes en mi piel y cómo aumentaba la intensidad con la que absorbía, un escalofrío me recorrió la espalda hasta aturdir mis sentidos.

Me tumbé a su lado creyendo que, en cualquier momento, el corte se cerraría y que el hambre de Caleb concluiría. Sin embargo, nada de aquello sucedió. La sangre, de alguna forma que no comprendo, continuó fluyendo y su voracidad no se detuvo; al contrario, se intensificó.

Mis dedos, aprisionados entre los de Caleb, se adormecieron. Intenté separar mi mano, pero, ya fuera por la fuerza con la que me agarraba o por la debilidad de mi brazo, no conseguí apartarla.

—Caleb… —murmuré—, ya está. Suéltame.

Mi orden no surtió efecto, ni siquiera pareció escucharme.

—Suéltame, Caleb —dije, endureciendo el tono. Me erguí y lo miré directamente a los ojos… Ahora eran negros, fríos…, desconocidos—. Sé que no vas a hacerme daño.

Sus manos aflojaron la presión sobre la mía y pude recuperarla. La herida continuaba sangrando, así que la presioné con mi otra palma. El dolor regresó despertándome del letargo en el que parecían haberse sumido mis músculos.

Caleb se incorporó a mi lado, confuso, agitando la cabeza. Se limpió la boca manchada con el dorso de la mano y durante unos segundos se mantuvo quieto observando los restos de sangre.

Sus ojos habían recobrado el color turquesa cuando levantó la mirada y se encontró con la mía. Había rechazo en aquel rostro, lo mismo que dolor y tristeza. Se percató de la herida de mi palma y, tambaleante, se levantó de la cama y cogió unas gasas de la mesilla, las que había utilizado al principio del viaje para curar sus heridas. Me vendó la mano con destreza, evitando mirarme y centrando toda su atención en lo que hacía.

—Ya está perfecta —dije para que se detuviera.

Lo hizo, y entonces pasó el dedo índice por mi palma vendada. El cabello ocultaba su rostro ladeado, su expresión distante, melancólica.

—Antes… no quería parar —susurró—. No quería…

—Lo importante es que lo hiciste, no puedes culparte de nada. No te habrías visto en esta tesitura si no fuera porque se me ocurrió poner en práctica una idea estúpida.

—Una idea muy muy estúpida. —Sus labios se curvaron ligeramente. Inspiró hondo y elevó su mirada hacia la mía—. Soy un monstruo, Sarah. ¿No lo ves? ¿Qué hay de normal en lo que acaba de suceder?

—Solo sé que estás enfermo y que tu mal se manifiesta de formas extrañas, a las que no estamos acostumbrados. Eso no demuestra que seas un monstruo; ni se te ocurra pensarlo. —Me sentía triste, enfadada con el mundo. ¿Por qué, de todos los pasajeros del barco, debía pasarle esto a él?—. Para mí significas muchas cosas, ninguna oscura ni terrible.

Negó con la cabeza despacio. Tenía los ojos vidriosos y el semblante taciturno, dolido. Me acerqué hasta pegar mi cuerpo al suyo, buscando su contacto, su abrazo, pero se mantuvo rígido, incómodo.

—No, Sarah —dijo—. Te mereces algo mejor que yo.

Busqué su boca y lo besé; sin embargo, continuó inmóvil. Alcé los brazos hasta rodear su cuello y lo atraje hacia mí.

—Te necesito —susurré, rozando sus labios despacio, retándolo.

—No sabes lo que dices —gruñó contra mi boca, exacerbado, molesto, mientras sus manos estrechaban mi cintura. Notaba cómo su adiestrada contención comenzaba a desmoronarse—. Te he probado, Sarah, sé lo bien que sabe tu boca, lo dulce y suave que es tu piel, y ahora también sé cómo sabe tu sangre, y eso… me nubla el juicio. No es seguro tenerte tan cerca. Puede que llegue un momento en que no estés a salvo a mi lado.

Lo besé de nuevo, harta de palabras, de posibilidades remotas o ficticias. Lo besé porque era lo que más deseaba en el mundo, porque sin él cerca me sentía helada, perdida, porque lo conocía, leía su interior, y no había nada horrible allí dentro.

Me respondió aprisionándome contra la pared, mordiéndome el cuello, acariciando mi cuerpo, robándome el aliento con su boca, como si lo necesitara para mantenerse con vida.

Gemí contra sus labios, ardiendo, deseando, pidiendo…, y en ese momento… llamaron a la puerta.

Nos separamos de inmediato con las mejillas encendidas y la ropa desaliñada. Caleb resopló, se dirigió a la puerta y abrió lo justo para asomar solo la cabeza. La voz animada de Amelia resonó en la quietud de la habitación y, acto seguido, empujó la puerta y apareció en el camarote.

—¡Vamos, muchacha! —gritó feliz—. Es la hora de salir a la cubierta exterior, y… ¿sabes por qué?, porque cierto marinerito llamado capitán Hosken está preguntando por una dama con tu nombre. ¡Venga! ¿Verdad, Caleb? ¡No se pueden perder semejantes oportunidades! —Se giró hacia él al ver que yo no reaccionaba de ninguna forma y que continuaba clavada a la pared como un cuadro—. Algo me dice que hay una bonita historia a punto de escribirse.

Me agarró de la mano y tiró de mí, sacándome a rastras de la cabina. Me giré implorante hacia Caleb, y vi que, en vez de ayudarme, dibujaba una gran sonrisa. Después me guiñó un ojo y, más tranquila, me dejé conducir por Amelia hacia el exterior.

Era un día grisáceo, tormentoso. El Great Britain danzaba sobre el oleaje como un experto bailarín mientras las olas se quebraban en espuma a su paso.

La cubierta exterior estaba repleta de pasajeros rogando para que no se decidiera a llover y tuvieran que recluirse de nuevo en los camarotes. De entre todos ellos, era fácil distinguir al capitán Hosken, con su impecable uniforme azul marino y su porte de personaje distinguido.

—Señorita Addison —dijo cuando Amelia me empujó a su lado, e hizo una leve inclinación de cabeza—. Es un placer volver a verla.

—El gusto es mío, capitán —contesté educada con la mirada persistente de Amelia y de sus hijas clavada en mi sien—. ¿Me estaba buscando?

El caballero parecía absorto, con una ligera sonrisa en sus labios. De pronto reaccionó asintiendo con la cabeza.

—Sí…, por supuesto. Necesito que me acompañe. —Señaló la cubierta de la primera clase.

Seguí con la mirada en la dirección que me indicaba. Algunos pasajeros refinados paseaban por su zona, con sus magníficos atuendos, conversando entre ellos. Distinguí al doctor Lee enfrascado en un debate y, algo más cerca de nosotros, al hombre del traje a cuadros. Aparté la mirada en cuanto me topé con la suya y su mueca maliciosa.

De pronto me sentía sobrecogida. No entendía cómo aquel hombre era capaz de incomodarme con una simple mirada. Me giré hacia la puerta por la que había salido a cubierta arrastrada por Amelia y vi, con extrañeza, que Caleb se encontraba allí. Su presencia, aunque no estuviera a mi lado, me tranquilizaba y, al mismo tiempo, me infundía fuerza y determinación.

—¿Quiere que le acompañe su familia? —me preguntó el capitán, atento a mis gestos.

—Sí, me gustaría que viniera mi… hermano —dije haciendo un gesto a Caleb para que se acercara. Él negó repetidamente con la cabeza.

—¿Su hermano? Desde luego que será un placer que nos acompañe.

El capitán Hosken se acercó educadamente a saludar a Caleb y este se vio en la tesitura de unirse a nosotros y caminar hacia el grupo de pasajeros de la primera clase.

—¿A qué se dedica, señor Addison? —le preguntó el capitán.

—Soy herrero —mintió Caleb, mirándome de reojo—, pero no me importaría trabajar en un barco como este. Es realmente grandioso.

El capitán Hosken sonrió orgulloso.

—Es el primero de su clase. Una máquina admirable. —Subimos las escaleras hacia la otra cubierta, con la atención de todos los pasajeros sobre nosotros—. Si necesita cambiar de trabajo, no dude en ponerse en contacto conmigo. Estos barcos demandan una tripulación que sepa domarlos. Y me da la sensación de que usted sabría cómo hacerlo.

Fue directo a donde estaba el doctor Lee, quien detuvo su conversación, asombrado, por nuestra fortuita aparición.

—Damas, caballeros. —El capitán elevó su voz enérgica, consiguiendo que, si alguien no se había dado cuenta de nuestra presencia, lo hiciera en ese momento—. Quería transmitir mi más sincero agradecimiento y el de toda la tripulación del SS Great Britain al reputado doctor George W. Lee por salvar la vida de uno de nuestros miembros, y también… —se volvió hacia mí— a la señorita Addison, por su ayuda inestimable en la misma labor.

Se elevó un pequeño aplauso entre los elegantes señores, que fue secundado por vítores entre los pasajeros de nuestra cubierta, que permanecían atentos a lo que sucedía. Me ruboricé, completamente abochornada. El caballero del traje a cuadros parecía disfrutar con la situación mucho más que el resto de los congregados.

—Yo me limité a hacer mi trabajo —explicó el doctor Lee—. Sin embargo, mi amiga, la señorita Addison, mostró unos nervios templados y un aplomo que ya me gustaría para algunos de mis colegas.

La atención del doctor se volcó en mi mano vendada. Me interrogó con la mirada mientras unos camareros comenzaron a ofrecer bandejas con aperitivos y repartieron copas de champán. Como era de esperar, solo a los de aquella clase.

—Brindemos para que la buena suerte continúe acompañando a este viaje —dijo el capitán alzando su copa.

Lo imitamos y di un sorbo a aquel líquido espumoso, que jamás me había gustado. La gente nos observaba sin disimulo, más sorprendidos porque dejara la copa sin apenas haberla probado que porque hubiera sido capaz de detener la hemorragia de un hombre moribundo.

—¿Qué le ha sucedido en la mano? —inquirió el doctor llevándome a un lado y dirigiendo la pregunta hacia Caleb.

—Un corte sin importancia —me adelanté a contestar, intentando que no siguiera preguntando.

—Me quedé sin fuerzas de nuevo —dijo Caleb, apoyándose en la barandilla que daba al océano. El viento le revolvía el cabello oscuro entrelazándolo con el mío—. Sarah intentó ayudarme.

—¡Dos días! —se alarmó el doctor levantando la voz—. Les dejo solos dos días y ¿esto es lo que sucede? —Se dio cuenta de que acaparaba algún interés y volvió a bajar el tono—. Deberían haberme avisado.

—¡Su corazón estuvo a punto de pararse! —me defendí—. Y me asusté. La única idea que se me ocurrió fue hacerme un pequeño corte… y funcionó.

—¿Le mordió? —inquirió el doctor con el semblante serio, y, tomando mi mano entre las suyas, comenzó a quitarme la venda—. ¿Le hincó los dientes?

Negué con la cabeza a la extraña pregunta. Caleb, a mi lado, entendió a lo que se refería, pues su rostro se tornó blanquecino.

—No lo hice —contestó—. No podría…

El doctor parecía muy nervioso, y durante un rato, hasta que terminó de quitarme la venda, contuvo el aliento. En mi palma se veía el corte, perfectamente cicatrizado. No parecía infectado, ni estaba caliente, ni supuraba.

—Por todos los santos… —refunfuñó el médico, tras inspeccionar mi mano desde todos los ángulos—. ¡Me he temido lo peor! Poco sabemos de esta enfermedad, queridos amigos, pero la única certeza de la que disponemos es que se transmitió mediante un mordisco. ¡Por eso no pueden arriesgarse de esa forma!

—Jamás le haría daño a nadie —dijo Caleb categórico—. Menos aún a Sarah.

—Eso le dijo Bruto a Julio César y la cosa acabó algo sangrienta. —El doctor esbozó una sonrisa amarga—. Esto no es una broma, todos podemos dar fe de ello. Desconocemos cómo se propaga este mal, si solo es transmisor un sujeto o lo son todos los contagiados, pero si se infectara también a través de la saliva, por poner un ejemplo, ya tendríamos dos enfermos en el mismo barco.

—No tengo ningún síntoma —dije para rebajar la tensión que se había creado—. Estoy perfectamente bien.

—¿Cuánto tiempo pasó desde que sufrió la mordedura hasta que comenzó a notar las consecuencias? —preguntó el doctor a Caleb tras escucharme.

—Horas —contestó él, muy serio—. Ocurrió de noche, después de la cena. En algún momento perdí el conocimiento hasta la siguiente mañana. Recuerdo que aquel día me desperté con una terrible sed y un fuerte dolor de cabeza. Pensé que podría deberse al vino con el que me había agasajado mi tío, ya que yo no estaba acostumbrado a beber alcohol; sin embargo, al salir al exterior, el sol, aparte de cegarme, consumió mis escasas fuerzas. Cuando quedó cubierto por las nubes, no solo recuperé la energía, sino que tuve la sensación de que esta se duplicó.

—Bien —el doctor respiró aliviado—, eliminamos la saliva como medio de infección.

—Bueno, bueno, bueno… —Una voz irritante y excesivamente alta se sumó a nuestra conversación. Ni siquiera tuve que volverme para saber que el hombre del traje a cuadros se encontraba un paso detrás de mí—. Ha encontrado unos buenos aprendices, George.

El doctor Lee reaccionó poniéndose en pie y destensando el rostro.

—No sé si se los han presentado, Walter —dijo educado—. Mis amigos: la señorita y el señor Addison. Walter Clark.

Saludamos con una inclinación de cabeza, pero el señor Clark, en un movimiento, rápido agarró mi mano y se la llevó a los labios. No fue un gesto breve, como debería haber sido, sino que su boca se entretuvo sobre mis nudillos un rato mientras me dirigía una mirada llena de malicia.

Caleb carraspeó. No era yo la única en considerar que el señor Clark se estaba excediendo.

—Entenderá, señor Addison —dijo el hombre soltando por fin mi mano—, que sienta predilección por su hermana.

—Entendería más que mostrase interés por mujeres de su propia clase, señor Clark. —Caleb había avanzado hasta situarse de forma sutil a mi lado.

—Hay personas que quieren escalar socialmente y otras dispuestas a ayudarlas y, por lo que veo, ustedes encuentran nuestra cubierta mucho más apetecible que la suya.

—Dudo que sea así, amigo Walter —intervino el doctor tomándolo del brazo—. Ha sido el capitán el que los ha invitado a venir. De todas formas, ya que has tenido la amabilidad de acercarte a saludarnos, me gustaría continuar la conversación del otro día: ¿qué negocio querías recomendarme en Nueva York?

Pese a la resistencia del señor Clark, el doctor Lee lo arrastró fuera de nuestra vista. En cuanto me vi lejos de aquel hombre, escapé hacia las escaleras. Los pasajeros de la tercera clase habían regresado al interior, por lo que pude sentarme tranquila en un banco, escondida de todos.

—Es un tipo repulsivo —dijo Caleb tomando asiento a mi lado y buscando con sus dedos los míos—, lamento que te incomodara y no haber podido hacer nada al respecto. El cuerpo me pedía propinarle un buen gancho de derecha.

—A mí también. Odio ser mujer en muchos casos, ¡me siento impotente! Me hubiera gustado tener la suficiente valentía para haberle hecho algún comentario mordaz… o haberle dado una buena patada en la espinilla.

Caleb sonrió y se pasó una mano por el pelo.

—Me va a ser difícil competir con tantos pretendientes influyentes.

—Es verdad. —Reí jugueteando con el tacto frío de su anillo, rozando los ojos rojos del dragón—. Quizá, si provinieras de una familia noble…, supongamos, por ejemplo, de solariegos condes escoceses, podrías tenerlo más fácil.

—¿Condes? —Alzó las cejas, sorprendido—. ¿Desde cuándo lo sabes?

—¿No lo niegas entonces? Punto para mí.

Soltó una carcajada y giró el sello hasta quitárselo, luego me lo tendió.

—Por una casualidad del destino nací hace veinte años en el castillo Slains, el hogar de los condes de Erroll desde el mismo siglo dieciséis. Mi padre es el decimoctavo conde y también ostenta algún otro título de nombre emperifollado y difícil de pronunciar. —No había ningún tipo de orgullo en su voz, más bien lo contrario. Señaló el anillo que en ese momento reposaba en mi palma—. Este sello perteneció a mi abuela materna Dorothea. Se lo regaló el rey Guillermo como muestra de su afecto. Después la abandonó en la indigencia, pese a haberle dado diez hijos, mi madre entre ellos.

—¿Tu abuelo era el rey Guillermo? —pregunté asombrada.

—Por desgracia, supongo que sí. Jamás lo conocí, y mi madre, que se crio en su palacio, tampoco nos hubiera permitido verlo. Lo tenía en muy baja estima.

—Lamento lo que le sucedió a tu abuela Dorothea, ¡qué desdichada debió de sentirse tras el abandono! ¿Por qué un rey es capaz de semejante vileza?

—Dorothea era una bellísima actriz que encandiló a numerosos hombres ricos de la época, entre ellos al por entonces duque de Clarence —explicó—. Cuando Guillermo ascendió al trono, ya no podía tener a una actriz como mujer, y se desposó con una princesa. Adelaida de Sajonia fue la elegida. Me imagino que tuvo que escoger entre la política y el amor que sintiera por Dorothea.

—Yo no hubiera dudado —dije observando el anillo—. ¿Y tu madre tuvo suerte en su matrimonio? ¿Era feliz con tu padre?

—No lo creo. Se casó obligada con diecinueve años con un hombre arrogante, que amaba su título más que a su propia familia. —Cogió el anillo y volvió a ponérselo en el dedo—. ¿Sabes por qué mi padre permitió que mi tío James se llevara a mis hermanos gemelos y luego a mí?

—No puedo imaginar una sola razón para que un padre hiciera algo así.

Torció el gesto. Sus facciones se endurecieron.

—James era el primogénito. A él le hubiera correspondido legalmente el título de conde si no hubiera sido dado por muerto en la batalla de Quatre Bras. Cuando mi tío apareció en nuestra casa, mi padre vio peligrar su posición, y accedió a las peticiones de su hermano. Nos vendió por un mísero título.

Cuánto dolor había en aquellas palabras, cuánto resentimiento. Me acerqué a él y apoyé la cabeza en su hombro. Me pasó el brazo alrededor, abrazándome contra su pecho. Su corazón latía fuerte, vivo.

—Mi madre me entregó este sello para que pudiera escapar de mi tío James —continuó—, para que comenzara una nueva vida en América. Sin embargo, no sé si algún día me podré deshacer de él. No porque provenga de un rey, sino por quiénes lo guardaron: mi abuela y mi madre. Es el último recuerdo que tengo de ellas.

Apoyó sus labios en mi pelo y noté cómo poco a poco la tensión de su cuerpo disminuía. Junto a mi rostro, el anillo del dragón, una muestra de amor desdichado, de la maldad del ser humano, pero también de esperanza en la posibilidad de encontrar un nuevo camino.

Decimoprimer día

Me desperté sobresaltada por una horrible pesadilla. Por más que lo intentaba, no podía borrar de mi cabeza la imagen de un océano negro como el betún y un cuerpo pálido flotando a la deriva.

Tenía un oscuro presentimiento. No sé cómo a veces somos capaces de prever acontecimientos, pero nos negamos a admitirlo aludiendo a la casualidad o a la suerte. Sin embargo, aquella decimoprimera mañana, a solo tres de nuestra llegada a América, supe que algo nefasto iba a ocurrir. No solo era la pesadilla, sino también un sentimiento, una sensación.

Busqué el diario como una forma de evasión. Quedaban pocas páginas ya escritas, después las hojas se encontraban en blanco, esperando un desenlace.

Primavera de 1845

No me siento enfermo. Quiero creer que me encuentro en un mal sueño del que en cualquier momento despertaré. No puedo morir, no quiero hacerlo.

Ayer Ebenezer entró en la fragua deteniendo el trabajo que realizábamos y me dijo con gesto serio que lord Daems quería verme.

Salí de la herrería y lo seguí. El gigantesco hombre iba varias zancadas por delante, sin volver la vista hacia mí, y apreté el paso hasta situarme a su lado, para poder preguntarle sobre los futuros planes de viaje de mi tío.

Ebenezer no parecía dispuesto a hablar. Su semblante era una máscara rígida. Era evidente que no iba a resolver ninguna de mis dudas, y eso me creó muchas más. ¿Qué quería de mí lord Daems? ¿Había cometido algún fallo durante mi entrenamiento?

El hombre se paró junto a la puerta de la mansión. Me dirigió una mirada pesarosa y su mano aferró mi hombro durante unos segundos. Entonces se alejó rápidamente sin darme tiempo a preguntar nada más. Me mantuve un rato turbado, mientras la noche terminaba de devorar los últimos tonos anaranjados del horizonte.

Cuanto entré en el salón, me encontré con una escena inesperada: la mesa estaba puesta, un asado humeaba en el centro y mi tío se encontraba sentado en uno de los extremos, con una copa de vino en la mano y una expresión inescrutable en el rostro.

Me indicó con un gesto que tomara asiento y le obedecí de inmediato, con mi estómago rugiendo por el olor de la comida, pero con mis sentidos en alerta, preocupado. Había cometido muchas faltas últimamente y cualquiera de ellas podía haber enojado en exceso a mi tío: el descubrimiento de Thomas, la obtención de las llaves, mi debilidad en la última prueba, el disparo de Isaac, la larga convalecencia...

Las palabras de mi tío, sus elogios y brindis por mi futuro prometedor me desconcertaron. Bebí un sorbo de aquel vino dulzón, nervioso por aquella pantomima.

En un momento dado, lord Daems dijo: «Come, Caleb. Necesitarás fuerza, tesón e inteligencia para lo que está por venir. Sé que no me defraudarás». Estas palabras se me quedaron grabadas en la cabeza.

Devoré el asado mientras mi tío me observaba sin probar bocado. En sus finos labios se dibujó una sonrisa ladina y sus ojos azules adquirieron una tonalidad negra como la noche que nos envolvía, una noche de la que yo no iba a poder escapar.

Me desperté por la mañana gritando, sin saber por qué, y me incorporé en mi cama con un fuerte dolor de cabeza.

Unos ligeros rayos de sol se filtraban por mi diminuta ventana. Tenía calor en el cuerpo y frío en las extremidades. Me preocupaba haber enfermado de nuevo y también... el vacío en mi mente respecto a la noche anterior.

Me abalancé sobre el baúl. El anillo de mi madre y las dos llaves de Angus seguían entre mi ropa. Resoplé aliviado y me senté en el frío suelo del cuarto. No podía subestimar a James; fuera lo que fuese que quería de mí, seguramente ya lo había conseguido.

Me sentía mareado, pero, tras unos instantes, me levanté inestable y busqué la puerta. No estaba atrancada, así que, con cuidado de no caerme, bajé las escaleras.

El salón se hallaba vacío y la mesa recogida. Al dolor de cabeza se le había sumado una gran molestia en el cuello que me impedía girarlo con facilidad. Caminé arrastrando los pies hacia la sala de música y descorrí uno de los pesados cortinajes que tapaban las ventanas. Una luz suficientemente fuerte como para cegarme se abrió paso en la habitación, reflejándose en cada espejo que adornaba las paredes. Con la vista borrosa me acerqué a uno en los que había tenido la mala suerte de verme bailar acompañado de mujeres imaginarias y me observé el cuello. Tardé un rato en distinguir la causa de mi malestar. Tenía varias heridas en la piel, las más profundas junto a la arteria aorta, que tan bien conocía de los tratados de anatomía. Parecían marcas de dientes.

Pasé las yemas de mis dedos por las laceraciones con escozor. ¿Qué demonios me había sucedido? Me subí el cuello de la camisa para tapar las heridas y, sacando fuerzas de flaqueza, me dirigí al exterior.

Fuera, Moses y Ebenezer se batían con las espadas. Pese a lo poco que me gustaban mis entrenamientos (fundamentalmente porque eran obligatorios), admiraba la técnica de Moses y la potencia de Ebenezer. Me quedaban largos lustros para alcanzar la maestría de cualquiera de los dos.

Di un paso hacia ellos atontado por el brillo solar al que tan poco estaba acostumbrado. Los dos hombres se detuvieron en cuanto me vieron aparecer. Mi entrenamiento iba a consistir, aquel día, en una sucesión de caídas y golpes debido a mi aturdimiento.

Tomé una de las espadas que reposaban en las escaleras del patio y la hice girar en mi mano con bastante torpeza. Cuando levanté la cabeza hacia los guardias, estos seguían mirándome inmóviles.

Me vi en la obligación de disculparme por la tardanza. Fue entonces cuando Ebenezer se acercó con una expresión preocupada. Me examinó detenidamente y, al descubrir las marcas en mi garganta, me explicó que eran una señal inequívoca de la enfermedad.

Mi mundo se vino abajo y negué despacio. No podía ser verdad. Pese a ello, continuamos con el entrenamiento. A nuestro alrededor habían surgido más guardias y todos parecían igual de asustados que yo mismo.

Moses y Ebenezer tomaron posiciones y levanté la espada. El cielo se oscureció tras un tropel de nubes grisáceas y el calor desapareció. Me sentí mucho más enérgico y mi mente pareció centrarse por fin. Al dar un paso hacia mis contrincantes, lo hice confiado, seguro de mí mismo. Cuando nuestras armas chocaron, por primera vez desde que llegué a las Tierras Altas, hice retroceder a Moses. Tenía fuerza, mucha, y demasiadas ganas de emplearla. Me encontré más ágil que en otras ocasiones, más rápido en mis decisiones, más acertado y, sobre todo, más fuerte.

Sin embargo, tras unas dos horas de combate, mi energía decayó hasta hacerme desfallecer, momento que aprovecharon mis adversarios para darme una paliza. Me tumbé en el suelo exhausto, con la vista fija en el cielo encapotado.

Ebenezer se situó a mi lado y me tendió su mano grande y callosa. Acto seguido, me palmeó la espalda con cierto orgullo y me ofreció un trago de whisky.

Cuando regresé a casa, con lo que no contaba era con ver a mi tío en el salón. Jamás, en estos cinco años, nos habíamos encontrado durante el día. Me preguntó por mi estado mientras me mostraba la abundante comida que llenaba la mesa.

Me dejé caer en la silla con hambre y, apartando la fruta a un lado, me lancé directo a por una pata de cordero. Mientras comía con un apetito descomunal, mi tío habló orgulloso de la derrota que había infligido a Moses y a Ebenezer, y me explicó sin darle importancia que se había deshecho de Isaac por su mal comportamiento.

Su sonrisa era aún más inquietante que el extraño momento en el que nos hallábamos. No reconocía mi ansia exagerada por la comida. Tomé un sorbo de vino y mi sed se calmó al instante.

Me sentía enérgico, fuerte. Dotado de mayor seguridad y aplomo, me lancé a preguntar sobre las marcas de mi cuello.

James cruzó las manos bajo su barbilla. En sus ojos azules, distinguí un brillo jubiloso cuando comenzó a relatarme lo sucedido en la batalla de Quatre Bras. Según él, a punto de morir, fue contagiado por una extraña enfermedad que se transmitía de una única forma y dejaba esas huellas. Decía que era más proclive e intensa entre los miembros de una misma familia. No tenía nombre, pero existía desde siempre. Los enfermos morían en un plazo máximo de dos meses.

Sin embargo, él se había contagiado veinticinco años atrás, lo que lo convertía, según dijo, en un superviviente, y me aseguró que yo también lo sería.

Con la voz quebrada, justo cuando más necesitaba que sonara enérgica, pregunté por mis hermanos y él me confirmó, sin el menor atisbo de culpa, que habían sido un fracaso. Unos niños débiles que, pese a compartir lazos de sangre, no habían superado la enfermedad.

James me había mentido desde el primer momento: me había mantenido atado a aquel lugar por mis hermanos, a quienes él mismo había condenado a muerte mucho tiempo atrás. Me levanté enfurecido y di un golpe en la mesa, que con un ruido seco se partió por la mitad. La comida se desperdigó por el suelo entre los tablones de madera rotos, regados de vino.

Mi tío no movió ni un músculo de su cara, ni siquiera con la mesa rota a sus pies. Se limitó a asegurarme con voz calmada que debía quedarme allí con él porque a partir de ahora yo no podría sobrevivir en otro lugar.

Me encontraba a un paso de mi tío, colapsado por la ira, dispuesto a cualquier locura, pero él me miró arrogante, sin ningún temor, y dijo:

—Soy tu amo y señor, Caleb. Me tienes bajo la piel y deslizándome por tus venas. Siempre me buscarás, lo mismo que yo te buscaré a ti. Perdiste a un padre, ahora me tienes a mí.

Me abalancé sobre él con la intención de matarlo. Llevaba entrenando cada día desde hacía cinco largos años, mi cuerpo se *había cincelado a golpes, como una espada en el yunque. Mis brazos se habían fortalecido y disponía de potencia y rapidez, pero... nada de ello me sirvió cuando James me asió del cuello, sin apenas esfuerzo, apretándolo hasta que se vencieron mis piernas y quedé arrodillado a sus pies.*

Desde su posición dominante, me miró con esos ojos negros como pozos. Su boca, contraída, mostraba unos dientes largos y finos; sus uñas se clavaban en mi garganta como las garras de un animal mientras el aire se escapaba de mis pulmones para no poder regresar.

—Soy tu aliado, no me desees como enemigo.

Eso fue lo último que escuché antes de perder la consciencia.

Estoy enfermo. Voy a morir. No pienso quedarme aquí a comprobarlo.

Me giré hacia Caleb, que dormía en su litera, enredado entre las sábanas. Intentando no hacer ruido, me levanté y me hice un hueco a su lado, apoyando mi espalda contra su pecho y notando su aliento cálido en mi cuello.

Pasó su brazo por encima de mí y me apretó contra él. Sus labios se posaron en mi hombro consiguiendo que mi piel se erizara.

—Sabes que tengo un horrible despertar —susurró en mi oreja— y, sin embargo, te atreves a provocarlo. Eres muy imprudente.

Sonreí, pero la imagen de la pesadilla seguía ahí, delante de mis ojos, lo mismo que las últimas palabras de su diario.

—He tenido un sueño espantoso —dije acariciando sus dedos largos, rozando su anillo—. Necesitaba sentirme a salvo contigo.

—¿Conmigo? ¿Desde cuándo ofrezco algo de seguridad? —Se incorporó, apoyando el codo en la cama y señaló la herida de mi mano—. Quizá deberías pensártelo mejor.

—Tienes mal gusto culinario, eso es cierto. Pero dispones de un cuerpo grande y protector, unos brazos de herrero, como todo el mundo sabe, y bastante fuerza. Como esclavo en la antigua Roma, te hubieran vendido por un precio alto.

Soltó una carcajada y se colocó encima de mí, apoyando las manos a ambos lados de mi cabeza para no aplastarme con su peso.

—¿Como esclavo? —Inclinó la cabeza para depositar un beso en mi garganta—. Podías haberme convertido al menos en gladiador.

—Siempre tan presuntuoso —dije. Su cabello rozaba mis mejillas y sus ojos claros recorrían mi rostro con picardía—. Quizá deberíamos ir a desayunar.

—Quizá no. —Mordió mi hombro con suavidad, y con los dientes arrastró la manga de la camisola, mostrando mi piel hasta el contorno del pecho.

Tragué saliva mientras él se apoyaba en los codos, pegando su cuerpo más al mío, y descansaba su boca en mi escote.

—Sabes que esta intimidad solo pueden compartirla los matrimonios, ¿verdad? —Me removí debajo inquieta. Incapaz de mantenerme inmóvil notándolo tan próximo.

—Si para tenerte he de casarme contigo —levantó la mirada hasta encontrarse con la mía—, juro que lo haré.

—Rechazo tu oferta, no tengo ni una mísera dote. —Sonreí—. Además, ya soy tuya, Caleb. Me tienes presa desde hace una eternidad.

Curvó sus labios con satisfacción, parecía realmente feliz.

—Me gusta que seas mía —dijo agachando de nuevo la cabeza y escondiéndola en mi cuello—, pero, como siempre, puedo apostar a que te gano. Yo pasé a ser de tu propiedad mucho antes. Te deseo con toda mi alma desde que te ruborizaste en el establo de Liverpool, pero me di cuenta de que te quería…, que te amaba, cuando te manchaste de nata en la cocina de la primera clase.

Tomé su rostro entre mis manos, perpleja.

—¿Me amas? —pregunté mirándolo a los ojos, tratando de descubrir en aquel cristalino reflejo azul algún indicio de duda.

—Por supuesto.

—Es una afirmación muy seria. —Sus palabras, la emoción con la que las pronunciaba despertaban mil sentimientos acallados que aguardaban en mi pecho.

—Es la verdad. —Se encogió de hombros mordiéndose el labio inferior—. Y debo matizar que, aunque la primera vez que deseé besarte fue en aquel establo, realmente el ansia por cometer una locura se materializó de forma irrefrenable y completamente demoledora el día en que me sonreíste radiante con un refinado vestido verde.

—En comparación, mi vestimenta actual deja bastante que desear.

—No me importa, pienso quitártela.

Me besó con avidez, reduciendo nuestra distancia a la inexistencia, acariciándome con devoción, haciéndome sentir querida, deseada, y… devolviendo al mundo de los sueños cualquier mal presagio.

El mar había permanecido tranquilo por la mañana, pero a esas horas había comenzado a agitarse. Comer con los platos danzando por encima de la mesa y los vasos vertiendo sus contenidos no era una tarea sencilla. Sin embargo, no me importaba, mi cabeza solo tenía un pensamiento: Caleb.

—Me parece que hay una nueva pareja fogosa en el barco —comentó Amelia a mi lado—. ¿No los has escuchado esta mañana?

Negué con la cabeza desconociendo a qué se refería.

—Eres una cotilla, mamá —dijo Fanny sonriendo a unos muchachos de la mesa vecina—. Siempre estás pegada a la puerta del camarote escuchando.

—No es cierto, jovencita —se quejó ella—. Nuestra zona de la cubierta es bastante silenciosa, pero juraría que esta mañana he oído unos ruidos conocidos de los que no me había percatado en toda la travesía. Lo que me hace pensar que tenemos una nueva pareja compartiendo lecho de forma afectuosa.

Estuve a punto de escupirle el té a Amelia. En su lugar, tosí avergonzada.

—Yo no he escuchado nada —añadí con las mejillas seguramente coloradas.

—Pues creo que debe de tratarse del camarote contiguo al vuestro. ¿Quién se aloja ahí? ¿Los Murren? ¿No son muy viejos para hacerse arrumacos?

—Tú sí que eres vieja, mamá —dijo Fanny antes de ganarse un pescozón y una tarde enclaustrada en la habitación como castigo.

—Esta noche te quedas sin fiesta, y me da igual cómo te pongas. Eres una deslenguada.

—¿Una fiesta? —pregunté, feliz de cambiar de tema.

—¡Claro! ¡Solo quedan tres días para llegar! Hay que celebrarlo. —Los ojos verdes de Amelia chispeaban de alegría—. Te contaré un secreto: estaba asustada con este viaje. Tenía el presentimiento de que un barco tan grande y pesado naufragaría, pero ya ves, ¡a veces me equivoco! Oye, dile a tu hermano que esta noche tiene que venir, ¿sabes cuántas muchachas me han preguntado por él desde que ayer apareció en la cubierta exterior? Con su cabello más corto, esos ojos preciosos y la elegancia con la que se mueve, ha causado estragos. La verdad es que tu hermano es muy guapo e incluso diría que, al contrario que el resto de los pasajeros, él ha mejorado durante el viaje.

—Sí —reí—, él es el guapo de la familia.

—Tú también eres un cielo de cría —dijo pasándome un brazo por los hombros—. Vuestros padres hicieron un buen trabajo con vosotros. Es evidente que os queréis y, por lo que he podido ver, creo que te cuidará siempre.

Sonreí y le di un abrazo sorprendiéndola.

—Amelia, este viaje me ha cambiado. He aprendido mucho y, en parte, ha sido gracias a ti. No había conocido a gente tan maravillosa como vosotros nunca. Sé que jamás os olvidaré.

Me observó un segundo como si estuviera loca y después me devolvió el abrazo hasta dejarme sin aire.

En el exterior, pese al oleaje, algunos pasajeros paseaban dando trompicones. Casi todo el mundo estaba ya agotado tras tantos días encerrados, y preferíamos sufrir el desagradable temporal que estar un segundo más confinados.

Caleb apareció en la cubierta cuando yo ya había perdido dos veces a las cartas con Jane y sus amigas, sentadas en el suelo. Con el día tan encapotado como la jornada anterior, no dudó en acercarse, sin temer al sol, y saludar a las pequeñas.

—¿Puedo robaros a Sarah un rato? —les preguntó tras otra ronda de cartas, y ellas asintieron con alguna queja.

Me tendió una mano para ayudarme a levantar y comenzamos a pasear sin destino.

—¿Cómo te encuentras? —inquirí observándolo de reojo, consciente de que algunas miradas femeninas, tal y como había dicho Amelia, lo contemplaban sin disimulo.

—Demasiado bien —contestó curvando sus labios con picardía—. ¿Y tú? Me abandonaste por un plato de comida insulsa. Debería sentirme desconsolado.

—¡Estaba famélica! —Reí—. Me provocas mucha hambre.

—A mí me provocas muchas más cosas y no te dejo por un caldo de pollo —bromeó acercándose a la barandilla y dirigiendo su atención hacia el mar revuelto.

Me situé a su lado, aferrándome fuertemente a la baranda de metal, asombrada por la magnitud de las olas. Caleb se colocó a mi espalda, con las manos apoyadas en la barandilla, a ambos lados de mi cuerpo, y su barbilla descansando en mi cabello.

—Mira —dijo señalando hacia el horizonte.

Tardé un rato en distinguir lo que me indicaba: un gigantesco animal emergía y se sumergía en el mar, impasible al fuerte oleaje.

—¿Es una ballena? —pregunté dudosa. Había leído sobre ellas en los libros.

—Sí, una ballena glacial. Y, si miras a su derecha, parece que hay una cría.

La imagen era de una belleza tan sobrecogedora que durante el rato que permaneció visible no pude articular palabra.

—Tuve la suerte de topar con otros dos ejemplares en las costas de Escocia cuando aprendía a navegar para mi tío —explicó Caleb—. Son dóciles y majestuosas, pero si el hombre continúa con su caza indiscriminada las llevará a la extinción.

—El ser humano es destructivo por naturaleza —me quejé triste.

—Y también capaz de las mejores obras. —Agachó la cabeza hasta posar sus labios en mi sien—. A veces, gracias al destino o a la suerte, encuentras en tu camino a la mejor persona del mundo y tu única misión debe ser cuidarla y disfrutar de ella cada momento que te quede.

—En el caso de que estés pensando en mí, cosa poco probable porque no coincido con tu descripción, te diré que yo soy la afortunada. Estaba muerta de miedo con este viaje y temía haberme equivocado huyendo cobardemente de mi casa, pero tú me infundiste coraje para seguir adelante. Me has hecho reír, me has descubierto otro mundo, me has hecho sentir… tantas cosas que estaré en deuda contigo toda mi vida.

—Me gusta la parte de que estás en deuda conmigo. Me inspira a pedir algo a cambio. —Su pecho se pegó a mi espalda hasta que noté el latido de su corazón tan fuerte como el mío.

—Debemos actuar con cautela, querido hermano —murmuré, con la temperatura de mi cuerpo ascendiendo con rapidez—. Parece que tienes numerosas damas atentas a tus movimientos.

—Pues entonces tengo un gran problema —susurró en mi oído—, porque me muero por besarte. Me muero por desnudarte y besar cada centímetro de tu piel. Así que más vale que me tranquilice, tome aire y piense en otra cosa. Dime algo, lo que sea.

—Me gustaría que lo hicieras.

—¡Maldita sea, Sarah! No me ayudas.

—Entonces, ¡aléjate! —reí sofocada—. ¡No puedo pensar en nada si te tengo adherido como una segunda piel! —Me di la vuelta encarándolo, y eso no ayudó en nada. Su mirada me traspasó tan hambrienta que apenas conseguí hablar—. ¿No hay forma de detener este magnetismo?

—¿Magnetismo? —Sonrió—. ¿Es eso lo que sucede entre nosotros?

—¡Cómo explicarlo si no! Me siento atraída hacia ti como si fueras un imán. Resulta imposible detener esa fuerza que generas y que consigue que actúe de una forma poco inteligente.

Parecía divertido con mi turbación.

—Cuando estudié el magnetismo y todos esos fenómenos físicos, jamás pensé que me vería involucrado en uno de ellos.

—Para que veas que no sabes tanto como crees —repliqué cruzándome de brazos.

Soltó una carcajada y dio un paso atrás. Después me observó atentamente como si quisiera leer mi alma.

—Sé algo con certeza, Sarah, y es que te quiero. —Miró alrededor esperando no ser escuchado—. Ahora, por favor, ¿podríamos regresar al camarote antes de que cometa una estupidez ante la vista de todos?

Daba igual cómo se llamara aquel fenómeno físico, pero era imposible de detener. Ya no bastaba con besos o caricias, nuestros cuerpos cercanos exigían mucho más y, como cada vez las sensaciones mejoraban, no había forma real de contener aquello.

Caleb me acallaba con su boca, intentando que no llamáramos la atención de la gente que ocupaba los camarotes de nuestro pasillo, y más sabiendo que Amelia tenía el oído fino de un murciélago, y yo trataba de serenarme, lo juro, pero me resultaba imposible en cuanto él me tocaba.

En algún momento de la tarde ya avanzada, decidimos tranquilizarnos. Había prometido acudir a la fiesta de despedida junto a Amelia y su familia, y además me apetecía realmente hacerlo. Nos vestimos entre risas y yo me recogí el cabello en un moño que Caleb se empeñó en deshacer mil veces hasta que opté por dejarlo suelto. Nos observamos antes de abrir la puerta. Si alguien no se daba cuenta de lo que acabábamos de hacer, es que rozaba la ceguera absoluta.

La sala general estaba atestada de gente, de ruido y voces. Nos detuvimos a su entrada, sobrecogidos por el alboroto.

—¿Estás bien? —le pregunté a Caleb—. ¿Podrás aguantar un rato ahí dentro?

—Mientras no haya una pelea y alguien le rompa la nariz a otro, creo que podré superarlo.

—¿Tienes… hambre?

Negó con la cabeza mientras acariciaba mi mejilla.

—Probaré el licor, ese que casi acaba con nuestros estómagos la otra vez. Vamos adentro, estoy perfectamente.

La familia de Amelia nos recibió con alegría y algo achispados por el alcohol. Enseguida los músicos se pusieron a tocar y la gente se lanzó a bailar con el desorden que me había encantado en la otra ocasión. Jane danzaba con sus amigas, Fanny hablaba con los muchachos de su edad, Amelia y Edwin reían y nos relataban mil peripecias de su vida en Liverpool.

En un momento algo temprano, una de las preciosas jóvenes que nos rodeaban desde el principio arrastró a Caleb hacia la improvisada zona de baile. Amelia aplaudió divertida al verlo tan acongojado.

—Ya verás, tu hermano sale con esposa de este barco o al menos… —se acercó más para susurrarme al oído— disfrutará de una buena velada en otro camarote.

—¿Es algo usual conocer a alguien una noche y pasarla juntos? —pregunté, turbada. ¿Por qué de pronto sentía hervir mi estómago con indignación? ¿Qué era aquella molesta sensación que me invadía?—. ¿No dejaría la reputación de la mujer en entredicho?

—Estamos en el mundo muy poco tiempo —contestó Amelia, ajena a mi malestar—, no hay que pensar demasiado en lo que se hace, sino disfrutar de cada instante. Tú eres joven, bonita, estás en tu derecho de hacer lo que quieras con quien tú desees.

—Si te escuchara mi otro hermano —maticé—, se habría muerto del susto. Eso sí, me encantaría ver su cara.

—Por favor, hermana. —Caleb regresó a mi lado, con la frente perlada en sudor de tanto baile y me tendió la mano—. Hazme el honor o más bien apiádate de mí y acompáñame. Necesito protección frente a las damas de este lugar.

Amelia se rio divertida y me empujó para que acompañara a Caleb, enfurruñando a más de una de sus admiradoras.

—Amelia cree que esta noche dormirás en otro camarote con una de esas señoritas —dije mientras Caleb apoyaba su mano en mi cintura y me acompañaba a la zona de baile.

—No puedo —me sonrió bajando su mano un poco más de lo debido—, hay otra dama que ya me ha dejado sin fuerzas en su habitación.

Quise mostrar indignación, pero me apremió a bailar, consiguiendo que no nos detuviéramos en toda la noche. Reímos, intercambiamos parejas y bebimos del fuerte brebaje. Nadie se peleó ni hubo ninguna contrariedad. Aquella noche fue la despedida de aquel viaje, de todos los momentos felices y distendidos antes de que ya nada fuera igual.

Decimosegundo día

Aquel día, dos antes de que alcanzáramos la costa norteamericana, nadie de la tercera clase se despertó antes del mediodía.

La fiesta había acabado al alba. Casi todo el mundo fue a recibir la nueva mañana a la cubierta exterior, aún bailando y cantando. Tuvimos suerte de que nadie cayó por la borda debido al exceso de alcohol en el estómago.

Ambos sabíamos que Caleb ya no podría disfrutar jamás de la visión de la aurora que tanto lo atraía. Su vida en el exterior estaba condicionada por el sol, limitada hasta el amanecer, después debía recluirse entre las sombras, a la espera del ocaso. Sin embargo, en aquella ocasión no pareció importarle perderse los primeros destellos del día. Me llevó hasta el camarote y, pese a que estábamos exhaustos, acabamos disfrutando el uno del otro sin prisas. Después nos quedamos dormidos hasta la tarde.

De aquellas horas poco puedo recordar. Almaceno sonidos, olores, sentimientos, pero no logro ordenar los acontecimientos de una forma coherente.

Recuerdo despertarme entre sus brazos, con mi cabeza apoyada en su pecho. Recuerdo el latido de su corazón, la calidez de su piel, el tacto de sus manos en mi espalda. Recuerdo sus besos, el sabor de sus labios, el roce de su cabello. Recuerdo el deseo, el hambre, los susurros y las caricias.

Porque todo parece parte de un sueño mágico y perfecto. Un tiempo inolvidable, decenas de palabras, cientos de murmullos y mil sensaciones que pronto se rompen hasta no dejar más que la nada.

En algún momento de aquella tarde visitamos al doctor Lee. Había que realizar un nuevo análisis de sangre y comprobar si los glóbulos rojos de Caleb seguían destruyéndose.

El resultado no fue el deseado. Pese al líquido ingerido dos días atrás, de nuevo se advertía un descenso acusado de eritrocitos.

—Señor Hay, mucho me temo que necesita una nueva dosis —dijo el doctor dejando a un lado el microscopio y preparando la jeringuilla—. Pero esta vez lo haremos bien, nada de cortes y dramas similares.

Sonreí mientras tomaba asiento en el sofá y me remangaba la camisa. Caleb no parecía satisfecho con la medida.

—Esto no es justo —dijo enfadado, mirando con inquietud la aguja que el doctor Lee acercaba a mi brazo—. Sarah no debería pasar por algo así cada vez que yo estoy débil.

—Es momentáneo, joven amigo —explicó tranquilamente el médico—. En cuanto lleguemos a Nueva York, le haré un examen más exhaustivo, me reuniré con colegas especializados y encontraremos una solución, puede que una cura.

—¿Me analizarán como a un animal? —Caleb comenzó a andar por el camarote alterado, revolviéndose el cabello con una mano—. ¿Seré uno de esos monstruos de feria?

—¡Por supuesto que no! —El doctor tomó aire, armándose de paciencia—. Le prometí que mantendría el secreto y eso pienso seguir haciendo. Lo único que necesito son más medios y gente con mejores conocimientos que los míos. Quiero salvarle, señor Hay. Déjeme al menos intentarlo.

—Caleb —intercedí extendiendo la mano y rozando la suya—, te necesito con vida, así que deja de moverte de esa forma o desgastarás la moqueta.

Se sentó en una de las sillas, disimulando una sonrisa. Pese a lo agrio de cualquier momento, aún mantenía el poder de hacerle reír.

El doctor se levantó con la jeringuilla llena, dejando que Caleb terminara de vendarme el brazo. Una gota manchó la venda y apartó la mirada, encontrándose con la mía. Apretó los labios hasta convertirlos en una línea y contuvo la respiración.

—Puedo seguir yo sola —musité viendo su inquietud.

—No, estoy bien. Quiero acostumbrarme. —Acarició mi brazo con sus yemas—. No deseo huir cada vez que te hagas una herida.

—Me gustaría entender lo que sientes al verla —murmuré.

—Hambre, sed, todo... —dijo con tristeza—. Pero también, por si no fuera suficiente, detecto su olor..., y el tuyo es embriagador, tan atractivo que podría volverme loco.

Tragué saliva al escucharlo. Resultaba difícil no sentirse intimidada cuando hablaba de aquella forma.

—Bueno, señor Hay. —El doctor regresó con una copa de licor medio llena con aquel líquido granate—. Probemos con esta cantidad y, según los resultados que obtengamos mañana, veremos cómo continuar.

Observé cómo Caleb cogía el vaso negando con la cabeza y cómo lo mantenía alejado mordiéndose el labio. El color de sus ojos comenzó a cambiar, el azul fue sustituido por una noche sin estrellas, su respiración se aceleró y acercó la copa a su boca, tenso, como si en su interior se produjera una cruel batalla que sabía que no iba a ganar.

El doctor Lee se sentó a mi lado y apretó mi brazo, en un gesto de consuelo que agradecí. Ambos mantuvimos la atención en Caleb, en su pelea interna y en el hambre que arrojaba su mirada.

Poco a poco, comenzó a beber. Enseguida el vaso quedó vacío, sus labios manchados de algo que solo a mí me pertenecía, pero que, de alguna forma trágica, salvaba su vida. Miró el cristal frunciendo la frente y levantó la vista hacia mí. Mi corazón comenzó a latir descompasado al darme cuenta de que no parecía reconocerme.

Me puse en pie de forma involuntaria y me acerqué. Me acuclillé a su lado y apoyé las manos en sus rodillas.

—Caleb —pronuncié su nombre tratando de mantenerme calmada.

Agitó la cabeza, confuso, sus iris comenzaron a recuperar su color natural y su respiración empezó a sosegarse.

Tomó mi rostro en sus manos y me miró con preocupación. Después agachó la cabeza y me dio un beso cálido con el regusto salino de mi propia sangre.

—Pues parece que ha ido bien. —El doctor carraspeó tras unos segundos, sobresaltándonos, y colocó sobre la mesa una jeringuilla llena de un líquido transparente—. Había preparado una solución tranquilizante por si acaso la situación nos superaba; sin embargo, no ha sido necesaria. ¡Menos mal! Me sudaban hasta las orejas.

—Doctor Lee, agradezco su fe en mí —dijo Caleb con una mueca burlona—. Resulta inspirador.

—Deje, deje. He visto niños convertidos en bestias violentas solo porque les han quitado su muñeco preferido. No pienso arriesgar mi integridad física si está en mi mano hacerlo. —Puso los brazos en jarras y nos observó con cierto orgullo—. Si no les importa, queridos amigos, he de vestirme para la cena de esta noche. Parece que han organizado una rifa y un baile, algo que me apetece lo mismo que una patada en el estómago. Mañana los veré por aquí, comprobaremos los resultados y de paso me relatarán con cierto detalle qué ha sucedido entre ustedes.

Sonreí mientras nos dirigíamos a la puerta.

—Que tenga una buena velada, doctor Lee. —Le di un corto abrazo, que recibió con alegría.

—Siento mis malos modos. —Caleb estrechó su mano—. Le agradezco muchísimo lo que está haciendo por mí.

A continuación, corrimos hacia las escaleras de servicio, dejando al doctor Lee aparentemente satisfecho.

Era la última hora de la tarde, el sol se escondía en el horizonte tras un mar de nuevo irritable. Salí al exterior deseosa de un poco de aire fresco.

Caleb se mantuvo en el rellano, a cubierto, hasta que el último rayo de luz desapareció absorbido por la extensa masa de agua.

El cielo conservó los tonos anaranjados mientras observábamos, apoyados en la barandilla, cómo la noche iba ganando terreno. Poco a poco, las estrellas comenzaron a hacer su aparición, como diminutos diamantes, brindándonos una espectacular visión de la Vía Láctea.

—No hay luna —dije buscándola por todo el firmamento.

—Según mi hermano Daniel, que tenía una imaginación desbordante, cuando la luna desaparece, se puede poner en palabras sin sufrir represalias aquellos pensamientos que, pese a ser viles, merodean por nuestra cabeza. —Caleb hablaba con una ligera sonrisa y la mirada puesta en el horizonte—. Resultaba muy divertido escuchar las locuras de mis hermanos. Si nuestros padres nos hubiesen oído, hubiéramos acabado, en el mejor de los casos, castigados en el sótano. —Se giró hacia mí—. Y tú, Sarah Wright, ¿qué contarías que fuera malvado y perverso, ahora que no te puede escuchar la luna?

Resoplé. No me iba a resultar muy difícil encontrar algo de lo que no me sintiera satisfecha.

—He tenido muchas veces un pensamiento realmente horrible rondando mi cabeza —dije sorprendiéndole—, pero no te va a gustar.

—Lo divertido del juego es que nadie puede enojarse por lo que cuenten los demás. Resulta liberador. Hay que empezar con esta frase: «Ahora que la luna no puede escucharme…».

—Vale. —Cogí aire y cerré los ojos—. Ahora que la luna no puede escucharme, diré que en ocasiones me he alegrado de que tu tío te mantuviera cautivo cinco años porque, si no, ahora mismo tendrías una esposa que seguramente sería más bonita, lista y educada que yo.

Caleb soltó una carcajada y lo miré enfadada.

—¿Cómo puede resultarte gracioso que me alegre de que ese hombre depravado te encerrara durante tanto tiempo? —protesté frunciendo el ceño—. ¡Deberías odiarme!

Dejó de reírse y se aproximó a mí con los ojos llorosos de risa.

—Has encontrado el único punto positivo de mi estancia en la casa de James —dijo, tomando mi mentón entre sus dedos.

—¿Tienes tú un pensamiento más repulsivo que el mío que quieras compartir? —inquirí desafiándole.

—¡Muchos! —exclamó—. Pero diré solo uno ahora que la luna no puede escucharme, y es que me gusta tanto el sabor de tu sangre que voy a fingir debilidad bastante a menudo.

Abrí la boca petrificada y él se volvió a reír.

—Era broma, palabra —añadió rápidamente—. La confesión que debo hacer es casi más horrible: pude haber pagado los billetes de barco vendiendo mi anillo; sin embargo, preferí ser un egoísta y quedarme junto a ti. —Alzó las cejas, incómodo, esperando mi reacción—. ¿Ves? También tengo ideas perversas.

—Los primeros días de viaje hubiera agradecido que tú y tu manía de lucir cuerpo hubierais permanecido en otro camarote.

—Ahora ya no tienes queja.

—Eres un… —Busqué, ofendida, una palabra con la que pudiera herir su arrogancia, y, cuando estaba a punto de encontrarla, se aproximó hasta que su respiración cálida desbarató mi raciocinio y me besó.

Lo separé de mí apoyando las manos en su pecho y extendiendo los brazos.

—No queda nada para llegar a América —dije mientras él trataba de acortar la distancia—, deberíamos mantener cierto decoro.

—Escucha —señaló a su alrededor—, ahora mismo toda la primera clase disfruta de un baile. ¿No oyes sus risas y la música? Te puedo asegurar que no les importamos nada.

—¿Y la tripulación? —Negué con la cabeza mientras me cruzaba de brazos, obstinada, y él esbozó una sonrisa traviesa.

—Está bien, sé comportarme —murmuró—. Aunque se me ocurre algo que creo que te gustará, no resulta demasiado arriesgado y tiene premio. Eso sí, debemos esperar a que las elegantes damas y sus adinerados caballeros se vayan a dormir. ¿Te ves capaz de aguantar una hora a mi lado mientras diserto sobre las constelaciones?

Asentí recelosa, intrigada por su plan, y tomamos asiento en uno de los bancos, con la mirada puesta en aquel fastuoso escenario.

Debía de ser pasada la medianoche cuando Caleb, atento a cualquier sonido, me dijo que lo siguiera. Nos escabullimos en silencio por la cubierta hasta las escaleras de la primera clase y, aunque el plan empezaba a parecer algo arriesgado, fui tras él.

Llegamos a la cocina. Pese a encontrarse convenientemente limpia y recogida, habían dejado algunas bandejas con restos de comida en la mesa central. Entre ellos, una espectacular tarta de tres pisos con un acabado de chocolate y nata que apenas había sido probada.

Pegué un salto y corrí hacia ella mientras Caleb se reía cerrando la puerta.

—¿Lo sabías? —dije apuntándole con mi dedo manchado de nata.

—Tengo un olfato envidiable, señorita —contestó presuntuoso, apoyando los codos a mi lado y contemplándome con una sonrisa—, y además sé que los cocineros de este barco solo saben preparar esta tarta. Es la que han hecho para cualquier celebración.

—¡Dios mío! ¡Está buenísima! —exclamé extasiada por el sabor del azúcar. Tendí un trocito a Caleb, obligándolo con la mirada a que la probara.

—Está bien —claudicó—, pero mucho me temo que estoy perdiendo el gusto por la comida habitual.

—Esto no es habitual —murmuré embadurnada—, esto es el paraíso. Cuando muera, espero despertarme en una pastelería.

Caleb pasó su dedo por la punta de mi nariz, manchada de tarta, y se lo llevó a los labios. Sin darme cuenta, seguí el trayecto de su mano hasta su boca y después elevé la mirada hacia sus ojos, chispeantes como las estrellas del exterior.

—No me arrepiento de haber tomado este barco —dije perdida en la intensidad de lo que leía en sus preciosos iris—, no puedo arrepentirme de un solo instante.

—Puede que el exceso de azúcar esté hablando por ti.

—Es posible, ya que siento la necesidad de sincerarme. —Tomé aire, consiguiendo que Caleb arrugara la frente, en apariencia preocupado—. Ahora que la luna no puede escucharme, diré que… no hay palabras que puedan expresar todo lo que siento. Te quiero, Caleb. Te amo con cada respiración, con cada latido…

No me dejó continuar. Apresó mi rostro entre sus manos y me besó despacio, saboreándome, dejándome sin una pizca de aire.

—Cuando lleguemos a América —me susurró acariciando mis mejillas—, si tú quieres, seguiré a tu lado. Donde sea que vayas. Si ansías una casa cerca de una librería cuyas ventanas den a un jardín, la encontraré. Si prefieres irte a Arkansas, te acompañaré. Lo que sea, lo que desees… —Sus ojos persiguieron los míos—. Te amo, Sarah. Te quiero de una forma desmedida, incontrolable. No me imagino una vida sin ti. Aunque, si deseas seguir un nuevo camino tú sola, lo entenderé, ¡vaya si lo haré! Solo te he causado problemas… Pero si, por el contrario, quieres darme una oportunidad, no te defraudaré. Te…

Lo besé, enroscando mis dedos en su cabello y atrayéndolo hacia mí, con hambre, con deseo, pero también con aquel sentimiento aún más intenso que parecía querer llenar todo el espacio de la habitación.

Caleb me agarró por la cintura y me acomodó en la mesa, haciéndose hueco entre mis piernas sin dejar de besarme. Sujetó mi garganta con una mano y deslizó la otra por mi cuerpo, levantando mi vestido, acariciando mi muslo… Se adhirió a mí, como mi cuerpo pedía en silencio, y yo rodeé sus caderas con mis piernas arrancando un gemido abrasador de su boca.

Pero de pronto algo indescriptible sucedió. Caleb dio un paso atrás, su rostro perdido en la confusión, sus manos paralizadas sobre su vientre donde había surgido un filo metálico, manchado de sangre.

Ahogué un grito sin comprender qué estaba ocurriendo mientras los acontecimientos se sucedían desordenados, incoherentes. Caleb cayó hacia atrás con una mano extraña sujetándolo del cuello, y en segundos su camisa adquirió un tono rojo cada vez más intenso.

A su lado apareció alguien. Tardé demasiado en reconocerlo, absorta en la imagen de Caleb en el suelo, tratando aún de darle un sentido a lo que veía. Era el hombre del traje a cuadros, Walter Clark, pero esta vez vestía de negro. En mi confusión, le pedí que ayudara a Caleb, pero en su rostro solo surgió una sonrisa. Temible, angustiosa.

—Sabía que eras una zorra —dijo agarrándome de la muñeca y arrastrándome hacia él—. Una cara de ángel y el cuerpo de cualquier ramera barata de Londres. Pero ¿fornicando con tu hermano? Has mejorado mis expectativas, muchacha. Cualquier cosa que te haga de las que tengo en mente se quedarán cortas.

Me propinó un inesperado puñetazo en la tripa, desestabilizándome y dejándome sin poder respirar. Boqueé como un pez, tratando de recuperar aire, llevándome las manos al estómago ardiente de dolor.

Busqué a Caleb con la mirada. A varios metros, en el suelo, otro hombre, el que siempre acompañaba a mi agresor, lo aferraba del cuello con un brazo. En su mano portaba el cuchillo enorme con el que lo había atacado. Las baldosas, a su alrededor, eran un inmenso charco de sangre.

Los ojos de Caleb me observaban llenos de dolor, de impotencia; sus labios entreabiertos buscaban un aire que cada vez le era más esquivo.

Mi atacante rio y con un fuerte empujón me tiró al suelo. Se oyó el crujido de mis huesos cuando me golpeé la cabeza contra las baldosas. Un dolor intenso amenazó con aturdirme. Sin embargo, no podía permitirme caer en la inconsciencia.

Caleb se agitó con tal violencia en el sitio que el hombre que lo sujetaba se puso nervioso y pidió ayuda a mi agresor.

—Rájale el cuello —mascculló Clark.

Aquellas palabras quebraron el aire y rompieron lo que fuera que quedaba intacto en mi interior. Intenté levantarme y reptar hacia Caleb, pero solo atiné a ver cómo el otro individuo asía con fuerza el cuchillo y, en un solo movimiento, le cortaba la garganta.

Mi grito sonó como un aullido. Mi atacante me propinó una patada en la cabeza y entonces todo mi campo de visión se volvió negro. Atiné a escuchar sus voces en la lejanía, entre risas y aterradores comentarios.

Intenté moverme; sin embargo, no podía, mi cuerpo no me respondía. Sabía que un sufrimiento atroz me esperaba fuera de la inconsciencia, pero peleé por despertar. Las lágrimas de impotencia acudieron en mi ayuda, aguijoneando mi rostro.

Lo primero que vi fue el cuerpo de Caleb tirado de cualquier modo, con su precioso cabello manchado de la sangre que brotaba de la enorme herida de su cuello. Sus ojos cristalinos, abiertos, centrados en mí, mas completamente ausentes, sin vida. Quise morir en ese mismo momento. Deseé perderme en un letargo eterno porque, sin él a mi lado, ya nada me importaba.

Pero por desgracia estaba viva y, aunque lejanas, podía oír las voces de aquellos indeseables.

—Déjame primero a mí —decía Clark mientras me arrancaba la ropa—. Después es toda tuya. Eso sí, cuando acabes, mátala y arregla este estropicio.

Aquel ser repulsivo se inclinó sobre mí y aplastó su boca contra la mía. Sus dientes mordieron mis labios y pude ver su repugnante sonrisa mientras contemplaba mi cuerpo medio desnudo a merced de sus fieras manos.

—Te va a doler, muchacha. Ya verás cómo te va a doler —siseó en mi oído, y con sus piernas me obligó a abrir las mías.

Tomé un aire que apenas llegaba a mi garganta y, antes de que se tumbara sobre mí, le asesté un rodillazo en su entrepierna y que le hizo chillar de dolor.

Se apoyó sobre sus muslos, encogido, blasfemando.

—Tráeme ese cuchillo —le gritó a su secuaz—. ¡Dámelo ya!

—No —se negó el otro—, primero quiero a la chica. Me la has prometido desde el principio del viaje.

—Ya te proporcioné a un par de crías el otro día… —Clark me miró y se relamió los labios—. Está bien, pero sujétale las piernas. Y por si acaso…

Levantó el puño justo delante de mi rostro y lo dejó caer repetidamente con toda la violencia de la que fue capaz hasta que todo se volvió negro.

Los recuerdos de los momentos que siguieron a ese están plagados de alaridos y ruidos. La hinchazón de mis párpados, que apenas podía abrir, solo me permitía distinguir una fina franja del suelo mientras los latidos de mi corazón retumbaban en mis oídos y mi respiración se escuchaba como un jadeo constante.

Moví la cabeza hacia donde Caleb había caído muerto, pero no lo encontré.

Su cuerpo había desaparecido. Solo había un inmenso charco rojo y huellas de sangre que venían en mi dirección y desaparecían por mi derecha. Giré la cabeza, sintiendo la agonía de decenas de huesos rotos, y entonces vi algo que no podría olvidar en toda mi vida.

Mi agresor yacía en el suelo boca abajo, con su grotesca cara vuelta hacia mí. Sus ojos estaban desmesuradamente abiertos y su boca había quedado congelada en un aterrorizado grito mudo. Sobre su espalda se encorvaba una figura, con la cabeza hundida en el cuello de Clark.

El hombre desconocido se irguió al notar mi movimiento. De sus labios y prominentes colmillos chorreaba sangre, sus ojos de inmensas pupilas negras me observaron durante un instante. Pese a su rostro desprovisto de humanidad, las facciones de Caleb eran inconfundibles.

Debí de perder el conocimiento porque, cuando entreabrí de nuevo los ojos, la imagen había vuelto a cambiar. La cocina estaba llena de gente.

Me habían cubierto con una manta, lo que agradecí porque estaba temblando de frío. No podía pensar con claridad. El dolor me nublaba la mente cada vez que intentaba respirar, y, cuando tosí con gran padecimiento, manché de rojo el suelo.

—¡Cielo santo! —clamó alguien desde la puerta, y un hombre grande se precipitó a mi lado y empezó a palpar mi cuerpo consternado—. ¿Quién le ha hecho esto?

No podía hablar. Mi intento consistió en una especie de balbuceo ahogado.

—Tranquila —reconocí la voz del doctor Lee—. Se pondrá bien, señorita.

Negué con la cabeza, notando lágrimas en mis mejillas y una atroz punzada en cada hueso.

—Caleb… —conseguí susurrar—. ¿Dónde…?

El rostro desenfocado del doctor se mostraba grave. Nunca lo había visto tan serio.

—Está en la cubierta exterior con el capitán Hosken y los oficiales.

La calidez de la felicidad me llenó por dentro. ¡Caleb estaba vivo! Mis labios pretendieron una sonrisa que quedó silenciada por el gesto hosco del doctor.

—No es el mismo —dijo—. No es el Caleb que conocemos. Ya no.

No entendía nada. Intenté levantar la cabeza, incorporarme, pero mi cuerpo no me respondía. Mis piernas estaban dormidas, inmóviles.

—Tiene unos traumatismos muy severos. En cuanto me traigan una camilla, la llevaremos a la enfermería.

Oí una voz en la lejanía que consiguió hacerme temblar. El doctor observó mi reacción.

—El señor Phillips está contando lo que ha ocurrido, cómo se encontraron a Caleb atacándola —me explicó—. El señor Clark, a quien les presenté el otro día, está muy grave. Ha perdido mucha sangre y dudo que se recupere de los desgarros que ha sufrido en el cuello… —Tomó mi mano entre las suyas mientras yo negaba con la cabeza, incapaz de decir nada—. Debí darme cuenta de lo que iba a suceder.

—¡No! —gemí con dificultad—. Fueron… ellos.

—Sé que resulta difícil de asimilar, ya que ambos apreciamos al señor Hay, pero hay numerosos testigos. El señor Phillips pidió auxilio al entrar en la cocina, y, cuando llegaron los miembros de la tripulación, hallaron a Caleb… devorando a Walter. Tuvieron que reducirle entre cinco, dos presentan roturas de huesos y un tercero ha fallecido.

La impotencia me aceleraba el corazón. Volví a levantar la cabeza y, ayudándome de los codos, conseguí incorporarme un poco.

—Debo verlo —murmuré con un acceso de tos que manchó de sangre la manta que me cubría—. Tengo que ir con él.

—Dios mío… —El doctor me sujetó y me obligó a tumbarme—. Ha debido de perforarse un pulmón. Bajo ningún concepto debe moverse o las consecuencias podrían ser terribles. ¿Me ha entendido?

Perdí el conocimiento en numerosas ocasiones mientras esperábamos a que llegaran con una camilla. El tiempo se ralentizó, los sonidos se convirtieron en simples siseos y finalmente desaparecieron.

Decimotercer día

Durante un tiempo sentí que volaba, y me dejé llevar por la agradable sensación. Después me encontré tumbada en una camilla trasladada por un par de marineros, con el doctor Lee a mi vera.

Salimos fuera por una puerta que había en uno de los recodos del pasillo. El cielo, sin nubes, estaba teñido de unos preciosos colores pastel. Estaba a punto de amanecer.

—El sol —farfullé alcanzando el brazo del doctor Lee—. No puede darle… el sol.

Me miró con tristeza y acarició mi frente.

—No debe preocuparse por él; ahora su única prioridad ha de ser curarse. Es lo único en lo que tiene que pensar.

—¿Qué le van…? —Me resultaba imposible articular palabras. Me desesperé y las lágrimas poblaron mis ojos, dificultando aún más mi visión—. ¿Qué pasará?

—El hombre que está ahí fuera ha matado a un miembro de la tripulación y ha atacado violentamente al señor Clark —dijo—. Además, creen que es portador de la rabia. No… sé con certeza qué le sucederá.

—Miente —musité y, asiéndome de su brazo, me incorporé.

El súbito movimiento hizo que la camilla se desequilibrara y que los marineros no pudieran evitar que volcara. Caí al suelo, pero logré ponerme en pie.

Me apoyé en la pared del pasillo mientras los tres hombres hablaban a la vez, instándome a tumbarme de nuevo. Avancé hacia la puerta, aguantando el dolor que sentía con cada paso que daba, sujetándome las costillas al toser, luchando por mantenerme erguida.

El sol despertaba en la popa del barco, pintando los altos mástiles con sus rayos anaranjados. La luz me golpeó de frente y, en un primer momento, no pude ver lo que sucedía a poca distancia.

Trastabillé hacia uno de los bancos y me senté jadeando. Había varios marineros conversando en voz baja, y parecían atemorizados. Entre ellos, distinguí al capitán Hosken por su uniforme, hablando con los que suponía que serían sus oficiales. En el suelo, atado con cadenas al palo mayor, vi a Caleb.

Era él. Lo supe por su ropa, por su cabello oscuro y por su piel blanquecina. Parecía exhausto. Tenía la mirada perdida en el suelo y todo el cuerpo manchado de sangre. No aprecié ningún corte en su cuello, ni siquiera la herida del abdomen.

Me levanté del banco y, cuando iba a dar un paso hacia él, mis piernas fallaron y caí de rodillas.

Caleb alzó la cabeza, despacio, mostrándome aquellos ojos oscuros e intimidantes. Sus labios dibujaron una suave sonrisa y pude distinguir las puntas afiladas de unos colmillos.

—¡Señorita Addison! —El capitán Hosken corrió a mi lado, preocupado—. ¿Qué hace aquí? Deberían estar curándola en la enfermería. —Intentó darme la mano, pero la rechacé—. No es bueno para usted ver esto. ¡Doctor Lee! —gritó en otra dirección—. Llévese a la señorita, casi hemos concluido.

El médico me alzó sujetándome de la cintura. Intenté zafarme, pero otro marinero vino a ayudarlo. Al verme pelear para liberarme, Caleb gruñó removiéndose en el sitio, las cadenas vibraron en el aire y el mástil crujió. Todos miraron hacia el palo mayor, inquietos, y después hacia el hombre que se movía como un animal y para el que unas cadenas no parecían suficientes para contenerlo.

—¡No fue él! —gemí entre sollozos—. Clark... Clark me... atacó.

—Está confusa, señorita —dijo el capitán en un tono brusco—. Un caballero nos ha relatado lo sucedido. No necesitamos más opiniones. Quiere ayudar a su hermano, ¿verdad? Pues quédese dentro, aquí nada puede hacer.

—¡No! —grité soltándome del doctor e intentando acercarme a Caleb. Pero un dolor me atravesó el pecho y me dejó sin aliento. Tosí sangre, mucha sangre, y todo mi alrededor quedó envuelto en una neblina. Me desplomé como un tronco vencido por un rayo sin poder apartar la vista de Caleb, observando cómo la sombra del mástil que le había protegido hasta ese momento se desplazaba y quedaba bañado por la luz solar.

Recuerdo los gritos, el ruido, las imágenes sin sentido, el sol quemando sin piedad a Caleb, abrasándolo... Sus aullidos de dolor me rompieron el alma. La confusión de voces era total. El doctor Lee intentó salvarlo, pero el capitán Hosken se lo impidió.

El miedo y el horror se adueñaron de la cubierta. Y entonces el muchacho polaco al que habíamos salvado de morir gritó:

—*Vampyr!!!*

El pánico estalló entre la tripulación y los pasajeros. «¡Un *vampyr*!», murmuraba todo el mundo.

Cruces alzadas, oraciones atropelladas, chillidos histéricos...

Varios hombres tomaron a Caleb, desfallecido por la acción del sol, y lo arrastraron por el suelo con la ayuda de las gruesas cadenas.

No pude hacer nada. Ni siquiera cuando lo acercaron a la borda, ni siquiera cuando, sin ningún tipo de compasión, lo lanzaron al mar.

Grité rasgándome la garganta y repté por el suelo, llena de furia, de odio, de dolor, hacia el lugar desde donde lo habían arrojado al océano.

Recuerdo el mar embravecido y un cuerpo blanquecino flotando sobre las olas, meciéndose como si estuviera dormido. Recuerdo cómo fue desapareciendo lentamente en el agua, arrastrado por el peso de las cadenas hasta que no quedó ni rastro de él.

Lloré como jamás había llorado mientras todo mi ser se rompía en mil pedazos. El doctor me acogió entre sus brazos, fuertes, cálidos, y acarició mi cabello.

—Todo ha acabado, Sarah —dijo en un susurro—. Todo ha acabado.

Nueva York

El SS Great Britain atracó en el puerto de Nueva York el 7 de agosto de 1845, tras catorce días y veintidós horas de viaje. Había recorrido más de tres mil millas del Atlántico Norte a una velocidad media de nueve nudos.

Doce mil personas tuvieron la oportunidad de visitar el barco amarrado hasta que regresó a Liverpool semanas más tarde, pero ninguna de ellas supo lo que allí había sucedido. Desconozco cómo se le explicó a la familia de Walter Clark el ataque que sufrió y que le produjo la muerte un día después. Dudo que fuera la verdad.

Ambos fuimos trasladados al Hospital Bellevue en cuanto llegamos a puerto. Él fue llevado directamente al depósito de cadáveres, a mí me operaron con premura. Tenía un pulmón perforado debido a la rotura de varias costillas, diversas fracturas e innumerables contusiones por todo el cuerpo.

No fue fácil superar las primeras horas después de la intervención, cuando lo que menos quería era curarme. El malestar físico se silenciaba con medicinas, pero el verdadero dolor, el sufrimiento que sentía dentro de mí, no. Mi alma había quedado desgarrada en miles de fragmentos y yo solo era una sombra, un espectro.

Los recuerdos me llegaban difusos, licuados en morfina.

La luz de la mañana se colaba por los ventanales de la extensa sala de curas del hospital, pero desde mi cama, separada por una simple cortina de la veintena que se extendían en hilera, solo podía distinguir un retazo del cielo azul de la ciudad.

No podía acostumbrarme a los sollozos y los lamentos continuos, ni tampoco a los fuertes olores y… al vacío.

La fiebre me producía angustiosas alucinaciones que se mezclaban con vívidas pesadillas, sumergiéndome en la incertidumbre de cuál era la realidad. Soñaba con Caleb a diario, decenas de veces, y siempre me despertaba gritando, llorando, con el corazón aún más roto. En algunas ocasiones solo escuchaba su voz; en otras, percibía su aroma.

Aquellas largas noches, sumida en una tétrica oscuridad llena de gemidos, eran lo peor de ese encierro. La cortina que mantenía mi escueta intimidad oscilaba, bailaba en la penumbra, y en ocasiones se abría para mostrarme un traje a cuadros o el rostro ensangrentado de Walter Clark.

Durante un tiempo que me pareció interminable me sentí abandonada, desamparada, rodeada de personas que no conocía y que parecían hablarme desde la lejanía. Luego, cuando la fiebre comenzó a desaparecer, pude empezar a pensar de nuevo con cierta claridad. ¿Qué sucedería ahora? Había dejado tantas cosas atrás… En mi vida, no había lugar para la alegría ni para la esperanza, simplemente no había nada.

Sin embargo, no estaba completamente sola. El doctor George W. Lee se mantuvo a mi lado en el hospital el mayor tiempo posible. Iba a Cambridge regularmente para no desatender su trabajo y regresaba junto a mí en cuanto tenía la oportunidad.

—George, ¿por qué pierde el tiempo conmigo? —En casi un mes, esas fueron mis primeras palabras sin accesos sonoros de tos y sin la sensación de tener una losa sobre el pecho.

El doctor se permitió relajar las facciones y brindarme una sonrisa.

—Porque quiero. —Tomó asiento en la endeble silla que había a mi lado y apoyó su mano sobre mi antebrazo—. En parte me siento culpable y, en parte, en deuda. Pero, principalmente, quiero estar aquí, sin más.

—Es un gran amigo. Pero no entiendo por qué se siente en deuda conmigo; solo le he procurado disgustos.

—Usted y… el señor Hay expandieron mi perspectiva del mundo. —La sola mención de su nombre me oprimió el estómago, y apreté los labios para contener el dolor. El doctor Lee acarició mi brazo al darse cuenta—. Disculpe mi torpeza. No quería hablar de él.

—No lo lamente. Hablar de él es lo único que me queda.

—Hay sucesos que deberían vivir mejor en el olvido, mi querida amiga.

—Caleb no me agredió. Fue Walter Clark —apunté tajante.

—Y se llevó su merecido, ya lo sabe. El señor Hay sufrió a manos de Clark y Phillips, pero regresó a la vida de una forma que quizá no lleguemos a entender jamás, para vengarse. —Tomó mi mano y la aprisionó entre las suyas—. No digo que fuera justo que pereciera en el mar, pero quizá le ahorró un mayor sufrimiento. A él… y a usted también.

Negué despacio con la cabeza, conteniendo las lágrimas.

—Lo quería, George —susurré—. Aún lo quiero.

—Por supuesto que sí. Hacían una pareja digna de un libro. Sin embargo, ahora necesita mirar hacia delante, hacer uso de su optimismo y agradecer todo lo que vivió con él. Ha amado, Sarah, de una forma intensa, arrebatadora. Poca gente puede vanagloriarse de lo mismo… ¡Hasta yo mismo siento una gran envidia! Demuéstreme que puede avanzar sola, que no necesita a nadie. Recuerde cómo logró abandonar una vida acomodada en Inglaterra y emprender una aventura única.

Aquella tarde, todo el viaje se presentó delante de mis ojos. El cuadro de mi bisabuela instándome a huir, la extraña sombra del establo, el grandioso buque con sus innumerables banderas meciéndose con el viento. Y en una lenta secuencia de imágenes lo vi a él. Disfruté de su sonrisa, de su mirada y de sus palabras una última vez. Las lágrimas enturbiaron los recuerdos y la pena agitó mi interior hasta desear no haber salido con vida de aquel viaje.

Los siguientes días empeoré. Las náuseas y el malestar suplieron a la fiebre. El doctor Lee había regresado a su hogar, pero volvió al cabo de una semana, preocupado por el rumbo que tomaba mi convalecencia. Mantuvo una larga charla con el médico que me atendía y que me había hecho numerosas pruebas para obtener un diagnóstico.

Cuando ambos se situaron frente a mi cama, esperé paciente a que me transmitieran el peor resultado. No iba a alarmarme por más nefasto que fuera, no temía a lo que me deparara el destino.

—Sarah —dijo el doctor Lee con unas finas arrugas cruzando su frente—, me veo en la obligación de hacerle una pregunta un tanto atrevida: ¿desde cuándo no menstrúa?

Quizá por no ser lo que me esperaba oír, la pregunta me sorprendió y el calor subió rápidamente a mis mejillas. No entendía por qué aquel asunto podría ser de interés, pero traté de hacer memoria.

—Creo que fue una semana antes de embarcar en el Great Britain —contesté notando cierto alivio en sus ojos oscuros—. ¿Qué tiene de importancia?

—Nos explica su malestar y las náuseas, mi querida amiga. —George tomó asiento en el borde de la cama mientras el otro médico se excusó y nos dejó solos.

—¿Voy a morir?

—Aún no, que yo sepa. —El doctor Lee esbozó una rápida sonrisa—. Debe mantener reposo hasta que las costillas se suelden y sepamos a ciencia cierta que el pulmón se encuentra en plena forma. Por lo demás…, está embarazada.

—¿Perdón? —Me atraganté con mi propia saliva y sufrí un ataque de tos—. ¡No es posible! Yo no…, no tengo esposo. ¿Cómo voy a quedarme encinta?

—¿Mantuvo algún… acercamiento íntimo con el señor Hay? Y no me refiero al beso del que fui testigo, sino a algo más…

Los recuerdos ardían en mi memoria. Las imágenes se tornaron nítidas. Asentí lentamente con la cabeza mientras comprendía cuán inconsciente y necia era aún a mis dieciocho años.

—No se preocupe, Sarah —añadió rápidamente el doctor—. Soy conocedor de la desinformación que existe entre las jóvenes con respecto a esos temas, y, aunque le parezca insólito, los embarazos fuera del matrimonio no son algo extraño en la sociedad actual. Debe creerme cuando le digo que me alegra descubrir que, de todos los males que pudiera estar sufriendo en este momento, ese es el menos funesto.

Apoyé las manos en mi tripa involuntariamente. No daba crédito.

—¿Espero un hijo de Caleb? —conseguí decir.

—Sí, así que la próxima vez que vuelva a visitarla quiero verla algo más alegre. Tiene un regalo ahí dentro, Sarah, y de otra cosa no puedo hablar, pero ese bebé va a ser una auténtica belleza.

Me reí. Y el sonido de mi risa me evocó una vida pasada, donde solo había felicidad. El recuerdo de Caleb seguía punzando en mi interior, pero por primera vez una pequeña esperanza comenzaba a abrirse paso en mí.

Ocupado con un simposio en la universidad, el doctor Lee se ausentó durante una semana. En ese tiempo pude ponerme en pie y caminar sin apenas ayuda. Mi cuerpo había comenzado a cambiar tiempo antes de conocer la insólita noticia, y en ese momento era partícipe de esos cambios que me preparaban para la llegada de un bebé.

El pequeño me necesitaba para sobrevivir, debía recuperarme cuanto antes. Comencé a comer con hambre, a fortalecerme y a apreciar aquella oportunidad con ánimo y energía.

—¿Cómo se encuentra hoy? Parece que bien. —Una de las enfermeras que atendía el turno de mañana estaba cambiando las sábanas de mi cama cuando regresé de un breve paseo por la planta. Tenía los ojos claros y el cabello tan blanco como el impoluto uniforme que vestía.

—Mucho mejor, gracias. —Hice un esbozo de sonrisa y me senté en la silla, mirando hacia la ventana. Desde allí podía ver el ancho caudal del río East.

—El doctor Moore me ha comentado su situación —dijo la enfermera, acercándose a mi lado—, y no debe preocuparse en exceso. Dispone de varias soluciones.

—¿A qué se refiere? —pregunté sin entender.

—Es una mujer soltera a la espera de un bebé —contestó en un susurro—. Supongo que se da cuenta de lo difícil de su situación. Ahí fuera, sin familia ni amigos, no tendrá más oportunidad que la de acabar en la mendicidad o, Dios no lo quiera…, la prostitución. No es el primer caso que veo, se lo aseguro.

Tragué saliva ante la sincera preocupación de la mujer. El porvenir que había madurado consistía en ponerme a trabajar como institutriz o como criada en algún hogar. ¿Era una necia por aguardar con demasiado optimismo el futuro que se presentaba ante mí?

—No obtendrá trabajo en su estado —añadió leyéndome el pensamiento—. Medite lo que voy a decirle. Tiene aún unos días para pensarlo antes de que le den el alta. Como supongo que sabrá, hay matrimonios que no pueden tener hijos y los desean con fervor. Una de sus opciones, la más caritativa, es entregar a su bebé a una de esas parejas. Cuidarán bien de él, puede estar segura, y le prodigarán los mejores cuidados. Podría incluso conocer a alguno de esos matrimonios y comprobar que es cierto todo lo que le estoy diciendo.

La sola idea de dar a mi hijo a unos desconocidos me hizo temblar y me sujeté la tripa con las manos. ¿Realmente no sería capaz de sacar a mi bebé adelante en la ciudad?

—También cabría la posibilidad de que pudieran acogerla las Hermanas de la Caridad —añadió la enfermera, con cierto disgusto en la voz—. Tienen un edificio a las afueras de la ciudad y, si disponen de hueco en alguna habitación, podrían permitirle llevar adelante su embarazo hasta que decida qué hacer con el niño o hasta que encuentre un trabajo. Pero no le aseguro que eso pueda ser; están muy solicitadas. Y, por último…, siempre queda la opción de… interrumpir su embarazo… Ya me entiende. No siempre es el momento propicio para traer a un niño a este mundo… Bueno, la dejo descansar. Seguro que opta por la mejor solución.

La mujer me palmeó el hombro con afecto y se alejó por el pasillo, con una sonrisa en los labios y la mirada tranquila, mientras continuaba con su trabajo, atendiendo al resto de los pacientes. Me costaba creer que no fuera consciente de que acababa de sumirme en la más profunda desazón.

Ante mí se abrían nuevos caminos que debía considerar. Poco sabía del mundo que me rodeaba. Venía de una vida despreocupada en la que nunca hubiera tenido en cuenta ninguna de las opciones que me ofrecía la enfermera. Y, durante mi convalecencia, la perpetua presencia del doctor Lee me había dado una falsa seguridad ante un incierto futuro.

Sin embargo, cuando saliera del hospital, debería avanzar yo sola, con la dificultad de portar a un niño en mi vientre.

Resoplé y me tumbé en la cama mareada. Ni el doctor Lee podría ayudarme siempre, ni yo se lo pediría jamás. Fui quizá idiota al abandonar la comodidad de mi hogar; ahora debía asumir las consecuencias.

Aquella noche, tras mucho discurrir considerando numerosas variables, me quedé dormida de madrugada. Soñé con Caleb y sentí con absoluta realidad su mano rozando mi mejilla. Era un gesto de ánimo, de valor. Buscaría mi camino, lo lograría, pero siempre con aquel pequeño conmigo.

Cuando el doctor Lee regresó de Cambridge parecía extremadamente nervioso. Se mesaba la barba y se colocaba el cabello una y otra vez en el mismo sitio mientras me dirigía miradas rápidas.

—¿Va a decirme que me voy a morir? —pregunté al fin, consiguiendo que se detuviera y tomara asiento.

—Está empecinada con esa idea, ¿no? —Soltó una risita comedida.

—Por sus gestos, me da la sensación de que quiere darme una mala noticia y no sabe cómo hacerlo.

—Bueno, sí, pero desde luego que no se refiere a su salud. Está curada y dudo que tarde en recibir el alta. —Sus ojos oscuros rehuyeron los míos hasta detenerse en el paisaje que se extendía más allá de la ventana—. Supongo que alguna de las enfermeras habrá hablado con usted sobre... las opciones.

Inspiré profundamente y estrujé mis dedos entre sí.

—Sé lo que va a decirme, George, y lo entiendo. Se preocupa por mí y por el bienestar del niño; sin embargo, le juro que saldré adelante. Lo haré. Pediré ayuda a las Hermanas de la Caridad. Espero que pueda estar con ellas hasta conseguir un hogar propio. Quizá peque de egoísmo, pero no pienso entregarle a mi bebé a otra familia. No puedo.

—¡Claro! ¡Lo entiendo! Por mi mente no vaga ni por asomo la idea de que se libre del pequeño. Como también sé, viendo su resolución, que conseguirá lo que anhela.

—Entonces... ¿qué es lo que iba a decirme?

—Supongo que ya no es importante. —Arrugó la nariz y se miró las palmas, inquieto—. Tiene muy claro su camino y yo... no quiero ser un estorbo.

Negué con la cabeza repetidamente.

—George, no diga eso. ¿Sabe lo agradecida que estoy por tenerle como amigo? Puede que el destino no parezca benévolo conmigo, pero le ha puesto a usted a mi lado, y es algo que nunca podré recompensarle lo suficiente.

—No hay nada que agradecer, por favor —rogó turbado—. Y así no me está poniendo fácil lo que había venido a decirle y para lo que no encuentro las palabras adecuadas.

—¿Venía a despedirse?

—Todo lo contrario. —Apoyó los codos en las rodillas y levantó la mirada hacia la mía—. Sarah, júreme que no hará nada obligada por un deber moral o por simple agradecimiento.

—Comienza a asustarme, doctor, pero se lo juro.

—¿Se casaría conmigo?

Abrí la boca por la sorpresa y no pude cerrarla hasta que tomó mi mano entre las suyas y me zarandeó ligeramente, para comprobar que seguía viva.

—¿Por qué? —atiné a preguntar.

—Porque podría darle un apellido a ese pequeño y ahorrarle a usted tiempos difíciles. Porque mis padres serían felices, porque la soledad a veces es complicada de llevar, porque compartimos muchas aficiones y me interesa y maravilla escuchar sus pensamientos. Porque no me imagino mi vida ya sin un poco de emoción. Porque egoístamente quiero tenerla a mi lado —dijo de un tirón, sin ni siquiera respirar—. Si cree que podría obviar mis rarezas, vivir en una casa menos lujosa que la que dejó en Inglaterra, con un ama de llaves gruñona, un invernadero en el que no crece ninguna planta y con un amigo en vez de un marido, me sentiría realmente dichoso de emprender una nueva aventura en su compañía.

—¿Lo ha meditado bien? —pregunté, conmovida por sus palabras—. Ahuyentaré a sus posibles admiradores, doctor Lee.

Sonrió más relajado.

—¿Eso es un «sí»?

—Pensar en perderle de vista me duele más que cualquiera de las rarezas que finja tener, así que sí, es un «sí».

Se levantó de un salto y me dio un rápido abrazo antes de toser con disimulo mirando hacia todos los lados. Una mueca de satisfacción llenaba su rostro adulto, sereno.

—Pues entonces, si me permite la osadía, buscaré alguna modista en la ciudad para que le confeccione un bonito vestido, un sacerdote y un par de testigos. Poco más necesitamos. —Asentí conforme y él frunció el ceño pensativo—. Nuestra diferencia de edad se convertirá en la comidilla de Cambridge durante semanas. En breve cumpliré los cuarenta y seis y usted es apenas una cría. Resultaré el ídolo para muchos hombres en cuanto la vean, espero que no le moleste.

—Podré soportarlo, doctor. —Reí—. Ahora, por favor, búsqueme algo de comer. Necesito recuperarme lo antes posible.

La última noche antes de salir del hospital volví a tener pesadillas.

Puede que las ocasionaran el trozo de pastel que George me había traído como si fuera de contrabando y que engullí en breves segundos, o quizá eran fruto de las secuelas de un horror al que tendría que hacer frente una y otra vez en mis recuerdos, pero... de nuevo vi a Walter Clark.

Soñé que un ruido me despertaba y que la cortina que separaba mi cama se movía lentamente hasta mostrar una mano, un brazo, un traje a cuadros. El rostro de Clark se materializaba pálido como la luz de la luna que atravesaba la ventana, afilado, cruel, y, cuando esbozó una especie de sonrisa, pude distinguir unos colmillos extensos, sobrepasando su labio inferior. Avanzó hacia mí y la piel se me erizó. Quería gritar, pero el miedo atenazaba mi garganta hasta privarme de aire.

Un ruido al final del pasillo y unas voces familiares me hicieron girarme hacia ellas con anhelo. En cuanto volví la vista, Clark había desaparecido.

Me mantuve despierta el resto de la noche, tan asustada que comencé a creer en la posibilidad de que aquel hombre no hubiera fallecido en el barco. Sin embargo, con los primeros rayos del sol otoñal, los miedos nocturnos se difuminaron y la razón se hizo prevalecer.

—Buenos días. —George parecía radiante y me tendió feliz una taza de té.

—Buenos días. Cualquiera diría que está a punto de contraer matrimonio con una mujer excepcional.

—Es que soy un hombre práctico que sabe sacar provecho de sus alegrías, Sarah. El decano de la universidad me acaba de conceder un mes de vacaciones para mi luna de miel. Para que luego digan que el matrimonio no reporta beneficios. —Me observó detenidamente, con ese afán médico que no podía controlar—. ¿Una mala noche o solo remordimientos por haber dicho que sí?

—Una pesadilla demasiado real.

—Lo raro es que duerma sin ellas. ¿Puedo hacer algo al respecto?

—Le parecerá una locura mi petición, pero... ¿podría preguntar dónde enterraron a Walter Clark? Me gustaría cerciorarme de que se halla bajo tierra.

Asintió como si mi solicitud fuera completamente normal y se alejó hacia las escaleras. El depósito de cadáveres se encontraba varios pisos más abajo y dudaba que George fuera a volver pronto, pero me equivocaba. Regresó tan rápido que apenas había tenido la oportunidad de vestirme.

—Hay un problema —dijo desde el otro lado de la cortina. Me puse con premura la blusa y me asomé desconcertada—. Aunque supongo que no es más que un desastre típico de hospitales tan grandes. La morgue es un completo caos. Aún están hacinados cuerpos del incendio de julio y estamos en octubre, imagínese… —Se secó el sudor de la frente, visiblemente sofocado por la carrera—. Y parece que, aunque hay constancia en los archivos del ingreso sin vida del señor Clark, no saben dónde… se encuentran sus restos. Simplemente…, han desaparecido.

Trastabillé en el sitio y me agarré a la cama para no caerme.

—¿Han perdido el cadáver de Clark?

—Según el conserje, no es el primero. Tienen un buen lío ahí abajo. —Curvó sus labios en un amago de sonrisa—. Mire, ese hombre no se merecía ni un entierro cristiano, así que mejor. Vayámonos de aquí. Cuanto antes nos alejemos de Nueva York, antes dejaremos atrás parte del pasado.

Asentí aún sobrecogida. Había sido un sueño, no iba a dejar que me condicionara. George se alejó para ir a despedirse del médico de la planta y yo inspiré hondo, tratando de serenarme.

Apoyé la maleta sobre la cama y, en cuanto la abrí, vi el diario de Caleb. Mis manos temblaron con nerviosismo cuando lo saqué. Su letra, sus palabras… Su voz se materializó en mi cabeza como si me susurrara al oído. Se me se llenaron los ojos de lágrimas.

> *Me pregunto si algún día tendré la oportunidad de amar, de que me amen. Un pensamiento absurdo para alguien encerrado entre cuatro paredes. Un pensamiento nefasto, pero que, de algún modo, de alguna forma que no puedo evitar, me inspira esperanza.*

Apoyé el diario contra mi pecho y por unos segundos me permití sentir aún la calidez de sus caricias, el aroma de su cuerpo, el roce de su piel. Después tragué saliva y, despacio, con mis labios formando una despedida, cerré la maleta.

SEGUNDA PARTE

Jeremiah Kiebler

Nueva York, octubre de 1845

Aquella noche, Jeremiah Kiebler había regresado de nuevo a la casa de sus padres. Visitar los restos del que había sido su hogar los dieciséis años que tenía de existencia se había convertido una especie de ritual que practicaba todas las noches. Vagabundeaba por el Bajo Manhattan, se colaba entre los vestigios del incendio que había asolado más de cuatrocientas edificaciones y acababa apareciendo entre las ruinas de donde un día vivió con su familia.

Era una actividad de riesgo. Muchas estructuras debilitadas por el fuego acababan derrumbándose, y el suelo estaba plagado de numerosos objetos punzantes, con ganas de amargar la noche a cualquiera. Sin embargo, no quedaban enseres ni pertenencias que encontrar. Todo lo que podía robarse ya había sido robado. Solo contaba con cientos de recuerdos en su cabeza.

Abandonó las ruinas de su casa con las manos en los bolsillos, tarareando una canción. Se había quedado sin familia, pero, como mantenía su trabajo en la fábrica de ladrillos, no se moría de hambre, aunque tampoco podía permitirse más de una comida al día. Dormía en el puerto o debajo de algún puente, como tanta otra gente en sus mismas circunstancias. Lo difícil sería cuando llegaran el invierno, el frío y la nieve.

Suspiró y esbozó una sonrisa. Siempre podría enamorar a una bella heredera a la que no le importase la fea cicatriz que surcaba su mejilla. Sí, eso haría. Se rio ante las inmensas posibilidades de que algo así sucediera; sería más fácil encontrar oro en el Hudson.

«Dios mío —pensó levantando la cabeza hacia el firmamento oscuro—. ¿Por qué te he cabreado tanto?».

Se detuvo en seco al escuchar un estruendo repentino. La vida en la ciudad le había enseñado a mantenerse alerta y a huir de las amenazas, y también a distinguir entre ruidos cotidianos y aquellos que podían constituir un posible peligro.

Nueva York no era un lugar pacífico y, desde que había perdido su hogar, parecía aún más violento. Cada esquina albergaba una historia de violencia esperando a ser contada. De hecho, los muchachos que vendían los periódicos se desgañitaban narrando una sinfonía de crímenes y tragedias que se producían casi a diario. Si en su mano estaba, no pensaba formar parte de ninguna de esas noticias.

Se deslizó silencioso hacia el lugar del que procedían los sonidos con pasos apenas audibles gracias a las suelas gastadas de sus zapatos y a su habilidad innata para pasar desapercibido. A medida que se acercaba, pudo distinguir las siluetas de cuatro individuos, ensañándose con un pobre infeliz que, en ese momento, yacía en el suelo.

Jeremiah bufó para sus adentros. Tenía hambre y estaba agotado tras un día de trabajo infinito, pero no podía permitir que aquellos tipos se decidieran a terminar lo que habían comenzado.

Avanzó ágil al amparo de los muros de piedra mientras veía cómo robaban las alhajas del pobre diablo. Reconoció enseguida a los cuatro malnacidos, los Cummings. Era mejor no encontrárselos en el camino.

Inspiró hondo, buscando cierta valentía, y comenzó a lanzar cascotes hacia el otro lado de la calle mientras daba golpes y patadas y profería extraños gruñidos. Pese al burdo intento, los maleantes se sintieron amenazados y huyeron deprisa, sin mirar hacia atrás.

Jeremiah esperó unos segundos a que desaparecieran en dirección a la calle Chatham y corrió hacia el individuo que, postrado en el barro de la calzada, sangraba profusamente por una herida en el pecho y otra en el vientre. Le habían acuchillado de lo lindo.

—¡Por todos los mártires y sus descendientes! —Jeremiah zarandeó al hombre para comprobar si se movía y comenzó a arrastrarlo hacia la acera—. ¿Me escucha? No me diga que se ha muerto, no tengo ganas de más malas noticias.

Se quitó el pañuelo del cuello y trató de detener la hemorragia, presionando con todas sus fuerzas. Lo iba a perder, estaba seguro. Su madre se había desvanecido entre sus brazos cuando consiguió sacarla del incendio. Sus dos hermanos y su padre perecieron sin poder ser rescatados.

Se secó la frente con el dorso de la mano, incapaz de arreglar aquel estropicio. Entonces notó algo ciertamente extraño. Las cuchilladas, bien visibles a través de los jirones de aquella camisa elegante, comenzaban lentamente a cerrarse ante sus ojos atónitos, como si una mano invisible remendara despacio la piel maltrecha.

—No sé lo va a creer, señor —musitó Jeremiah, incrédulo, comprobando una y otra vez que aquello no era un espejismo—. Debe de caerle bien a Dios porque sus heridas son ya solo rasguños y… ¡están sanando!

El hombre entreabrió los ojos y miró desconcertado a Jeremiah. Sus iris eran negros como el carbón y no mostraban ningún tipo de emoción.

—No soy doctor, señor —aclaró el muchacho para tranquilizar al caballero—, pero creo que se salvará.

El hombre se incorporó y observó sus heridas. Palpó sus bolsillos dándose cuenta de que le faltaban sus pertenencias.

—Le juro que he visto cosas raras en mi vida —continuó Jeremiah—, pero su capacidad de curación es sorprendente. ¿Se debe a algún tónico especial que toman las personas de clase alta?

El caballero inspiró hondamente. Sus facciones eran agradables. Estaba seguro de que incluso su hermana Ruby, que tenía solo diecisiete cuando falleció, las calificaría de hermosas, pero mostraban una fuerte hostilidad.

—¿Por qué me has salvado? —preguntó, de pronto, en un murmullo.

—Pues porque estaba mal no hacerlo. —Jeremiah se encogió de hombros. Aquello era una obviedad—. Usted hubiera hecho lo mismo.

El caballero negó con la cabeza despacio, tragando saliva y apretando sus labios hasta convertirlos en una fina línea.

—Vete —dijo entonces con voz ronca, mientras se sujetaba al bordillo de la acera con fuerza, conteniendo un impulso desconocido—. Huye de mí. Ahora mismo.

—¿Por qué debería hacerlo? —Jeremiah lo miró con sorpresa—. ¿Es usted uno de esos ricos depravados que secuestran muchachos humildes para satisfacer sus repulsivas necesidades? Si es así, no pienso salir corriendo, tengo dieciséis años y sé defenderme. Además, usted no tiene pinta de poseer unos gustos demasiado extravagantes.

—Te sorprendería —contestó el caballero, con la mirada clavada en el chico.

Jeremiah se puso de pie.

En comparación con aquel hombre apuesto y elegante, que no parecía sacarle demasiada edad, el chico era delgado como un junco. Los pantalones desgastados y remendados cientos de veces le quedaban cortos, por lo que iba enseñando sus tobillos huesudos. Estaba sucio y tenía las manos ásperas debido a su trabajo continuado.

Con un gesto se limpió las rodillas, intentando adecentarse, y dijo:

—Bien, pues me iré… Pero me muero de hambre, señor, no creo que se pueda hacer una idea, y, ya que le he salvado, quizá podría pagarme algo de comer y yo, en agradecimiento, le diría dónde puede localizar las cosas que le han robado.

—¿Sabes dónde tomar algo a estas horas?

—Por supuesto. —Jeremiah sonrió abiertamente—. Acompáñeme, señor.

Jeremiah Kiebler cotorreaba sin cesar sobre el gran incendio que había reducido su casa a cenizas mientras devoraba un plato ingente de alubias, arroz y trozos crujientes de beicon.

En la penumbra de la taberna, el misterioso caballero lo observaba con sus ojos penetrantes desde el otro extremo de la mesa, y de vez en cuando desviaba la vista hacia los escasos clientes que compartían el espacio del local en aquellas horas tardías. La cautela que envolvía su presencia contrastaba con las rápidas frases y exclamaciones del muchacho.

—Aquí preparan el mejor beicon de la ciudad. ¿No quiere probarlo? Me da en la nariz que tiene hambre. —Jeremiah señaló a su acompañante con el tenedor—. He visto que sus ojos se oscurecen cuando la tabernera pasa a su lado con los platos.

—Eres muy perspicaz —murmuró el hombre con una especie de sonrisa.

—Se me da bien leer las mentes. Mi madre decía que debía dedicarme a ello. Mi padre prefería que continuara en la fábrica de ladrillos... —El muchacho se rio con cierta tristeza.

—¿Dónde están tus padres? —le preguntó el caballero con interés.

—Murieron, igual que mis dos hermanos. El fuego se llevó muchas vidas, más de las que dicen en los periódicos. —Jeremiah se terminó el plato y lo rebañó con la lengua—. ¿Usted tiene hermanos? Son insufribles hasta que desaparecen de repente. Entonces te arrepientes de no haber pasado más tiempo con ellos.

El hombre se frotó la sien con la mano, como si tuviera un súbito dolor de cabeza. Su rostro se mostraba macilento.

—Parece que no se encuentra muy bien —apuntó Jeremiah preocupado—, lo raro es que fuera lo contrario, dado que hace un rato lo han trinchado como a un pavo. Regrese a su hogar y vigile las heridas. Mañana podemos ir al encuentro de esos hijos de mala madre. Sé por dónde suelen moverse.

—Está bien —cedió el caballero levantándose de la mesa—, nos vemos al anochecer. Búscame en la esquina de Broadway con la calle Chamber.

—Por cierto, me llamo Jeremiah Kiebler. ¿Cómo me dirijo a usted?

El hombre se mantuvo pensativo, casi confundido, mientras dejaba unas monedas en la mesa, suficientes para pagar la cena.

—Caleb —murmuró, y acto seguido salió con premura de la taberna.

La fábrica de ladrillos Hutton era una imponente estructura a orillas del río Hudson, con sus enormes chimeneas que echaban humo, incansables, muestras del poderío económico de la ciudad.

Resultaba difícil acostumbrarse al agotador estruendo que retumbaba cada segundo en el interior de la fábrica: las estridentes máquinas en funcionamiento, el invariable golpeteo de los martillos sobre el barro fresco y el chirrido de los carros que transportaban los bloques de arcilla hacia los hornos. El olor acre a tierra húmeda y el humo perpetuo en el interior del edificio provocaban intensos accesos de tos a los trabajadores, lo que añadía un nuevo sonido desagradable a la sinfonía que se sucedía cada jornada.

Aquel día, Jeremiah había trabajado junto a los hornos, cargando y descargando las cámaras sin descanso, soportando un duro esfuerzo físico. Las llamas rugían en el interior de las chimeneas, alimentadas incansablemente por madera y carbón. El calor resultaba sofocante y a Jeremiah se le adhería la ropa a la piel, empapada en sudor. Su función, generalmente, era la de cortar las piezas de arcilla antes de su horneado; pero faltaba mano de obra desde el incendio y se valían de cualquier muchacho, tuviera la edad que tuviese, para los trabajos más exigentes.

Al caer la tarde, se aseó en los rudimentarios baños de la fábrica, intentando eliminar el sudor y la suciedad que parecían cosidos a su pellejo, y se peinó el cabello rubio meticulosamente, atándolo en una coleta. Debía presentarse como alguien digno de confianza para el extraño caballero del día anterior. Si lo llevaba hasta la banda callejera que le había desvalijado, puede que le recompensara con otra buena cena. Y él, por un plato de beicon, hacía lo que fuera.

Momentos antes de que el sol se escondiera detrás de los grandiosos edificios que bordeaban la ancha avenida, Jeremiah ya se encontraba en la confluencia de las calles Chamber y Broadway, aguardando la llegada del misterioso caballero. Estaba inquieto, para qué negarlo, su razón hacía tiempo que le demandaba salir corriendo, pero de alguna forma ilógica sentía que aquel era su lugar en la historia.

No fue hasta que la oscuridad del atardecer envolvió por completo las calles cuando el hombre apareció. Su presencia no pasaba desapercibida. Vestía un impecable traje oscuro, una camisa blanca y un sombrero de copa que hacía que pareciese aún más alto de lo que ya era. Sus movimientos eran tan seguros y decididos como los de un cazador, avanzaba reparando en todo lo que lo rodeaba sin mostrar un ápice de temor. Y eso que lo habían acuchillado la noche anterior.

Jeremiah esbozó una sonrisa nerviosa en cuanto lo tuvo al lado.

—Buenas noches, señor. Por un momento pensé que se había echado atrás.

—¿Dónde están?

Aquel hombre no se andaba con rodeos. Jeremiah hizo un gesto con la mano, indicándole una de las estrechas bocacalles que partían de Broadway, y comenzaron a caminar hacia allí.

—¿Vive cerca, señor? —preguntó el chico, con las manos en los bolsillos de su viejo pantalón y pateando las piedrecitas de la calle.

—Al lado del puerto —contestó el hombre tras unos segundos de vacilación.

—No es un lugar demasiado seguro por la noche.

—No me importa.

—Debería —comentó Jeremiah señalando otra callejuela—, ayer le convirtieron en un colador.

—Ayer tenía un mal día.

Como parecía una broma, Jeremiah se rio. Sin embargo, se detuvo en cuanto apreció el semblante serio de su acompañante.

—Hay gente muy peligrosa en esta zona —explicó el muchacho. La calle, estrecha y caótica, estaba escasamente iluminada. El olor de los excrementos de caballo, la basura y los charcos de agua estancada impregnaba el ambiente hasta hacerlo insoportable—. Supongo que habrá leído los periódicos: robos, asesinatos, violaciones… Todo ocurre aquí, en este barrio.

—¿Y los cuatro de ayer?

—De la peor calaña. Tengo entendido que se cargaron a algunas de las víctimas del incendio solo para robarles. ¡Y estaban moribundas! —Echó una ojeada rápida al caballero—. ¿Lleva algún arma escondida? ¿Una navaja al menos? Esos tipos no van a entregarle sus pertenencias si se lo pide únicamente por favor.

—Solo quiero mi anillo.

—Pues su anillo no tiene tanto valor como su vida. Piénselo antes de meterse con ellos. —Jeremiah se detuvo ante la puerta de una casucha de dos plantas. La zona olía a vómito y a orina. Nada fuera de lo normal—. Es aquí. Pregunte por los hermanos Cummings y, si no están, tómelo como una señal del cielo para no acabar muerto.

—Ya puedes irte. —Le tendió unas monedas al chico, que aceptó agradecido.

—Esperaré aquí. Y ruego, por su bien, que salga rápido.

El caballero entró en la casa con determinación, sin molestarse siquiera en llamar a la puerta. Jeremiah confiaba de corazón en que aquellos malnacidos hubieran decidido adelantar la hora de sus fechorías y no se encontraran en su hogar. Porque, si resultaba lo contrario, no iba a contar con la caridad de aquel hombre nunca más. En minutos se convertiría en un cadáver más de los que aparecían flotando en el río.

Se apoyó contra un muro con sus sentidos alerta ante cualquier indicio de peligro. Sin embargo, el barrio estaba sumido en un extraño silencio, casi angustioso. Cada latido de su corazón resonaba en el vacío que envolvía la calle, augurando un trágico desenlace.

Cuando la puerta volvió a abrirse, apenas un rato después, Jeremiah se irguió en el sitio preparado para echar a correr por si se trataba de cualquiera de los Cummings. Pero no era ninguno de esos malditos. Gracias a Dios.

—¿Nos vamos? —El caballero hacía girar un anillo en su palma con la tranquilidad del que ha dado un simple paseo.

—Dígame que no había nadie en la casa.

—Solo tres personas. Tenías razón, no aceptaron un «por favor».

Comenzó a alejarse de aquel lugar con zancadas rápidas y serenas, mientras Jeremiah, desconcertado, trataba de seguir su ritmo.

—¿Me va a contar qué ha sucedido ahí dentro? —preguntó, poniéndose a su altura e impidiéndole el paso en la estrechez de la callejuela.

—No creo que quieras saberlo.

—No me va a escandalizar que haya tres ratas menos en la ciudad, señor. El problema reside en que aún quedan demasiadas libres. Hay una auténtica plaga.

—A un exterminador puede resultarle difícil distinguir una rata de un ratón. La caza es un deporte peligroso.

—Si usted quiere, yo podría decirle dónde localizar a las… ratas. —Jeremiah se echó a un lado para que pudiera seguir caminando—. Aunque lo que me preocupa más en este momento es que lo encuentren los compinches de los Cummings. La venganza gusta mucho por aquí y el puerto es un lugar peligroso. Quizá… debería acompañarle a su casa y vigilar que nadie se le acerque. Podría ser una especie de centinela.

El caballero se colocó el anillo, un dragón de ojos llameantes, en el pulgar de su mano derecha y después deslizó la mirada hacia el rostro precavido de Jeremiah.

—No tienes dónde dormir, ¿verdad?

—Tengo varios sitios. Ninguno techado.

El hombre miró hacia todos los lados, pensativo.

—¿Hay alguien que pueda echarte de menos? —preguntó, finalmente.

—No, señor. Todos mis conocidos están muertos y enterrados.

—Bien. Acompáñame, entonces. Pero de algo he de advertirte: no soy un buen hombre. No intentes creer lo contrario.

Jeremiah asintió, irracionalmente, satisfecho. Su instinto de supervivencia no solía equivocarse, así que, dejándose guiar por él, siguió al caballero hacia el puerto.

Un detalle captó su atención a la vez que los edificios se apartaban para dejar a la vista los solitarios barcos anclados en los muelles; sin embargo, decidió restarle importancia, convenciéndose de su escasa relevancia. Necesitaba dormir de un tirón sin el miedo constante a ser desvalijado. Entonces ¿por qué no podía quitarse de la cabeza la imagen del pañuelo, que sobresalía del bolsillo del caballero? Sencillamente, porque estaba teñido con el más rojo de los colorantes.

O quizá porque se encontraba empapado en sangre.

Noviembre de 1845

Jeremiah se levantó al amanecer. Aquel hombre, Caleb le repitió que se llamaba, residía en un destartalado apartamento ubicado en uno de los viejos edificios que rodeaban el bullicioso puerto de Nueva York.

Desde su ventana se podía contemplar el ir y venir de los barcos hacia el río Hudson, una imagen que contrastaba notablemente con el abandono que sufría el interior del apartamento. Las paredes, que habían sido blancas en un pasado, estaban cubiertas de manchas de humedad. El suelo de listones de madera crujía, desgastado por el uso constante y la falta de mantenimiento. Los muebles rudimentarios apenas cumplían su función y era fácil augurar que su fin estaba próximo. El olor a salitre impregnaba el ambiente, mezclado con el aroma rancio del moho y de la suciedad.

Sin embargo, Jeremiah no pensaba quejarse. Había dormido como un lirón en una cama. Una cama. Con mayúsculas. Hacía tres meses que no apoyaba la cabeza en una almohada, ni reposaba el cuerpo sobre un colchón, así que aquello le parecía el mismísimo paraíso.

Se vistió rápidamente y garabateó una nota para el caballero, indicándole que se iba a trabajar y que regresaría por la tarde. Después, llevado por la preocupación, entornó ligeramente la puerta del dormitorio de Caleb y asomó la cabeza.

La oscuridad en aquella habitación era absoluta. Las dos ventanas habían sido cegadas con tablones de madera y no había ni una sola abertura por la que pudiera entrar un rayo de sol.

La luz que se filtraba por la puerta semiabierta desde la que curioseaba Jeremiah llegaba hasta los pies de la cama, donde descansaba aquel hombre tan rígido e inmóvil que semejaba un cadáver.

El chico cerró la puerta y salió del apartamento con la sensación de que el destino podría haber tomado un giro benigno por primera vez en mucho tiempo.

Después de una agotadora jornada en la fábrica, Jeremiah regresó al puerto, hastiado e impotente. La imagen de un compañero herido, tras un nefasto accidente con una carretilla de material, le llenaba de frustración. Fundamentalmente, le atormentaba la indiferencia de los jefes de la fábrica frente al dolor y la desgracia de uno de sus trabajadores, apenas un niño. El valor de una vida en aquel auge industrial era tan escaso que dolía comprobarlo.

Cuando entró en el apartamento, con los últimos retazos del día acompañando sus pasos, no podía esperarse el espectáculo que se encontró. Apenas había muebles en aquel sitio, pero en ese momento todos y cada uno estaban rotos, astillados y tirados de cualquier forma.

Un espejo rajado reflejaba fragmentos distorsionados del rostro anonadado del muchacho, las estanterías volcadas dejaban escapar su contenido en un desorden caótico y un crucifijo empotrado en la pared parecía simbolizar algún tipo de maldición.

Buscó al caballero con la mirada, paralizado desde la entrada, consciente de que o habían entrado a robar o a vengarse por la muerte de los hermanos Cummings. Avanzó con sigilo hacia el dormitorio, atento a cualquier sonido desconocido que pudiera delatar la presencia de un intruso.

Caleb se encontraba arrodillado en su dormitorio, encorvado como un penitente frente al altar. Su rostro estaba orientado hacia el suelo y su cabello negro, largo, enredado en una maraña despeinada. Su respiración agitada resonaba en la habitación.

—Vete —le oyó sisear.

—¿Qué ha sucedido? —preguntó Jeremiah, inquieto—. ¿Está usted bien?

—¿Te preocupas por mí? —murmuró Caleb levantando su mirada hacia él.

Tenía unos llamativos ojos azules —no negros, como había creído cuando lo conoció— que destacaban en su piel pálida llena de arañazos. Su camisa rota mostraba heridas en el pecho y sus brazos parecían abrasados, en carne viva.

—¿Quién le ha hecho eso?

El caballero se observó a sí mismo, consciente en ese momento del desastre, y se dejó caer hacia atrás, sentándose en el suelo.

—Yo. —Extendió el brazo hacia Jeremiah, mostrándole las quemaduras—. Mira.

El muchacho pudo contemplar, atónito, cómo la piel se tornaba rosada hasta que cualquier rastro de abrasión desapareció completamente.

—Tiene un don, señor. Debería dar las gracias a Dios.

—¿Gracias? —Caleb se rio agriamente—. ¿Gracias por convertirme en esto? No, no tengo nada que agradecerle. Lo único que ansío con toda el alma es dejar este mundo. Y no puedo morir, Jeremiah, por más que lo intente.

»La noche que me encontraste estaba destrozado, sumido en la desesperanza. Los recuerdos me aterrorizaban, era incapaz de distinguir la realidad de los sueños que me atormentaban. Permití que aquella panda de miserables me acuchillara porque deseaba morir…

—¿Quién en su sano juicio querría morir? —lo interrumpió Jeremiah, comenzando a enfadarse—. Eso es una infamia… ¿Sabe cuánta gente hay que desearía que estuviera viva? Usted tiene suerte, mucha… Posee dinero, un hogar, a pesar de que huela a podrido, y ese magnífico don de curación. Es un privilegiado. Y, aunque haya sufrido tanto como para querer quitarse la vida, no tiene ningún derecho a hacerlo.

—¿El apartamento huele a podrido? —preguntó Caleb mirando a su alrededor, como si no hubiera escuchado nada más.

—Sí, señor. Si yo dispusiera de su poder adquisitivo, no estaría perdiendo la salud en este tugurio.

—Lo que ves es pura fachada, Jeremiah. Tengo algo de dinero y de ropa que ni siquiera recuerdo cómo llegaron a mis manos. —Torció el gesto, reflexivo—. Mi mente está sumida en un vacío de tinieblas, apenas puedo remontarme a unos días atrás. Sin embargo, extraños sueños empiezan a mortificarme, sin saber si son recuerdos o las alucinaciones de un demente.

—Es normal sufrir pesadillas en un lugar como este. Si quiere recuperar la cordura, debería buscar otro alojamiento. ¿Le gustan las viejas casas inglesas de Broadway? No tardarán en demolerlas para construir esos modernos edificios que invaden Manhattan como el peor de los hongos, pero hay una a la venta por poco dinero. Los herederos quieren librarse de lo que consideran una cochambre y no se dan cuenta de que la biblioteca que alberga vale su peso en oro.

—¿Hay algo que no sepas de la ciudad? —Caleb lo observaba con cierta admiración. La tensión y el dolor parecían haber desaparecido y su rostro se mostraba sereno, relajado.

—Tengo el oído fino y una curiosidad incansable. Eso decía mi madre.

—¿Podrías comprar esa casa en mi nombre?

—Trabajo todo el día, señor, y, aunque me encantaría poder ayudarle, no estoy en situación de perder mi empleo.

—No tolero el sol, Jeremiah. Has visto las quemaduras que me produce, por lo que no puedo salir de día. Trabaja para mí. Sé mi asistente para lo que me imposibilita mi condición. Aunque me temo que poco puedo ofrecerte más que un lugar donde dormir y comida.

—¿Se fía tanto de mí como para encomendarme misiones en las que hay dinero de por medio? —Jeremiah estaba perplejo—. Algunos le tacharían de necio.

—Quisiste salvar mi vida.

—Fue un burdo intento, ¿no? Supuestamente, no puede morir. —Jeremiah sonrió abiertamente—. Está bien. Dígame despacio qué he de hacer mañana. Me cuesta entender las cosas inconcebibles a la primera.

Como le habían ordenado, Jeremiah Kiebler, el pobre muchacho huérfano del incendio del Bajo Manhattan, en un giro inesperado del destino, compró una casa de tres plantas en la calle Broadway. Uno de los pocos vestigios que quedaban del dominio británico.

La casa, pese a su antigüedad, no mostraba signos evidentes de deterioro y venía acompañada de un mobiliario que parecía haber sido testigo de innumerables historias y acontecimientos a lo largo de los años. Su último propietario había fallecido meses atrás, dejando tras de sí un legado que ahora pasaba a manos de Jeremiah. Los herederos, en su afán por deshacerse rápidamente de la propiedad, no pusieron impedimentos a la primera oferta que el joven les hizo.

La casa quedó a nombre de un tal lord Phoenix, un supuesto noble escocés con intereses inmobiliarios en la ciudad, que surgió de la noche a la mañana de la mente ingeniosa de Jeremiah. En Nueva York, en aquellos tiempos, uno podía ser quien quisiera si disponía de algo de dinero y mucha mucha imaginación.

En los siguientes días, Jeremiah trasladó los pocos enseres de Caleb a su nueva vivienda. Entre los escasos objetos personales del caballero se encontraban varios trajes elegantes, zapatos caros y un par de sombreros, pero poco más. La ausencia de recuerdos de una vida pasada era evidente, a excepción de aquel anillo con la imagen de un dragón que parecía ocultar tras sus fieros ojos rojos algún temible secreto.

El muchacho se encargó de tapiar las ventanas para impedir que la luz del sol penetrara en el interior y perturbara el descanso diurno de Caleb y adecentó la vivienda. Durante horas, limpió y ordenó cada estancia, compró alimentos en abundancia, lavó la vajilla y ordenó los numerosos libros que poblaban la hermosa biblioteca de la planta baja.

Mientras hacía sus quehaceres, Jeremiah rezaba para que el caballero no se aburriera enseguida de su compañía y se viera obligado a regresar a la dura realidad de la fábrica de ladrillos.

Caleb dormía durante el día, y él se encargaba de los recados y de las compras. Se hizo su primer traje a medida en un sastre local y, cuando salió a la calle vestido con elegancia, se sorprendió al recibir saludos y gestos de reconocimiento por parte de otros caballeros, como si de repente hubiera sido elevado a un estatus social que nunca había imaginado alcanzar. La situación rozaba lo insólito.

Como le sobraba mucho tiempo libre, solía entretenerse en la biblioteca y ojeaba todos los tomos que alcanzaban sus manos. Siempre le había gustado leer, su madre le había enseñado desde bien pequeño, y en ese momento lo convirtió en un hábito.

Por las tardes, cuando las sombras comenzaban a desdibujar el perfil de la ciudad, Jeremiah encendía las chimeneas y esperaba con paciencia a que Caleb despertara de su letargo. Entonces le narraba con todo lujo de detalles las últimas noticias de los periódicos o las intrigas y comidillas que bullían en el barrio. Caleb escuchaba con atención las historias de Jeremiah, las anécdotas sobre su vida o los libros que leía, dejando que sus palabras rápidas y sus risas llenaran el silencio de aquel oscuro lugar.

En el tiempo que llevaban viviendo en su nueva residencia, apenas unas semanas, Caleb se ausentó en dos ocasiones. En ambas se había levantado de su descanso, ansioso, angustiado, con la mirada oscura y vacía, y, sin ni siquiera reparar en la presencia de Jeremiah, había abandonado la casa.

Nada bueno sucedería aquella noche. Nada de lo que hubiera que hablar al día siguiente.

El invierno pareció adelantarse, y en noviembre cayó la primera nevada. Hacía varias horas que Jeremiah había sucumbido a un sueño profundo mientras leía *Robinson Crusoe*. Sin embargo, un ruido fuerte, como el de un cristal al romperse, le hizo despertar con el corazón latiendo a toda velocidad.

Se deslizó con cautela fuera de la cama y, sosteniendo una vela, se asomó a la escalera. En la planta baja, una figura desataba el caos a su alrededor, rompiendo todo lo que encontraba a su paso. Una mezcla de indignación y furia invadió a Jeremiah al instante. ¿A quién demonios se le ocurría destrozar lo que él cuidaba con tanto esmero?

Bajó los peldaños, enfadado, con la única defensa de una vela, y halló a Caleb en un estado de locura absoluta. El caballero, preso de un terror desconocido, arremetía contra todo lo que encontraba a su alcance, estrellando jarrones, arrancando cuadros y espejos, mientras sus gritos retumbaban con desesperación.

—Milord —musitó Jeremiah, su voz apenas un susurro, sobrecogido por la impactante imagen—. ¿Qué sucede?

Caleb se detuvo en mitad del salón, aferrándose el cabello como si quisiera arrancárselo de cuajo. Se dejó caer de rodillas al suelo, con el rostro desencajado y la mirada perdida. Ante la desoladora escena, Jeremiah no pudo permanecer inalterado y corrió hacia él. Se agachó a su lado y, con cuidado, apoyó una mano en su hombro.

—¿Qué sucede, milord? ¿Qué le pasa? ¿Ha tenido una pesadilla?

Caleb negó despacio con la cabeza.

—Una visión —murmuró, apenas audible.

—¿De qué?

—No lo sé —contestó Caleb, confuso—. Tengo la frustrante sensación de que podría tratarse de un recuerdo. Veo rostros de gente a la que no conozco, veo… muerte y barbarie. La veo a ella.

—Siéntese y hablemos con tranquilidad. —Jeremiah se levantó y ayudó al caballero a hacer lo mismo. Después tomaron asiento en el sofá—. ¿Desde cuándo le pasa?

—Desde que llegué a esta ciudad.

—¿Dónde vivía antes?

—No lo sé —susurró Caleb, frotándose la frente—. En mi mente hay una confusión de imágenes y lugares. Hay veces que creo encontrarme en el mar ahogándome, otras me veo atravesando ciudades con la ligereza del viento, cazando…, matando sin control.

Jeremiah tragó saliva despacio, intentando que el silencio de la sala no se quebrara.

—¿Eso ha estado haciendo estas noches? —preguntó con prudencia, observando las oscuras ojeras del caballero, la mirada azul perdida, asustada—. ¿Cazar?

Hizo un gesto de asentimiento con la cabeza, tan fugaz como imperceptible.

—No estoy seguro de lo que ha sucedido con anterioridad a que nuestros destinos se entrelazaran, Jeremiah, pero ahora puedo jurarte que solo acudo a las calles de mala muerte donde campan esos criminales con total impunidad.

—Sus cadáveres no son los que salen en los periódicos.

—Mas debes creerme —rogó Caleb, con auténtica agonía.

—Lo hago, milord. Solo trato de entender qué le sucede.

La mandíbula de Caleb se mostraba tensa, su cuerpo encogido con los brazos cruzados sobre el pecho y sus ojos cerrados, recordando.

—Esta noche me interné por el laberinto de callejuelas que salen del puerto —dijo frunciendo el ceño, con su respiración rápida y superficial—. Estaba ansioso, hambriento… Buscaba a alguien al que nadie fuera a echar de menos, un ser despiadado, para evitar tener remordimientos. Cuando crucé uno de los viejos almacenes, escuché unos gritos ahogados provenientes de un callejón. Había un hombre grueso, carnoso, inmovilizando a una mujer contra el suelo nevado. Le había arrancado y roto la ropa, y la piel blanca femenina destacaba en la oscuridad de aquel rincón insalubre. Ella lloraba e intentaba liberarse, pero nada podía hacer contra el animal de toneladas de peso que la aplastaba.

»Los observé desde las sombras, paralizado por la escena, interesado por aquella brutalidad. Algo se removió en mi interior, no sabría precisar qué. De pronto, la escena tomaba un cariz distinto y me sentí incómodo, molesto. Avancé hacia el hombre sin dudar y de un solo movimiento… le partí el cuello. Se desplomó sobre la mujer, quien reptó asustada hasta librarse de él, abrazada a su ropa y refugiándose contra la pared. Su rostro estaba lleno de heridas, su labio sangraba, y… el hambre y la sed… quemaron mi garganta. «Gracias», susurró ella temblando. Aquella palabra me provocó una amarga sensación. Extrañado, me di la vuelta y eché a correr. Al llegar aquí, a casa, algo, algo demasiado poderoso, se abrió en mi mente aniquilando cualquier impedimento a su paso. Un recuerdo.

»Vi a una joven tendida en un suelo de baldosas blancas y negras, como un maldito tablero de ajedrez; vi a un individuo desnudándola, y entonces mi cuerpo comenzó a hervir. Solté un grito, incapaz de controlar mis emociones. La imagen no desaparecía de mi cabeza, se había quedado estática en mi pupila y se aproximaba con lentitud al rostro de la mujer. Un rostro de facciones dulces, preciosos labios y ojos oscuros, que solo me causan contrariedad.

Jeremiah trató de mantener la compostura y no alarmarse por lo escuchado.

—Le ha roto el cuello a un violador, no creo que el mundo lo eche de menos. Ahora bien, la joven que recuerda y que le ha hecho destrozar el salón, ¿sabe algo más de ella? ¿Tiene nombre, al menos?

El caballero levantó la mirada hacia Jeremiah. En sus ojos claros chispeó, de pronto, un pequeño destello.

—Sarah —musitó sorprendido—. Se llamaba Sarah.

Diciembre de 1845

Era una tarde gélida, envuelta en nubes grises, en la que no se esperaba, ni por asomo, la presencia del sol. Si se mantenía despierto durante el día, aunque estuviera nublado o lluvioso, Caleb sufría fuertes dolores de cabeza y un gran cansancio, y esto, a la larga, minaba su salud. Sin embargo, en determinados momentos necesitaba salir a la calle antes del anochecer.

Hacía apenas una hora, precisamente, habían tenido una reunión con el director del Banco de Nueva York. Cuando accedieron a aquel edificio de fachada tallada en piedra y aderezada con relieves, Jeremiah no pudo sino detenerse y admirarlo. Unas inmensas columnas flanqueaban la entrada principal sobre las que descansaba un frontón triangular decorado con motivos clásicos que Dios sabría qué simbolizaban.

Al atravesar las puertas de bronce, los dos visitantes fueron recibidos por el director en un vestíbulo decorado con lámparas de araña relucientes e inmensos tapices. El suelo de mármol brillaba en una atmósfera sosegada, con el lejano murmullo de las conversaciones y el tintineo de las monedas.

El director, un hombre de tripa prominente y gran mostacho, no entendía la fijación del tal lord Phoenix por un préstamo para la compra de las parcelas del Bajo Manhattan que habían sido devoradas por el incendio. Entre ellas, la antigua casa de Jeremiah.

Sin embargo, tanto Caleb como Jeremiah sabían que, como el extraordinario pájaro mitológico, Nueva York resurgiría de entre sus cenizas tarde o temprano y que aquellos solares multiplicarían su valor.

No se basaban en simples conjeturas. Unas semanas atrás, Jeremiah, atento como siempre a cualquier chismorreo o rumor, tuvo noticia de un terreno económico en la Quinta Avenida, muy lejos del centro de la ciudad.

Había pertenecido a la orden católica francesa de Cluny, que deseaba construir un colegio. Sin embargo, con la caída de Napoleón, los franceses tuvieron que regresar a su país y dejaron la propiedad en manos de un campesino.

Por poco más de lo que costaba un plato de judías, lord Phoenix y Jeremiah compraron aquel solar tan aparentemente poco interesante como gigantesco. La buena suerte les sonrió días después: la diócesis de Nueva York se interesó por el mismo terreno y ofreció a los nuevos propietarios una cantidad más que decente, con la sagrada intención de edificar una nueva catedral. Saint Patrick, querían llamarla.

—Tienes un talento innato para los negocios, Jeremiah —le había dicho Caleb, orgulloso—. Veamos ahora si podemos hacernos con la casa de tu familia.

Satisfechos, salieron del banco tras conseguir el préstamo y volvieron a casa dando un paseo a orillas del Hudson. El muchacho no dejó de parlotear sobre lo interesante que le parecía el mundo de la banca, pero permaneció atento en todo momento al estado de Caleb. No debían postergar demasiado su regreso, cada paso que daban de día menguaba visiblemente su fuerza.

Enseguida, apareció ante sus ojos el enorme puerto de Nueva York. Era un hervidero de actividad que reflejaba el esplendor económico de la ciudad. Los marineros, con sus ropas gastadas por el trabajo duro, se afanaban en las tareas de carga y descarga mientras el bullicio de las voces y el crujir de las cuerdas llenaban el aire. Los carruajes tirados por caballos transitaban por las estrechas calles, transportando mercancías y viajeros. A lo largo de los muelles, entre barcazas de pesca y elegantes veleros, se apiñaba una gran multitud. Habían acudido a ver la llegada de un gran trasatlántico.

Un enorme buque con bandera de Inglaterra hacía su entrada majestuosa por el río y era aclamado por los cientos de personas que los rodeaban. Jeremiah se detuvo fascinado, aunque no era la primera embarcación de ese tipo que veía atracar en su ciudad.

No obstante, se dio cuenta del gesto extrañado de su acompañante, que comenzó a avanzar hacia el gentío, absorto.

Jeremiah lo siguió. Se detuvieron varias filas detrás de la gente, observando el tamaño imponente del buque y su elegante diseño. Su casco metálico, pintado de negro, se elevaba distinguidamente sobre las aguas del puerto. A lo largo de la cubierta, los mástiles y chimeneas se alzaban hacia el cielo y las banderas ondeaban al viento, mostrando distintos colores e insignias. Los pasajeros saludaban desde la cubierta mientras el barco reducía su velocidad hasta detenerse a su derecha. El castillete de popa quedó ante sus ojos con sus filigranas doradas, realzadas por el casco negro y con el nombre del buque en él.

Great Britain.

Caleb perdió el equilibrio y se sujetó a un sorprendido Jeremiah. Se había quedado sin aire y su rostro alarmado parecía aún más pálido. Retrocedieron hasta topar con la pared de uno de los edificios del puerto, mientras los pasajeros comenzaban a descender del buque y abrazaban a los familiares y amigos que habían ido a recibirlos.

—Conozco ese barco —musitó Caleb con la mirada clavada en la cubierta superior, donde la tripulación uniformada contemplaba el gentío. Entre ellos, un hombre más alto, de patillas prominentes y porte elegante: el capitán.

Caleb se irguió y se puso tenso, en guardia. Entonces clavó sus uñas como cuchillas en el brazo de Jeremiah para contener sus ganas de echar a correr hacia la nave.

—Ese hombre… —rugió Caleb, haciendo esfuerzos para serenarse—. Desconozco quién es, no sé cuál es su nombre, pero quiero… matarlo. De la peor forma posible.

—Vayámonos. —Jeremiah, impresionado por la magnitud de la declaración, intentó tranquilizarlo—. El día está nublando su buen criterio.

A regañadientes, Caleb asintió y juntos emprendieron el camino de vuelta a casa, alejándose lo más rápidamente que pudieron del barco y evitando volver la vista atrás.

Pasaron dos noches desde aquel suceso. En el salón, la chimenea crepitaba con fuerza para combatir el frío que se filtraba desde el exterior, donde la nieve cubría hasta la mitad de la puerta.

Caleb se mostraba inquieto y Jeremiah ya no sabía cómo aplacarlo. Ante la falta de ideas, decidió proponer una distracción, esperando poder aliviar su desasosiego.

—He comprado un ajedrez —anunció como nueva alternativa—. ¿Puede enseñarme a jugar?

—Tengo hambre, Jeremiah. No soy una buena compañía en este momento —contestó Caleb de forma evasiva.

—La despensa está llena: fruta, embutido, queso… Déjeme prepararle algo que le apetezca.

—No hay nada ahí que pueda apaciguar mi apetito, lo sabes. —Caleb suspiró resignado—. Debo salir. Lo siento, debo hacerlo. No puedo evitarlo.

—No tiene por qué sentirlo —murmuró Jeremiah, observándolo con detenimiento. Reconocía la lucha que Caleb libraba en su interior y para la que él no tenía solución—. Siempre y cuando no haga nada de lo que luego pueda arrepentirse. Sabe dónde encontrar a la gentuza de peor calaña de la ciudad. Nadie le culpará por librarnos de unos cuantos.

—Muchas veces no es sencillo. —Caleb se movía de un lado a otro, impaciente. En sus ojos esquivos podía leerse con facilidad la vergüenza que le provocaba aquel sinsentido—. Desde que te conozco, he moderado mi conducta. La escasez de alimento me provoca cierta cordura y lucidez mental, los recuerdos comienzan a dibujarse y trazan imágenes horribles, mostrándome a alguien que no quiero ser. Sin embargo, aunque intente centrarme y buscar malhechores, cuando la caza comienza, necesito una gran fortaleza para no perder el control, y no siempre me resulta fácil.

—Entonces… le acompaño.

La propuesta de Jeremiah no fue recibida con objeciones por parte de Caleb, quien simplemente se puso el abrigo y salió a la calle, envuelto en la oscuridad.

A medida que caía la noche, las viejas tabernas y salones de mala muerte que abarrotaban las callejuelas que surgían desde Broadway cobraban vida con una multitud bulliciosa y variopinta de transeúntes.

Junto a las puertas de las tabernas, con sus viejas fachadas y letreros raídos, grupos de borrachos se tambaleaban de un lado a otro, desafinando canciones y riendo a carcajadas. Los mendigos merodeaban en busca de monedas o copas de licor, y los ladrones acechaban entre las sombras, listos para aprovecharse de cualquier desprevenido que se cruzara en su camino. Era un mundo aparte, donde las reglas de la sociedad no existían y cualquier abominación resultaba posible.

Caleb, tenso, parecía una bestia a punto de atacar, con su mirada fiera e intensa. Sus puños permanecían firmemente apretados a ambos lados de su cuerpo, como si estuviera tratando de domar lo que fuera que amenazaba con desbordarse de su interior en cualquier momento. Su presencia imponía, irradiaba una sensación de inminente peligro.

Jeremiah se mantenía a su lado, expectante. Se movía con cautela entre la multitud de borrachos y prostitutas, suplicando silenciosamente que la situación no se descontrolara, y listo para intervenir en cualquier momento y evitar lo desconocido.

Quizá fue la mala suerte o quizá un rocambolesco porvenir, pero a unos pasos de distancia un grupo de oficiales salió de la taberna de Pewter Mug. Sus elegantes atuendos emanaban un empalagoso olor a ron, perceptible desde donde ellos se encontraban.

—¡Capitán Hosken! —gritó uno que apenas podía sostenerse en pie a un caballero que se les acercaba por la calle—. Debería habernos acompañado a la taberna, las mujeres neoyorquinas son muy muy cariñosas.

—Me alegro, pero, si queremos partir a finales de semana —contestó el capitán tenso—, más vale que busque solo el cariño de un buen baño de agua fría.

Caleb se detuvo abruptamente. Se quedó clavado en el suelo mientras su respiración agitada creaba una gran nube de vaho en el frío de la noche. El rostro crispado pareció endurecerse aún más y adquirió una angulosa expresión. Se le tensaron los músculos de la mandíbula y entonces, cuando la oscuridad ya había llenado su mirada, tornando sus ojos del color del carbón, sus rasgos humanos se desvanecieron y aparecieron unos terroríficos colmillos afilados.

—Son ustedes como bebés —siguió hablando el capitán, ajeno al peligro—. Aún necesitan que sus madres vengan a acostarles. ¿Sabrán llegar al hotel solos o debo acompañarles?

Los oficiales rieron e iniciaron su vuelta a Broadway cantando sin ningún tipo de entonación o ritmo. El capitán Hosken se apoyó en una pared y encendió un cigarrillo.

En un movimiento rápido y completamente imprevisible para Jeremiah, Caleb se lanzó sobre el marino, lo agarró por las solapas de la chaqueta y, con una fuerza sorprendente, lo arrojó hacia un callejón oscuro y sucio, oculto a las miradas curiosas.

Jeremiah corrió tras ellos, con el corazón palpitando veloz. La escena que se desarrollaba ante sus ojos le heló la sangre. Caleb mantenía al capitán firmemente agarrado por el cuello y apretaba con fuerza con una expresión de cruel satisfacción, como si disfrutara del poder que le proporcionaba tener la vida de otro ser humano en sus manos.

El capitán, presa del miedo y la confusión, parecía tratar de entender lo que estaba sucediendo. Jeremiah avanzó vacilante, pegado a la sucia pared de ladrillos, sin saber qué hacer.

—¿Qué quiere? —musitó con esfuerzo el capitán, ya que Caleb seguía oprimiéndole la garganta.

Allí, en la oscuridad absoluta, el pobre marino no podía verlos, ni siquiera intuir sus formas.

—No lo sé —contestó Caleb en un tono ronco, acercando su rostro al cuello del capitán—. ¿Qué suele desear la gente que te atrapa en un callejón a medianoche? Me imagino que nada bueno.

—Milord… —siseó Jeremiah a punto de entrar en pánico.

—¿Quién es usted, capitán? —continuó Caleb con un amenazador ronroneo, dibujando con el dedo la vena gruesa que se mostraba en la garganta del marino—. ¿De qué le conozco?

—Llevo muchos años en el mar —tartamudeó el capitán, asustado—. Desde hace unos meses gobierno el SS Great Britain. Este ha sido nuestro segundo viaje trasatlántico, en agosto llegamos aquí por primera vez. Quizá nos vimos entonces.

—El mar… —susurró Caleb. Su voz era apenas un murmullo y estaba cargada de una extraña intensidad—. Huele a mar. Pero también a tabaco, a madera y a… sangre. ¿Qué ha hecho, capitán, para merecer la muerte?

El marino tragó saliva sonoramente. Aquel hombre vigoroso y recio, acostumbrado a la vida dura del mar, parecía a punto del desmayo.

—Se refiere al muchacho, ¿verdad? —dijo al fin, recobrando parte de su compostura—. Aquel joven tenía la rabia, señor. ¡Atacó y mató a dos hombres! ¿Qué podía hacer yo más que seguir lo estipulado para un caso así? Lo tiramos al mar, si es eso lo que quiere saber. Pesará sobre mi conciencia cada día de mi vida.

Caleb se separó bruscamente de él y se sujetó el vientre, golpeado por una fuerza invisible. Por primera vez, Jeremiah vio en él un destello de miedo, un miedo absoluto.

Caleb apuntó al tembloroso capitán con un dedo, como si no supiera qué más decir, y salió corriendo del callejón, perdiéndose entre las sombras rápidamente, convirtiéndose en una más de ellas.

Aquella noche, no regresó a casa. Jeremiah había dejado al capitán Hosken en aquel callejón en cuanto Caleb emprendió la huida. Trató durante horas de encontrarlo, pero al final decidió darse por vencido poco antes del amanecer.

Cayó rendido en un sueño turbulento en el que una fiera de largos colmillos devoraba al capitán ante sus propios ojos sin que pudiera hacer algo para evitarlo.

Se despertó pasado el mediodía. Un débil sol invernal bruñía la nieve sucia que se amontonaba a los lados de la calle. La ciudad había vuelto a su actividad pese a lo acaecido la noche anterior.

Jeremiah se acercó a la habitación de Caleb, arrastrando los pies descalzos por la larga alfombra del pasillo. Se lo encontró dormido en la oscuridad absoluta que le conferían las ventanas tapiadas. Su figura inerte sobre la cama evocaba las imágenes desgarradoras de los cadáveres que el muchacho había visto tras el gran incendio.

Se aproximó con cautela, esperando escuchar el silbido de su respiración, pero el silencio reinaba en la habitación. Parecía que el tiempo se había detenido entre aquellas cuatro paredes. La atmósfera era opresiva.

Con un gesto tembloroso, Jeremiah posó la mano sobre el pecho de Caleb, buscando una señal de vida y, con alivio, notó un ligero movimiento bajo su palma. Su corazón latía tan sutilmente que cualquiera podría creer que estaba muerto.

Cerró la puerta tras de sí y descendió las escaleras con una idea en mente. El capitán Hosken había mencionado a un joven al que habían arrojado del barco por tener una enfermedad infecciosa. En algún lugar debería existir información sobre aquel desventurado muchacho. Al menos sabía cuál era su nombre: Caleb.

Jeremiah salió de la agobiante oficina de aduanas del puerto donde había podido consultar la lista de los pasajeros del viaje inaugural del SS Great Britain desde Liverpool hasta Nueva York. Cuatrocientos nombres. En el papel que llevaba en su mano había anotado dos: Sarah y Caleb Addison. Hermanos.

No habían podido darle información sobre la muerte de ningún pasajero. En la oficina solo anotaban datos sobre viajeros y mercancías; sin embargo, le habían recomendado que acudiera al Hospital Bellevue por más datos.

En otro momento de su vida, apenas unos meses atrás, nadie se habría molestado en darle ninguna información, ni siquiera en saludarlo por ir mal vestido y sucio. Habría sido prácticamente invisible. Ahora, con su traje elegante, las uñas limpias de tierra y su encantadora sonrisa, era capaz de conseguir lo que quisiera. Se abrochó el abrigo, complacido, y tomó la dirección hacia el hospital.

Los vendedores de periódicos intentaban captar el interés de los transeúntes gritando titulares para animarlos a que les compraran un ejemplar. Uno de los muchachos, apenas un niño de unos doce años, trató de llamar su atención. Llevaba una enorme pila de periódicos bajo el brazo y una carretilla oxidada cargada con más ejemplares.

—¡Señor, señor! —lo llamó el joven con una voz vibrante que prometía noticias extraordinarias—. ¡Tenga cuidado, señor! ¡La ciudad está siendo sacudida por una terrible oleada de crímenes violentos!

Jeremiah se detuvo. Conocía lo duro que era trabajar en las calles y pasar largas jornadas a la intemperie, hiciera frío o calor. Sacó una moneda de su bolsillo y se la tendió con un gesto amable.

—Gracias, señor. —El muchacho le entregó el periódico, contento—. No hace falta que se lo lea, me sé los titulares de memoria. Anoche mismo mataron salvajemente a dos mujeres cerca de Broadway.

La primera página corroboraba la información del pequeño, pero añadía una explicación que heló la respiración de Jeremiah hasta detener los mismos latidos de su corazón.

Súbitamente, echó a correr a toda prisa por la calle, con una urgencia que aceleraba cada paso, esquivando la congestión del tráfico y los peatones que le impedían avanzar con rapidez. Llegó a casa más tarde de lo deseado, con las sombras de los edificios alargándose ya sobre la avenida y una intensa preocupación sobre los hombros.

Caleb se encontraba en el salón, al calor de la chimenea. Leía un libro: *Frankenstein,* de Mary Shelley, sentado apaciblemente en un sillón.

Con la luz del fuego tan cerca, vio que tenía el rostro demacrado. Las oscuras ojeras le conferían una expresión de vulnerabilidad cuando levantó la mirada para encontrarse con un sofocado Jeremiah.

—¿Qué sucedió anoche? —preguntó el muchacho, agitando el periódico—. Pensé que teníamos un acuerdo tácito.

—¿Un acuerdo? —Caleb apoyó el libro en una mesita y lo observó con atención.

—Han violado y matado a dos mujeres cerca de Broadway. —Jeremiah estaba furioso. Por primera vez en mucho tiempo no cuidaba su lenguaje ni le preocupaban las posibles repercusiones de sus palabras.

—¿Crees que he sido yo?

—Tenían mordiscos en el cuello y ni una sola gota de sangre en el cuerpo.

Caleb parecía turbado. Apoyó la barbilla en sus manos y miró hacia la chimenea, desconcertado.

—Crees que he sido yo —afirmó, consternado—, y, pese a eso, vienes a echarme en cara mis crímenes. No es muy inteligente por tu parte. Si soy capaz de desangrar a dos mujeres hasta la muerte, ¿qué me impide hacer lo mismo contigo?

—¡Eran inocentes! —gritó Jeremiah—. ¡Teníamos un acuerdo!

Caleb lo contempló detenidamente. No había furia en él, como esperaba Jeremiah, solo decepción.

—Llevo muchos días sin comer —dijo al fin—, apenas tengo fuerzas. La conversación con el capitán Hosken no me ha hecho cometer locuras, si es eso lo que supones. Solo ha llenado mi cabeza de unos recuerdos que creía olvidados.

Jeremiah avanzó hacia él y se dejó caer en el sofá fatigado, con el periódico arrugado aún en la mano.

—Pero, entonces, ¿quién demonios ha hecho algo así?

—Un monstruo —murmuró Caleb—. Alguien que se parece demasiado a mí.

Marzo de 1846

La primavera llegó a Nueva York llenando los árboles de hojas, embelleciendo los jardines de tulipanes y narcisos, y caldeando la temperatura. Los ciudadanos, que habían pasado meses encerrados en sus hogares para resguardarse del frío invernal, salían a las calles con entusiasmo para disfrutar del sol cálido y el aire fresco. Los escasos parques de la ciudad se llenaron de familias que merendaban al aire libre, de parejas de enamorados que paseaban bajo la supervisión de alguna carabina y de niños que correteaban entre los árboles o jugaban con cometas o balones.

Jeremiah vagaba por uno de los mercados al aire libre donde los agricultores y comerciantes exhibían sus productos frescos. Se decidió a comprar unas fresas de aspecto jugoso y aprovechó la ocasión para preguntar al tendero si conocía a una tal Sarah Addison.

Llevaba haciendo la misma pregunta durante los últimos tres meses en todos los comercios de Nueva York, había publicado numerosos anuncios en los periódicos e informado a la policía. Sin embargo, Sarah se había desvanecido sin dejar rastro. Igual que un fantasma.

Regresó a casa después del paseo y se preparó una buena cena que acompañó con una copa de vino. Pronto cumpliría diecisiete años, tenía derecho a darse de vez en cuando algún lujo de persona adulta y responsable. Enseguida escuchó los pasos ligeros de Caleb bajando por las escaleras.

No estaba bien, nada bien.

—Me estoy perdiendo las delicias de un gran cocinero —le murmuró el caballero desde la puerta. Aunque intentaba mantener un tono jovial, su rostro delataba una profunda preocupación.

—¿Malos sueños de nuevo? —preguntó Jeremiah, recogiendo rápidamente la mesa y siguiéndolo al salón.

La mente de Caleb, más lúcida cuanto menos se alimentaba, le atormentaba sin descanso, desvelando sucesos pasados, recordándole imágenes deplorables de las que no podía escapar. Y todo aquello había desembocado en algo para lo que no estaba preparado: el arrepentimiento.

—No hay sensación más horrible y amarga que la constatación de la brutalidad de tus actos —mascullό con el rostro extenuado, tomando asiento en el sofá, perdido en recuerdos—. Prefiero regresar al desconocimiento, comer hasta saciarme noche tras noche y evitar los remordimientos y el maldito fuego de la consternación.

—Ya no puede, milord —dijo Jeremiah, sentándose a su lado y apretando con afecto su brazo—. Ha dado un paso sabio hacia el tormento y ya no debe alejarse de él.

—Es culpa tuya, Jer —musitó Caleb, esbozando una sonrisa cansada—, y de tu visión bondadosa de un mundo que te lo ha arrebatado todo.

—Puede que parte se deba a mi irremediable ayuda, pero la otra, la que le está volviendo más loco de lo deseado, le pertenece a esa joven.

—A ella vuela mi mente cuando necesito el perdón. Ahora que el hambre es más controlable, soy capaz de describirla por entero —comentó el caballero con unas finas arrugas cruzando su frente—. Conozco su olor, su sabor, la cadencia de su voz y la suavidad de su piel bajo mis dedos. Su presencia está grabada a fuego en lo más profundo de mi mente, pero durante demasiado tiempo ha permanecido oculta, eclipsada por la sombra de lo que sea que me hace perder el control.

—Vamos por buen camino. Cualquier pista que vaya recordando es un paso hacia ella.

—¿Y si está muerta? Quizá mi locura se deba a su fallecimiento.

—Haré como si no le hubiese oído. —Jeremiah resopló, poniendo los ojos en blanco—. Intentemos mantenernos optimistas, aunque, por desgracia, el rastro de Sarah desaparece en el Hospital Bellevue, donde fue intervenida al atracar el Great Britain el pasado agosto. Sin embargo, hemos averiguado que se recuperó, si bien desconocemos su destino posterior. Lo que sé con certeza, llámelo intuición o esperanza, es que está viva, milord.

—¿Me llamarás en algún momento por mi nombre? Consigues que me sienta como un viejo.

—¿Y que nos descubran por mi…? ¿Cómo se decía? —El muchacho se rascó la cabeza hasta descolocar el cabello rubio de su coleta—. *¿Lapsus linguae?*

—¿No preferirías aprender otra lengua que no estuviera muerta?

—El latín es un idioma culto y perpetuo, como usted, milord. Dudo que los siglos acaben ni con el uno ni con el otro.

Caleb sonrió.

—Nunca hemos hablado detenidamente de mis singularidades, Jer. Los problemas con el sol, mis hábitos alimenticios o la capacidad de curación instantánea.

—Olvida la rapidez, la fuerza, el sigilo que tanto odio y la extraña aversión por los condimentos —añadió el muchacho con una mueca—. No quiero saber más, milord. Soy feliz así, con esta excepcional misión que me ha encomendado la vida.

—¿Crees en Dios, Jeremiah?

—¡Por supuesto! Creo en Dios, en Jesús e incluso en el Espíritu Santo, y eso que es un pajarraco y no hay quien lo entienda. Mi madre me leía la Biblia, era una buena católica irlandesa, y me gustó lo que se decía en ese libro.

—¿Piensas que Dios encontrará la forma de perdonarme alguna vez por todo lo que he hecho?

Jeremiah soltó un bufido que hizo reír a Caleb.

—Vamos a ver —dijo, intentando salir del embrollo—, tiene complicado ganarse su perdón. ¡Para qué negarlo! Seguramente, esté al final de una larga lista de personas a las que habría que absolver primero, como Nerón, Calígula, Enrique VIII y puede que Atila, pero ¿no es Dios compasivo y misericordioso?

—Percibo que los libros de historia ya no te parecen tan aburridos —añadió el caballero.

—Son mejor pasatiempo que fabricar ladrillos.

Caleb se reclinó en el sofá con la vista en las molduras del techo.

—Nuestras pistas acaban en ese hospital —apuntó—, así que regresaré esta noche. Quizá sea más fácil obtener información cuando nadie vigila el archivo.

El rostro de Jeremiah se iluminó.

—Le acompaño.

El Hospital Bellevue era una institución imponente que ocupaba una gran parcela a orillas del río East. El edificio principal de ladrillo oscuro y cuatro alturas, rodeado por altos muros de piedra, resultaba grandioso. Se accedía a través de un patio arbolado donde, durante el día, los pacientes y visitantes podían disfrutar de un paseo tranquilo, pero que a aquellas horas nocturnas estaba vacío.

Las enormes puertas de acceso se encontraban cerradas. Solo quedaba una entrada abierta destinada a las urgencias médicas. Dentro, un conserje dormitaba en su silla, con las piernas estiradas sobre la mesa, así que no resultó demasiado difícil infiltrarse dentro del edificio y acceder al área administrativa del centro.

Atravesaron largos corredores de viejas baldosas descoloridas por el transcurso del tiempo. Cada paso de Jeremiah resonaba estruendoso en comparación con los movimientos de Caleb, certeros, rápidos, ágiles. Llegaron a la sala de archivos, en la que el muchacho había solicitado información sobre Sarah Addison tiempo atrás, y se deslizaron con sigilo en su interior, cerrando despacio la puerta, atentos a la presencia de las enfermeras que, somnolientas, deambulaban por los pasillos a aquellas horas intempestivas.

Caleb investigaba por los enormes muebles que hacían la función de archivos, los que se ocupaban del mes de agosto de 1845. Enseguida localizó las carpetas y buscó en ellas el día 7, en el que el Great Britain había atracado en el puerto de Nueva York por primera vez. Encontró el ingreso de Sarah Addison y leyó, en voz alta y con amargura, la pormenorizada lista de graves heridas y contusiones que presentaba. Según se decía, fue operada de urgencia y dada de alta a finales de octubre.

—No deja de ser una coincidencia que Sarah abandonara el hospital cuando tú y yo nos conocimos, cuando comencé a recordar y a estabilizarme. —Caleb cerró el archivo con más fuerza de la deseada y se dejó caer en las baldosas a cuadros—. Puede que, durante un tiempo, paseáramos por las mismas calles sin encontrarnos. ¿No parece un intento infructuoso del destino para volver a unir nuestros caminos? Y, sin embargo, ahora no tenemos nada. En estos documentos no aparece ningún nombre de un familiar, ninguna dirección. —Su mirada se desplazó por el suelo, ausente. Jeremiah había aprendido a comprender ese gesto. El del recuerdo—. Nos atacaron, Jer. Sarah fue terriblemente malherida por aquel hombre, pero yo... ¿Es posible que él me quitara la vida? A veces me recuerdo cayendo al mar, ahogándome en él, y otras siento el filo de un cuchillo atravesando mi garganta.

—Haga memoria. ¿Cómo se llamaba aquella escoria?

—Walter —murmuró, seguro—. Walter Clark.

Jeremiah abrió de nuevo el archivo y buscó el nombre rápidamente, lo encontró en la lista de difuntos y leyó el informe en voz alta:

—«Walter Clark. Varón de veintiocho años con residencia en la ciudad de Nueva York. Ingresa cadáver en el Hospital Bellevue después de haber sufrido una agresión un día antes en el buque SS Great Britain. —Se detuvo a tomar aire—. Presenta varios desgarros en la garganta, uno de los cuales ha seccionado su arteria carótida, dejando una incisión en su piel de tres centímetros de profundidad. Causa de la muerte: choque hipovolémico por hemorragia severa».

Se hizo un silencio denso en la habitación cuando Jeremiah terminó de leer.

—Presiento que él fue la primera víctima de mi nueva existencia —murmuró Caleb, visiblemente afectado—, y, aunque trate de excusarme bajo la premisa de que ocurrió en defensa propia, no puedo obviar que sus lesiones más se deben a un animal salvaje que a un ser humano.

Después salió de la sala enfadado, golpeándose contra las paredes.

—Puedo escuchar el bombeo del corazón de cada paciente que hay en el hospital —aulló hacia Jeremiah—, puedo percibir el olor de su sangre. ¿Qué tipo de monstruo soy?

Avanzó rápidamente y desapareció en aquella maraña de pasillos. Jeremiah lo siguió, caminando a grandes zancadas, esperando que su amigo no cometiera ninguna tontería. El olor penetrante a desinfectante y medicamentos hacía que le resultara difícil respirar mientras, frenético, trataba de localizar a Caleb.

Lo encontró frente a la puerta de una aséptica sala donde largas mesas albergaban una colección de aparatos extraños, frascos de vidrio de distintas formas y tamaños, y jaulas con diminutos roedores. Caleb avanzó hacia unos armarios singulares, compactos y metálicos, que había al lado de la mesa más cercana.

—Es una nevera —explicó, tirando de una compuerta del misterioso objeto—. He leído sobre ellas. Son capaces de mantener una temperatura baja en su interior gracias a un buen aislamiento y el uso de placas de hielo y sal.

—Muy instructivo —contestó Jeremiah nervioso, con la atención puesta en todas partes—. Llevémonos una para conservar el pescado y la carne, pero tenemos que irnos antes de que nos descubran.

Absorto en su cometido, Caleb extrajo del interior de la nevera un estrecho paquete lleno de un líquido de un rojo intenso. Jeremiah se acercó curioso y observó la nevera con asombro. Dentro había más paquetes, tan fríos como la nieve.

—Esto es lo que me ha traído hasta aquí —musitó Caleb, elevando las cejas, sorprendido—. Sangre.

—Milord —dijo Jeremiah con una sonrisa—, acabamos de encontrar su taberna preferida.

Y Caleb, pese a la inoportunidad del momento, no pudo evitar echarse a reír.

En el Hospital Bellevue no obtuvieron la información deseada, pero sí, de una forma muy poco ética, una nevera y suficientes bolsas de sangre para que Caleb pudiera sobrevivir sin esfuerzo los siguientes meses. Según el experto en la materia, la sangre poseía algún químico desagradable al paladar que, con seguridad, evitaba su coagulación. Sin embargo, más allá de las apreciaciones culinarias, el compuesto, llevara lo que llevase, servía para su misión principal, y eso era lo crucial.

En una ciudad tomada por las fuerzas del orden debido a los intermitentes ataques del individuo al que los periódicos llamaban «el Sediento», Caleb debía permanecer a resguardo. No podía aventurarse a salir a la calle y ser confundido con aquel criminal sanguinario, por lo que las incursiones en los bajos fondos de Manhattan en busca de malhechores habían quedado relegadas.

Durante ese tiempo, comenzaron a organizar un pequeño laboratorio en el sótano de la casa, similar al del hospital. Adquirieron artilugios que Jeremiah nunca había escuchado nombrar —microscopios, probetas, tamices— y experimentaron con pequeñas dosis de sangre, en un intento de descubrir qué enfermedad sufría Caleb.

Jeremiah se dedicaba, casi a diario, a comprar libros de anatomía y biología que su amigo le encargaba, sin descuidar las pesquisas sobre el paradero de Sarah Addison. Sin embargo, pese a la férrea esperanza del joven, todo parecía indicar que las posibilidades de encontrar una pista sobre la mujer eran cada vez más escasas.

Al menos, los recuerdos de Caleb habían continuado expandiéndose, revelándole a Jeremiah un mapa casi completo de la historia. Con cada imagen recuperada, las piezas dispersas e inconexas de su pasado se unían lentamente, como los fragmentos de un rompecabezas. Ya podían intuir con precisión lo ocurrido durante el tortuoso viaje en barco y conocían sus duros años de confinamiento en la siniestra mansión de un excéntrico lord Daems. El muchacho no dejaba de sorprenderse por las extremas condiciones en las que Caleb había vivido, el tormento físico y mental al que había sido sometido y el dolor de la pérdida de su familia.

Sin embargo, todos los sucesos acontecidos desde que fuera lanzado por la borda del Great Britain no eran más que un simple borrón en su memoria, un agujero sin sentido. Imágenes fragmentadas llenas de horror y crueldad se arremolinaban en su mente, evocando una existencia lejana: un barco de pescadores que quizá lo salvó de las aguas, un bondadoso matrimonio que le dio cobijo, dinero y vestimenta y al que posiblemente él no correspondió del mismo modo…

Entre las brumas de su imaginación, surgían extrañas y bulliciosas ciudades, lugares donde Caleb había sido testigo y, tal vez, protagonista de sucesos que preferiría olvidar.

Después de semanas ajustando la dosis mínima del nuevo líquido, para mantenerse sereno, Caleb decidió aventurarse a salir a la calle. Su tolerancia al enclaustramiento se había desvanecido casi por completo y necesitaba desesperadamente respirar fuera de los muros de la casa.

—Estoy bien, Jer —lo tranquilizó Caleb—. No tengo hambre. Solo deseo dar un paseo.

—Me preocupa que quiera encontrar a ese criminal, milord. Algo me dice que no será tan… humano como usted.

—Ven conmigo, si tan poco te fías de mi criterio —dijo Caleb con una sonrisa ladina, mientras se levantaba de la silla y ocultaba su largo cabello oscuro bajo un sombrero. Con gesto decidido se encaminó hacia la puerta, consciente de que Jeremiah no tardaría en seguirlo.

A pesar de la fresca temperatura nocturna, las calles de los barrios más conflictivos rebosaban de transeúntes que se dirigían o salían de las tabernas, burdeles y salas de juego. Caleb y Jeremiah optaron por evitar acercarse y decidieron caminar por las solitarias avenidas de clase alta, que permanecían desiertas a aquellas horas, salvo por la ocasional presencia de algún caballero que regresaba, seguramente, de un club y les dirigía una mirada desconfiada.

En las bellas mansiones y los cuidados edificios que dejaban a su paso, los habitantes habían sucumbido al sueño horas atrás, por lo que solo los pasos de los dos intrusos resonaban en la acera.

Llegaron hasta los jardines de la plaza Madison. Desde allí, hacia el norte, la ciudad prometía extenderse en un futuro, incluso el alcalde había planteado construir un gran parque con lagos y zonas de recreo, pero por el momento solo se encontraban rodeados de viejas casas destartaladas y parcelas de cultivo.

El murmullo de voces agudas los detuvo en seco. A pocos metros de distancia, un grupo de individuos parecía haberse enzarzado en una pelea.

—Vámonos de aquí —susurró Jeremiah, agarrando el brazo de Caleb con firmeza.

Su compañero asintió con la cabeza, pero se mantuvo inmóvil en el sitio, hipnotizado por lo que ocurría entre los árboles frondosos del jardín. Poco a poco, su cuerpo se tensó mientras elevaba el rostro hacia el cielo y olfateaba la noche.

—Alguien está herido —musitó despacio con su mirada oscureciéndose. Enseguida se le tensaron las facciones y el extremo de sus colmillos fue visible sobre su labio inferior.

Jeremiah trató de interponerse en su camino, esperando poder detenerlo, pero, antes de conseguir pronunciar una palabra para disuadirlo, Caleb se había desvanecido de su lado corriendo sigilosamente o, mejor dicho, galopando hacia los maleantes.

—Por todos los demonios —mascculló el chico, furioso, antes de lanzarse en una desesperada carrera tras él.

La imagen con la que se encontró al llegar al lugar lo perturbó. Dos hombres jóvenes vestidos con ropas desgastadas se enfrentaban con puños y patadas, rodeados por unas decenas de espectadores ansiosos que los animaban a gritos con un entusiasmo salvaje.

El sonido de los golpes, gruñidos y exclamaciones de dolor resonaba en la plaza, y el olor a sudor y sangre derramada impregnaba el aire. Los dos luchadores se movían con brutalidad, esquivando los feroces golpes, mientras que el público los alentaba con sus gritos y, de vez en cuando, alguien intervenía para separar a aquellos dos hombres o unirse a la pelea.

Jeremiah localizó a Caleb entre el gentío. Nadie parecía darse cuenta de su extraña actitud, del aroma a peligro que exudaba por cada uno de sus poros. Como un felino acechando a su presa, permanecía quieto, con los ojos centelleantes y el cuerpo preparado para atacar en cualquier momento.

El espectáculo no era de ninguna ayuda para la contención de Caleb. Los dos combatientes, ensangrentados y maltrechos, continuaban su danza macabra, entre los gritos de la multitud, que rugía con un fervor casi salvaje. La tensión era evidente. La violencia se desbordaba a su alrededor, manifestándose en peleas adicionales entre los espectadores y el destello de navajas que quedaban al descubierto.

Jeremiah luchó por abrirse paso entre la creciente masa de gente, enfrentándose a empujones y golpes que lo dejaban tambaleándose, aturdido por el caos que lo rodeaba.

La situación se había vuelto completamente fuera de control.

El vocerío resultaba ensordecedor y los puños y las navajas se agitaban en el aire, por lo que la policía no tardaría en aparecer. Con un esfuerzo desesperado, Jeremiah consiguió llegar donde estaba Caleb y lo empujó hacia la relativa seguridad de los árboles circundantes. Afortunadamente, su amigo no opuso resistencia, aunque su mirada, tan tenebrosa como aquella noche, llameaba con una inquietante ferocidad.

—¡Basta, milord! —le gritó Jeremiah, enfrentándose al rostro deshumanizado de Caleb—. ¡Usted es mejor que toda esta gente! Volvamos a casa.

Caleb pareció despertar de un sueño profundo. Sacudió la cabeza para despejar las tinieblas de su mente y fijó su atención en Jeremiah.

—Tienes una brecha en la ceja, Jer —murmuró con preocupación—. Deberíamos regresar.

—¡Alabado sea el cielo! —masculló el muchacho, tocando su herida y tratando de detener rápidamente la sangre que brotaba de ella—. Comenzaba a sentirme como un espíritu errante al que nadie toma en serio.

Caleb echó a andar y los dos se alejaron del gentío con premura.

—Como comprenderás, no resulta fácil sobrellevar mi condición si se origina una pelea a unos pasos de distancia —dijo con un deje de tristeza.

—Me sentiría hasta orgulloso de usted si no fuera porque se acercó demasiado a ese espectáculo. La próxima vez, hágame caso y manténgase alejado, milord.

Caleb asintió en silencio, mientras se internaban en la soledad de las avenidas, dejando atrás el fatídico caos de la noche.

Julio de 1846

El tiempo avanzaba imparable y el calor sacudía Nueva York. El sol brillaba con intensidad sobre los edificios de ladrillo, calcinando el pavimento y elevando la temperatura hasta niveles sofocantes. La humedad creaba una sensación pegajosa y opresiva que envolvía la ciudad como una manta.

Los crueles asesinatos del Sediento apenas ocupaban ya una esquina en las páginas interiores de los periódicos. Su predilección por las prostitutas o las vagabundas pronto agotó el interés de la prensa y, enseguida, dejó de ser noticia.

En el antiguo trazado de la senda de los indios lenape, que cruzaba Manhattan de norte a sur y que siglos después sería conocida como Broadway, una de las últimas casas británicas que se mantenía en pie permanecía completamente cerrada. A pesar de los esfuerzos de Jeremiah por sellar cada abertura que hallaba en la fachada, ventanas o tejado, los rayos de sol aún lograban filtrarse por las grietas de la vieja estructura.

Al menos, Caleb era la viva imagen del autocontrol. Encontraba en las bolsas de sangre un eficaz paliativo para la sed y el hambre que asediaban su ser de forma incesante. Sin embargo, estas soluciones temporales no lograban extinguir por completo su atracción por los humanos. Jeremiah era testigo de sus esfuerzos por mantenerse estable, pero la lucha interna entre su deseo insaciable y el control sobre sus instintos resultaba complicada.

—¿Alguna vez ha deseado comerme? —le preguntó Jeremiah, soltando las herramientas con las que había estado reparando el viejo tejado.

Se dejó caer, exhausto, en una de las sillas del laboratorio del sótano. Caleb levantó la vista de la muestra que observaba en un microscopio.

—Yo no me como a nadie —dijo alzando las cejas con sorpresa.

—Bueno, me refiero a, ya sabe..., a dejarme más seco que un pajar. ¿No lo ha pensado, no lo ha deseado o no pensaba hacerlo hasta que se lo acabo de comentar?

Su amigo sonrió y volvió su atención a la prueba.

—Me lo planteé un segundo antes de pedirte que huyeras de mí, cuando me salvaste de los hermanos Cummings. Después solo me sucede a veces.

—¿Cuántas?

—Cuando no cesas en interrumpirme.

—Vale, bien. —Jeremiah soltó una risa nerviosa—. ¿Qué está mirando con tanto interés?

—Una muestra de la saliva del murciélago que me trajiste.

—El *Diaemus youngi* —añadió el muchacho resabido—: especie de quiróptero procedente del bosque amazónico. Nocturno y hematófago, vamos, que se alimenta únicamente de sangre.

—Sí, y tiene aún más características comunes conmigo. Su saliva presenta un anticoagulante para que la sangre de su presa fluya el tiempo necesario para nutrirse, y su oído y su olfato están muy desarrollados.

—Parecen primos, milord. Aunque a usted aún le falta volar.

—Esa habilidad sería muy útil. —Caleb dejó a un lado la muestra y lo miró—. Al estudiar a estos animales, me siento, de alguna forma, menos diferente. De todos modos, no deberías arriesgarte la próxima vez que atraque un barco plagado de murciélagos procedente de Sudamérica, pueden transmitir la rabia.

—Ese dato lo desconocía. —Jeremiah se alejó de la jaula en la que guardaban dos ejemplares vivos, colgando boca abajo, y los observó con recelo—. Solo quería ayudar, lleva inmerso en los libros sobre este tipo de bichos tanto tiempo que pensé que uno vivo le sería de más utilidad.

—Y lo es. —Caleb se levantó del taburete y se quitó la bata con la que protegía su ropa—. Ahora, amigo mío, voy a salir. Esta noche haré una nueva incursión nocturna entre la fauna salvaje de Nueva York.

—La última vez, por decirlo de forma amable, no funcionó demasiado bien.

—Debo intentarlo. La semana que viene tenemos entradas para el teatro y he de prepararme. En el palco estará el gobernador y unas cuantas personalidades que quizá puedan ayudarnos en la búsqueda de Sarah.

Jeremiah asintió de mala gana.

—No saldrá sin mí, soy su amuleto. Además, si vamos a intentarlo de nuevo, que sea a lo grande.

La taberna de Pewter Mug estaba a rebosar a las tres de la mañana. Era un establecimiento muy popular, con su fachada de madera oscura y los cristales siempre empañados por el humo del tabaco. El calor, el olor y la densidad de cuerpos estuvieron a punto de hacer flaquear a Caleb, que se agarró al marco de la puerta con ninguna intención de entrar. Jeremiah lo regañó con la mirada y lo empujó ligeramente hasta la única mesa vacía.

Risas escandalosas y conversaciones superpuestas resonaban en el ambiente cargado del aroma tentador de la comida recién preparada. La taberna estaba iluminada por lámparas de aceite y el mobiliario era rústico, con mesas y sillas de madera gastada dispuestas en un patrón irregular alrededor de la sala principal. Un mostrador de madera maciza ocupaba el centro de la taberna, y detrás de él se alineaban botellas de licor y barriles de cerveza. En las paredes colgaban trofeos de caza y cabezas de animales disecados, junto con carteles y anuncios de eventos próximos. Un piano ocupaba un rincón oscuro.

Caleb y Jeremiah se acomodaron en un banco de madera y se dedicaron a observar al gentío del local tras pedir una botella de ron, que ninguno de los dos iba a probar. El muchacho no quitaba ojo a Caleb. Era evidente lo mucho que se esforzaba por mantener la calma y regular su respiración. Estaba apretando su vaso con tanta fuerza que en cualquier momento lo haría añicos.

La escena a su alrededor era animada. Hombres inmersos en juegos de carta, otros haciendo apuestas, música, risas… En medio de este panorama, cuando parecía que el experimento funcionaba y Caleb había superado la prueba, unas jóvenes irrumpieron en el local.

Aunque un cartel prohibía el acceso a las mujeres, estas parecían disponer del beneplácito del propietario. Vestían sugerentes atuendos de colores vivos y su belleza era innegable.

Jeremiah se quedó fascinado por una en particular: rubia, de cabellera ensortijada recogida en la nuca, piel blanca donde destacaban unos dulces ojos azules y labios pintados de rojo.

Sin vacilar, la joven avanzó entre la gente, acostumbrada a los comentarios obscenos y las miradas lujuriosas, y se aproximó a ellos con una leve sonrisa. Pasó frente a un atónito Jeremiah sin mirarlo e, imprevisiblemente, se sentó en el regazo de Caleb.

La tensión se apoderó del chico mientras observaba la reacción sorprendida de su compañero. Sabía que esa muchacha había tenido una mala idea. Pésima, más bien.

La joven, ajena a cualquier sensación de peligro, apretó su cuerpo contra el de Caleb, dejándolo paralizado, y comenzó a acariciar su cuello con delicadeza, jugueteando con su cabello.

—¿Vive cerca, señor? —le preguntó, aproximando sus labios a su oído.

—No soy una buena compañía —contestó Caleb incómodo, tenso—. Deberías buscar a otra persona.

—No puedo pensar en otro teniéndole a usted. Le puedo asegurar que es el caballero más apuesto con el que me he topado en lo que va de año.

Llevaba un vestido con un pronunciado escote y tan ceñido que debía de costarle respirar. Cuando sus ojos se encontraron, la joven no dudó un segundo. Acercó su rostro al de Caleb y lo besó.

Tras un segundo de desconcierto, Caleb atrajo a la muchacha hacia él y correspondió al beso, ¡vaya si lo hizo! Como si aquella mujer fuera el apetitoso primer plato de un festín.

Jeremiah entró en pánico. Se levantó de un salto, derribando su banco, en su afán por evitar el peligro. Sin embargo, antes de que pudiera intervenir, Caleb se apartó de la muchacha, claramente confundido, y observó su rostro. Bajo el maquillaje, la mujer parecía mucho más joven de lo que aparentaba.

—¿Qué edad tienes? —le preguntó.

—Veinte, señor.

—Mientes, tu corazón late demasiado enérgico cuando no dices la verdad. Vete, por favor.

—Necesito el dinero —rogó ella—. Os lo suplico. No puedo regresar sin nada en los bolsillos, me molerán a palos. Y me pone enferma pasar la noche con uno de esos borrachos…

Su angustia era real y Jeremiah sintió lástima. Caleb no separaba la mirada del cuello blanquecino de la muchacha, donde sus venas se marcaban como dibujos a tinta.

—Te pagaré, pero no por lo que piensas —dijo de pronto, echando una rápida ojeada a Jeremiah—. Solo necesito que mantengas un secreto.

La muchacha se llamaba Anna Flint y tenía los mismos años que Jeremiah. Ataviada con su ajustado vestido granate, curioseaba por el salón de la casa de Caleb, con la clara intención de llevarse algo de valor. Su rostro, de facciones bellas y delicadas, mostraba la ingenuidad de la juventud entrelazada con un aura de madurez y desafío, como si hubiera renunciado a la inocencia mucho antes de lo debido.

Jeremiah la observaba con los brazos cruzados, incapaz de apartar la mirada de ella. Tenía el estómago hecho un nudo desde que Caleb le había planteado a la muchacha su extraña proposición, y ella había aceptado sin titubear, acompañándolos a casa.

El beso que Caleb y Anna habían compartido en la taberna se repetía una y otra vez en su mente, despertando en él una envidia inusitada... ¿Qué se sentiría al estrechar a una joven así entre los brazos?

Sacudió la cabeza con fuerza, tratando de alejar esos pensamientos en cuanto escuchó los pasos de Caleb subiendo por la escalera desde el sótano.

—¿No vais a bajar? —le preguntó a Jeremiah, dirigiendo un vistazo a Anna—. ¿Es que la joven ha cambiado de opinión?

—No es ella quien duda —contestó el muchacho—. Soy yo quien teme lastimarla.

—Sabes que yo no puedo realizar la punción, sería... perjudicial y extremadamente peligroso —explicó Caleb, apoyando su mano sobre el hombro del joven—. Practica primero conmigo.

Condujo a Jeremiah hacia el laboratorio y se sentó en un taburete junto a la mesa donde había dispuesto los instrumentos y el material necesario para la extracción de sangre: jeringuillas, agujas, tubos de cristal, gasas...; todo lo que Caleb había aprendido de un tal doctor Lee.

—Ya has hecho esto con un murciélago —bromeó Caleb, remangándose la camisa—, ¿crees que hay mucha diferencia conmigo?

—Muy gracioso, milord.

Jeremiah torció el gesto mientras desinfectaba la parte interior del codo de Caleb. Con meticulosidad, colocó una banda elástica alrededor del brazo para aplicar presión en la zona.

Tomó la jeringuilla entre sus dedos, nervioso, y palpó la vena. Inhaló profundamente antes de introducir la aguja, con un ligero temblor en la mano.

Para su sorpresa, la sangre que fluía era de un rosa pálido.

—Apenas dispongo de glóbulos rojos —explicó Caleb con indiferencia—, por eso mi cuerpo necesita alimentarse de lo que le falta. Parezco humano por fuera, ¿verdad? Pero mi corazón no late jamás con más de cinco o diez pulsaciones por minuto y no respiro con la frecuencia con la que tú lo haces, incluso podría dejar de hacerlo durante horas.

—No va a lograr que me compadezca de usted, milord —espetó Jeremiah con una sonrisa socarrona mientras retiraba la aguja y llenaba los tubos de cristal con la sangre—. Es duro de roer, veloz, sigiloso e inteligente y, además…, tiene algo por lo que las mujeres de cualquier condición social lo miran con cierto… anhelo.

Caleb soltó una carcajada, pero su risa se desvaneció repentinamente.

—Soy un monstruo, Jeremiah —musitó con angustia—. Recuérdalo. Ahora, por favor, trae a nuestra invitada.

Anna no pareció sorprenderse del laboratorio clandestino que se escondía en el sótano de aquella casa. Paseó entre las mesas con fascinación, revisó los instrumentos y saludó a los murciélagos que dormitaban boca abajo en una de las jaulas.

Jeremiah, con sus manos nerviosas, jugueteaba con el borde de una libreta donde apuntaba dosis y cantidades para la subsistencia de Caleb, intentando encontrar el coraje para iniciar una conversación.

—¿Eres algún tipo de criado? —preguntó ella de repente, tomando asiento en un taburete a su lado.

—Soy el asistente de lord Phoenix —tartamudeó Jeremiah, sintiéndose como un patán inútil—. Le ayudo con sus… negocios —añadió, carraspeando para intentar recuperar la compostura, y señaló la mesa—. Por favor, extiende el brazo. Solo te molestaré unos instantes.

—El trato consiste en que me sacarás sangre y podré irme después, ¿verdad? —preguntó ella con desconfianza.

—Sí, y recibirás un pago por cada… donación que quieras hacernos.

—¿Dónde está la trampa? —inquirió ella alzando las cejas y clavando su mirada en la de Jeremiah.

—No hay ninguna. —El pulso del chico se aceleró cuando ella lo miró con sus ojos claros. Parecía estar intentando leerle la mente y, como lo consiguiera…, saldría despavorida. Se centró en preparar el instrumental y en desinfectarle el brazo—. Lord Phoenix está investigando el desarrollo de una enfermedad. Para ello necesita muestras de sangre.

Anna no parpadeó siquiera cuando Jeremiah, visiblemente nervioso, introdujo la aguja en su vena. Observaba en silencio todo el proceso con curiosidad.

—¿Él te hizo esa cicatriz? —preguntó la chica, señalando la marca en la mejilla de Jeremiah una vez que la extracción hubo finalizado.

—No. —El muchacho se llevó la mano instintivamente al rostro, tratando de ocultar la desagradable marca de la vista de Anna.

Ella apartó suavemente su mano y le dedicó una sonrisa, franca, preciosa.

—No tienes por qué esconderla. Te hace interesante. Las cicatrices, queramos o no, cuentan nuestra historia. Yo tengo muchas, pero las peores no son visibles, van cosidas al alma.

Jeremiah se quedó sin palabras. ¿Qué se respondía a un razonamiento tan sabio sin quedar como un estúpido? Se limitó a asentir mientras comenzaba a recoger el material utilizado. Acto seguido, fue a buscar el dinero para pagar a Anna, rezando encarecidamente para que la singular joven, pese a todo, decidiera regresar de nuevo.

Anna Flint se convirtió, aunque no les honraba recordarlo, en la proveedora de alimento. No necesitó volver a trabajar en la calle mientras, una vez a la semana, permitiera aquella aberrante situación. Algo que aceptó gustosamente y sin ningún tipo de duda.

Así que, entre las dosis que conseguían del hospital y lo que Anna les suministraba, el hambre de Caleb comenzó a hacerse más llevadera y manejable. Aunque su control seguía siendo un desafío constante que requería de todo su autodominio.

—Me imagino que es como entrar en un mercado muerto de hambre —comentó Jeremiah el primer día que acudieron al teatro— y no poder tocar ni un solo filete de los que exponen a la vista de la gente.

—Peor, un plato de beicon frito humeante —bromeó Caleb, y se ajustó el elegante sombrero mirando a su alrededor.

Aquella tarde se habían engalanado para la ocasión y disfrutaban de una situación privilegiada en sus butacas de terciopelo rojo, junto al palco de las autoridades.

El Astor Opera House de Nueva York celebraba su inauguración con la premisa de que se convertiría en uno de los principales teatros de ópera y espectáculos de la ciudad. Situado en la intersección de Astor Place y la calle Lafayette, resultaba un edificio imponente con una fachada majestuosa y una entrada elaboradamente decorada. El interior se mostraba lujoso con una cuidada ornamentación, balcones revestidos y candelabros brillantes.

La apertura del teatro había atraído a una audiencia diversa que parecía incluir a la élite adinerada, intelectuales, artistas y algunos miembros de la clase trabajadora, con el reclamo de una obra sin igual en un escenario de plataformas móviles, telones pintados a mano y tramoyas sofisticadas.

Aquella tarde se representaba la ópera *Ernani* de Giuseppe Verdi, un compositor italiano nacido a principios de siglo que había cosechado un reciente éxito.

En el descanso, disfrutando de un paseo por el vestíbulo, encontraron la oportunidad de presentarse al gobernador del estado, Silas Wright. Un hombre de cincuenta años, estatura media, constitución robusta y un rostro serio pero afable. Su cabello oscuro y su barba recortada le conferían un aspecto distinguido y autoritario. Sin embargo, en cuanto Jeremiah se le aproximó para hablarle de lord Phoenix, el político no vaciló un segundo en acercarse a saludarlo.

Sabían de él que era conocido por su inteligencia y por su habilidad en la oratoria, y en persuadir a sus colegas y al público en general con su claridad de pensamiento.

—He escuchado algunas cosas sobre usted, señor —dijo Silas estrechando la mano de Caleb mientras lo estudiaba con sus ojos claros—. Perdóneme si no sé dirigirme a un noble escocés como debería, vengo de una humilde familia de granjeros.

—Mi admiración por su trayectoria política acaba de aumentar, gobernador Wright —contestó Caleb con una sonrisa sincera—. No hay nadie que entienda mejor las necesidades del pueblo que alguien que haya crecido entre la gente humilde.

—Suena a propaganda, pero intento encontrar formas de beneficiar a la clase trabajadora. No es fácil, aunque sé que, con buenas infraestructuras, como carreteras y canales, se impulsa el crecimiento económico de un estado.

—Pues cuente con mi aportación a su partido, gobernador.

—Se lo agradezco, señor. Su asistente me ha comentado que necesita mi ayuda. ¿En qué puedo servirle?

—Mi petición es simple para lo que está acostumbrado. Solo deseo encontrar a una persona. Con toda mi alma.

El rostro del gobernador se ensanchó hasta mostrar una sonrisa.

—Dígame el nombre de esa mujer que le ha robado el corazón, lord Phoenix. Se lo haré llegar a todos los gobernadores demócratas de los estados cercanos. Le prometo, señor, que daremos con ella.

Sin embargo, llegó el invierno, tras año y medio de que el Great Britain alcanzara Nueva York, sin ninguna noticia de Sarah. La esperanza que los había sostenido durante todo aquel tiempo comenzó a desvanecerse.

Mayo de 1847

Resulta desesperante comprobar lo arduo que es mantener la esperanza y lo sencillo que es, sin embargo, perderla.

El invierno pasó y llegó la primavera de 1847. James K. Polk permanecía como presidente del país, la antigua Yerba Buena, en California, adoptaba el nombre de San Francisco, se creaba el estado de Iowa, se emitieron los primeros sellos postales con los rostros de George Washington y Benjamin Franklin, y comenzaron a fabricarse, de forma sorprendente, caramelos de diversos sabores. Estados Unidos avanzaba en ámbitos científicos y sociales, mientras que el mundo de Caleb se empequeñecía hasta convertirse en inexistente.

Jeremiah sabía perfectamente que, desde el atardecer hasta el amanecer, cada momento era una eternidad para Caleb. Deambulaba por las calles empedradas de la ciudad, con la mirada perdida en el horizonte, atormentado por los recuerdos de aquella mujer que había amado con toda su alma. El eco de su risa resonaba en su mente, pero ahora solo quedaba el vacío, un vacío tan abrumador que parecía devorarlo desde dentro.

Habían pasado casi dos años desde que la perdió, desde que el cruel destino decidió separarlos. Y, aunque cada día intentaba encontrar consuelo en los recuerdos compartidos, la realidad se imponía una y otra vez. Nunca más volvería a ver su sonrisa, a sentir el roce de su piel, a escuchar su voz. Nunca volvería a sentirse tan vivo como lo estuvo a su lado. Y Jeremiah lo entendía a la perfección.

La desesperación lo consumía, arrastrándolo hacia las sombras, hacia un abismo de angustia y desesperanza. ¿Qué sentido tenía continuar cuando lo único que anhelaba se había desvanecido para siempre?

—Necesito escapar de esta realidad intolerable, aunque sea por un breve instante —gimió Caleb estrujando la cabeza entre sus manos—. Necesito cometer cualquier locura, cualquier acto desesperado que me permita sentir algo de nuevo, cualquier cosa que me saque de este torbellino de dolor.

En su frustración, la rabia y el hambre le provocaban accesos de ira, rechazaba los suministros de sangre, destrozaba lo que se encontraba a su paso. Incluso a Jeremiah le resultaba imposible serenarlo.

—Los sueños con Sarah han comenzado a desaparecer —murmuró Caleb, con un rastro de furia en su voz—. Ya no me despierto con la sensación de haberla tenido entre mis brazos. Las imágenes que trato de conjurar se tornan sombrías, y una voz del pasado repite sin cesar: «Soy tu amo y señor, Caleb. Me tienes bajo la piel y deslizándome por tus venas. Siempre me buscarás, lo mismo que yo te buscaré a ti».

»Y por primera vez me pregunto si mi sitio se encuentra junto a mi creador. Junto a los que son iguales a mí. En un lugar donde, seguramente, no debería controlar mi hambre ni enfrentar el remordimiento por satisfacerla.

»¿Qué soy sin ella, Jeremiah? ¿Cuál es mi lugar en un mundo que me rechaza, un mundo para el que yo soy el enemigo? Me adiestraron para convertirme en guerrero, ¿para qué, demonios, sirvo si no es para hacer el mal?

—¿Y qué pasa con Anna o conmigo, milord? —respondió Jeremiah, empezando a perder su inmensa paciencia—. Usted nos ha dado una segunda oportunidad, nos ha mostrado una vida que nos habían negado y que jamás hubiéramos alcanzado. Anna está estudiando, sueña con ser maestra, y yo… Solo Dios sabe lo afortunado que he sido desde que le encontré agonizando en la calle.

Caleb negó con la cabeza, deteniendo su deambular errático para finalmente fijar sus ojos turquesa en su amigo. Su rostro era la viva imagen de una belleza agotada, marchita.

—Si alguien fue agraciado por el destino, ese fui yo, Jer. —Avanzó un paso vacilante y, en un gesto inesperado, abrazó a un perplejo Jeremiah, quien solo pudo corresponder al gesto de aquel hombre destrozado, reducido a cenizas, y permitirle derramar lágrimas de frustración.

—Dios bendice incluso a los menos indicados —susurró el muchacho—. Por favor, no pierda aún la fe.

Mayo aumentaba la temperatura de la ciudad y las calles se encontraban colapsadas gracias al buen tiempo y a las mejoras en las infraestructuras. Se habían construido nuevos puentes, ampliado el sistema de alcantarillado, y surgían prometedores barrios residenciales y comerciales. Manhattan experimentaba un crecimiento vertiginoso, imparable, que contrastaba con la quietud de la antigua y estática casa británica de la calle Broadway.

Jeremiah había decidido salir temprano para aprovechar al máximo el día. Anna se unió encantada a su propuesta y a media mañana ambos se encontraban en la librería de la plaza Union, aguardando pacientemente a que el dependiente les entregara el nuevo libro que lord Phoenix había encargado: *The vampyre*, de John William Polidori.

Mientras esperaba delante del mostrador, los ojos de Jeremiah no se separaban de la joven, que recorría la tienda con gracia. Sus manos enguantadas acariciaban los tomos con delicadeza, como si estuviera intentando absorber todo el conocimiento que encerraban. Llevaba un vestido sencillo, el cabello rubio recogido y su rostro mostraba una juventud natural, sin la máscara del maquillaje que una vez ocultó sus verdaderas facciones.

—¿En qué estás pensando? —La voz de Anna rompió el silencio de la librería. Se acercó a Jeremiah con una leve preocupación reflejada en su frente—. ¿Ha tenido lord Phoenix otra mala noche?

—Lo está pasando muy mal. —El joven se enderezó al sentir la cercanía de Anna. El aroma de su perfume llenaba sus sentidos, evitando que pensara cabalmente—. Su… situación es compleja.

—No lo conozco lo suficiente como para juzgarlo, me evita como si fuera la peste en cuanto entro en su casa, pero dudo que su vida sea más difícil que la de cualquiera de nosotros —comentó ella con dulzura—. Estoy segura de que saldrá adelante, especialmente con alguien como tú a su lado.

Jeremiah asintió con un gesto forzado, intentando mantener una sonrisa mientras reflexionaba sobre cómo encontrar un tema de conversación interesante para Anna. A pesar de conocerse desde hacía casi un año, sus encuentros se limitaban a una vez a la semana en el laboratorio, con la poco romántica razón de extraerle sangre.

Aquella era la primera ocasión en la que se veían fuera de los viejos muros de la casa, y Jeremiah no sabía qué decir ni hacer para no desperdiciar su oportunidad de cautivarla con sus palabras, algo tan fácil en apariencia. Sin embargo, sabía que algún caballero ya había comenzado a cortejarla, y eso no hacía más que acrecentar su desánimo.

—Veo que te gusta la poesía —se aventuró Jeremiah, señalando la sección donde Anna se encontraba hacía un rato—. ¿Algún autor en particular?

—He de confesar que todos esos nombres me resultan absolutamente desconocidos. Estar rodeada de tanta cultura me produce fascinación, pero también me confirma cuán limitados y pobres son mis conocimientos. ¡Mírate a ti! —dijo con sus bonitos ojos azules brillantes—. ¡Eres una fuente inagotable de sabiduría! Me encanta escucharte hablar, aunque sea solo durante el breve tiempo que compartimos en el laboratorio.

—Pues, siendo honestos, hablo mucho en esos momentos porque estoy nervioso, no por conocimiento.

—Entonces deberíamos tomar una taza de té en la plaza y comenzar una nueva charla sosegada. Han inaugurado un local encantador cerca de la fuente.

—Es una idea magnífica. —Jeremiah estaba pletórico. Su sonrisa parecía iluminar toda la librería, y no desapareció cuando el librero regresó del almacén con el libro en sus manos, un volumen de tapas oscuras y letra sobria que esperaba que satisficiera momentáneamente el interés de Caleb por las historias de ficción.

El hombre lo colocó en el mostrador junto a las obras de autores conocidos y procedió a cobrarle.

Sin embargo, la mirada de Jeremiah fue capturada por otro libro. Uno pequeño, de color oliva, y con el título en dorado. Por un momento, su corazón pareció detenerse antes de latir con más fuerza.

—También quiero este —casi gritó al librero, sintiendo los latidos resonando en sus oídos.

Después se despidió apresuradamente de Anna, disculpándose por la urgencia repentina y atravesó corriendo la elegante y concurrida plaza Union como si estuviera poseído por el mismísimo demonio.

Jeremiah irrumpió en el dormitorio de Caleb sin contemplaciones, pese a que era de día, pese a que el sol lucía en todo su esplendor. Estaba sofocado, ya que había corrido lo indecible, pero sus ojos verdes chispeaban.

—¡Milord! —gritó, aunque estaba justo frente a él. Se secó el sudor que le resbalaba por sus sienes—. He encontrado algo, pero no sé si decírselo y crearle expectativas o callármelo hasta que me halle completamente seguro.

Caleb se incorporó en la cama apoyándose sobre los codos y lo observó expectante.

—Me inclino a pensar que has optado por la primera opción —dijo, reparando en el libro que Jeremiah sostenía en sus manos—. ¿Qué es eso?

—El culpable de mi sofoco. —El muchacho se acercó a la cama y le tendió el pequeño volumen que había adquirido—. He ido a la librería a por el ejemplar que usted había encargado. Lo curioso es que en el mostrador, junto a su libro, estaba este. Dígame que no es lo que pienso.

Caleb fijó su mirada en las finas letras doradas de la portada que habían llamado la atención de Jeremiah. Se leía:

Cruzando el océano

S. Addison

—¿Cuál es la probabilidad de que nuestra Sarah se esconda bajo ese seudónimo? —inquirió Jeremiah nervioso—. ¿Cuántos «S. Addison» podrían vivir en este país?

Según el vistazo fugaz que el muchacho había echado al libro mientras recorría cinco manzanas a la carrera, se trataba del diario personal de una pasajera que viaja en la tercera clase de un gran buque transatlántico.

Caleb contemplaba a su amigo sobrecogido, incapaz de articular palabra.

—Fue impreso en Boston, Massachusetts, milord, apenas hace un mes —prosiguió Jeremiah con urgencia—. Si la búsqueda del gobernador Wright no ha obtenido resultados en los estados demócratas, podría deberse a que Massachusetts es republicano.

—Nunca la han buscado allí… —murmuró Caleb poniéndose en pie, sensiblemente mareado—. Debemos partir, Jeremiah, sin demora. Venderé esta casa a uno de los numerosos interesados en derribarla para levantar una monstruosidad en su lugar y nos marcharemos hacia allí.

—¿Y Anna? —preguntó el joven, inquieto—. ¡No podemos abandonarla!

—Parte del dinero que obtengamos será para ella, con la condición de que termine sus estudios. No quiero que abandone el sueño de convertirse en maestra. —El chico asintió con gratitud—. Ya tienes dieciocho años, Jer. Si decides quedarte con ella, lo entenderé.

—No, milord —contestó el muchacho con rapidez, dirigiéndose hacia la puerta—. Regresaré a esta ciudad, pero no ahora. Comenzaré a preparar el equipaje y a cerrar todos los asuntos pendientes. Si desea emprender el viaje a la mayor brevedad, más vale que descanse. Tiene un aspecto horrible.

Caleb esbozó una media sonrisa. Ambos sabían que conciliar el sueño, aquel día, no sería un problema.

En apenas un año, el destino de Anna Flint había dado un giro asombroso. Había pasado de trabajar en la calle por la noche a disponer de un lugar seguro donde vivir, libre de la amenaza de insectos, roedores y criminales. Gracias a la generosidad de lord Phoenix, quien no solo le brindaba un hogar decente, sino también un salario que le permitía estudiar y llevar una vida confortable.

No extrañaba en lo más mínimo su antigua existencia, con sus desagradables clientes, el frío del invierno y la constante sensación de peligro. No quería volver a pasar por lo mismo. Por eso, cuando llamaron a la puerta de su apartamento y se encontró con un Jeremiah apesadumbrado en el umbral, sintió miedo de nuevo.

—¿Qué ha sucedido? —preguntó, nerviosa—. ¿Milord está bien?

—Sí —contestó rápidamente el muchacho, dándose cuenta de la angustia de la joven—. Él se encuentra descansando. Mañana... partiremos hacia Boston.

—¿Por qué? —Anna, desconcertada, se apartó ligeramente para permitir que entrara al apartamento. Su rostro se había quedado lívido, parecía realmente asustada—. ¿Cuándo volveréis? Porque... volveréis, ¿verdad?

Jeremiah recorrió el reducido espacio de la habitación donde se concentraban la cocina y la sala de estar. Tras un biombo, divisó una cama junto a la ventana. No era una casa amplia, pero estaba limpia y decorada con gusto.

—Hoy, en la librería, encontré una pista sobre el paradero de Sarah —explicó el joven emocionado. Anna conocía toda la trágica historia de amor de Caleb, al menos la que no incluía sucesos paranormales y extrañas habilidades—, por eso salí corriendo, loco por el hallazgo. Es el primer indicio que tenemos en dos años y nos lleva a Boston. No podemos perder ni un segundo.

—Lo entiendo… —Anna asintió con tristeza. Sus ojos aparecían apagados, sin ánimo.

—Por la mañana he quedado con un posible comprador para la casa de milord. De lo que obtengamos, él quiere darte la mitad en agradecimiento, con la condición de que sigas estudiando.

—¡Por supuesto que seguiré estudiando! —El rostro de Anna se endureció, mostrando una convicción inquebrantable—. No pienso regresar al mundo del que me rescatasteis, si es eso lo que os preocupa. Jamás lo haré. Pero eso no significa que vaya a aceptar una cantidad de dinero tan desmesurada. No necesito más caridad.

—Hazlo por mí —susurró Jeremiah, provocando que Anna lo mirara con sorpresa—, irme me duele. De una forma que jamás imaginé. Sin embargo, saber con certeza que estarás bien me infunde valor para dejar esta ciudad atrás.

Los ojos de Anna se humedecieron y Jeremiah sintió un nudo en la garganta. Le hubiera gustado tener el coraje de abrazarla y asegurarle que regresaría a su lado en cuanto pudiera, pero desconocía si las lágrimas de Anna se debían a la tristeza por su partida o por la de Caleb.

—Milord no podrá pasar a despedirse —añadió con miedo a herirla aún más y ella asintió cabizbaja. Si quedaba alguna duda del afecto que Anna sentía por Caleb, esta se desvaneció en aquel instante—. Fui testigo del… beso que compartisteis en la taberna de Pewter Mug. Lo amas, ¿verdad?

Ella alzó la mirada con un gesto desafiante, los brazos cruzados sobre su pecho, aparentemente molesta.

—Eres muy astuto para algunas cosas, Jeremiah —dijo con un tono cargado de sarcasmo—, pero, para otras, un auténtico bobo.

El joven se quedó sin palabras, observándola con desconcierto. Pasados unos incómodos segundos, Anna suspiró ruidosamente y dio un paso hacia él, acercándose hasta que sus cuerpos quedaron casi pegados.

—Vuelve pronto —murmuró y, alzándose de puntillas, le dio un suave beso en la mejilla.

Jeremiah trastabilló, sorprendido, y asintió repetidamente con la cabeza, sin tener algo coherente que decir. Caminó hacia la puerta y la abrió, pero antes de desaparecer se giró hacia Anna. Sentía cómo la sangre bullía en sus carrillos mientras su corazón galopaba sin control y buscaba las palabras adecuadas.

Inspiró hondo y, reuniendo todo el valor necesario, alzó tímidamente la mano hacia el bello rostro de la joven y sus dedos rozaron su mejilla con delicadeza. Se inclinó despacio, como si el tiempo se hubiera detenido en aquel instante, ralentizando todos y cada uno de sus movimientos, y en un gesto imprevisible sus labios encontraron los de ella.

Se besaron lentamente, sumidos en aquella burbuja de irrealidad, ajenos al mundo exterior, hasta que el sonido distante de unos gatos peleándose los devolvió al presente y debieron separarse. Jeremiah sonrió con cierta vergüenza.

—Volveré lo antes posible —prometió con determinación.

—Ahora no me cabe duda alguna —respondió ella con una risita pícara—. Pero tened mucho cuidado, por favor. No va a ser un viaje sencillo y mucho me temo que lo que encontréis puede no ser lo deseado.

—Lo sé —musitó Jeremiah, apenado. Él, aunque intentara ocultarlo, albergaba el mismo funesto presentimiento.

Junio de 1847

Con los inconvenientes de Caleb para viajar durante el día, para llegar a Boston necesitaron cuatro jornadas nocturnas en carruaje.

Al contrario que el resto de los pasajeros, ellos se hospedaban en las posadas que encontraban en su camino, justo antes de que el sol despuntara en el horizonte. El cochero, un conocido seco y estirado de Anna, al que habían pagado por adelantado antes del viaje, no expresó sorpresa ni hizo preguntas. Sin mediar palabra, cada noche conducía los caballos por aquellos solitarios caminos, mientras el paisaje se transformaba bajo la luz plateada de la luna. Los edificios de ladrillo dieron paso a las granjas, a pequeños pueblos con casas de madera e iglesias de torres puntiagudas. Los espesos bosques y los campos de cultivo cedieron su lugar a acantilados rocosos y largas playas de arena. El interior del coche se llenó del olor del mar advirtiéndoles de la cercanía inminente a su destino. Los nervios eran evidentes, al igual que la esperanza y... la duda.

Boston era, en aquella época, una ciudad de cien mil habitantes con un grandioso puerto en constante movimiento y amplios parques de recreo. Un centro cultural, con una floreciente comunidad literaria y artística, entre los que destacaban Edgar Allan Poe o Nathaniel Hawthorne, y un lugar de reforma social y política, con novedosos movimientos como el abolicionismo y el sufragio femenino.

Las calles empedradas y angostas se entretejían en un complejo galimatías, rodeadas de pequeñas edificaciones de ladrillo rojo o piedra de su pasado colonial.

Las luces danzantes de los faroles de gas parpadeaban en la penumbra de la noche, iluminando los rostros de los pocos transeúntes que caminaban a aquellas horas y que los observaban con recelo.

No les resultó complicado hallar la editorial que había publicado el libro de Sarah. Se hallaba en el centro, junto a un centenario cementerio. Las viejas lápidas, rotas, vencidas, evidenciaban la antigüedad de la ciudad, sumiendo la zona en una especie de sueño hipnótico que solo despertaría cuando el cielo se tiñese de amanecer y los barcos desplegaran sus velas inundando el horizonte.

Se alojaron en un modesto hotel cercano, aguardando pacientemente la llegada del nuevo día. Su única pista los esperaba al otro lado del cementerio, a unos breves pasos de distancia.

Con la llegada del alba, Jeremiah dejó a un Caleb demasiado alterado como para conciliar el sueño y se encaminó hacia la editorial. El edificio se alzaba en tres estrechas alturas, con amplios ventanales que ofrecían vistas del camposanto. En su interior, revestido en oscuras maderas, los pocos empleados se repartían entre el taller de imprenta, en el que las prensas manuales daban vida a los libros que luego se encuadernaban con esmero en cuero o tela, y las oficinas, donde se tramitaban los asuntos editoriales.

El editor, Henry Cross, era un hombre de porte esbelto, con un espeso mostacho y unos ojos inquisitivos que denotaban curiosidad y astucia. El hecho de que un caballero distinguido como Jeremiah hubiera emprendido un viaje tan largo para conocer al autor de su obra lo halagó. Sin embargo, guardó silencio con respecto al nombre real del escritor, alegando desconocerlo, y solo le confirmó que residía en Cambridge, a unas ocho millas de Boston.

Contentándose obligatoriamente con tan poca información, Jeremiah regresó al hotel. La agitación de Caleb era evidente y le había mantenido despierto pese a la hora que era. Se encontraban muy cerca de Sarah, tanto que hasta Jeremiah podía sentirlo, y en ese momento les asaltaban todas las dudas, abrumándolos con la incertidumbre.

—¿Qué habrá sido de su vida en estos dos años, Jer? —preguntó Caleb, presa de una gran agitación, en cuanto el joven le hizo partícipe del resultado de su investigación—. ¿Me recordará? ¿Qué imagen guardará de mí? ¿La del muchacho que la devoraba con la mirada o la del monstruo que destrozó a Walter Clark? ¿Querrá verme? Sinceramente, voy a trastocar la vida que ha tenido que trazarse ella sola. Debo prepararme para que su reacción no sea la esperada. Yo fallecí en aquel barco, quizá deba permanecer así.

—No ha comido desde hace cuatro días —Jeremiah estaba preocupado, pero por otros motivos—, y fue el último paquete que tomamos prestado del hospital. ¿Quizá podríamos...? —dejó la pregunta en el aire mientras señalaba su brazo.

—No —apuntó Caleb tajante, interrumpiendo cualquier posibilidad de consideración—. Te convertirías en una tentación demasiado próxima. No pienso arriesgarte a algo así. He aguantado mucho más tiempo, Jeremiah. No debes preocuparte.

El joven no parecía convencido; sin embargo, abandonó la habitación en dirección a la suya. Caleb había sufrido un calvario para moderarse, para mostrarse ante Sarah como alguien que se acercaba a la normalidad. Sin embargo, por más que le pesase a Jeremiah, la verdad resultaba innegable. Caleb no era normal, no lo era en absoluto.

Caleb no quiso esperar a la noche y partieron de Boston a mediodía, cubriendo las pequeñas ventanas del carruaje con telas espesas para evitar que la luz del sol se filtrara en su interior.

Los nervios, el calor y el hambre no eran los mejores compañeros de viaje, y, aunque Caleb intentaba disimularlo, Jeremiah intuía perfectamente el padecimiento que sufría su amigo. Contempló en silencio sus facciones tensas y enfermas, y el temblor de sus manos mientras acariciaba el sello del dragón con ansiedad.

En menos de dos horas cruzaron el río Charles y se adentraron en la pequeña ciudad de Cambridge. La avenida principal, conocida como Main Street, estaba atestada a aquellas horas de la tarde: carromatos, coches, caballos y algún que otro carro ligero se mezclaban entre la multitud de peatones que paseaban o visitaban las tiendas de los bellos edificios coloniales. Más allá de la plaza Central, las construcciones disminuían de tamaño hasta alcanzar los extensos territorios que albergaban la prestigiosa Universidad de Harvard.

Se instalaron en dos habitaciones del hotel Union, situado en la misma avenida. Un lugar agradable que combinaba antigüedades y piezas de estilo victoriano, sillones de terciopelo y cuadros de paisajes que decoraban las paredes de caoba oscura.

Jeremiah se quedó maravillado con las imponentes camas con dosel y sus sábanas de seda finamente bordadas, pero enseguida sintió la urgencia de salir a la calle y empezar la búsqueda. Se despidió de Caleb haciéndole prometer que descansaría hasta que él regresara con buenas noticias.

Durante toda la tarde, exploró Cambridge. Entró en cada establecimiento de la zona para preguntar por una autora llamada Sarah Addison. Sin embargo, sus esfuerzos fueron infructuosos... hasta que finalmente llegó a un bar.

Poco se parecía aquel lugar a la taberna de Pewter Mug o a cualquiera de las que atiborraban las callejuelas de Manhattan. La sofisticación impregnaba el ambiente y la gente disfrutaba de conversaciones entre sorbos de bebidas servidas en alargados vasos de cristal de diferentes tonalidades.

—¿Qué le pongo, señor? —le preguntó un hombre desde detrás de la barra, escuálido como un álamo.

—Se lo agradezco, pero debo abstenerme. Únicamente estoy buscando a una amiga. Se llama Sarah Addison y es escritora.

Un caballero rechoncho y calvo como un hermoso huevo de gallina, sentado en un taburete a pocos pasos de distancia, saltó hacia él con entusiasmo.

—¡Es mi vecina! Me siento muy orgulloso. Tanto mi esposa como yo hemos comprado su libro. ¡Tres veces!

—Eso es maravilloso. —Jeremiah apenas podía contener su impaciencia—. Hemos viajado desde lejos para visitarla. ¿Me puede decir dónde vive?

—Búsquela mejor en la librería que hay a la vuelta de la esquina. La he visto entrar hace un rato. —El corazón de Jeremiah dio un salto en su pecho. ¡Estaban tan cerca!—. Creo que iba sola, su marido y su hija deben de haberse quedado en casa.

El muchacho se sujetó a la barra para no perder el equilibrio. Aquello no se lo esperaba. Su esperanza por la recuperación de Caleb, por verlo feliz, comenzaba a desmoronarse. ¿Cómo iba a darle a su amigo semejante noticia?

Agradeció al hombre su amabilidad y salió de la taberna dando tumbos, notando que su alma se había ensombrecido. Avanzó por la acera en dirección a la librería, desconociendo cómo obrar. Iba a romper un corazón, iba a hundir cualquier ilusión.

Entonces lo vio. Pese a que aún era de día y el sol lucía esplendoroso, Caleb se encontraba en la calle a la sombra de una marquesina, visiblemente expectante. Había sido incapaz de permanecer en su habitación.

El calor resultaba agobiante y se estaba aflojando el pañuelo del cuello. Su cabello volvía a alcanzar la mitad de su espalda, por lo que se lo había recogido debajo del sombrero y se había vestido con ropas distinguidas, pero no tan refinadas como las que usaba en Nueva York.

Jeremiah sabía con certeza que, debido al sol y a la falta de alimento, cada paso de Caleb se volvía una prueba de resistencia y que su mente se hallaría envuelta en una neblina persistente, dificultando sus pensamientos y decisiones, volviéndolo más incontrolable y, quizá, más peligroso.

—Milord —el muchacho tomó aire y se acercó presuroso—, la he encontrado.

—¿Dónde está? —preguntó Caleb nervioso, sus ojos turquesa buscaban respuestas en el rostro de su amigo.

—Deberíamos esperar a la noche —contestó Jeremiah con cautela. Necesitaba pensar qué hacer, cómo proceder.

—Dudo que vaya a encontrarla en la calle de madrugada. ¿Dónde está? —insistió Caleb. Su voz mostraba una ansiedad creciente—. Porque está... viva, ¿verdad?

—Sí, lo está —afirmó Jeremiah con firmeza—. En la taberna me he topado con su vecino. Rebosa orgullo por conocer a una escritora.

—¿Dónde está, Jer? —reiteró Caleb, tirante—. No quiero preguntarlo de nuevo.

—Milord —Jeremiah pronunció la palabra con suavidad, como cuando trataba de apaciguarlo—, hay muchas cosas que debo contarle. No todas le van a gustar.

—Ahora mismo no me importa. Solo necesito verla. Un segundo. Luego escucharé lo que tengas que decirme.

El chico torció el gesto, pero apuntó a la calle perpendicular, la calle Prospect, no muy lejos de donde se encontraban. En la planta baja de un edificio de tres alturas y paredes de ladrillo rojo había una librería. Sus miradas se clavaron en la puerta a la vez que esta se abría.

El destino era así, perverso. Allí estaba Sarah, a una distancia nimia. Pese a no conocerla, Jeremiah supo por la rigidez del cuerpo de su amigo, por su semblante temeroso, que solo podía tratarse de ella.

Llevaba un delicado vestido azul con rayas blancas, con sus brazos descubiertos y unos pequeños guantes en sus manos. En un movimiento, cubrió su cabello castaño con un diminuto sombrero, mientras sonreía despidiéndose de alguien del interior de la librería. Caleb se sujetó a la pared, tambaleante, y Jeremiah contuvo la respiración.

—Está casada —dijo el chico de repente, incapaz de contenerse— y... tiene una hija.

Las palabras sonaron lejanas, arrastradas por la brisa agradable del verano. El rostro de Caleb se transformó. Era la imagen de la desolación, del sufrimiento. Había padecido dolor muchas veces, pero aquella, con toda seguridad, fue la peor.

Jeremiah había desmoronado sus esperanzas y sueños, lo que le había mantenido a flote los últimos y duros tiempos. Todo aquel soporte, el muro de contención, se resquebrajaba, devolviéndolo al terreno cenagoso en el que se movió durante meses.

Siempre existió el riesgo de que Sarah hubiera reconstruido su vida. Era lo esperado, incluso lo deseable. Sin embargo, la constatación de ese hecho resultaba terriblemente dolorosa.

—Vámonos —dijo Caleb, apartando la vista de Sarah—. Ya.

Jeremiah asintió en silencio. Aquello era un adiós. Nada los retenía en Cambridge. La búsqueda había finalizado.

TERCERA PARTE

Sarah Wright

Cambridge (Massachusetts), 1847

La librería de la calle Prospect era el sueño de cualquier lector. Entre el caos de sus estanterías, siempre se podían encontrar ejemplares en diferentes idiomas, libros de poesía o de teatro, novelas e incluso primeras ediciones olvidadas. Era una joya que su propietario, Maurice Polin, un excéntrico y fundamentalmente desorganizado francés, llevaba con alegría y humor.

—Coméntele a su esposo —me hablaba con un exagerado acento francés para haber nacido en Boston, como se rumoreaba— que los libros que me ha encargado aún no han llegado.

—¿Se ha vendido algún ejemplar del mío? —pregunté curiosa.

Cruzando el océano apenas llevaba un par de meses en las librerías y, aunque había dudado de su interés para el público, había tenido una agradable acogida.

—Diez esta semana —contestó, contento—. A este paso igualará, con toda seguridad, a Edgar Allan Poe.

—Señor Polin, es usted todo un optimista —reí.

—Reconozco un buen relato en cuanto lo leo…, aunque luego lo pierdo por la tienda.

Me despedí con una sonrisa y salí a la calle. Me ajusté el incómodo sombrero y busqué con la mirada al cochero. Lewis solía esperar en el carruaje a la sombra mientras yo paseaba por los comercios de Main Street, así que dirigí mi atención hacia la otra acera.

No puedo expresar con palabras lo que sentí en aquel momento. Podría decir, quizá, que Cambridge quedó de repente sumergida en una burbuja donde el ruido del trasiego de vehículos, las conversaciones y los trinos de los pájaros desaparecieron. Todo a mi alrededor se desdibujó hasta convertirse en manchones de pintura. Lo único que existía para mí era la persona que se encontraba al otro lado de la calle.

No era posible. No, no lo era.

Había tenido muchos sueños en los que él aparecía, incluso alucinaciones en las que abría la puerta de mi dormitorio o lo sentía a mi lado. En algunas ocasiones también lo había visto en el reflejo de un espejo o de una ventana. Había soñado con él tantas veces que había perdido la cuenta. Pero estaba muerto y, aunque vivía en mis recuerdos con una fuerza extrema, la realidad era otra.

Avancé hacia la avenida traspuesta, ajena a los coches y a los peatones, siguiendo un espejismo que se alejaba rápidamente, ignorante de mi angustia. Eché a correr cuando aquel espectro torció en un callejón y lo seguí con la respiración agitada y mi corazón descontrolado.

La aparición se detuvo unos metros por delante de mí. Solo apreciaba su espalda, su porte alto, el traje y el sombrero elegantes. A su lado, un joven de cabello rubio recogido en una coleta y ojos verdes prudentes se giró hacia mí.

—Milord —susurró el muchacho, y el caballero negó lentamente con la cabeza.

No era un fantasma. Podía sentirlo en la estrechez del callejón, en la atmósfera densa que nos rodeaba. Y, de una forma perversa, algo me invitaba a acercarme.

Di un paso hacia ellos. El hombre se volvió despacio, con su mirada perdida en el suelo. Cuando la alzó y se encontró con la mía, mi corazón dio un vuelco y me quedé sin aire.

—No puede ser… —murmuré, aturdida, temblorosa.

Ante mí tenía aquellos iris turquesas que había memorizado y llevaba rememorando desde hacía dos años, aquel rostro salvaje y atractivo, las facciones elegantes, el cabello oscuro, la piel pálida.

—Es imposible —musité avanzando hasta situarme a una escueta distancia de él.

Esperaba que, al acercarme, la imagen se evaporaría confirmando mis desvaríos; pero no, se mantuvo inmóvil, con los labios entreabiertos y un nerviosismo perceptible. Alcé la mano, llevada por un impulso incontrolable, y la apoyé en su pecho.

Dio un paso atrás, jadeante. El muchacho, a su lado, parecía inquieto, sin saber qué hacer.

—Caleb, ¿eres tú? —balbuceé—. Dime que no, dime que me encuentro en un sueño y que me despertaré en breve con la misma sensación de pérdida y frustración. Dime que no eres real, sino una parte de mi imaginación que no deja de recrearte y que logrará volverme loca.

—Sarah… —dijo él vacilante, consiguiendo que todo mi ser se paralizara y que me resultara difícil tomar aire.

—Es imposible —repetí, negando con la cabeza—. Te vi en el mar. Vi cómo desaparecías engullido por el agua.

—Me recogió un barco de pescadores —me explicó. Cada una de sus palabras me privaba de más oxígeno—. Llegué a la costa… Después… te he estado buscando.

Mis piernas flojearon y me dejé caer hasta topar con las rodillas en el suelo. Él se agachó rápidamente a mi lado, preocupado, inquieto, y me asió por el brazo.

Sus dedos en mi piel desnuda fueron como estalactitas clavándose en mi carne, erizando mi vello, provocándome un escalofrío por todo el cuerpo.

—Dios…, Caleb —gemí con la visión de pronto borrosa debido a las lágrimas—. No puedo… Es…

Eché las manos a su cuello y lo abracé con toda mi fuerza, hundiendo mi cabeza en su pecho, aspirando su olor, presionando mi cuerpo contra el suyo. No quería pensar, no quería cerrar los ojos y comprobar, al abrirlos, que todo volvía a ser un sueño endiablado.

Su sombrero salió volando y su cabello largo rozó mis dedos. Sus manos seguían estáticas a ambos lados del cuerpo. No respondía a mi abrazo, pero no me importaba. Necesitaba sentirlo de nuevo, aunque se tratara de una nueva alucinación.

—Milord —dijo el muchacho—, quizá sería mejor... que se alejara.

Entonces noté cómo, suavemente, sus manos se apoyaban en mi espalda y cómo me estrechaba contra él. Las lágrimas mojaron mis mejillas y lo apreté con más fuerza.

—Soy incapaz de creérmelo —musité con el sabor salado de las lágrimas en mis labios—. Te he añorado tanto... que sentí que iba a morirme sin ti.

—Estoy aquí —murmuró él contra la piel de mi cuello—. De alguna forma he conseguido llegar hasta ti.

—Milord..., por favor.

Caleb asintió y comenzó a separarse. Sus manos abarcaron mi rostro húmedo y limpiaron mis lágrimas, con sus ojos claros clavados en los míos. Después se levantó del suelo y me ayudó a hacer lo mismo.

—Debo irme —dijo de pronto—. No puedo permanecer un tiempo tan prolongado en el exterior siendo de día.

Comprendí a qué se refería, y a los recuerdos dulces que me acompañaban de Caleb se sumaron los oscuros, los que se tornaban en pesadillas. Sin embargo, los alejé de mi mente.

—¿Cuándo volveré a verte? —pregunté—. ¿Dónde puedo encontrarte?

—Por la noche —respondió, intercambiando una rápida mirada con su amigo—. Te buscaré.

—Milord —lo reprendió el muchacho, inquieto—. Quizá...

—Vivo al final de la calle Prospect —contesté rápidamente—, donde los edificios desaparecen y solo hay pastos, árboles y ovejas. Una casa con un pequeño jardín. Ven cuando anochezca.

Caleb asintió y, con una ligera inclinación de cabeza, comenzó a alejarse. Su amigo aguantó un segundo más a mi lado.

—Por favor, señora —me dijo con auténtica preocupación—. Por su seguridad, guarde las distancias con él.

Acto seguido se despidió y salió corriendo detrás de Caleb.

Dottie había aprendido a caminar sola hacía dos meses, pero ya se desenvolvía por la casa con la confianza de una veterana. Su pasatiempo favorito, aparte de pintar en las paredes que quedaran a su alcance y escuchar los cuentos que yo me inventaba, consistía en examinar el mundo a través de las ventanas de la sala de estar. Por eso fue la primera en percatarse de la llegada de nuestro invitado.

—¡Alguien! —gritó, como si yo no me encontrara a su lado, enseñándole a dibujar en un papel en lugar de en las paredes.

Mi estómago dio un vuelco y abracé a la niña con ganas de salir corriendo a la puerta para abrirla yo misma. El aroma a lavanda del pelo castaño de Dottie resultaba realmente delicioso y sus ojos oscuros me observaron con interés, tal vez conocedora de mi nerviosismo.

Me sujetó la cara entre sus pequeñas manos, como cuando quería que hiciera caso a lo que iba a decirme, y me miró fijamente.

—Es uno de ellos —susurró sin trabarse ni una sola vez.

La frase consiguió inquietarme, pero esbocé una sonrisa tranquilizadora.

—El caballero que viene a visitarnos se llama Caleb. Es un amigo —expliqué acariciándole la mejilla, y ella torció el gesto disconforme.

En ese momento, sonó el timbre de la puerta y escuché los pasos rápidos de Florence, el ama de llaves, cruzando el vestíbulo. Me enderecé con la niña en mis brazos y salí de la sala, consciente de la acelerada e imparable carrera a la que se había precipitado mi corazón.

Desde que me había encontrado con Caleb en Cambridge, no podía pensar en otra cosa. Mi mente parecía un torbellino de recuerdos y sentimientos que revolvía hasta la más mínima fibra de mi cuerpo. Pese a la inmensa alegría que me suscitaba su encuentro, no podía olvidar todo lo sucedido en el barco. Imágenes terribles seguían atormentándome, testigos de eventos que, lamentablemente, no eran fruto de mi imaginación. Ignoraba cómo era Caleb en aquel momento y, sobre todo, qué era.

—Señora —Florence debía de haberme llamado un par de veces antes de que la atendiese. Su rostro amable, surcado de arrugas, con el pelo blanco recogido en un moño, me observaba con preocupación—, hay un joven en la puerta que viene a verla. ¿Quiere que lo deje pasar?

Asentí, notando cómo Dottie se apretaba contra mi costado. Desconocía cuál de las dos se encontraba más nerviosa.

Caleb entró en el vestíbulo. Nada funcionaba igual cuando él estaba cerca. Era como si el universo entero se contrajera ante su presencia. Mi mente dejaba de desempeñar su función vital, el aire se condensaba a mi alrededor y mi cuerpo reaccionaba desmedido, incontrolable.

—Buenas noches —dijo con su voz grave, y me miró con aquellos ojos intimidantes que no había podido eliminar de mi memoria. Su atención pasó a la niña y una emoción indescifrable ensombreció su rostro.

Se hizo un silencio en la estancia pese a que, a pocos metros de nosotros, en el salón, mi esposo disfrutaba de una velada con algunos amigos íntimos y podíamos distinguir los vaivenes de las conversaciones y algunas risas. Florence había abandonado la estancia con sigilo, aunque con seguridad se mantendría en algún lugar cerca por si yo la necesitase.

Caleb llevaba un traje oscuro y un pañuelo granate en el cuello. Su cabello trenzado caía por su espalda con una naturalidad que contrastaba con la tensión que parecía emanar de él, reflejada en el modo en el que mantenía los puños cerrados a ambos lados de su cuerpo. Mis ojos se detuvieron un instante en su anillo, en la imagen de aquel dragón amenazador de ojos rojos.

—Lo he conservado —dijo, consciente de hacia dónde se dirigía mi atención—. No podía deshacerme de él.

—Lo entiendo —conseguí contestar, rompiendo el maleficio que parecía haberme aturdido desde su llegada—. Esta es Dottie, y ya es hora de que se vaya a dormir. ¿Nos acompañarías?

Parecía confuso. Su mirada se desvió hacia la puerta del salón y después se posó en la niña. Tenía que hacerle partícipe de tantos sucesos que ni siquiera sabía por dónde empezar.

Caleb hizo un gesto afirmativo con la cabeza y comencé a subir las escaleras que arrancaban en el vestíbulo y llegaban a la primera planta. Dottie no apartaba su atención de nuestro acompañante, sus ojos curiosos exploraban cada gesto, cada movimiento, con un interés inusual para una niña de su edad. Parecía alerta, no asustada.

—Es una niña preciosa —comentó él, y asentí con una sonrisa—. Se parece mucho a ti.

El dormitorio de mi hija se hallaba tras la primera puerta del pasillo. Era una habitación con tres amplios ventanales que dejaban entrar la luz de la luna, papel azul celeste en las paredes y muebles pintados en blanco. La casa no tenía la suntuosidad de mi hogar en Inglaterra, pero era acogedora, cómoda y cálida en invierno, cuando el frío azotaba con látigo en aquella parte del país. Dejé a Dottie en el suelo y ella corrió hacia su cama.

—¿Espero fuera? —preguntó Caleb desde el umbral de la puerta, sin poder disimular su tensión.

—Dottie es un auténtico torbellino durante el día —expliqué—, pero en cuanto anochece apenas tarda unos segundos en quedarse dormida. Es lo más parecido a una gallina que he visto en mi vida. Ven.

—Dudo que sea conveniente. —Seguía muy tenso, así que no insistí.

La rutina para la hora de acostarse consistía en una pequeña oración para agradecer los buenos sucesos del día y la lectura de un breve cuento, aunque esta vez la pequeña apenas escuchó dos líneas antes de sumergirse en el sueño. La arropé con cariño y, tras apagar la luz, salí de la habitación en silencio.

—Realmente es como una gallina —soltó Caleb haciéndome reír, y por un instante aprecié una rápida sonrisa en sus labios.

—Caleb —susurré sintiendo la urgencia de hablar, de desentrañar el misterio que rodeaba aquellos dos años, pero a la vez tenía miedo de saber. Las preguntas se agolpaban en mi garganta, luchando por salir.

Me esforcé por mantener la calma—, ¿dónde has estado? ¿Cómo me has encontrado? ¿Qué ha sucedido en este tiempo?

Él pareció incomodarse ante mi avalancha de preguntas. Recostó la espalda en la pared del pasillo y metió las manos en los bolsillos de su pantalón. Permanecía inmóvil, pero podía notar las ganas que tenía de alejarse de mí, de huir del momento.

—Son muchas preguntas —contestó, y sus ojos recorrieron mi rostro con una intensidad que me hizo sentir desnuda, expuesta. Sus palabras quedaron suspendidas en el aire y mi preocupación creció.

—¿Estás casado? —pregunté acercándome a él con un nudo en el estómago.

—No —murmuró, alzando la mirada, buscando la mía, consiguiendo que mi pulso volviera a acelerarse—. Tú sí.

—Es una larga historia —contesté, de pronto turbada—. Yo…

—No tienes nada que explicar. Era lo esperado —me interrumpió bruscamente.

—Lo sé. —Bajé la cabeza, sintiendo un peso en mi pecho mientras observaba mis zapatos—. Tu amigo…

—¿Jeremiah?

—Sí, me ha recomendado que… —lo miré fijamente—, que guardara las distancias contigo.

—Es un chico listo. —Caleb torció el gesto—. Y muy precavido.

—Seguro que sí, pero… desde que te vi al otro lado de la calle… No puedo…

Me puse de puntillas sin pensar y, llevada por todo lo que bullía en mi interior, posé mis labios sobre los suyos. Por un instante, mi mundo se detuvo y todo desapareció. Pero él permaneció quieto, agarrotado. Podría jurar que contenía la respiración.

Me separé abruptamente, avergonzada.

—Eso ha sido un error —musitó él, despacio, con esfuerzo.

Asentí, consciente de que había cometido una estupidez. El tiempo había pasado y yo desconocía cuáles eran ahora sus sentimientos y qué había sucedido en su vida.

—Un gran error —repitió muy serio y, atrapando mi rostro entre sus manos, me besó. Me besó empujándome hacia la pared contraria, consumiéndome como si necesitara absorber todo mi aire para poder sobrevivir.

No era una demostración de amor, no había ternura en sus gestos ni suavidad en sus caricias, todos sus movimientos mostraban una terrible desesperación y una necesidad voraz. No podía detenerlo, tampoco quería. Lo único que ansiaba en ese momento era a él, sentirlo, tocarlo, que me devorara de la forma que lo estaba haciendo.

Cuando se separó para mirarme a los ojos, reconocí en los suyos aquel tono oscuro que imprimía el hambre. No me intimidé. Tomé su mano y lo guie hacia mi dormitorio. Una vez allí, cerré la puerta tras nosotros. Sin palabras, volví a besarlo.

Negó con la cabeza, como si intentara contenerse, pero no vaciló cuando me condujo hacia la cama, cuando me derribó sobre el colchón y me tumbó bajo su cuerpo, cuando sus manos recorrieron mi piel con la escasa delicadeza que otorgaba un ansia desmedida y fuera de control.

—Puedo parar ahora —murmuró con sus labios rozando mi garganta—, pídemelo.

—No lo hagas —susurré.

En ese momento, la puerta se abrió de improviso, con un sonoro golpe que retumbó en todas las paredes de la habitación.

—Aparte las manos de mi mujer —masculló una voz demasiado conocida.

Nos incorporamos sobresaltados. Allí estaba mi esposo, empuñando lo que parecía una ballesta artesanal y estaba apuntando con ella a Caleb. Como proyectil una estaca de madera.

—No lo volveré a repetir, señor Hay. Aléjese ahora mismo de mi mujer.

El *vampyr*

Había contraído matrimonio dos años atrás en una ceremonia íntima y breve. Aquel día no solo gané un padre para mi bebé, sino también un amigo y un buen confidente. Su sonrisa cálida, reconfortante, y su mirada sincera conquistaron mi corazón, y su ternura hacia la pequeña Dottie me hizo darme cuenta de que, aunque no formábamos la familia que hubiera imaginado, esta rozaba la perfección.

En Cambridge, con el paso de los meses, nuestra relación continuó creciendo. Compartíamos lecturas, paseos y juegos con Dottie. Mi nuevo hogar estaba lleno de risas, complicidad y amor incondicional. George se había convertido en el pilar de nuestra pequeña familia, brindándome su apoyo y su sabiduría en los momentos difíciles. Comprendía mis pesadillas, el eco de los recuerdos dolorosos que resonaban en los rincones más oscuros de mi mente y que, muchas veces, borraban mis sonrisas. Y, cuando me despertaba bañada en sudor frío, con el corazón latiendo desbocado, recordando el sonido del mar o la voz de Caleb susurrando en mi oído, George me acunaba en sus brazos hasta que el sueño regresaba y desvanecía mis pesadillas.

George era, sin lugar a duda, el hombre más cabal y juicioso que había conocido hasta que… apareció en la puerta de mi dormitorio con el rostro desencajado y una ballesta en la mano.

—¡George! —exclamé, estupefacta—. ¿Qué demonios estás haciendo?

—Me parece que el señor Hay sabe lo que intento hacer —me contestó avanzando hacia nosotros sin ninguna intención de soltar el arma—. Así que bájese de la cama y sígame a mi despacho antes de que se me dispare este artilugio.

Caleb alzó las manos de forma apaciguadora y se dirigió hacia la puerta.

—No creo que esto sea necesario, doctor Lee —mascullló enfadado—. Le hubiera acompañado solo con pedírmelo.

—Permítame dudarlo. Mis recientes investigaciones no me autorizan a arriesgarme a que, en un acceso de ira, decida eliminarme de la ecuación y convertir a Sarah en viuda.

Bajamos las escaleras con Caleb delante. En su espalda, la punta de la estaca que George cargaba en la ballesta.

No había ruido ni voces en la planta baja. Los amigos de George debían haber sido invitados a marcharse de forma precipitada en los últimos minutos. Aún permanecían flotando en el ambiente el aroma de algún perfume masculino y el olor acre del tabaco.

—¿En qué momento se aprovechó de la vulnerabilidad de Sarah para hacerla su esposa? —masculló Caleb, deteniéndose en el vestíbulo y encarándolo con agresividad—. ¿Nos mintió en el barco sobre sus gustos afectivos para engañarla y meterse en su cama? Me parece una acción vil y de moral deplorable.

—Caleb —intercedí—, no fue como imaginas. Solo puedo agradecerle a George todo lo que ha hecho por mí.

Caleb parecía a punto de explotar. Su mandíbula se marcaba tirante en su rostro, los labios apretados, el color de sus ojos volvía a tornarse sombrío. Siguió al doctor, reticente, y entramos en el despacho.

Era una habitación amplia de paredes revestidas en madera y una imponente chimenea de piedra entre las estanterías llenas de libros. En las tardes de invierno, resultaba muy agradable leer en aquella sala mientras George preparaba alguna conferencia, estudiaba gruesos volúmenes o respondía al correo.

—Siéntese —ordenó George señalando el sofá junto a la chimenea apagada, sin dejar de apuntarle. Caleb le obedeció con el cuerpo rígido.

En cualquier descuido no dudaba de que podría reducir a mi esposo, así que tomé asiento a su lado y apoyé la mano en su hombro.

—Dorothea, Dottie, no es mi hija, si es eso lo que presupone —continuó mi esposo—, sino la suya, señor Hay. Yo solo la he cuidado y querido como si fuera mía.

Las facciones de Caleb cambiaron drásticamente. Su semblante aturdido buscó el mío, con los labios entreabiertos, confuso.

—¿Dorothea? —musitó—. ¿Mi hija?

—Quise darle el nombre de tu abuela —expliqué, acariciando su brazo, notando cómo se relajaba—. Es tan bonita como debió de serlo ella.

—Nuestro matrimonio es una farsa —añadió George—, aunque dudo que haya muchos más dichosos. Tengo a mi mejor amiga en mi propio hogar, una preciosa niña como hija y he hecho felices a mis ancianos padres. Poco más se puede pedir. —Reparando en la reacción templada de Caleb, bajó el arma y la apoyó en su mesa de trabajo—. Y, ahora que nos estamos sincerando, ¿no debería relatarnos qué ha sucedido en estos dos años?

—Nada de lo que me sienta orgulloso. —Caleb apoyó los codos en las rodillas y se frotó la frente.

—Eso me temía —murmuró George, taciturno.

En ese momento, resonaron tres golpes apresurados en la puerta de la entrada. Antes de que Florence acudiera a la carrera, George se adelantó para abrir.

Regresó al despacho acompañado por el mismo joven rubio que escoltaba a Caleb en Cambridge.

—Este es mi buen amigo Jeremiah Kiebler —nos presentó Caleb—. Suponía que no tardaría en aparecer. No confía mucho más en mí que usted, doctor.

—Entonces es bienvenido. Siéntese, señor Kiebler. ¿Le gustaría beber algo? —ofreció George, mientras el muchacho tomaba asiento frente a mí, visiblemente abrumado por el recibimiento.

—No, gracias, señor —respondió el joven, mientras sus ojos verdes vagaban por la habitación, hasta detenerse sobre la ballesta—. Me preocupaba la tardanza... ¿Está usted bien, milord? No entiendo qué hace un arma como esa en una reunión de viejos conocidos.

—He de ser precavido, señor Kiebler. —George se sirvió una copa y apoyó su cadera en la mesa—. Hace unos meses llegó a mis manos un libro. El original fue escrito en 1730 en polaco, y en él se hablaba de unos seres de tez pálida y grandes colmillos que se alimentaban de sangre humana y solo salían de noche. Se les llamaba *vampyr*. El mismo nombre que resonó en la cubierta del Great Britain antes de que arrojaran al señor Hay por la borda.

—¿Cree en viejas leyendas, doctor? —El cuerpo de Caleb volvía a tensarse—. Pensaba que era un hombre de ciencia.

—No intente menospreciarme, señor Hay. Desde que le conozco, ha destrozado mis límites entre la coherencia y la fantasía. Lo que sufría en el buque podía atribuirse a una enfermedad, pero lo que presencié después de que agrediera a Walter Clark escapaba por completo a la razón.

La respiración de Caleb se intensificó. Sujeté su mano entre las mías. Yo tampoco quería recordar lo sucedido.

—¿Y qué ocurrió en el barco según usted, doctor Lee? —masculló él, apretando mis dedos.

George bebió un largo trago de su copa, la apoyó en la mesa despacio y se mesó la barba antes de hablar:

—Con toda la información de los libros y artículos que he leído en estos meses, creo con seguridad que fue infectado por su tío con una enfermedad mortal antes de embarcar, y que aquellos dos endiablados individuos, Clark y Phillips, le asesinaron vilmente para poder atacar a Sarah, señor Hay. Pienso que revivió tras ese crimen y que se convirtió en lo que es ahora: un *vampyr*. Sé que se alimenta de sangre y que ha matado con total impunidad para poder sobrevivir.

Me quedé sin aliento y solté la mano de Caleb, alejándome de él turbada. El gesto no le pasó inadvertido, sus facciones se contrajeron, su mirada descendió hasta el suelo.

—¿Me equivoco? —George abrió uno de los cajones de su escritorio y sacó numerosos recortes de periódicos, extendiéndolos sobre la mesita de té a la vista de todos—. Desde que leí el libro, la idea de que usted pudiera haber sobrevivido me hizo buscar señales de su existencia. Por suerte, Harvard tiene una poderosa hemeroteca. Podemos estar orgullosos.

»Sin demasiado esfuerzo, encontré una noticia del mes de agosto, pocos días después de que alcanzáramos Nueva York: un barco pesquero incendiado a las afueras de Baltimore, una docena de cadáveres calcinados en su interior. ¿Fueron ellos quienes lo recogieron del mar? ¿Pagó de esa forma su rescate?

»No es difícil tras ese suceso seguirle la pista: Baltimore, Filadelfia, Nueva York… Innumerables y horribles asesinatos durante dos largos años.

Esperaba que Caleb detuviera aquella disertación, que clamara que nada de aquello era cierto, pero no lo hizo. Su mirada turquesa se había clavado en los trozos de periódico, su rostro no albergaba ninguna emoción.

—He hecho acopio de estacas de madera —continuó George—, plata, crucifijos e incluso de ristras de ajos, tal y como he leído en numerosos tratados. He guardado un arsenal de extrañas armas en el sótano porque creía que en algún momento querría encontrar a Sarah, solo rezaba para que no lo lograra. Hasta que esta tarde ella ha venido radiante y feliz a relatarme su encuentro.

—¿Por qué no me contaste nada de esto? —le pregunté a George, levantándome enfadada, y me di cuenta de que había roto a llorar—. ¿Por qué te lo has callado?

Mi voz temblaba por la mezcla de rabia y dolor. George se acercó con gesto compungido.

—¿Y empañar el recuerdo que tenías de él? —Tomó mi rostro entre sus manos, secando mis lágrimas—. ¿Cuántas veces te he escuchado gritar su nombre en sueños? Ni una gruesa pared evita que ignore tus pesadillas. ¿Y si me equivocaba, y si él estaba muerto y no era el culpable de semejantes atrocidades?

—No, no lo era. —Jeremiah habló de repente señalando uno de los recortes. Nos volvimos hacia él, expectantes—. Milord llegó a Nueva York a principios de octubre. Antes, en agosto, los periódicos comenzaron a hacerse eco de una serie de crueles crímenes, todos perpetrados contra mujeres, tal y como pueden leer aquí. Las víctimas presentaban mordiscos en la garganta y habían sufrido violaciones. Como solía tratarse de prostitutas, nadie hizo demasiado caso.

»Sé de buena tinta que milord pasó unos meses sumido en una angustiosa oscuridad, en los que hizo lo indebido, como también sé lo que ha luchado para superar esos momentos. ¡Los progresos desde que le conozco han sido esperanzadores! —nos observó orgulloso—. Lleva cinco días sin probar la sangre, y en esta sala no hay aún ningún cadáver, deberían sentirse afortunados.

Caleb esbozó una tenue sonrisa a su amigo. Reconocí el rostro del joven del que me había enamorado locamente mucho tiempo atrás.

—He cometido monstruosidades, como usted bien ha apuntado, doctor —dijo grave—, pero de la mayoría no me acuerdo. Solo sé que he conseguido, en gran parte gracias a Jeremiah, darme cuenta de lo que estaba haciendo y tratar de corregirlo. Siento una terrible culpa, jamás seré capaz de librarme de los remordimientos, y tampoco deseo que eso ocurra.

»Comprendo que no sea bien recibido en esta casa. Mi único afán desde que recobré la consciencia de mis actos ha sido encontrar a Sarah. —Su mirada se enredó en la mía. Había tanto dolor, tanto sufrimiento, que no pude evitar sentirlo en mi interior—. Solo ansiaba verla una vez más, y saber que estaba bien y que era feliz. Ya tengo constancia de ese hecho. Ahora, doctor Lee, puede llamar a la policía o hacer lo que estime necesario. —Caleb se levantó del sofá y comenzó a caminar hacia la puerta—. Pero, como comprenderá, no voy a quedarme a esperarlos.

Jeremiah lo siguió, dándole alcance enseguida. Yo me mantuve quieta, viéndolo marchar. Debía decir algo, retenerlo quizá, pero el peso de lo que había escuchado, de lo que sabía que era verdad, me mantenía paralizada e incapaz de articular palabra.

No fue hasta que la puerta se cerró tras ellos, hasta que George y yo nos quedamos a solas en el despacho, cuando me eché de nuevo a llorar.

Cuando Dottie apareció en mi dormitorio la mañana siguiente, yo ya estaba despierta. Dudaba haber dormido un poco siquiera. Mi cabeza se había convertido en una secuencia de horripilantes imágenes, muchas de ellas inventadas, que había ido tejiendo de la conversación de la noche anterior.

Dottie se acurrucó a mi lado, cosquilleándome la nariz con su cabello suave, y me envolvió con su adorable aroma a lavanda. La abracé contra mi cuerpo para expulsar la sensación de vacío que me había vuelto a dejar la marcha de Caleb.

Pensar en él provocaba en mí una marea de emociones. Durante los minutos que estuve entre sus brazos, volví a sentirme completa, feliz. Sin embargo, todo lo que había hecho, el horror y el dolor que había causado, me resultaba detestable e imposible de aceptar.

De todas formas, ¿qué importaba lo que yo sintiera? Se había marchado. Ni una última mirada, ni una última palabra. Simplemente había huido.

Pero ahí estaba, junto a mí en ese momento, el mejor recuerdo que conservaba de él, lo único de lo que jamás podría arrepentirme: la pequeña Dottie.

—¿Dónde está tu amigo, mamá? —balbuceó de forma graciosa, eliminando alguna consonante y añadiendo más vocales.

—Debía irse, cariño —murmuré, disimulando la tristeza que me provocaba aquel hecho—. ¿Bajamos a desayunar? Me muero de hambre.

George había salido a trabajar temprano, por lo que nosotras pasamos el día solas, jugando, recogiendo verduras en nuestro pequeño huerto o regando las plantas del invernadero.

—Señora —Florence salió al invernadero, entrecerrando los ojos ante la magnífica luz de aquel día—, ¿quiere que me lleve a Dorothea a la cocina para que me ayude a preparar la cena y usted pueda escribir un rato?

No era un ofrecimiento inusual. Tanto Florence como George se esforzaban por procurarme momentos de soledad para que pudiera dedicarme a escribir. Fue así como había conseguido concluir *Cruzando el océano*.

—Se lo agradezco enormemente, Florence —contesté. Una idea estaba ganando fuerza en mi mente—. Aunque… prefiero abusar de su amabilidad para ir a la ciudad. ¿Podría pedirle a Lewis que prepare el coche?

Llegué al centro de Cambridge poco tiempo después y nos dirigimos directamente al hotel Union, el más conocido de la ciudad. Antes de bajarme del coche me asaltaron todas las dudas que había mantenido acalladas desde que salí de casa. ¿Qué pretendía lograr buscando a Caleb? ¿Acaso ansiaba una explicación diferente a la real? Sabía que Caleb ya no era la persona que una vez conocí, pero no podía apartarlo de mi vida sin compartir aunque fuera un último momento con él.

Entré en el establecimiento nerviosa y me dirigí directamente a la recepción. La fama de la Universidad de Harvard atraía a numerosos eruditos y científicos de todos los rincones del mundo, muchos de los cuales elegían aquel hotel como su lugar de alojamiento. Recientemente renovado, el Union exhibía una lujosa apariencia con exquisitas alfombras y lámparas de araña.

—Buenas tardes —saludé al recepcionista, observando con disimulo a la gente que se encontraba en el bullicioso vestíbulo—, ¿podría indicarme si se alojan aquí los señores Caleb Hay y Jeremiah Kiebler?

El hombre, un tipo robusto que vestía un ajustado uniforme granate, asintió con una amplia sonrisa y comprobó los nombres en un voluminoso libro de reservas.

—No hay ningún señor Hay anotado, quizá se refiera a lord Phoenix que se registró junto al señor Kiebler. Dos caballeros muy distinguidos y educados. Escoceses, a juzgar por el acento. —El recepcionista frunció el ceño—. Sin embargo, lamento informarle de que, aunque habían abonado una semana por adelantado, abandonaron el hotel anoche.

Me apoyé en la mesa cuando noté que mis piernas flaqueaban.

—¿Se encuentra bien, señora? —preguntó el recepcionista, alarmado por mi aparente desfallecimiento.

—Sí —respondí, tomando aire para recobrar la compostura. ¿Qué esperaba encontrar después de la angustiosa conversación de la noche anterior? Ya no quedaban dudas, Caleb había vuelto a desaparecer de mi vida y, pese a que la cordura me invitaba a sentir lo contrario, solo experimenté tristeza. Una terrible y abrumadora tristeza.

Caminé sin rumbo por las calles mientras atardecía. Le había pedido a Lewis que regresara a casa con el coche, yo después lo haría a pie. Necesitaba apaciguar mis sentimientos y darles un sentido. Necesitaba estar sola.

A medida que la tarde avanzaba y el sol enfilaba hacia el horizonte, Cambridge comenzó a quedarse solitaria. Las familias se refugiaron en sus hogares, los comercios cerraron sus puertas y el trasiego de carromatos y caballos desapareció.

Me senté en un banco de madera, en el parque cercano a la universidad, mientras anochecía. Aquel lugar era un remanso de tranquilidad en la ajetreada vida de aquella ciudad en constante expansión. Dudaba que George siguiera trabajando, seguramente habría regresado a casa y se encontraría nervioso por mi tardanza, pero en ese momento no me importaba. Mi cabeza seguía atormentada por Caleb, por los recuerdos del pasado, los días en el Great Britain, su sonrisa cautivadora, su mirada intensa, su cuerpo perfecto, la dulzura de sus palabras…, pero también las imágenes y los titulares de los periódicos: asesinatos de inocentes, muertes injustificadas, salvo por la incontrolable necesidad de supervivencia.

¿Por qué me empeñaba en justificar lo injustificable? Quizá porque había conocido a Caleb antes de que se convirtiera en lo que ahora era, antes de que la oscuridad lo llevara por el camino equivocado.

Resoplé con frustración, cerrando los ojos, rodeada de los altos árboles del parque, de la calma apaciguadora de la noche. Y entonces, cuando el silencio inundó mi alrededor, algo me hizo tensarme, erizando la piel de mi cuello, provocándome un desagradable escalofrío. Me levanté del banco con la mirada puesta en todas partes y en ninguna.

Estaba sola. Las estrellas brillaban en un cielo opaco, las hojas de los árboles se agitaban en una danza macabra. Una fina luna proyectaba extrañas sombras en los caminos empedrados. Mi respiración se agitó consciente de que allí, en la soledad del parque, había alguien más.

Me puse en movimiento. Conocía todos los rincones de Cambridge, había paseado por la ciudad incontables veces; sin embargo, en ese momento, parecía un decorado de una novela de terror. Apresuré el paso hacia los edificios que conformaban la universidad. Sus callejuelas y jardines se encontraban vacíos y mis pisadas resonaron convirtiéndose en eco contra los muros de piedra y ladrillo.

Solo escuchaba mi caminar, nadie me seguía, pero mis sentidos me indicaban lo contrario. Recorrí la distancia hacia la calle Prospect con el corazón martilleando en mi pecho y una necesidad acuciante de oxígeno.

Tras los últimos edificios de la calle, aparecieron extensos prados. Eché a correr dominada por un miedo insólito que me impulsaba, y, cuando ya llegaba a mi casa, en la que refulgían las luces encendidas de la planta baja, noté una presencia a mi espalda.

Sin volverme, subí apresurada los dos escalones del porche y golpeé la puerta con el puño sin descanso hasta lastimármelo.

Florence me abrió sorprendida y se apartó a un lado mientras yo cerraba la puerta con energía y corría hacia la sala de estar para pegar mi rostro en el cristal de la ventana, intentando ver más allá de la oscuridad que me había acosado.

—¿Qué ha sucedido, Sarah? ¿Dónde estabas? —George me hablaba, pero yo, jadeante, seguía escudriñando el oscuro exterior.

La noche, los pastos, los árboles alargados como espectros. Nada más.

Uno de ellos

Agradecí la luz del amanecer cuando comenzó a pintar el cielo de tonos pastel y a disipar la oscuridad de la noche.

George se había quedado dormido a mi lado en el sofá, abrazando su ballesta como si fuera un tesoro preciado. Al abrir los ojos, importunado por la claridad, me observó. Tenía su cabello canoso revuelto y aspecto de haber disfrutado de poco descanso.

—No era Caleb —repetí, tal como le había explicado al llegar a casa la noche anterior.

—Que el señor Hay haya abandonado el hotel no significa que no pueda encontrarse merodeando por aquí. —George bostezó cansado y dejó el arma en la mesa—. Sarah, no conoces su versión como… *vampyr* y dudo que esta sea agradable.

—¿Crees que nos ha mentido? ¿Que no está encauzando su camino?

—Pienso que ahora mismo es un depredador, y nosotros, sus presas —respondió con absoluto convencimiento, rodeándome con un brazo y atrayéndome hacia su costado—. Me parece imposible que pueda vencer al monstruo que lleva dentro.

—¿Y si lo ha conseguido? —pregunté alzando el rostro hacia sus ojos oscuros, tan nobles y sabios—. ¿No merece algún tipo de perdón?

—Por supuesto, luchar *contra natura* es un logro, pero ¿dejará el león de cazar gacelas cuando todo su organismo está proyectado para esa misión?

—Estoy de acuerdo, George. Sin embargo, nadie juzga al león por actuar según su naturaleza.

—Entiendo tu conflicto interno —dijo levantándose y tratando de alisar su ropa arrugada—. Lo que sentiste por el señor Hay fue brutal, un sentimiento intenso de los que dejan marcada el alma. Deberás valorar si eso es suficiente para acallar el resto de sus pecados.

—Se ha marchado, George. Da igual ya lo que yo piense.

—Entonces vamos a desayunar y luego veremos qué hacemos. No soy ni media persona con el estómago vacío —bromeó para intentar aliviar la gravedad del momento.

Asentí en silencio y me dirigí pensativa hacia las escaleras. Necesitaba con urgencia abrazar a Dottie.

Aquel fue un día extraño. Amaneció cubierto de una neblina espesa y hacía un frío que era impropio del mes de junio. George se había quedado en casa para preparar un simposio y Dottie y yo pasamos la mañana disfrutando de la lectura y de algún juego en el que involucrábamos a la infortunada Florence, quien parecía resignada a ser parte de nuestras travesuras.

Dottie, con su curiosidad insaciable y su deseo ardiente de aprender a leer a pesar de su corta edad, irradiaba una inteligencia sorprendente. Sus ojos oscuros brillaban con una intensidad que, en ocasiones, me recordaba la mirada profunda de Caleb.

Por la tarde, nos aventuramos en el jardín a buscar caracoles y acabamos visitando las ovejas de una granja cercana. Enseguida comenzó una molesta llovizna, muy parecida a la que me sorprendía con asiduidad en Inglaterra, y decidimos regresar a casa antes de que se intensificara.

—Podríamos ir a ver a los abuelos el sábado. ¿Te apetece? —pregunté dándole la mano a Dottie por el camino.

Ella saltó de alegría. Los padres de George solían preparar galletas y bizcocho cuando los visitábamos, y Dottie había heredado con razón mi exagerado gusto por el dulce.

De pronto, la niña se detuvo en seco, rígida, con la vista puesta en un bosque cercano. Traté de animarla a seguir adelante, tirando de su mano, pero ella negó con la cabeza, con gesto lento y deliberado, abstraída en lo que fuera que mis ojos no lograban distinguir.

—¿Qué ves, Dottie? ¿Un ciervo?

—No —murmuró con sus diminutas facciones tensas, en alerta—. Es uno de ellos.

La frase resonó en mi mente, reviviendo recuerdos pasados. Era la segunda vez que se la escuchaba decir a mi hija, pero ya la había oído con anterioridad. Fue a bordo del Great Britain y en otro idioma. Lo supe meses después cuando pedí que me tradujeran estas palabras: *To jeden z nich.*

«Es uno de ellos».

Y tanto aquel marinero polaco como Dottie hablaban de Caleb.

—Volvamos —pedí nerviosa, y mi hija, aferrando mi mano con fuerza, me siguió obediente.

Su mirada siguió clavada en el bosque y sus dedos estaban tan fríos como si acabara de tocar un bloque de hielo.

Agradecí llegar a casa y cerrar la puerta. Un momento antes de subir al porche, había sentido la misma presencia que la noche anterior y un escalofrío me había sacudido dejándome alterada.

Como Dottie seguía con las manos heladas, encendí la chimenea para que se calentara junto al fuego. George nos miró extrañado, pero no preguntó, inmerso en su trabajo.

Después, cuando la niña comenzó a entrar en calor y su rostro adquirió el tono rosado que había perdido durante el camino de regreso a casa, nos sentamos en el suelo de la sala de estar a pintar.

—¿Crees que podrías dibujar en el papel lo que has visto en el bosque? —pregunté, intentando restarle importancia—. Pero en el papel, no en la pared.

Ella asintió mojando el pincel en el color negro y, mordiéndose el labio inferior, empezó a trazar líneas que dudaba que fueran a mostrar algo coherente. Sin embargo, lo que comenzó a distinguirse en la hoja me heló la sangre. Un manchón negro se abría en lo que debía ser una boca, de la que emergían dientes afilados, largos, monstruosos. Los ojos, dos puntos torcidos, miraban desde el papel con una fijeza sobrecogedora.

George se acercó a nosotras y, al ver lo que Dottie estaba dibujando, me señaló el despacho preocupado y dijo:

—Sarah, ¿podrías venir un momento?

Dejé a Florence con mi hija y acompañé a George.

En su mesa de trabajo había varios recortes de periódico que, una vez más, no quise leer.

—Mientras estabais fuera —dijo bajando el tono de voz—, ha venido un oficial de la policía de Boston. Nos ha pedido que tuviéramos cuidado y avisáramos si nos percatábamos de la presencia de algún individuo desconocido. Están yendo por todas las casas de Cambridge con el mismo mensaje.

Tomé asiento en el sofá, expectante. George continuó:

—Dada la desconcertante advertencia, fui a preguntar al sabelotodo de nuestro vecino, Jonathan Reily, y me dijo que esta madrugada han encontrado a su criada forzada y asesinada cerca de la universidad. —Me tapé la boca para ahogar un grito, recordando la intimidante sensación que experimenté en el parque de no estar sola—. Según Jonathan, ha debido de ser atacada por algún animal salvaje porque le destrozaron la garganta a mordiscos.

—No es Caleb —apunté, tajante—. Y lo sabes. Por eso estabas comprobando los recortes del *New York Sun*.

—Si Jeremiah Kiebler está en lo cierto y los horribles sucesos de Nueva York no son culpa del señor Hay, mucho me temo que el auténtico responsable lo ha seguido hasta Cambridge. Estoy convencido de que el asesinato de la pobre criada de nuestro vecino guarda relación con aquellas atrocidades.

—Jeremiah tampoco puede ser el culpable —dije pensativa—. Cuando los encontré en Cambridge, él se hallaba expuesto completamente al sol.

—Estoy de acuerdo contigo, también lo he eliminado como sospechoso. Sin embargo, tenemos constancia de que la enfermedad que sufría el señor Hay y que lo convirtió en lo que es ahora le fue transmitida a través de una mordedura. ¿Cómo sabemos que no ha infectado él mismo a otras personas? Las posibilidades podrían ser terriblemente altas.

—Has leído numerosos tratados y libros sobre el tema, ¿qué dicen sobre la propagación de este mal?

—Son unánimes en afirmar que los infectados mueren en cuestión de un mes debido a la enfermedad y que algunos, los más robustos o los que comparten lazos de sangre con el transmisor, logran renacer. Eso explicaría el interés del tío del señor Hay en contagiar precisamente a su sobrino una vez que logró fortalecerlo física y mentalmente de forma brutal.

Las palabras quedaron unos segundos en el aire recordándome el suplicio de Caleb. George continuó hablando mientras paseaba lentamente por la habitación.

—Según las mismas fuentes, la enfermedad tarda doce horas en afectar a todo el organismo, así que, si el sujeto fallece antes por cualquier otra causa, no puede revivir. Lo que me hace desear que el señor Hay haya sido lo suficientemente cuidadoso como para matar a esos pobres infelices inmediatamente antes o después de morderlos.

Inspiré hondo con la mirada puesta en la mesita de té, donde George había colocado su tablero de ajedrez. Observé las piezas distribuidas por los cuadrados blancos y negros y mi mente retrocedió en el tiempo, recordando unas baldosas de igual color que solo me provocaban terror.

—George —dije asustada—, hay una víctima de Caleb que quizá pudo revivir. Una víctima que desapareció misteriosamente de la morgue del hospital de Nueva York.

Sus pupilas se ampliaron al comprender a quién me refería. Se llevó la mano a la barba mientras exhalaba despacio.

—No puede ser… —murmuró—. Espero que nos estemos equivocando.

Unos golpes rápidos en la puerta precedieron a Florence, que por primera vez no esperó nuestra contestación para entrar en la habitación.

—¡La niña! —exclamó presa del pánico—. Algo le sucede a Dorothea.

Corrimos a la sala de estar. La pequeña se encontraba de pie con la mirada fija al otro lado de la ventana. El agua de las acuarelas se había derramado por el suelo.

Me arrodillé junto a ella y la abracé. Estaba helada, agarrotada, y no pareció darse cuenta de mi presencia.

—¿Qué ves, cielo? —preguntó George siguiendo la dirección de su mirada, apoyándose en el cristal—. ¿Quién está ahí?

—Es uno de ellos —dijo de nuevo Dottie.

Era una pesadilla. Allí, al otro lado de la ventana, no se veía a nadie.

Durante el resto del día, George y yo tratamos de mantener una normalidad que no existía. Dottie se recuperó enseguida, con un vaso de leche caliente y un largo paseo a hombros de George por toda la casa. Cuando se hizo de noche y conseguimos acostarla, no parecía recordar lo sucedido y se durmió en cuestión de minutos.

La oscuridad se había instaurado en el exterior y George recorría la casa comprobando por décima vez que todas las ventanas y puertas estuvieran correctamente cerradas.

Me serví un té, dispuesta a pasar las siguientes horas en vela, y me senté junto a la ventana de la sala de estar, oteando el jardín. El cielo, encapotado, no mostraba si siquiera el destello de una estrella. La única luz que iluminaba el exterior provenía de nuestra propia casa.

Las hojas de los árboles cercanos se movían en silencio, los arbustos oscilaban por un viento inoportuno que silbaba entre las rendijas de la casa, pero no parecía haber nada más.

Pasaba la medianoche cuando mi vista comenzó a nublarse debido al cansancio. Tomé un sorbo del té ya frío y me acerqué al cristal. Todo seguía igual.

—Deberíamos irnos a la cama —bostezó George, levantándose del sofá—. Lo que sea que nos acechaba ha debido de desistir. Puede incluso que la policía esté merodeando y eso lo haya ahuyentado.

Asentí poco conforme y comenzamos a subir las escaleras. Me iba a resultar complicado explicar un presagio, un mal presentimiento. Al llegar a la puerta de mi dormitorio, George me tendió un rifle.

—Sabes cómo usarlo —me recordó con un gesto de complacencia. Había sido él quien me había enseñado a manejar un arma antes de que naciera Dottie porque quiso asegurarse de que podría defenderme en caso de necesidad cuando él no estuviera en casa—. De todas formas, si escuchas cualquier ruido extraño, no dudes en llamarme.

Entré en la habitación, nerviosa, y la revisé con detenimiento. A través de la ventana, solo se divisaba el jardín delantero y el camino que conducía hacia Cambridge. Ningún movimiento, ningún visitante.

Me puse el camisón y me envolví con una toquilla. Pese a que no hacía frío, mi piel estaba helada. Paseé por el dormitorio sabiendo que conciliar el sueño sería una tarea imposible, y al final tomé el libro que siempre permanecía sobre mi mesilla de noche: *Frankenstein*. Recordar a Caleb tumbado en las literas del barco releyendo aquel ejemplar me había ayudado a dormir cuando creía haberlo perdido.

Justo cuando me sentaba en la cama con el libro entre las manos, un rumor desconcertante proveniente del exterior sacudió la planta baja e hizo vibrar las paredes. Abrí la puerta de mi dormitorio a la vez que Florence avanzaba por el vestíbulo, sosteniendo una lámpara de aceite encendida y dirigiéndose hacia la entrada.

—¡No! —grité en el instante en el que el ama de llaves giraba el pomo con intención de abrir la puerta.

Ella se detuvo, sorprendida por mi grito, y levantó la cabeza hacia donde yo me encontraba. Fuera, aporreaban la madera sin descanso, con fuerza. Empecé a bajar los peldaños a toda prisa, pero me quedé a medio camino. Con un gran estruendo, la enorme puerta de entrada se partió en dos y cayó sobre Florence.

—¡Vuelve, Sarah! —me gritó George desde lo alto de la escalera. En su pijama azul marino y descalzo, tenía un rifle apoyado en la barandilla de la primera planta para afinar su puntería.

Pese a que mi mente me urgía a que corriera a ayudar a la pobre mujer, mi cuerpo me mantuvo anclada al escalón, con la mirada fija en el hueco de la puerta, que ahora ocupaba una figura corpulenta. Dio un paso dentro de la casa y, con una mueca desagradable, olfateó el aire antes de posar sus ojos en mí.

Era Walter Clark. El hombre del traje a cuadros que me agredió en el Great Britain, el que ordenó el asesinato de Caleb. No había podido borrar su rostro de mi mente, ni las atrocidades que cometió. Y en ese momento estaba tan cerca de mí que podría alcanzarme en cuestión de segundos.

Florence se retorció en el suelo, casi al lado de sus pies, gimiendo de dolor, con las manos sobre una herida sangrante en la frente. El interés que yo había despertado en Clark se desvió hacia la pobre ama de llaves.

En un movimiento casi irreal, se arrojó sobre ella. Vi que Florence se resistía e intentaba librarse de él. Sus gritos desgarradores y un disparo fallido del arma de George, lograron arrancarme del estupor que me causaba la terrible imagen.

Fui corriendo al dormitorio para coger mi fusil y apunté a Clark a la cabeza, con la penumbra y el nerviosismo como enemigos de mi ridícula puntería. El arma pesaba más de lo que recordaba y mi brazo extendido temblaba. No pensé en lo que estaba haciendo, solo podía centrarme en proteger a mi familia de aquel hombre. Con un movimiento brusco, apreté el gatillo. La detonación resonó en la casa como una explosión, acallando por un segundo los chillidos de Florence, pero no fue suficiente para detener a Clark. El proyectil apenas le rozó el hombro e impactó en la pared. Ni siquiera pareció notarlo, levantó la cabeza y distinguí su boca manchada de sangre, relamiéndose, mientras me dedicaba una sonrisa mordaz.

Otro disparo de George retumbó en las paredes. Clark retrocedió un paso por la fuerza del impacto. Su camisa blanca empezó a teñirse de color rojo a la altura del estómago.

—Coge a Dottie y salid de casa —murmuró George, caminando hacia mí, recargando su arma con destreza mientras yo apenas era capaz de mantenerme en pie—. Lo detendré.

Pasé por su lado, lo abracé un segundo por la cintura y me dirigí rápidamente a la habitación de la niña.

Dottie, pese a todo el estruendo, dormía profundamente cuando entré como un vendaval.

—Tenemos que irnos de aquí —susurré tomándola en brazos.

Ella me rodeó la cintura obediente con sus piernecillas, sin alterarse.

Escudriñé con cautela desde la puerta. George bajaba lentamente por las escaleras con su arma en la mano. Seguramente quería llegar hasta la sala de estar, donde tenía la ballesta. Desde mi posición, Clark permanecía fuera de mi vista en el vestíbulo, recuperándose de su herida y esperando una nueva víctima. Aguanté las ganas de echarme a llorar de frustración y dirigí mi atención hacia las ventanas del dormitorio.

Aquella casa no era como las mansiones inglesas, con diversas escaleras para los dueños o el servicio; aquí solo había una y en ese momento no me servía para poner a Dottie a salvo. Sin embargo, las ventanas tenían acceso al alero que cubría el porche de la entrada.

Asomé la cabeza al exterior. Sentir la brisa de la madrugada en mi cara fue apaciguador y consiguió que mi pulso se estabilizara. Con cuidado, pasé las piernas por encima del alféizar y salimos afuera. Desde allí, la distancia hasta el césped del jardín, un piso más abajo, parecía enorme. Pegué la espalda a las lamas de madera de la fachada y comencé a avanzar por el alero despacio, sujetando a Dottie con una mano y susurrándole palabras tranquilizadoras.

Las estrellas brillaban con intensidad sobre nuestras cabezas, ajenas a nuestra suerte. El viento susurraba suaves lamentos, pero los grillos se mantenían en un angustioso silencio. Alcancé el final del pasaje y deposité a la niña a un lado. Unas frondosas enredaderas escalaban la fachada sobre un entramado de maderos, a modo de celosía, dispuesto con ese fin. Era lo más parecido a una escalera que pudiéramos tener y, aunque dudaba de que soportara demasiado peso, debería servir.

—Dottie, ahora tienes que estar muy quieta, ¿de acuerdo? —le indiqué mientras evaluaba la resistencia de los tablones bajo mis pies.

Descendí un palmo mientras las enredaderas se agitaban molestas y la celosía crujía, cediendo hacia el exterior. Le pedí a Dottie que se subiera a mi espalda y que me sujetara con fuerza del cuello, y ella obedeció sin vacilar. El entramado comenzó a ceder y descolgarse mientras descendíamos con rapidez, arañándome las palmas y los brazos con las plantas y clavándome astillas.

Un nuevo disparo en el interior de la casa me paralizó. La imagen de George enfrentándose a solas con Clark bloqueó mis movimientos. Me sentía mal por estar huyendo en vez de quedarme a su lado.

—Mamá, vamos. —La vocecilla de mi hija me animó a seguir, y, segundos antes de que la celosía se desplomara en el jardín, llegamos al suelo.

—Ahora correremos muy rápido hacia el bosque, ¿entendido? —dije bajando a Dottie de mi espalda y tomándole la mano—. Y nos esconderemos allí hasta que papá nos encuentre.

Ella asintió y comenzamos a andar apresuradamente, sin mirar atrás. La casa quedaba oculta por las ramas de los gruesos árboles cuando decidí detenerme.

No se oía nada, excepto mi respiración agitada y el latido vertiginoso del corazón en mis sienes. Dottie permanecía alerta, con su cabeza erguida, escudriñando los arbustos. Su mano seguía entrelazada con la mía, por lo que, de pronto, noté claramente cómo su temperatura comenzaba a descender, hasta que sus dedos parecieron bloques de hielo. Miré en la misma dirección que ella y pude divisar una sombra que se acercaba lentamente.

Intenté retroceder, pero Dottie estaba clavada en el suelo, paralizada.

—Es uno de ellos —susurró.

—Lo sé, cariño, por eso debemos escapar.

Ella no me hizo caso, así que la tomé en brazos y eché a correr, sorteando troncos vencidos, arbustos y raíces.

—Sarah —dijo una voz tan próxima que detuve mi carrera, incapaz de precisar de dónde venía el sonido. Parecía que de todas partes—. No puedes huir. No lo intentes.

De la oscuridad, surgió de manera súbita una figura. Un hombre con un bigote fino y cabello lacio adherido a la frente. Me costó reconocerlo porque su aspecto había sufrido una desconcertante transformación. Era el señor Phillips, el amigo de Walter Clark.

Su cuerpo parecía haber sido moldeado por la misma noche, sus extremidades, increíblemente largas y su cuello, ahora esquelético, se alzaba como una torre en la penumbra. Las facciones de su rostro, afiladas como las de un depredador, se veían acentuadas por unos ojos hundidos que me examinaban con una avidez inquietante.

—Déjanos marchar —rogué apretando a Dottie contra mi pecho.

Él chasqueó la lengua, dejando al descubierto una hilera de dientes afilados como cuchillas.

—Estoy así por tu culpa —siseó—. Clark me atacó una noche en Nueva York y me provocó una enfermedad tan devastadora que, tras un mes de agonía, al parecer fallecí. Hubo hasta un entierro, ¿te lo puedes creer? Pero después reviví en la oscuridad del ataúd. Desperté con la boca llena de tierra y de gusanos. Sin embargo, mi cuerpo no responde como el de Walter ante esta nueva vida, me voy desfigurando, convirtiendo en un monstruo. Siento que mi tiempo se agota y, como comprenderás..., no pienso malgastarlo hablando.

Se abalanzó sobre nosotras veloz, con un amenazador gruñido. Retrocedí a tiempo para evitarlo y me lancé a una carrera sin sentido, completamente desorientada, tropezando con cada obstáculo y escuchando sus jadeos detrás.

Distinguí a lo lejos el granero de nuestros vecinos. Esperanzada con encontrar allí alguna herramienta con la que defendernos, aceleré el paso. Mis pulmones ardían por el esfuerzo y el peso de Dottie doblaba mis rodillas. Cuando llegamos al edificio, cerré la puerta tras de nosotras.

Me recibió una oscuridad absoluta. Tropecé con lo que fuera que había en el piso y me golpeé contra una columna. Dejé a Dottie en el suelo, a mi lado, para recuperar el aliento y palpé a mi alrededor en busca de algo con lo que pudiera defenderme.

La puerta se abrió de golpe y apareció la amorfa silueta de Phillips. En silencio, retrocedí, aferrando la mano de Dottie, y nos ocultamos al fondo del granero, entre los fardos de paja, rezando para que no nos viera.

—Sabes que esto es una solemne idiotez, ¿verdad? —El hombre avanzaba en nuestra dirección sin ningún tipo de duda, como si pudiera vernos en la oscuridad—. Escucho tu corazón desde aquí; sin embargo, el de la cría… apenas puedo percibirlo. Tendré que hacerle una buena disección para comprobar qué sucede con él.

Se rio poniéndome la piel de gallina. Una risa cruel, cargada de maldad. Si no era capaz de encontrar una salida, seguramente aquel sería nuestro final.

La ofensiva

En el momento en el que todo su cuerpo se cernía a escasos pasos de nosotras, algo lo derribó con violencia, haciendo que desapareciera de nuestra vista. Los gritos de Phillips resonaron en la oscuridad y, de pronto, tras un ruido sordo, como el de una rama al quebrarse, el granero se quedó en silencio.

Confundida por lo que acaba de suceder, comprendí que no podía desaprovechar la oportunidad, así que salimos de nuestro escondite y corrimos cogidas de la mano hacia la salida.

La puerta se cerró justo delante de nosotras, a unos pocos centímetros. En la penumbra, se delineaba el contorno de un hombre alto. Mi corazón pareció detenerse incluso antes de ver su rostro, pues ya sabía quién era. Podía sentirlo en cada terminación nerviosa de mi cuerpo.

—¡Caleb! —exclamé, lanzándome hacia él con tanto ímpetu que su espalda chocó contra la pared. Una sonrisa sorprendida se dibujó en su rostro mientras apartaba un mechón rebelde que caía sobre mi frente.

—¿Estáis bien? —susurró, tomando mi rostro entre sus manos y mirándome con una mezcla de alivio y preocupación. Luego se inclinó para ver cómo estaba Dottie.

—Sí, pero… Phillips… —dije señalando hacia la oscuridad, con un nudo en la garganta—. Algo le ha pasado.

—No podía dejar que nos causara más problemas —respondió él con calma—. Siento haber tardado tanto. Clark resulta imparable. Nos siguió con Phillips desde Nueva York y yo, idiota de mí, los conduje directamente a tu casa.

—¿Me quiere a mí? —pregunté perpleja—. ¿Por qué?

—Porque te escapaste una vez, porque es un sádico que desconoce cómo emplear mejor su tiempo y porque, si te hace daño, me hiere a mí también. No son pocas razones. —Sus manos descendieron para tomar las mías—. En este momento está disfrutando de vuestro miedo, de mi miedo, porque sabe que no tenemos nada que hacer contra él. Jeremiah y el doctor lo están conteniendo, pero dudo que puedan hacerlo por mucho tiempo. Así que, si es verdad que el doctor Lee tiene un arsenal, más vale que hagamos uso de él.

—Te enseñaré dónde está. —Abrí la puerta con determinación, pero me sujetó del brazo.

—Primero dejaremos a Dottie en casa de algún vecino y, después de que me muestres dónde se encuentran las armas, te pondrás a salvo con ella. No es negociable.

—¿Esperar escondida mientras ese demonio os masacra? —Negué con la cabeza—. Ni hablar.

—Tu hija… —Algo cambió en su mirada y una fugaz sonrisa se dibujó en sus labios—. Nuestra hija te necesita. Nos las arreglaremos solos.

Salimos del granero y avanzamos a paso rápido, preocupados por el estado de nuestros amigos. Sin embargo, conforme caminábamos, comenzó a costarme seguir el ritmo de Caleb, hasta que me vi obligada a detenerme. Él se paró a mi lado.

—Debes de haberte herido mientras huíais —dijo, y apartó la vista cuando levanté el dobladillo del camisón y le mostré un desagradable corte en mi rodilla—. No puedo quedarme aquí… Hace mucho que no como y el hambre es… difícil de ignorar.

—Sí, lo entiendo. Acompaña a Dottie a esa granja —respondí mientras trataba de detener la hemorragia con un vendaje improvisado hecho con la tela de mi camisón.

Caleb se llevó a Dottie a la casa de los Reily. Desconocía qué excusa le daría a aquel amable matrimonio para aparecer en su puerta en plena madrugada con la niña de los vecinos de la mano. Me maravilló una vez más la entereza y calma de mi hija en una situación tan angustiosa como aquella.

Con una leve cojera, reanudé el camino. Mi casa apareció detrás del bosque, silenciosa, a oscuras. La puerta forzada de la entrada era la única señal de que algo había sucedido, por lo demás todo parecía tranquilo y en orden.

Me acurruqué entre unos arbustos a la espera. Se accedía al sótano a través de una trampilla en el lateral de la casa, visible desde mi posición. El lugar parecía desierto.

Caleb surgió a mi lado sin que nada me advirtiera de su llegada. Era como un espectro; sin embargo, me sentía a salvo junto a él. Con gesto serio, atento a todo lo que sucedía a su alrededor, me siguió hasta la casa. Abrí la portezuela del sótano con esfuerzo, revelando la endeble escalera de madera que descendía hacia los cimientos.

Entramos con cautela. El olor a humedad y a tierra impregnaba el ambiente, creando una atmósfera pesada y opresiva. El suelo crujía bajo mis pies con cada paso, resonando en las paredes desnudas.

Me di cuenta de que había dejado de respirar, alerta ante cualquier sonido o movimiento, y que mi corazón martilleaba descontrolado en mi pecho. Caleb entrelazó sus dedos con los míos.

—Tranquila —susurró, y sus labios rozaron suavemente mi oreja—. Tus latidos están a punto de dejarme sordo.

Intenté calmarme inspirando profundamente y me dirigí hacia las cajas que George me había mostrado el día anterior, cuyos contornos se perfilaban entre las sombras. Caleb levantó una de las gruesas tapas como si no pesara nada y ojeó el interior con aparente desinterés.

—Las estacas no son efectivas —dijo, sacando una y ofreciéndomela. Apoyó la punta afilada en su pecho, señalando dónde debía apuntar—. Para usarlas, hay que estar tan cerca del *vampyr*, que, seguramente, este acabaría contigo antes. Así. —Me la arrancó de la mano con un movimiento veloz y rodeó mi garganta con su brazo, atrayéndome hacia su pecho y dejando mi cuello a la altura de su boca—. Debes usarlas cuando esté desprotegido, herido o durmiendo, y necesitarás mucha fuerza para atravesar sus costillas y esquivar el esternón. No lo matarás, tenlo presente, pero al menos lo dejarás indefenso y tendrás la oportunidad de prenderle fuego, exponerlo a la luz directa del sol o decapitarlo.

—¿Esas son las únicas formas de acabar con… alguien como tú? —pregunté jadeante, notando la presión en mi garganta. Tenía sus labios apoyados en mi piel, tan cerca que podía sentir el roce de sus colmillos marcando mi cuello, en una amenaza silenciosa.

—Eso dicen. —Me soltó y se giró hacia la caja. Sacó un rifle—. Al menos son las que he intentado conmigo mismo. Cuando los remordimientos te consumen, resulta frustrante y sumamente complicado luchar contra un cuerpo que se niega a morir —añadió, sin darle importancia a lo que acababa de decir.

Cogió una caja de munición y comprobó su interior visiblemente decepcionado.

—¿Plata? ¿Las balas son de plata?

—George ha leído muchos libros al respecto. La plata, los crucifijos, el ajo…; ¿nada de eso te hace daño?

—El ajo sí. Escuece. —Apuntó con el rifle hacia una esquina y después me lo tendió—. Dispara a la cabeza, tantas veces como puedas. —Tomó otra arma y un par de estacas que colocó en su cinturón—. Ahora debes regresar junto a Dottie. Llévate el rifle.

—No —negué repetidamente con la cabeza—. Dottie está a salvo con los vecinos. No pienso perderte de nuevo, Caleb. No pienso perderos a ninguno.

—Te dije que no era una cuestión negociable —rugió enfadado.

—Sabes lo tozuda que soy. —Cargué el rifle y lo miré desafiante—. No desperdiciemos el tiempo.

Avanzó un paso hacia mí. Su mirada ya no era la del muchacho que conocí en el barco; sus iris celestes se presentaban casi negros y había tanto pesar y arrepentimiento en ellos que estuvieron a punto de hacerme cambiar de idea e irme con Dottie, tal como él me había pedido.

—Está bien, pero, cuando te dé una orden, debes cumplirla. Júramelo —murmuró, transformando su expresión en una máscara fría, indescifrable—. No hay lugar para la vacilación. Si te digo que dispares, hazlo. La vida de tu familia podría peligrar si me desobedeces.

—Lo haré —contesté—. Lo juro.

Asintió y se dirigió hacia las escaleras.

—Detuvimos a Clark en la cocina —me explicó en voz baja mientras subíamos los peldaños con sigilo—. Los dejé allí a los tres cuando fui a buscaros... Espero que George y Jer estén bien. Pero Clark es fuerte, rápido y cruel. Se ha estado alimentando sin control alguno, y la maldad ya habitaba en él mucho antes de su transformación. No tendrá ninguna compasión. No la esperes.

El aire exterior me pareció de pronto helado y desagradable. A lo lejos, detrás de los tejados de Cambridge, se podían distinguir los tonos degradados de un cercano amanecer.

Me froté los brazos para entrar en calor y ajusté la banda del rifle sobre mi hombro. Caleb caminaba varios pasos por delante, concentrado en su misión. Sus movimientos eran pausados, meditados, parecidos a los de un animal al acecho. Pese a la gravedad del momento que estábamos viviendo, no podía evitar imaginarlo perdido durante mucho tiempo, sumido en la oscuridad, sin nada ni nadie que lo guiara de vuelta.

Se detuvo y con un gesto señaló el establo. Estaba separado de la casa y era donde guardábamos los dos caballos de tiro y el coche. A pocos metros de nosotros, una figura delgada, agazapada con un arma apuntaba hacia esa edificación.

—Jeremiah —siseó Caleb, acercándose—, ¿qué ha sucedido?

—¡Milord! —El joven nos dedicó una cálida sonrisa, que desapareció rápidamente—. La maldita sanguijuela nos acorraló e hirió al doctor... Nada grave, señora —me susurró—. Luego se refugió en el establo. Dudo que los caballos hayan corrido buena suerte. El monstruo está furioso desde que el doctor le disparó perdigones de sal y parece que ha perdido fuerza. ¿Sabía que eso podía hacerle daño? Ha sido toda una sorpresa.

Caleb negó con la cabeza, pensativo.

—Queda poco tiempo para el amanecer —dijo, con la vista fija en el establo—. Tengo una idea, pero debemos cambiar la munición por esos perdigones y… Sarah, ¿podrías confiar en mí una vez más?

Me miró de aquella forma indescriptible que conseguía agitar mi interior.

—Siempre lo he hecho —murmuré—. Haré lo que me pidas.

—He visto un invernadero en un lado de la casa. Necesito que te escondas dentro. Las probabilidades de que tu rastro se pierda entre las plantas y las flores que conserváis allí son altas.

Lo observé desconcertada.

—¿Quieres que me esconda? ¡Puedo ayudaros!

—Acabas de decirme que confiarías en mí. —Se acercó y tomó mi barbilla entre sus dedos, alzando mi rostro hacia él—. Cumple tu palabra.

Su expresión era seria, y tenía razón. Yo apenas sabía disparar y nunca había luchado contra nadie en toda mi vida. Lo único que podría suponer era una distracción para ellos. Caleb mantuvo su mirada sobre mí durante unos instantes, evaluando mi determinación. Después se agachó y levantó del suelo la ballesta de George. Me la dio y tomó el fusil.

—Por favor, ahora vete.

Se giró hacia el establo, de donde provenían lamentos aterradores, y centró la atención en el lugar.

La reacción que había provocado la sal en el organismo de Walter Clark estaba cediendo. Sus gruñidos se apagaron y dejaron paso a un silencio tenebroso. Pero, de pronto, tras un estruendo, la pared del establo se desplomó, y ese monstruo se precipitó hacia nosotros.

Jeremiah y Caleb dispararon sin descanso sus armas mientras su objetivo se retorcía en violentos espasmos, como una polilla atrapada dentro de una botella, luchando por su libertad antes de morir asfixiada.

Clark atrapó a Jeremiah por el cuello en un movimiento vertiginoso y sus colmillos rozaron la piel del muchacho antes de que Caleb se abalanzara sobre él.

Retrocedí con un grito sofocado, hasta que mi espalda rozó el muro de la casa. Caleb y aquel ser rodaban por la hierba fresca de la madrugada, en una lucha desesperada. Cada golpe de Clark parecía tener la fuerza de un martillo, y Caleb apenas podía contrarrestarlo.

Jeremiah se derrumbó delante de mí, a solo un paso de distancia. Me precipité hacia él, cayendo de rodillas a su lado. El joven se agarraba el cuello con una mano temblorosa, la sangre se deslizaba por la marca terrible de unos dientes.

—Apenas me ha rozado —murmuró, intentando tranquilizarme—. No se preocupe.

El sudor perlaba su frente y su mirada, enturbiada por aquel mal, se mostraba cansada, exhausta.

—No quiero morir —susurró con voz entrecortada, un destello de temor brillaba en sus ojos.

—Yo no pienso dejar que eso suceda —respondí con firmeza—. Te pondrás bien.

—Solo prométame una cosa. —Apretó mi mano—. Si me vuelvo como milord, no permita que dañe a nadie.

Asentí con pesar, luchando contra las lágrimas de frustración. Jeremiah no se merecía aquel destino, había llegado a mi vida a salvarme, sin ni siquiera conocerme.

—Ahora, escápese. No puede hacer nada por mí en este momento, excepto evitar que ese demonio la atrape. Ocúltese en el invernadero, como milord le dijo. Hágale caso.

Con un gesto comprensivo, acepté las palabras del joven. Debía huir, aunque me doliera dejar a Caleb solo luchando contra la oscuridad.

Me levanté rápidamente y corrí hacia la puerta que conducía a la cocina, decidida a seguir las instrucciones. El escenario que me encontré resultó desolador. Los armarios y muebles estaban volcados, los vasos y platos hechos añicos en el suelo. Marcas de uñas desgarraban el papel de la pared, manchas de sangre salpicaban cada rincón. Y, en medio de aquel caos, distinguí el cuerpo de George en el pasillo.

Contuve el aliento y me acerqué con el corazón en un puño. Estaba apoyado contra el muro, con un arma en el regazo y una horrible herida en la frente.

—George… —musité, arrodillándome a su lado—. ¿Cómo estás?

—Feliz de verte y de no encontrarme muerto. Por lo demás, hecho un desastre. —Hizo un amago de sonrisa—. ¿Y Dottie?

—En casa de los Reily —respondí, ayudándolo a levantarse—. Se ha portado mejor que una adulta. Es una niña increíble.

—Sí, algo me dice que no va a dejar de asombrarnos —dijo, haciendo una mueca de dolor al incorporarse—. Creo que tengo una pierna rota.

—Caleb ha insistido en que me esconda en el invernadero, ¿te llevo conmigo?

—No, déjame en la sala de estar —añadió, pasando su brazo por encima de mis hombros para apoyarse en mí mientras avanzábamos—. Podré vigilar desde la ventana el acceso al invernadero, por si acaso ese monstruo se acerca.

Lo acompañé hasta una de las sillas de lectura que había junto a las cristaleras. La noche moribunda levantaba una neblina por la hierba del jardín, convirtiéndolo en un lugar fantasmal.

—Haz lo que te ha dicho Caleb —me instó George—. Solo él sabe de lo que es capaz. Debemos hacerle caso.

Asentí y, tras darle un beso rápido en la frente, me alejé con una ligera cojera hacia la puerta que daba al invernadero.

El aire cálido dentro de la estancia estaba cargado de humedad. El aroma de las flores parecía haberse intensificado con la inminente llegada de la mañana, y un par de pajarillos, que a veces se colaban buscando calor y alimento, comenzaron a revolotear y piar.

No era el lugar perfecto para esconderse. Las cristaleras envolvían el techo y las paredes, salvo la que compartía con la casa, cubierta por enredaderas. En el centro de la habitación había una larga mesa, ocupada por tiestos con esquejes de plantas ornamentales, que pensábamos trasplantar a las grandes macetas de los laterales.

Me oculté debajo de la mesa, resguardada por altos helechos, con la ballesta apuntando hacia la puerta corredera de acceso.

Enseguida, el sonido de mi respiración agitada fue ahogado por ruidos violentos procedentes del exterior. Voces, gritos, golpes, disparos... Mi corazón se encogió hasta desaparecer de mi pecho. No podía permitirme creer en mis peores presagios, debía mantener la esperanza. Aguardé sin apenas respirar, con las piernas dobladas contra mis costillas, hecha un ovillo.

La herida de mi rodilla continuaba empapando la tela de mi camisón. Apreté el vendaje, pero solo conseguí contener un quejido. Mis manos temblaban cuando empuñé de nuevo la ballesta y acerqué el dedo al gatillo. Fuera parecía haberse desatado el caos. Se oían gruñidos animales por todas partes, tan cercanos que mi piel se erizó.

Un disparo próximo, a pocos metros, proveniente de una de las ventanas de la sala de estar, me advertía de que algo se acercaba al invernadero. Apreté los labios y sujeté mi arma, temblorosa.

Aquel ser me había encontrado.

Una risa cruel, sórdida, llenó el invernadero, haciendo vibrar las enormes cristaleras. Me incorporé despacio, tras la mesa, y retrocedí hacia la pared contraria, empuñando la ballesta.

—Querida Sarah —rugió Walter Clark, ladeando la cabeza y observándome con una horrible sonrisa en los labios—. ¿Me viste en el hospital? Estoy seguro de que sí. ¡Cómo me hubiera gustado desangrarte aquella noche! Habías sufrido tanto que yo solo hubiera sido un leve tormento para ti.

»¿Por qué te has escondido, muchacha? Podía oler la sangre de tu herida desde el establo, y... ¡ha sido tan fácil eliminar a tus dos amigos! Sí, pequeña, me he deshecho de los dos.

No quise escucharlo, tensé el dedo sobre el gatillo, preparada para disparar; pero en ese momento Caleb, en un movimiento tan fugaz como el de una sombra, zigzagueó en el invernadero y se lanzó furioso sobre Clark.

Se enzarzaron en una feroz pelea que, para Caleb, parecía destinada al fracaso. Clark era más ágil y potente, y, aunque Caleb fue adiestrado para luchar, en ese momento solo parecía capaz de recibir golpes y encararlos de la mejor forma. El invernadero temblaba con cada embestida. Había plantas y macetas destrozadas por todas partes.

Retrocedí hacia la entrada, con el arma apuntando hacia Clark y mi brazo temblando por el esfuerzo y los nervios.

Clark golpeaba sin descanso y el sonido de los huesos de Caleb al quebrarse resonaba en el invernadero. Parecía que se hubiera dado por vencido. No se movía. Estaba tirado en el suelo, permitiendo aquella acometida de furia y rabia.

Ante mi mirada horrorizada, Clark se incorporó para observar a su víctima, orgulloso de lo que había hecho con sus manos y con los dientes empapados de su sangre.

Y entonces Caleb giró el rostro hacia mí y articuló un silencioso «ahora».

Disparé sin dudar. La estaca atravesó el aire con un fuerte siseo y perforó el cuerpo de Clark con limpieza, empujándolo hacia atrás y clavándolo como un cuadro en la pared contraria. Pese a ello, se removía entre risas, tratando de liberarse de la sujeción. La estaca estaba incrustada en su abdomen, a poca distancia de su corazón.

Recargué el arma y apunté de nuevo, pero él se agitaba incansable, a punto de conseguir soltarse. La fuerza de Clark era inagotable y comprendí que no podría detenerlo mucho más tiempo con una simple estaca.

Caleb se levantó del suelo con dificultad, despacio, cada movimiento parecía suponerle una intensa agonía. Cojeando, se aproximó a Clark y apretó la estaca contra su estómago, asegurándose de que no se aflojara, mientras esquivaba sus feroces dentelladas.

—¡Rompe los cristales! —me gritó Caleb con la mirada fija en Clark.

Me giré hacia los campos, donde en la fina línea del horizonte comenzaba a despuntar la claridad. Si permitía que la luz entrara directamente..., alcanzaría también a Caleb. Cerré los ojos un segundo, intentando olvidar lo que me acaba de pedir, pero solo escuché mi propia voz jurándole que seguiría sus órdenes.

Comencé a romper los cristales del invernadero, sembrando el suelo de fragmentos afilados. Golpeé con todas mis fuerzas, estrellando una y otra vez la ballesta contra el vidrio, tratando desesperadamente de no pensar en las consecuencias.

Los cristales de la cubierta fueron los últimos que conseguí romper, utilizando piedras del jardín, mientras los primeros rayos de luz invadían el paisaje, disipando la neblina, coloreando las flores y los árboles de numerosas tonalidades.

La claridad inundó el invernadero, centelleando en los fragmentos de cristal, y las escasas fuerzas de Caleb menguaron. Clark estalló en carcajadas cuando distinguió el primer rayo de sol deslizándose por el suelo hacia ellos.

—¿Este era tu plan? ¿Esperar a que el sol nos carbonizara? —aulló—. Sabes que no podrás soportarlo, ¿verdad? Saldrás huyendo. Y, en cuanto eso suceda, ¿qué será de mí? ¿Crees que esta estaca me paralizará durante mucho tiempo?

—Deberías ir pidiendo perdón por tus pecados —gruñó Caleb, evitando sus embistes—. O tendrás la mala suerte de encontrarte conmigo en el infierno.

Distinguí el reflejo del sol en uno de los cristales un segundo antes de que barriera todo el lugar. Fue un momento de paz, de calma, a sabiendas de lo que ocurriría a continuación. Caleb apretó los dientes y siguió sujetando a Clark cuando el día los golpeó con toda su furia.

—¡No! —grité—. ¡Sal de ahí, Caleb! Ven conmigo.

El rostro de Clark era una mancha borrosa. Ya no había en él ninguna mueca ni ninguna sonrisa maliciosa. Estaba paralizado por el miedo.

Caleb arrancó la estaca de su cuerpo y, antes de que tuviera la oportunidad de escaparse, se la clavó en el corazón. Walter Clark dejó de moverse. Tenía los ojos vidriosos, las facciones contraídas en una grotesca mueca y la piel calcinada.

Caleb levantó un ápice la cabeza hacia mí. Pese al dolor que debía de estar soportando, sus labios dibujaron una tenue sonrisa.

Después todo estalló en llamas.

La calma

Hacía apenas un mes había decidido poner por escrito todo lo acontecido en el Great Britain. No tenía la intención de publicarlo, al menos no de momento, solo buscaba superar lo sucedido, y la única forma que me quedaba por intentar era aquella. No bastaba con tratar de olvidar o con ocultarlo de la vista, debía dar un paso más y volver a revivirlo.

Lo que no podía imaginar era que el pasado regresaría de la forma más extraña y removería mi interior, despertando viejos y nuevos sentimientos. Solo hacía una semana de todo aquello, de la visita que asoló nuestra casa y se llevó parte de mi corazón.

—¡Señora! —La voz alegre de Jeremiah siempre era un consuelo—. ¿Le podría decir al doctor que ya estoy perfectamente? Se empeña en seguir utilizándome como un ratón de laboratorio y mucho me preocupa que acabe convirtiéndome en el monstruo de Frankenstein.

—Quizá cuando me llames por mi nombre te haré caso… ¡Si casi tenemos la misma edad! —Tomé asiento en una silla de la sala de estar y observé a Jeremiah. Tenía mucho mejor aspecto, desde luego. Ocupaba la habitación de invitados desde que Walter Clark decidió atacarlo y transmitirle su enfermedad.

Según la información de la que disponíamos, la infección se propagaba doce horas después de la mordedura, por lo que George optó por tratar aquel mal como haría con cualquier otra enfermedad y empezó a combatirlo antes de que afectara a todo el organismo de Jeremiah. El ajo, curiosamente, y la cúrcuma estaban siendo unos buenos paliativos, y podíamos decir, tras siete largos días de nerviosismo y preocupación, que Jeremiah Kiebler no se había contagiado.

—Bien..., Sarah. ¿Me hará ese favor? Mi sangre debe de ser ya ácida, ningún *vampyr* va a quererme ni regalado. Huelo a la despensa rancia de mi abuela y le puedo asegurar que alguna vez vi más de un ratón muerto en ella.

—George está siendo precavido. —Sonreí por su comentario—. Pero, como los análisis de sangre solo arrojan datos normales, dudo que continúe martirizándote mucho tiempo más.

Él se estiró en el sofá, feliz, y cerró el libro que estaba leyendo.

—¿La policía va a seguir investigando lo sucedido? —preguntó.

—Parece que el móvil del robo les ha parecido creíble. Buscarán durante un tiempo al fugitivo que asaltó nuestra casa y que, además, asesinó a la pobre Florence y a la criada de los Reily. Sabemos que jamás lo encontrarán, su cuerpo se carbonizó hasta convertirse en polvo en nuestro invernadero. —El estómago me dio un vuelco al recordar lo sucedido. La imagen de Caleb sujetando a Clark, mientras ambos prendían en llamas no dejaba de repetirse en mis pesadillas—. Y el de Phillips ha corrido igual suerte. Bueno, lo importante es que tú estás bien.

—Sarah —me sujetó de la mano en cuanto me levanté de la silla—, si el antídoto del doctor Lee no hubiera funcionado...

—¿Me preguntas si hubiéramos sido capaces de quitarte la vida para que no te contagiaras como nos pediste? Funcionó, Jeremiah. Te has curado. Lo bueno es que jamás tendremos respuesta a esa pregunta.

—Tuve un momento de debilidad al exigírselo —comentó pensativo, tamborileando los dedos sobre las tapas del libro—. Me asusté al comprender lo que podría sucederme más adelante. He comprobado los estragos que produce esta maldita enfermedad, pero también sé cómo combatirlos, me lo mostró el mejor maestro que se pueda tener. ¿Ve esta cicatriz de mi cara? —Me señaló la marca que cruzaba su mejilla—. Me la hice con una viga cuando trataba de sacar a mi madre del incendio de nuestra casa. No pude salvarla, no pude salvar a nadie de mi familia. Por eso, intentar ayudar a milord era mi forma de subsanar mi pasado. Y él se merecía cualquier intento. Todos tenemos nuestros demonios, lo importante es hallar la forma de acallarlos mediante el bien.

—Viniste a ayudar a mi familia sin ni siquiera conocernos. Eso sí que es una gran muestra de coraje y bondad.

—¡No me sonroje, Sarah! Mi ayuda no era altruista. ¿Sabe la de veces que milord la mencionó en los últimos tiempos? Si no hubiera puesto mi granito de arena para que se reencontraran, ¡me habría vuelto completamente loco!

Miré hacia la ventana aguantando la risa. La noche se había instaurado al otro lado del cristal.

—Voy a acostarme —dije, dándome cuenta de mi agotamiento—. Deberías descansar tú también.

—Me acostumbré al horario nocturno de milord. Ahora funciono mejor en modo murciélago. —Hizo un gesto divertido mostrando los colmillos y aleteando con las manos—. No se olvide de hablar con el doctor.

—Lo haré, Jeremiah.

El vestíbulo, así como el invernadero, la cocina y el establo, era aún un recordatorio de lo sucedido una semana atrás. Aunque habíamos instalado una nueva puerta de entrada, las marcas en el suelo y en las paredes corroboraban la violenta irrupción de Walter Clark en nuestro hogar.

Me detuve en el lugar donde Florence había perdido la vida, y no pude evitar las lágrimas. Resultaba difícil recorrer la casa sin sentir su cálida presencia en cada rincón, sabiendo que nunca más volvería a encontrármela.

Me limpié las mejillas y abrí con sigilo la puerta del despacho, donde George había instalado su dormitorio. La fractura de su tibia le imposibilitaba subir las escaleras con facilidad, por lo que había optado por acomodarse momentáneamente en su lugar de trabajo preferido. Aunque acudía en coche a la universidad y hacía uso de sus equipados laboratorios para martirizar al pobre Jeremiah, con sus olorosos y efectivos sueros.

En la penumbra de la sala, escuché su respiración pesada y rítmica. La providencia había sido generosa al ponerlo en mi camino, y dudaba de que un azar caótico hubiera trazado cada paso tan certero hasta llevarme al momento en el que me encontraba. Aquello solo podía ser obra del destino.

Cerré la puerta despacio, encendí una lamparilla de aceite y, con su luz oscilante, subí las escaleras. Dudé un segundo antes de entrar en mi dormitorio. Los recuerdos, los sentimientos, afloraban en mi mente en cuanto abría aquella puerta, y, aunque velar por Jeremiah había sido el mejor bálsamo para el dolor, cuando traspasaba el umbral y me encontraba entre esas cuatro paredes, solo quedaba un enorme desconcierto de emociones. Inspiré profundamente y entré.

Me sorprendió encontrar a Dottie en mi cama, abrazada con ternura a una muñeca de trapo que Jeremiah le había confeccionado.

Junto a ella, igual de inmóvil que una semana atrás, se hallaba Caleb.

Mi mirada se deslizó por su rostro inerte, por sus bellas facciones, por sus labios entreabiertos, por su cabello oscuro desordenado sobre la almohada. Aunque su piel había recuperado el color pocas horas después de que consiguiera arrancarlo de Walter Clark, al que se había aferrado con fuerza para no permitirle huir, Caleb no había recobrado la consciencia. Permanecía sumergido en la oscuridad, sin reaccionar, con el corazón completamente detenido.

Me acerqué con la intención de coger a Dottie en mis brazos y llevarla a su dormitorio, que ahora compartíamos desde el fatídico incidente. Sin embargo, su pequeña mano sujetaba la de Caleb con fuerza. Me senté en la cama, inclinándome hacia ellos, e intenté liberar sus deditos con delicadeza para no despertarla. En el preciso instante en que lo logré, Caleb abrió los ojos.

Un escalofrío recorrió mi cuerpo, paralizando mi corazón y dejando mi respiración suspendida. El aire a nuestro alrededor se hizo denso, electrizante.

—Caleb —susurré, tras lo que parecieron interminables minutos observándonos con desconcierto. Ansiaba abrazarlo, asegurarme de que realmente se encontraba despierto, vivo.

—¿Dónde estoy? —preguntó en un murmullo, ayudándose con los codos para incorporarse un poco.

—En mi casa. Llevas una semana inconsciente.

—¿Y Walter Clark? —preguntó, de repente asustado.

Apoyé una mano en su pecho para calmarlo y traté de sonreír.

—Se convirtió en cenizas. Tú estuviste a punto de lograrlo también. —El recuerdo se hizo vívido, doloroso, y las lágrimas comenzaron a empañar mis ojos sin poder evitarlo—. Debería habértelo permitido, en vez de arrastrarte hacia la sombra. ¡Intentaste sacrificarte con él! ¡Querías morir! Dios mío, Caleb, no puedes hacerme eso. ¡Creí que te perdía de nuevo!

—Yo traje a Clark a tu casa y te utilicé como señuelo, Sarah —respondió. Parecía profundamente triste—. No hay nada en mis actos, y menos aún en los pasados, que merezca tu pesar.

—Eres un idiota —gruñí, echándole los brazos al cuello y aplastándome contra él.

El movimiento inesperado lo desequilibró y cayó hacia atrás sobre el colchón, conmigo encima.

—Tienes razón, lo soy. —Sus labios rozaron mi frente y podría jurar que sonreía—. Un hombre inteligente se habría mantenido alejado de ti. Eres una fuente inagotable de problemas, Sarah Wright.

Me apoyé sobre las palmas para observarlo desde cierta distancia, y su mirada se enroscó en la mía como solo él sabía hacerlo. Sus iris turquesas, oscurecidos por la luz sibilante de la lamparilla, me hablaban sin palabras, removiéndome por dentro y despertando algo que había creído perdido para siempre.

Pasó la lengua por sus labios resecos, y seguí cada movimiento con atención, inspirando profundamente.

—¿Por qué no tengo hambre? —preguntó, separando los mechones de cabello que cubrían mi rostro y colocándolos detrás de mi oreja—. En una situación como esta, y tras una eternidad sin probar bocado, debería estar luchando por no perder el control.

—A pesar de tu falta de cooperación, George te ha estado alimentando. No ha perdido la fe en tu recuperación en ningún momento.

La mirada de Caleb se desvió hacia mi brazo, hacia el vendaje que ocultaba las marcas de las punciones para obtener mi sangre. Su semblante se oscureció.

—¿Y Jeremiah? —preguntó, angustiado—. Clark lo mordió. ¿Está... bien?

—Perfectamente. O, según él, tan bien como se puede estar tras ingerir ajo y cúrcuma a niveles humanamente prohibidos durante siete días.

—¿Funciona? ¿Hay un remedio para evitar la infección? —Su expresión se tornó radiante, llena de optimismo—. Si es así..., podríamos concebir una vacuna.

—Jeremiah no se ha contagiado —dije con una amplia sonrisa—, es un gran logro. Y tengo la impresión de que George ha encauzado su investigación por el mismo camino que imaginas. Lo que sospecho es que no se dignará a colaborar contigo sin apuntarte con su querida ballesta.

—Es lo menos que puede hacer. No podría trabajar adecuadamente si no es bajo el riesgo de muerte.

Nos sonreímos sin más y durante ese momento tuve la sensación de que nada había cambiado, que seguíamos siendo los dos pasajeros llenos de sueños del Great Britain.

—Mamá... —Dottie se frotó los ojos, sentándose en la cama—. ¿Ya es hora de levantarse?

Me separé rápidamente de Caleb y la tomé en mis brazos.

—No, aún no —dije dándole un beso en la mejilla—. Te voy a llevar a tu cama. ¿Sabes que Caleb se ha puesto bueno? Creo que tu compañía le ha venido muy bien.

—La abuela dice que soy mágica —murmuró somnolienta, abrazándose a su muñeca.

—Y tiene razón. —Abrí la puerta y me despedí de Caleb con un gesto desde el umbral, que recibió con un fingido puchero.

—Es uno de ellos —susurró Dottie en mi oído, señalándolo—, pero no es como los otros.

—Lo sé, cielo —dije, y no pude evitar una sonrisa.

Epílogo

Todos los acontecimientos que tuvieron lugar en mi viaje desde Inglaterra hasta Estados Unidos, durante catorce días a bordo del buque Great Britain, merecen ser relatados.

Pero no ahora. Este mundo arcaico no está preparado aún para escucharlos. Mucho me temo que los hombres actuarían igual que en *Frankenstein* de Mary Shelley, persiguiendo y masacrando a los que no se les asemejan, a los que son tan diferentes.

Ha llegado el invierno a Cambridge, pero el manto blanco que cubre sus calles no ha paralizado la vida de la pequeña ciudad.

Nuestro hogar vuelve a ser el que era. El invernadero y el establo han sido reconstruidos y la cocina ha sufrido una buena remodelación que no le venía nada mal.

Sin embargo, hay una ausencia que pesa en cada estancia. No hemos podido reemplazar a Florence, nadie podría hacerlo. Su recuerdo sigue vivo en cada uno de nosotros, y no pasa un día sin que la extrañemos. Dottie ha plantado un parterre con las flores favoritas de Florence, y está convencida de que las riega desde el cielo cada vez que llueve.

Jeremiah continúa sano. Las pruebas médicas a las que le somete George para confirmar los resultados se han espaciado, por lo que aprovecha esos largos intervalos para viajar a Nueva York y administrar los negocios inmobiliarios de un desconocido inversor llamado lord Phoenix. Aunque, según creo, los intereses que arrastran a Jeremiah a la gran ciudad, sin ningún tipo de pesar y con bastante entusiasmo, poco tienen que ver con los negocios. Espero que no tarde demasiado en presentarnos a Anna, algo me dice que el nombre que le dio a la preciosa muñeca de trapo de Dottie es por ella.

George se ha recuperado espléndidamente de la fractura de tibia y, además de impartir sus clases en la universidad, sigue con interés varias teorías evolutivas y avances médicos que podrían beneficiar nuestros estudios sobre los *vampyr*. También mantiene asidua correspondencia con un colega en Londres que investiga la enfermedad de las Tierras Altas. Por desgracia, la última misiva recibida de Inglaterra fue hace más de un mes y, desde entonces, no hemos vuelto a saber de él. Según nos relataba entonces, la enfermedad parecía encontrarse adormecida, pero tenía planeado obtener datos de campo trasladándose a la zona. Espero que pronto dispongamos de noticias suyas.

Levanto la vista de lo escrito y apoyo la pluma en el tintero. La noche invernal es muy larga y, aunque apenas sean las cinco de la tarde, el exterior luce como si fuera la medianoche. Veo a Dottie escapando de Caleb por el jardín, lanzándole bolas de nieve. Él es muy rápido, tanto que apenas puedo seguirlo con la mirada, pero ella siempre lo encuentra. Ella siempre lo encontrará a él y a todos los de su especie. Tiene ese don.

Algunos viejos relatos eslavos insinúan la existencia de unos seres híbridos, fruto de la unión entre un *vampyr* y una mujer. No los describen con claridad, solo narran habilidades, intuiciones que rozan lo imposible. En Dottie se asoman destellos que me hacen recordar lo que se explica en esas páginas. Ojalá fueran solo supersticiones arrastradas por siglos de miedo.

Como si supieran que los observo, ambos detienen su escaramuza y me saludan con la mano. Caleb sostiene mi mirada con una mueca pícara y espera desarmarme. Resulta muy complicado y altamente perjudicial negarse a lo que leo en sus ojos. Sin embargo, no ha sido fácil llegar a comprender y aceptar sus primeros y horribles meses como *vampyr*. Me ha costado mucho tiempo soportarlo; él jamás lo hará, su mente está llena de culpa y remordimiento. No obstante, conozco cómo era él antes de que lo asesinaran en el barco y cómo es ahora, de nuevo a mi lado. Si quiero seguir adelante, si quiero que él se perdone y, algún día, consiga olvidar, solo puedo enfocarme en ese tiempo y disfrutar del siguiente.

Sin darme cuenta, el jardín se ha quedado vacío y hay alguien junto a mí, en la sala.

—¿Qué estás escribiendo? —susurra Caleb, apoyándose en el respaldo de mi silla, e inclina la cabeza hacia mi cuello. Disfruta haciendo uso de sus tácticas de rapidez y sigilo, pero acabará produciéndome un problema cardiaco si no cesa de sobresaltarme con tanta facilidad.

—Puede que un futuro éxito literario —digo, intentando alejar su atención de mi escrito de un manotazo—. ¿Y Dottie?

—George acaba de regresar de Harvard y la ha llevado a dar un paseo en coche. Le encanta dirigir a los caballos —murmura mientras sus labios rozan mi garganta. Noto sus colmillos afilados en mi piel—. ¿Hay algo que esa niña no sepa hacer bien?

—Somos sus padres —contesto, observando nuestro reflejo en el cristal: Caleb a mi espalda, su cuerpo fuerte, amenazador, pero también, guardián—. Aunque sus buenas cualidades corresponden a la rama materna.

—La parte oscura y despiadada es mía, ya me he dado cuenta.

Sonrío y cierro los ojos al sentir su cercanía, caldeando toda la estancia. Él se aleja despacio, a regañadientes, y se sienta junto a la ventana, con su interés puesto en algún lugar distante.

Le he rehuido durante demasiado tiempo, y puede que él lo asuma como uno más de sus castigos. Caleb no me presiona, no busca más de lo que estoy dispuesta a dar. He tardado en sentirme cómoda en sus brazos, olvidando el pasado, y he evitado cualquier acercamiento.

Hasta hoy.

Me levanto, arrastrando la silla debido a un repentino nerviosismo que me invade por completo. El ruido hace que Caleb gire su rostro hacia mí y se queda observando mis movimientos con atención. Alza las cejas con sorpresa, no esperaba que me acercara a él, ya que he estado huyendo de su cercanía esgrimiendo cualquier excusa. Ahora, cuando finalmente tomo asiento en su regazo, con los nervios a flor de piel y mis latidos martilleando contra mis costillas de tal forma que seguramente debo de estar dejándolo sordo, esboza una gran sonrisa.

Sabe que este es un nuevo principio, una nueva oportunidad. Como también intuye que nos aguardan desafíos que pondrán a prueba nuestra fortaleza. Mi existencia es fugaz en comparación con la suya, y nuestros hábitos, muy diferentes. Puede que su tío acabe por encontrarnos, seguramente lo consiga, y debemos estar preparados para ello. Comprendemos que esta vida peculiar que compartimos no será fácil, sino un reto constante.

Pero, en este momento, con sus labios rozando los míos, nada, absolutamente nada de lo que esté por venir, puede importarme menos.

Nota de la autora

Esta novela es una obra de ficción que se basa en hechos históricos.

El conde de Errol, padre de Caleb Hay, y toda su familia son personajes reales. Pido perdón por anticipado, esperando que haber situado entre sus parientes a varios *no muertos* no cause demasiado disgusto. En el castillo Slains, donde esta familia habitó durante siglos, Bram Stoker curiosamente ubicaría, años después, su famosa novela *Drácula*.

El navío SS Great Britain hizo su viaje inaugural el 25 de julio de 1845 desde Liverpool a Nueva York, tal y como se relata en esta historia. Muchos de los personajes que aquí aparecen viajaron realmente en él, incluido el capitán James Hosken y el doctor George W. Lee. Aunque he tratado de mantener el barco lo más fiel posible a su diseño y distribución, me he tomado alguna licencia al situar una piscina en el mismo o una cubierta de tercera clase, cosas que no existieron en ese primer viaje.

Vampyr, no muertos, revinientes, vampiros…; ninguna de estas palabras nos son totalmente desconocidas y forman parte de la literatura o del cine desde hace mucho. Sin embargo, tres siglos atrás nadie comprendía el extraño mal que se propagaba con facilidad por Europa. No fue hasta 1751 cuando el monje benedictino Agustin Calmet en su *Tratado sobre los vampiros* se atrevió a ponerle nombre. Actualmente se considera que los aquejados de vampirismo sufrían, seguramente, porfiria o rabia. Algo que explicaría numerosos síntomas, pero no todos.

Los mitos siempre surgen de algo real, algo inexplicable. Queda en manos de cada uno de vosotros situar la frontera en la que finaliza la realidad y comienza la fantasía.

Agradecimientos

Escribir una novela suele parecer un trabajo solitario, pero, en mi caso, gran parte consiste en una labor de equipo. Por eso debo agradecer a mi familia todo su apoyo y comprensión, incluso en los momentos en los que me vuelvo más loca de lo habitual.

Mi gratitud infinita a Guillermo, por su paciencia y amor. A mis chicos, Miriam y David, por sus ideas brillantes y por escuchar mis desvaríos sin salir corriendo.

A mis padres, mis pilares y mi fortaleza; y a mi hermana Belén, junto con el resto de la familia, por acompañarme en cada paso de este magnífico viaje.

Gracias también a mi fantástica agente, Isabel Martí, por ayudarme a desbloquear un nuevo sueño: Montena. A mi editora, Gemma Vilaginés, a Alexia Buj, Julia Cámara, Alicia Conde, Marta Cerviño y a todo el maravilloso equipo de Penguin Random House, por apostar por esta historia y recibirla con tanto entusiasmo. Con inmenso cariño a Anna Porcel, a quien me une la pasión por la lectura desde hace ya mucho mucho tiempo.

Un agradecimiento muy especial a mis lectoras cero, Cristina, Laura y Sonia, las primeras en adentrarse en mis textos y en devolverme tanto palabras de aliento como críticas constructivas.

No olvidaré jamás a mi peludo compañero de escritura, Roger, que estuvo tantas horas a mi lado y se fue demasiado pronto.

Tampoco puedo dejar fuera a mi cuadrilla, Laura, Nieves, Marco y Pablo, que me sigue a todas las ferias, presentaciones y firmas. Soy muy afortunada de teneros como amigos.

Y, sobre todo, gracias a vosotros, mis lectores. Sois la verdadera razón por la que escribo, con cada palabra vuestra me dais energía para continuar. Quedan aún muchas historias por contar. Os espero con fuerza e ilusión en la siguiente.